Kevin Sands

Der Blackthorn Code

Das Geheimnis des letzten Tempelritters

Aus dem amerikanischen Englisch
von Alexandra Ernst

dtv

Ausführliche Informationen über
unsere Autoren und Bücher
www.dtv.de

Von Kevin Sands sind bei dtv junior außerdem lieferbar:
Der Blackthorn-Code – Das Vermächtnis des Alchemisten
Der Blackthorn-Code – Die schwarze Gefahr

MIX
Papier aus verantwortungsvollen Quellen
FSC® C014496
FSC
www.fsc.org

Deutsche Erstausgabe
2018 dtv Verlagsgesellschaft mbH & Co. KG, München

Titel der amerikanischen Originalausgabe: ›The Assasin's Curse‹,
2017 erschienen bei Aladdin, an imprint of
Simon & Schuster Children's Publishing Division, New York
Published by arrangement with Blackthorn Industries, Inc.
Dieses Werk wurde vermittelt durch die Literarische Agentur
Thomas Schlück GmbH, 30827 Garbsen

Umschlaggestaltung: Isabelle Hirtz, Inkcraft
Gesetzt aus der Caslon 11,25/14,4˙
Satz: Fotosatz Amann, Memmingen
Druck und Bindung: GGP Media GmbH, Pößneck
Gedruckt auf säurefreiem, chlorfrei gebleichtem Papier
Printed in Germany · ISBN 978-3-423-76212-0

Kevin Sands

Der Blackthorn-Code

Das Geheimnis des letzten Tempelritters

MONTAG,

2. November 1665

Matutin

Glaubt ihr an Schicksal?

Einmal, kurz nachdem ich sein Lehrling geworden war, hatte ich Meister Benedict danach gefragt. Er hatte seine Suppe umgerührt und mit dem Löffel gegen den Teller geklappert. »Eine interessante Frage. Wie kommst du darauf?«

»Na ja«, sagte ich, »in dem Buch über Astronomie, das Ihr mir gegeben habt, steht, dass das Universum wie ein Uhrwerk funktioniert. Dass alles einem großen Plan folgt.

»Das stimmt.«

»Aber trotzdem haben wir doch einen freien Willen, nicht wahr? Ich meine, wir sind doch verantwortlich für die Dinge, die wir tun.«

»Natürlich«, sagte er.

»Aber ... wie kann denn beides zutreffen?«, fragte ich. »Wie kann es einen großen Plan geben, wenn wir über freien Willen verfügen? Man könnte doch etwas tun, was den Plan des Universums durcheinanderbringt. Und wenn das Universum tatsächlich eine große Uhr ist und wir die Zahnrädchen, die eine bestimmte Funktion erfüllen, wie können wir dann für unsere Taten verantwortlich gemacht werden? Dann steht unsere Bestimmung doch schon von Geburt an fest.«

Mein Meister warf mir einen strengen Blick zu. »Hat das etwas mit der zerbrochenen Fensterscheibe bei den Baileys zu tun?«

»Ähm ... nein.« Obwohl Tom und ich im Haus seiner Eltern

wohl nicht mehr so schnell eine Burgbelagerung nachspielen würden.

»Dann warte einen Moment.«

Er ging nach oben, wo ich ihn in der kleinen Kammer poltern hörte, in der er seine Bücher aufbewahrte. Als er zurückkam, trug er einen Stapel vor sich her, der so hoch war, dass er daran vorbeischauen musste, um zu sehen, wohin er ging. Er ließ ihn auf den Tisch fallen und ich streckte hastig die Arme aus, um zu verhindern, dass der Turm in meine Suppe krachte.

»Fang damit an«, sagte mein Meister. »Dann reden wir weiter.«

Ich las die Bücher zusätzlich zu meinen anderen Pflichten und brauchte deshalb mehrere Tage dafür. Als ich damit fertig war, ging ich zu Meister Benedict, der in der Werkstatt an einem neuen Rezept gegen die Gicht arbeitete.

»Nun?«, sagte er. »Was glaubst du? Wird der Mensch vom Schicksal beherrscht oder von seinem freien Willen?«

Peinlich berührt kratzte ich mich am Kopf. »Ich habe keine Ahnung.«

Er seufzte. »Ich auch nicht. Ich hatte gehofft, du würdest etwas finden, was uns der Antwort näher bringt.«

Was bewies, dass dies eine fürchterlich schwierige Frage war. Während Tom und ich in der Kutsche saßen, die über die vom Regen aufgeweichte Straße nach Oxford schaukelte, versuchte ich ihm zu erklären, dass die größten Philosophen der Weltgeschichte sich darüber schon den Kopf zerbrochen hatten – darüber, wie schwierig die Frage war, wer die Verantwortung trug.

Für Tom dagegen war die Antwort ganz einfach: Das war alles meine Schuld.

Kapitel 1

»Das ist alles deine Schuld«, sagte Tom.

Er verschränkte die Arme vor der Brust und schaute unglücklich durch das Fenster. Durch die Vorhänge schimmerten die Lichter von vereinzelten, weit entfernten Bauernhöfen.

»Aber ich habe doch gar nichts gemacht!«, protestierte ich.

»Glaubst du vielleicht, wir sind wegen mir hier?«

»Nein, ich …«

»Ich stecke nämlich keine Pfirsichbäume in Brand«, sagte Tom.

»Das war ein Unfall.«

»Ich bin auch nicht derjenige, der sagte: ›He, jagen wir doch ein paar Kürbisse in die Luft!‹«

»Das war ein Experiment«, erklärte ich. »Und es war nur *ein* Kürbis. Das andere waren Rüben. Aber was hat das denn damit zu tun?«

»Vielleicht war es ein wichtiger Kürbis.«

»Wie kann denn ein Kürbis wichtig sein?«

»Vielleicht war es ein preisgekrönter Kürbis«, sagte Tom. »Vielleicht war es der Kürbis, der England im Internationalen Kürbiswettbewerb vertreten sollte. In Schottland.«

»Also, jetzt redest du wirklich kompletten Unfug.«

»Ach ja? Dann erklär mir doch mal das hier.« Er schnappte sich die … man würde es wohl *Einladung* nennen, die zu Boden gefallen war, und knallte sie mir vor die Brust. »Erklär's mir!«

Das war ja das Problem. Ich konnte es nicht erklären. Diese ganze Sache war für mich genauso mysteriös wie für ihn.

Gestern hatten Tom und ich beim Mittagessen in meiner Apotheke gesessen, als jemand mit der Faust gegen die Ladentür hämmerte. Ich öffnete und sah mich einem Soldaten gegenüber, auf dessen Rock das Wappen des Königs prangte. Hinter ihm stand eine Kutsche, neben der ein weiterer Soldat wartete.

»Christopher Rowe?«, fragte der Mann. Als ich nickte, händigte er mir einen Brief aus. Den ich verständnislos anstarrte. Als ich ihn las, war ich genauso schlau wie vorher.

Christopher,
steig mit Thomas Bailey in die Kutsche.
Ashcombe

Baron Richard Ashcombe, der Beschützer des Königs Charles II., war der Lordprotektor Englands. Unsicher schaute ich den Soldaten an. »Stecken wir in Schwierigkeiten?«

Er zuckte mit den Schultern. »Mir wurde nur befohlen, euch nach Oxford zu bringen.«

Oxford? Dort befand sich der König mit seinem Hofstaat. »Stehen wir unter Arrest?«

Der Mann klopfte ungeduldig mit der Fußspitze auf den Boden. »Noch nicht.«

Und so landeten Tom und ich in dieser Kutsche, die durch das Land holperte. Die Nacht hatten wir in einem Gasthaus verbracht, wo die Soldaten sich als Wachen vor unserer Tür postierten. Seitdem war Tom felsenfest davon überzeugt, dass wir dem Untergang geweiht waren.

»Man wird uns in den Kerker werfen«, stöhnte er.

»Quatsch«, sagte ich, aber so ganz überzeugt war ich auch nicht.

»Weißt du, wie es im Kerker ist? Da gibt es kein Essen. Die lassen dich *hungern*!«

»Wir wurden doch nicht mal gefesselt!«

Toms Unterlippe zitterte. »Eine einzige Scheibe Brot, einmal am Tag. Und nicht mal gutes Brot mit Mohnsamen und vielleicht einem Hauch Zimt. Nein. Hartes Schwarzbrot. Hartes Brot für ein hartes Los.«

Das sieht dem Sohn eines Bäckers ähnlich, sich über die Qualität des Brots im Gefängnis Gedanken zu machen. Trotzdem wünschte ich mir, er würde damit aufhören. Je mehr er jammerte, desto mehr setzte sich die Aussicht, hinter Gittern zu landen, in meinem Kopf fest. Ich versuchte, nicht auf seine Worte zu achten, und fragte mich, warum Lord Ashcombe uns zu sich befohlen haben könnte.

Seit wir den Betrug mit der angeblichen Pestheilung auf dem Höhepunkt der Seuche aufgedeckt hatten, hatte ich nur zweimal vom Lordprotektor gehört. Einmal, nachdem Magistrat Aldebourne Lord Ashcombe darüber informiert hatte, welchem Unglück London dank meiner Hilfe entgangen war. Lord Ashcombe hatte daraufhin auch von mir einen Bericht verlangt. Und das zweite Mal, als er – wie versprochen – für Sally eine Anstellung fand.

Seine Nachricht war wie immer kurz und bündig gewesen. Er erklärte, er hätte sie als Kammerzofe bei Lady Pemberton untergebracht und würde eine Kutsche für sie schicken. Die Baroness befand sich bei Hof, der London wegen der Pest verlassen hatte, und so mussten wir uns im September schweren Herzens von Sally verabschieden. Seitdem hatte ich ihr jede Woche einen Brief geschrieben, hatte aber nichts von ihr gehört. Das wunderte mich nicht weiter, denn ihr Gehalt würde ganz bestimmt nicht ausreichen, um das Porto zu bezahlen. Lord Ashcombes Nachricht, mit der er Tom und mich nach Oxford zitiert hatte, ließ mich nun allerdings befürchten, sie könnte in irgendwelchen Schwierigkeiten stecken.

Die Kutsche wurde langsamer. Tom und ich schauten durchs Fenster und sahen, dass wir die Straße nach Oxford verließen und nach Norden abbogen. Offensichtlich lag unser Ziel also nicht in der Stadt. Wir umfuhren die Stadtmauer und wurden von zahlreichen Schlaglöchern tüchtig durchgeschüttelt, ehe der Kutscher durch das Tor eines großen Anwesens fuhr.

Eichen säumten die Einfahrt und das Herbstlaub wurde von den Fackeln, die am Wegrand aufgestellt waren, erleuchtet. Unsere Pferde, denen dank der kühlen Novemberluft der Atem in dicken Wolken vor den Nüstern stand, steuerten auf ein Herrenhaus auf einem Hügel zu. In den Fenstern strahlten helle Lichter und warfen einen warmen Schimmer in die neblige Luft.

Das hier war ganz bestimmt kein Gefängnis. Und aus welchem Grund auch immer man uns hergebracht hatte, wir waren jedenfalls nicht allein. Dutzende Kutschen standen auf dem Rasen und drückten das Gras unter ihren schlammbespritzten Rädern platt, während die Kutscher sich gelangweilt an die Kabinen lehnten.

Unser eigenes Gefährt hielt vor dem Haus an, wo uns ein Mann in Livree den Schlag öffnete und uns aus der Kutsche bat. Die Soldaten des Königs trieben uns die Treppe hoch zu einer mächtigen, doppelflügeligen Tür. Über der Tür prangte ein Wappen: zwei gekreuzte Hellebarden über einem Schild mit einem Hirschgeweih.

Ich hatte keine Ahnung, wo wir waren. Aber dieses Haus war

umwerfend. Allein die Eingangshalle war so groß wie mein ganzes Haus. Eine marmorne Treppe zog sich von der Mitte des Foyers hinauf in die oberen Stockwerke. Am Fuß der Treppe standen zwei Diener, und weitere, in identische Livreen gekleidete Dienstboten befanden sich an den unzähligen Durchgängen zu den verschiedenen Flügeln des Anwesens. Von irgendwoher hörte ich Gesprächsfetzen und Gelächter und einige Takte Musik.

»Ihr kommt spät.«

Lord Ashcombe trat mit langen Schritten in die Eingangshalle. Er war in feinste schwarze Seide gekleidet, mit einer Klappe über dem linken Auge und einem Handschuh über seiner rechten Hand, die nur noch drei Finger hatte: beides Wunden aus einem Kampf mit den Männern, die meinen Meister ermordet hatten. Er hatte kein Schwert dabei, aber in seinem Gürtel steckte eine Pistole mit Perlmuttgriff.

»Tut mir leid, Kommandant«, sagte der Soldat, der uns ins Haus begleitet hatte, »aber der Regen hat die Straßen in Bäche verwandelt.«

Lord Ashcombe grunzte und betrachtete uns. »Wir müssen euch präsentabel machen.« Er gab den Dienstboten an der Treppe ein Zeichen.

»Mylord?« Ich schaute zu Tom, der mittlerweile einer Ohnmacht nahe war. »Stecken wir in Schwierigkeiten?«

Lord Ashcombe zog eine Augenbraue hoch. »Gäbe es dafür denn einen Grund?«

»Ähm … nein?«

»Dann hängt die Antwort auf deine Frage wohl davon ab, wie dieser Abend verläuft.«

»Dieser Abend?«

»Ja. Der König möchte mit euch sprechen.«

Kapitel 2

Ich verschluckte mich. »Der König?«

»Der König«, sagte Lord Ashcombe.

»Was für ein König?«, platzte Tom heraus.

»Euer König.«

»Unser König? Ihr meint, der auf den Münzen?«

Lord Ashcombe schloss kurz die Augen und seufzte. »Bringt sie nach oben«, sagte er zu den Lakaien.

In diesem Moment trat unser Kutscher mit einem kleinen Metallkäfig in der Hand in die Eingangshalle. Ein pummeliger Vogel marschierte in dem Käfig auf und ab und plusterte das schwarz-weiß gesprenkelte Gefieder auf.

Lord Ashcombe musterte den Käfig verwirrt. »Was ist das?«

Der Soldat warf ebenfalls einen Blick auf den Käfig. »Eine Taube, wenn mich nicht alles täuscht.«

Lord Ashcombe verzog den Mund zu einem schmalen Strich. »Ich weiß, dass das eine Taube ist. Ich will wissen, was sie hier zu suchen hat.«

»Die … die gehört mir, Mylord«, sagte ich, immer noch wie benebelt. *Der König?* »Das ist Bridget.«

Bridget schob den Kopf durch die Gitterstäbe und gurrte Lord Ashcombe an.

»Aber warum bringst du eine … ach, egal. Ich will es gar nicht wissen. Macht schon, nach oben mit ihnen«, sagte er an die Dienstboten gewandt und kehrte dann in den Saal zurück, aus dem die Musik erklang.

Einer der Lakaien nahm Bridgets Käfig. »Bitte hier entlang, meine Herren.«

Ich folgte ihm die Treppe hinauf, während sich mir der Magen umdrehte. *Wir werden dem König vorgestellt.*

Tom packte mich am Ärmel, seine Augen ganz starr vor Panik. »Bring mich hier raus«, verlangte er.

»Wie soll ich das denn bitte schön anstellen?«

»Keine Ahnung. Mach einfach. Ich kann nicht dem König gegenübertreten, Christopher. Das geht nicht.« Toms Stimme brach. »Ich bin ein Bäcker. Was soll ich denn zu ihm sagen? Vielleicht ›Guten Abend, Eure Majestät. Esst Ihr gerne Brötchen?‹«

Da wurde mir klar, dass ich ebenfalls keine Ahnung hatte, was ich zu ihm sagen sollte. Warum musste Lord Ashcombe auch jedes Mal so ein Geheimnis aus allem machen? Warum konnte er uns nicht einfach sagen, was genau wir hier sollten?

Im zweiten Stock wurden wir getrennt und in unterschiedliche Zimmer geführt. Tom, der einem Lakaien den Gang entlang folgte, warf mir über die Schulter einen anklagenden Blick zu. »Das ist alles deine Schuld.«

Der Diener, der auf den Namen Bodwin hörte, führte mich in ein elegant eingerichtetes Schlafzimmer, das im gegenüberliegenden Flügel lag. Er hielt Bridgets Käfig hoch. »Hat der Vogel einen bestimmten Zweck, Sir?«

Seine Frage riss mich aus meinen Grübeleien. »Was? Oh … nein. Sie ist … nur bei mir. Lord Ashcombe sagte nichts darüber, wie lange ich von zu Hause weg sein würde, und ich habe niemanden, der sich um sie kümmert.«

»Natürlich, Sir. Ich sehe zu, dass sie versorgt wird. In der Zwischenzeit werde ich Euch beim Waschen helfen.«

Eigentlich brauchte ich dabei keine Hilfe. Bislang hatte ich diese Aufgabe stets aus eigener Kraft und zur allgemeinen Zufriedenheit ausgeführt. Aber da mein Kopf immer noch wie in Watte gepackt war, leistete ich keinen Widerstand. Ich folgte ihm in den angrenzenden Raum, wo gerade ein Mädchen einen Eimer mit heißem Wasser in eine Wanne goss, aus der Dampf aufstieg. Bodwin wartete, bis ich mich ausgezogen hatte, und machte sich dann daran, mir den Staub der Straße von der Haut zu schrubben.

Als wir ins Schlafzimmer zurückkehrten, waren meine eigenen Kleider verschwunden. Stattdessen lagen neue Sachen auf dem Bett. Die Strümpfe, Beinkleider und das Hemd waren von viel besserer Qualität, als ich es gewohnt war. Die Vorderseite der saphirblauen Weste bestand aus Brokat, der Rücken aus Seide und das Wams aus weicher Wolle. Die Lederschuhe waren so blank poliert, dass sich mein Gesicht darin spiegelte. Es waren Kleidungsstücke für einen König. Im wahrsten Sinne des Wortes.

Als ich angekleidet war, brachte mich Bodwin wieder in die Eingangshalle. Immer noch in Gedanken versunken, bog ich um eine Ecke und stieß mit einem Mann zusammen, der mit trüben Augen die Bronzebüste eines Gentlemans mit einer Perücke betrachtete. In der Hand hielt er eine Flasche Wein.

»Bitte um Verzeihung«, sagte er mit leicht schleppendem Tonfall.

Bodwin räusperte sich. »Mr Glover.«

»Einen Moment noch«, sagte Glover. »Ich versuche gerade herauszufinden, wer das ist.«

Bodwin räusperte sich noch einmal, diesmal energischer. »Mr *Glover*. Man verlangt unten nach Euch.«

»Die nächste Runde Wein is schon in den Karaffen«, sagte er und hickste. »Wer issen das? Neuer Dienstbursche?«

Beinahe hätte Bodwin die Fassung verloren. »Das ist ein Gast Seiner Majestät!«

»Oh. 'tschuldigung, junger Herr. John Glover, Kellermeister des Hauses, zu Euren Diensten.« Er verbeugte sich, wobei Wein aus der Flasche auf seine Schuhe spritzte.

»Mr *Glover*! Mr Skipwith hat Euch gewarnt.«

»Es is doch meine Aufgabe, den Wein zu probieren, Sir. Was, wenn er vergiftet is?« Er rülpste. »Bitte um Verzeihung.«

»Mr …«

Glover hob die Hand. »Kein Wort mehr. Ich gehe.«

Leicht schwankend verschwand er um die Ecke. Bodwin machte ein bedauerndes Gesicht. »Ich bitte um Verzeihung, Sir. Mr Glover ist wirklich ein anständiger Mann. Sehr freundlich zu aller Welt. Er hat nur manchmal … ein kleines Problem mit dem Alkohol.«

Das erschien mir keine besonders passende Eigenschaft für einen Kellermeister zu sein. »Schon gut«, sagte ich.

»Ich werde ihn natürlich melden.«

Ich hatte den Eindruck, dass er es nicht gerne tat. Mir lag auch nicht unbedingt etwas daran. Wenn er Glover meldete, dann würde der seinen Job verlieren, und ich wollte nicht der Grund sein, warum irgendjemand in Schwierigkeiten geriet.

»Mir wäre es lieber, Ihr würdet das nicht tun«, sagte ich.

Bodwin schaute mich überrascht an und senkte dann mit einem dankbaren Blick den Kopf. »Wie Ihr wünscht.«

Er ging mir voraus die Treppe hinunter, wo Tom bereits auf mich wartete. Er zupfte an seiner Hose. »Die passt nicht richtig«, klagte er.

Lord Ashcombe tauchte wieder aus der Richtung auf, aus der die Musik erklang. »Na endlich«, sagte er. »Kommt mit. Ich werde euch Seiner Majestät vorstellen.«

Kapitel 3

Wir waren mitten auf einer Party gelandet.

Der Ballsaal war voll mit vornehmen Leuten in Samt und Seide, die Wein aus Kristallgläsern tranken. Hoch über uns, im dritten Stock, ragten vier Balkone in den Saal hinein. Auf einem davon saßen sechs Musiker, ein Consort aus Blockflöten, und unten im Saal tanzten mehrere Paare. Andere standen am Rand und klatschten im Takt.

Von den ansonsten leeren Balkonen hingen gelbe und violette Banner, deren Spitzen beinahe die Perücken der Herrschaften unten im Saal berührten. In der Mitte funkelte ein riesiger Kronleuchter mit Hunderten von Kerzen und übergoss den Saal mit Licht und Wärme.

»Mund zu«, ermahnte mich Lord Ashcombe.

Ich klappte meine Kiefer zu, was mich aber nicht davon abhielt zu gaffen, während er uns durch die versammelten Gäste führte. *Schaut, wo ich gelandet bin, Meister*, sagte ich in Gedanken.

Ich blieb kurz stehen, als wir an einer Frau vorbeikamen, die seltsamerweise maskiert war. Die mit Federn verzierte Maske bedeckte die obere Hälfte ihres Gesichts. Sie war von einer Gruppe Männer umringt, die alle um sie herumscharwenzelten. Sie lachte melodiös, lächelte strahlend und sagte dann mit einem schweren Akzent: »Isch bin leidär vergeben.«

Fragend schaute ich zu Lord Ashcombe. »Eine Französin«, sagte er, als ob das alles erklären würde. »Jetzt hört gut zu. Wenn ihr dem König vorgestellt werdet, müsst ihr nichts weiter tun, als höflich zu sein. Sprecht ihn beim ersten Mal mit ›Eure Majestät‹ an und danach mit ›Sire‹. Und um der Liebe Gottes willen, fasst euch kurz. Es wird bei Hofe sowieso viel zu viel geschwafelt. Und wie leicht macht man sich dabei selbst zum Narren.«

Toms Gesicht war so weiß wie Schnee. Mein Magen schlug Purzelbäume. »Was will er denn von uns?«, fragte ich.

»Euch kennenlernen. Er hat schon nach der Sache mit dem Erzengel-Kult sein Interesse an euch zum Ausdruck gebracht, und als ich ihm erzählte, dass ihr die Bande habt auffliegen lassen, die den Stadtrat von London beinahe um sein ganzes Geld gebracht hätte, da bestand er darauf, dass ich euch an den Hof hole. Eigentlich wollte ich damit warten, bis wir wieder in London sind, aber angesichts der Tatsache, dass die Seuche noch nicht überstanden ist und wir in absehbarer Zeit nicht zurückkehren werden, dachte ich mir, der heutige Abend sei die perfekte Gelegenheit.« Er bedachte mich mit einem prüfenden Blick. »Du fällst doch nicht etwa in Ohnmacht, oder doch?«

Die Möglichkeit bestand durchaus. Ich wollte gerade vorschlagen, dass wir ruhig warten konnten, bis der Hof wieder in London war, als Lord Ashcombe uns durch einen Kreis aus Menschen schob, die ihre Aufmerksamkeit auf einen einzelnen Mann gerichtet hatten.

Er war unglaublich groß und dünn, mit einer vorspringenden Nase und einer Perücke mit langen schwarzen Locken. Während er sich unterhielt, bediente er sich von einem Teller mit Trauben, der zwischen ihm und der Dame neben ihm stand, und ließ eine nach der anderen in seinen Mund fallen.

Tom packte meinen Arm so fest, dass ich dachte, er würde mir die Knochen brechen. Denn wir standen tatsächlich vor

Charles II., von Gottes Gnaden König von England, Schottland, Frankreich und Irland, Verteidiger des wahren Glaubens.

Seine Augen funkelten fröhlich. Dank meiner flatternden Nerven brauchte ich einen Moment, um zu begreifen, dass er einen Witz erzählte. »Und der Schäfer sagte zu ihr: ›Ich bitte um Verzeihung, Mylady, aber das ist nicht mein Hut.‹«

Die Männer brachen in Gelächter aus. Die Damen, die rechts und links des Königs standen, schnalzten vor schockiertem Entzücken mit den Zungen. Eine von ihnen schlug dem König spielerisch mit ihrem Elfenbeinfächer auf den Arm. »Oh, Ihr seid ein böser Junge«, sagte sie.

Er grinste. »Ich muss zu meiner Schande gestehen, dass Ihr recht habt. Hallo, wer ist denn das?«

Er hatte mich entdeckt, wie ich zitternd am Rand des Kreises stand. Lord Ashcombe schob mich nach vorn. »Eure Majestät, darf ich Euch zwei Eurer Untertanen vorstellen? Das ist Christopher Rowe aus London, der frühere Lehrjunge des verstorbenen Benedict Blackthorn.«

Die Miene des Königs hellte sich auf. »Oh! Ja! Willkommen!«

Ich verbeugte mich fassungslos. In meinem Hinterkopf hörte ich wieder die Mahnung von Lord Ashcombe. *Um der Liebe Gottes willen, fasst euch kurz.* »Es … es ist mir eine Ehre, Eure Majestät«, stammelte ich.

Er drehte sich zu einer der Damen um. »Dieser Junge löst die verzwicktesten Mordfälle, ob Ihr's glaubt oder nicht! Christopher, du musst morgen mit mir frühstücken. Dann kannst du mir all deine Tricks verraten.«

Eine Wärme breitete sich in meiner Brust aus. »Sehr … sehr gerne, Sire.«

»Richard, Ihr sorgt mir dafür, dass … Bei allen Göttern, wer ist denn der Riese? Er ist ja größer als ich!«

König Charles starrte Tom neugierig an, der schreckensstarr vor ihm stand. Lord Ashcombe musste ihn buchstäblich nach vorne ziehen. »Thomas Bailey, Sire«, sagte der Beschützer des Königs. »Sohn eines Bäckers und Christophers Freund.«

»Aha! Der Kämpfer mit dem Nudelholz!« Toms bleiche Wangen färbten sich rosa, als der König grinsend in die Hände klatschte. »Du musst bei meiner Leibwache in den Dienst treten, Thomas. Unsere Feinde werden allein bei deinem Anblick schon die Flucht ergreifen. Dann müssen wir nie mehr Schlachten schlagen und du hast genug Zeit, um für uns alle Kekse zu backen.«

Die Umstehenden lachten und Toms Gesicht wurde so rot wie eine Sauerkirsche.

»Oh nein, seht doch«, sagte der König. »Mein dummer Witz hat den Jungen verlegen gemacht. Komm her, Thomas, komm her.«

Tom blieb der Mund offen stehen, als der König seine Hand nahm. »Richard hat mir erzählt, was du im Mortimer-Haus getan hast. Du hast an diesem Tag nicht nur deinem Freund das Leben gerettet, sondern auch mir. Dafür werde ich dir ewig dankbar sein. Du bist ein wahrer Sohn Englands.«

Tom sagte kein Wort. Aber ich hatte ihn noch nie so strahlen gesehen.

»Danke, Sire«, sagte Lord Ashcombe und zog uns wieder aus dem Kreis. Während die Damen um des Königs Aufmerksamkeit buhlten, brachte er uns ins Nebenzimmer.

»So, das wäre erledigt«, sagte er. »Wenn Seine Majestät euch noch einmal sprechen will, dann lasse ich euch rufen. Ansonsten: Genießt das Fest. Hier gibt es genug zu essen und zu trinken. Und getanzt wird auch, falls euch derartige Vergnügungen zusagen.«

Damit ließ er uns stehen. Immer noch mit einem warmen Glücksgefühl in der Brust drehte ich mich langsam im Kreis. »Das ist der beste Tag meines Lebens«, sagte ich.

Ich hatte Angst, dass Tom vor lauter Glück abheben würde. Als ein Mann an uns vorbeigehen wollte, griff er nach ihm und hielt ihn fest. »Ich bin ein wahrer Sohn Englands«, sagte Tom zu ihm.

Der Mann warf mir einen belustigten Blick zu. »Ist er«, versicherte ich ihm und wir lachten und gingen weiter.

Einem anderen Gentleman schüttelte Tom ungefragt die Hand. »Guten Abend. Ich bin Thomas Bailey aus London. Ich bin ein wahrer Sohn Englands.«

Der Mann sah genauso ratlos aus wie der erste. »Tatsächlich?«

Ich bekam das Grinsen gar nicht mehr aus dem Gesicht. »Wir haben den König kennengelernt«, sagte ich.

»Ach so.« Er nickte verstehend. »Dann gratuliere ich euch. Genießt das … *Argh*!«

Tom hatte seine Arme um den Mann geschlungen und drückte ihn fest an sich. Ein Wachtposten, der an der Wand stand, hob seine Hellebarde und schob sich durch die Gäste auf uns zu.

»Tom«, sagte ich hastig. »Ich denke, du solltest besser nicht irgendwelche wildfremden Leute umarmen.«

»Na gut.« Er ließ los und wanderte mit einem seligen Lächeln auf dem Gesicht weiter. »Ich bin ein wahrer Sohn Englands.«

Ich half dem Mann, seine Perücke zurechtzurücken. »Es tut mir sehr leid, Mylord. Es ist nur so … Tom *liebt* den König.«

»Die Liebe zu Seiner Majestät bedarf keiner Rechtfertigung«, sagte der Mann und bedeutete dem Soldaten, auf seinen Posten zurückzukehren. »Richte deinem Freund die Grüße des Herzogs von York aus.«

Ich erstarrte. »Der Herzog von …«

Er zwinkerte mir zu und ging weiter.

Die Sache geriet allmählich außer Kontrolle. Tom hatte gerade den Lord High Admiral umarmt – der zufällig auch der Bruder des Königs war. Ich musste ihn zur Räson bringen, ehe ihm am Ende noch die Königin über den Weg lief.

In dem Moment kam Tom auf mich zugestürmt. *»Christopher!«* Er packte mich am Arm und zerrte mich quer durch den Saal. *»Guck mal!«*

Ich guckte. Und traute meinen Augen kaum.

»Ist das wirklich echt? Oder habe ich gerade eine Halluzination?«, wollte Tom wissen.

Da war ich mir selbst nicht ganz sicher. Rechts und links von uns standen zwei Tische, von denen jeder fünfzig Fuß lang war. Und darauf standen Teller und Platten mit allen möglichen Sorten Fleisch: Roastbeef, glasierter Braten, dampfendes Geflügel. Auf dem anderen Tisch waren Brote und Süßigkeiten aufgestapelt: Pasteten, Kuchen und Obst.

Ich wusste gar nicht, wo ich zuerst hinschauen sollte. Meine Augen zuckten von den Desserts zum Fleisch und wieder zurück. Tom drückte meinen Arm.

»Sind das *Koteletts*?«, quietschte er. »In *Soße*? Christopher … in *Soße*!«

Er schüttelte mich so heftig, dass mir der Schädel rappelte. Als er mich losließ, wäre ich beinahe umgefallen. »Sag mal, *weinst* du etwa?«

Er schniefte. »Es ist einfach wunderschön!«

Er hatte ja recht. Wegen der Pest hatten wir beide seit Monaten kein Fleisch mehr auf dem Teller gehabt. Tom rannte geradewegs zu den Leckereien, während ich stehen blieb und wieder an meinen Meister dachte. *Ich wünschte, Ihr wärt jetzt bei mir.*

Plötzlich sah ich ihn vor mir, wie er mich mit hochgezogenen Augenbrauen ungläubig betrachtete. Ich musste lachen. Meister Benedict hätte an dieser Veranstaltung keine Freude gehabt. Er konnte Feierlichkeiten nicht leiden.

Ich aber schon. Ich drehte mich wieder zu den Tischen um und überlegte, welchen davon ich zuerst belagern sollte. Und in dem Moment stupste mich jemand von der Seite an.

Kapitel 4

Ich drehte mich um und sah ein Mädchen, ungefähr einen Kopf kleiner als ich, mit zarten Sommersprossen, wie Goldstaub, auf der Nase. Sie trug ein tannengrünes Kleid, das ihre kastanienbraunen Locken ganz wunderbar zur Geltung brachte. Mit einem breiten Grinsen schaute sie zu mir hoch.

»Hallo«, sagte sie.

»Sally!« Ohne nachzudenken, schlang ich meine Arme um sie und hob sie hoch. Sie kreischte vor Entzücken auf, als ich sie herumwirbelte. Ihre Arme umfassten meinen Nacken und hielten sich an mir fest und ihr Haar streichelte sanft meine Wange. Sie duftete nach Lavendel.

Mit einem Mal war ich unsicher und verwirrt. Ich setzte sie ab und ihre Hände glitten weich über mein Wams und fielen dann von mir ab. Sie warf mir unter ihren langen Wimpern einen Blick zu und errötete leicht. »Also«, sagte sie.

Mein Gesicht glühte ebenfalls. Einen Augenblick lang standen wir ziemlich unbehaglich da, bis eine ältere Dienstmagd vorbeikam, sich vorbeugte und verschwörerisch flüsterte: »Du hast etwas verloren, Liebes.«

Sie reichte Sally einen Schuh mit einer grünen Satinschleife über der Schnalle. Sally wandte sich ab und schlüpfte wieder hinein. Als sie sich wieder zu mir umdrehte, waren ihre Wangen tiefrot geworden.

»Hast du … ähm … hast du meine Briefe bekommen?«, fragte ich.

»Ja«, sagte sie. »Und ich habe jeden beantwortet. Ich kann sie dir nach der Party geben. Wenn du möchtest.«

»Natürlich möchte ich!«

»Wo ist Tom?«

»Dreimal darfst du raten«, sagte ich.

Ihre Augen wanderten ohne zu zögern zu dem Tisch mit den Fleischgerichten. Und da stand Tom breitbeinig vor der Platte mit den Koteletts. Er hatte eins im Mund und zwei weitere in der Hand. Als er Sally entdeckte, hob er sie hoch, als hätte er Goldnuggets entdeckt. »Ibn n baher Hohn Nghans«, rief er.

Sally lachte. »Was?«

»Ich erzähl's dir später«, sagte ich. Dann betrachtete ich sie von oben bis unten. Als ich sie zuletzt gesehen hatte, hatte sie noch ihre Verbände von dem schrecklichen Kampf vor zwei Monaten tragen müssen. Jetzt waren nur noch zwei kleine rosa Narben übrig, eine auf ihrer Wange und eine auf ihrem Nasenrücken. »Hat Lord Ashcombe dich auch hergerufen?«

Sie schüttelte den Kopf. »Ich bin im Dienst. Lady Pemberton ist unter den Gästen.«

»Wie ergeht es dir dort?« Als sie zögerte, schaute ich sie erschrocken an. »So schlimm?«

»Nein, nein«, sagte sie. »Die Baroness ist eigentlich ganz nett. Nur ein bisschen …«

»Sally!«, kreischte eine Frauenstimme.

»… überdreht«, seufzte Sally.

Eine junge Dame kam herbeigeeilt. Sie trug ein kanariengelbes, mit Brokat verziertes Seidenkleid. Tränen rannen über ihre Wangen. »Mein Kleid!«, jammerte sie. »Paul hat Wein darübergeschüttet. Es ist völlig ruiniert!«

Ich sah einen winzigen burgunderfarbenen Fleck auf einem Ärmel. Er wäre mir überhaupt nicht aufgefallen, wenn sie nicht darauf deuten und so tun würde, als hätte man ihr der Arm abgehackt.

»Mylady …«, setzte Sally an.

»Alle starren mich an«, behauptete die Baroness mit zitternder Stimme, was natürlich stimmte, aber nur wegen der Szene, die sie machte. »Ich muss mich umziehen, und zwar sofort.«

Sie packte Sally am Arm und zog sie mit sich. Sally warf mir noch einen entschuldigenden Blick zu und formte mit den Lippen: *Bis später.*

Ich hob den Arm, um ihr zuzuwinken, da ertönte von der Seite ein Ruf: »He, Junge!«

Ich drehte mich um und sah einen älteren Herrn mit einer schlecht sitzenden Krawatte, der mich mit einer Handbewegung zu sich rief. Als ich hinging, reichte er mir sein Glas. »Der ist nicht besonders gut. Euer Kellermeister hat doch gewiss einen besseren Tropfen.«

Es dauerte einen Moment, bis mir klar wurde, was geschehen war. Er hatte gesehen, wie ich mich mit Sally unterhalten hatte, und hielt mich nun für einen Bediensteten. »Tut mir leid, Mylord«, sagte ich, »aber ich bin kein Kellner.«

»Wunderbar, den nehme ich.«

Offensichtlich war der Mann ein bisschen schwerhörig. »Ich bin kein Kellner«, wiederholte ich etwas lauter.

»Ausgezeichnet«, sagte er. »Das freut mich wirklich.«

Ich musste mir auf die Lippe beißen, um nicht zu lachen. Und weil ich so gut gelaunt war, dachte ich: Warum nicht? Ich konnte dem alten Burschen helfen und hatte gleichzeitig die Gelegenheit, mehr von diesem außerordentlichen Haus zu sehen. »Ich werde ihn Euch sofort bringen.«

»Und noch mehr Pickles.«

»Aber gewiss doch. Wie konnten uns nur die Pickles ausgehen?« Ich nahm mir ein Mandelstückchen vom Dessert-Tisch und winkte Tom zu. *Ich hole noch mehr Wein*, erklärte ich ihm stumm.

»Wnh?«, nuschelte er mit einem mächtigen Knochen zwischen den Zähnen.

Ich deutete auf die Tür, durch die die Kellner hereinkamen und wieder verschwanden. »Bin gleich wieder da.«

Tom breitete die Arme aus, als wollte er sagen: *Wie kannst du nur das ganze gute Essen im Stich lassen?* Normalerweise hätte ich ihn mitgenommen, aber ich brachte es nicht übers Herz, ihn seiner Lieblingsbeschäftigung zu entreißen, nicht solange es noch Koteletts mit Soße gab. Ich stopfte mir das Gebäck in den Mund, nahm ein zweites und hielt dann einen Mann an, der ein Tablett mit leeren Gläsern trug. »Habt Ihr Mr Glover gesehen? Einer der Gäste möchte einen anderen Wein haben.«

»Unten, Sir«, sagte der Mann. »Er bereitet die nächste Runde Wein vor. Durch die Küche, wenn's beliebt.« Ich folgte seinen Anweisungen und trat ein in das Reich der Dienstboten.

Es war in gewisser Weise erschreckend, dem Chaos hinter der goldenen Fassade gegenüberzutreten. In der Küche, die sich beinahe durch den ganzen Ostflügel erstreckte, brüllten Köche ihre Küchenjungen an, fielen Töpfe klappernd zu Boden, sausten Kellner hin und her wie fleißige Bienen, und obwohl dieses Tohuwabohu nicht zu vergleichen war mit der stillen Werkstatt in Meister Benedicts Apotheke, fühlte ich mich hier doch viel mehr zu Hause als in der Welt, die ich gerade hinter mir gelassen hatte. Das Fest war ganz großartig, ein atemberaubender Blick in ein Leben, von dem ich immer geträumt hatte – ich, der ich im Cripplegate-Waisenhaus aufgewachsen war. Aber obwohl mein Herz immer noch von der Begegnung mit dem König glühte, wurde mir klar, dass ich in dem Ballsaal völlig fehl am Platz war. Man war mir dort mit Freundlichkeit begegnet, aber ich gehörte dort nicht hin.

Der andere Grund, warum ich die Küche so faszinierend fand, war ein ganz einfacher: Ich hatte noch nie so viel Essen auf einmal gesehen. Und dabei ächzten die Tische im Ballsaal doch schon unter dem Gewicht der Speisen. Wer sollte das alles essen?

Tom zum Beispiel, dachte ich schmunzelnd und mopste mir ein Kotelett mit Soße von einem Teller. Auf das hier würde er verzichten müssen. Ein paar Diener warfen mir neugierige Blicke zu, sagten aber nichts. Ich wollte schon nach dem Weinkeller fragen, als ich die Treppe nach unten entdeckte. Ich wich einem halben Dutzend Küchenmädchen aus, die mit silbernen Tabletts beladen waren, auf denen Gläser mit einer dunkelroten Flüssigkeit standen – die hoffentlich den Geschmack des schwerhörigen Gentlemans treffen würden. Einen Moment lang überlegte ich, ob ich zur Party zurückkehren sollte, aber meine Neugier war geweckt. Wenn ich schon einmal hier war, konnte ich genauso gut einen Blick in den Keller werfen.

Ich ging die Treppe hinunter und mit jedem Schritt wurde es klammer. Die Kälte des Herbstes sickerte durch Stein und Erde. Flackernde Lampen erhellten den Weg und warfen Schatten, die im Rhythmus der Flammen tanzten. An einer Wand lagerten riesige Fässer. Aus einem lecken Zapfhahn tropfte Ale. Und in der Mitte des höhlenartigen Kellerraums zogen sich Regale mit unzähligen Weinflaschen bis zur hinteren Wand. Es mussten Hunderte sein – ein flüssiges Vermögen. Auf einem Tisch standen etliche leere Flaschen.

»Mr Glover?«

Er war nicht hier, aber er war auch nicht nach oben gekommen. Ich fragte mich, ob er seiner Leidenschaft nachgegeben hatte und betrunken zwischen den Fässern lag. Dann entdeckte ich ein schwaches Licht an der gegenüberliegenden Seite des Kellers.

Ich ging ein bisschen näher heran und sah eine Tür aus Stein, die sich fast nahtlos in die Wand einfügte. Sie stand nur einen kleinen Spalt offen und durch diesen Spalt drang das Licht. Ich zog an der Tür und steckte den Kopf durch den Spalt. Dahinter führte eine enge Wendeltreppe nach oben. An der Mittelsäule hing eine Öllampe.

Ein Geheimgang, dachte ich. Auf diesem Weg war Glover also verschwunden. Ich hatte von so etwas schon gehört: schmale Gänge für die Dienstboten, die auf diese Weise ungesehen hinter den Kulissen agieren konnten, ohne die vornehmen Herrschaften zu stören. Interessant war, dass es einen Geheimgang *zum Keller* gab. Wer immer dieses Haus erbaut hatte, war – genauso wie der Kellermeister – dem Wein anscheinend sehr zugetan gewesen.

Ich schlüpfte durch den Spalt, wobei mich eine Stimme in meinem Kopf ermahnte, ich solle nicht herumschnüffeln. Die Stimme hörte sich genauso an wie die von Tom. Ich ignorierte sie. Wie konnte irgendjemand einen Geheimgang sehen und *nicht* wissen wollen, wohin er führt?

Ich will nur einen kurzen Blick riskieren, beruhigte ich die Stimme in meinem Kopf und stieg vorsichtig die Stufen nach oben. Im zweiten Stock befand sich wieder eine Tür, die diesmal geschlossen war, und davor – merkwürdigerweise – ein einzelner Stiefel, der auf der Seite lag. Ich hob ihn auf und entdeckte einen Weinfleck auf der Spitze. Der Stiefel gehörte Glover. Ich hatte vorhin selbst miterlebt, wie er Wein über den Stiefel verschüttet hatte.

Warum lag dieser Stiefel hier?

Das Licht von oben wurde heller. Ich ging weiter und sah, dass die Wendeltreppe an einer weiteren Tür endete. Diese Tür stand offen. Ich lugte um die Ecke, um zu sehen, was sich dahinter befand.

Es war ein Schlafzimmer, viel prächtiger als meins. Ich hielt es für das Zimmer des Hausherrn, nicht nur wegen seiner luxuriösen Ausstattung, sondern auch aufgrund des Wandteppichs über dem Bett: gekreuzte Hellebarden über einem Hirschgeweih, genau wie über dem Eingang des Hauses.

Und dort, halb auf dem Bett, halb auf dem Boden, lag ein Mann.

Ich erstarrte. Es war Glover, der nur noch einen Stiefel trug. Vorsichtig ging ich weiter und hörte Glas klirren. Mit den Füßen war ich gegen zwei Flaschen gestoßen. Die eine war verkorkt, die andere offen, und aus dieser Flasche gluckerte Flüssigkeit über den Boden, als die beiden Flaschen zur Seite rollten.

Ich wusste nicht, was ich tun sollte. Ich konnte Glover nicht so liegen lassen. Er brauchte Hilfe. Aber wenn ich jemandem Bescheid sagte, musste ich erklären, was ich hier oben gewollt hatte – wo weder er noch ich etwas zu suchen hatten.

Also musste ich mich selbst um die Sache kümmern. Ich ging zum Bett und drehte den Kellermeister um. Der Gestank nach Wein und Erbrochenem stieg mir in die Nase, zusammen mit dem schweren Aroma nach Knoblauch. Er hatte sich übergeben, aber nicht hier, denn es war nichts zu sehen. Ich musste würgen, als ich ihn umdrehte, denn zu dem üblen Magengeruch gesellte sich noch ein anderer: Er hatte in die Hose gemacht.

»Mr Glover.« Ich schüttelte ihn, aber er wachte nicht auf. »Mr Glover!«

Sein Kopf fiel zur Seite und seine Augen öffneten sich einen Spalt. Einen Moment lang dachte ich, er würde aufwachen. Aber sein Blick war merkwürdig leer. Und dann erkannte ich, dass er nicht atmete.

Er war tot.

Ich stolperte rückwärts und fiel mit einem dumpfen Schlag auf den Teppich neben dem Bett. *Die Pest*, dachte ich unwillkürlich und kroch vor Panik nach hinten. Doch im nächsten Moment schalt ich mich wegen meiner Torheit.

Es war nicht die Pest. Der Mann hatte keinerlei Symptome gezeigt und die Krankheit hatte Oxford bisher verschont.

Aber was hatte ihn dann getötet?

War er gestürzt und hatte sich den Kopf am Bettpfosten angeschlagen? Ich untersuchte ihn, konnte aber keine Wunde entdecken.

Ein Herzanfall? Nein, auch dazu passte der Zustand nicht, in dem er sich befand. Er hatte sich erbrochen, sich unkontrolliert erleichtert, war mitten in der Bewegung tot umgefallen.

Also doch die Pest, kreischten meine Nerven, aber ich schüttelte den Kopf. Es gab überhaupt keine Zeichen. Basierend auf dem, was ich vor mir sah, war es viel wahrscheinlicher, dass er …

Mir wurde kalt bis auf die Knochen, als ich mich an die Worte des Kellermeisters erinnerte.

Es is doch meine Aufgabe, den Wein zu probieren, Sir. Was, wenn er vergiftet is?

Das war als Scherz gemeint gewesen. Doch ich erkannte mit Grauen, dass alles zusammenpasste. Nicht nur die Art der Symptome, sondern auch die rasende Geschwindigkeit, mit der der Tod eingetreten war.

Glover war vergiftet worden. Er hatte den Wein getrunken

und eine der Flaschen war vergiftet gewesen. Und gerade war eine neue Runde Wein geöffnet worden. Ich selbst hatte gesehen, wie die Mädchen die Tabletts hineintrugen …

Zum Fest.

Zum *König.*

Meine Brust verkrampfte sich. Ich rappelte mich auf und wollte wieder nach unten rennen.

Genau in diesem Moment legte sich eine Schnur um meinen Hals.

Kapitel 5

Die Schlinge zog sich enger und mein Hals brannte vor Schmerz, als ich in die Höhe gerissen wurde.

Ich trat um mich und versuchte, meine Füße wieder auf den Boden zu bekommen. Der Körper eines Mannes drückte sich in meinen Rücken und sein Atem fuhr mir heiß ins Ohr.

Ich krallte nach der Schnur, versuchte, mit den Fingern darunterzukommen. Sie drückte mir die Luft ab und schnitt in mein Fleisch. Ich konnte nicht mehr atmen. Ich konnte nicht mehr denken. Ich griff nach hinten und tastete nach dem Mann, der mich zu erwürgen versuchte. Ich fühlte seine großen Hände, die gespannte Haut seiner Finger, die sich um die Schlinge krampften. Meine Arme zuckten wild durch die Luft, aber meine Schläge waren zu schwach und landeten wirkungslos auf der Kapuze, die seinen Kopf bedeckte.

Er schüttelte mich, wie ein Hund eine Ratte schüttelt, und zog noch enger zu. Mein Gesicht schwoll an und ich hörte auf, um mich zu schlagen, und versuchte stattdessen wieder, die Finger unter die Schlinge zu zwängen. Vergeblich. Blitze und Kometen zuckten durch die Luft, dann wurde mir schwarz vor Augen. Meine Arme wurden schwer, und obwohl mein Gehirn sie anbrüllte, sie sollten sich gefälligst bewegen, fielen sie schlaff herab.

Tom, dachte ich noch.

Tom

nein

nein

Tom

Meister

Hilfe

fallen

Ich fiel

der Boden

Der Boden. Geräusche. Wärme. Jemand schrie.
Ein Kampf.
Ein … Schatten? Ein Gespenst? Ein Bär?
Mein Hals. Mein Hals tat so furchtbar weh.
Ich hörte Glas zersplittern. Ich fühlte eine kühle Brise. Sah einen Funken Kerzenlicht.
Hände hoben mich hoch. Große, starke Hände. Die mich aufs Bett legten.

Die Schnur. Jemand zog die Schnur von meinem Hals weg. Meine Haut brannte wie Feuer.

Luft. Ich schnappte nach Luft – und da war sie. In tiefen Atemzügen saugte ich sie in meine Lungen.

Tom türmte sich über mir auf. Er wirkte panisch. Er blinzelte. Sein eines Auge war rot und tränte und darunter auf der Wange wuchs eine rote Beule. Er drückte auf meine Brust, als ob er mir helfen wollte, die Luft in meinen Körper zu pumpen. Ich hustete und keuchte und kämpfte gegen seine Arme an.

»Es ist gut«, sagte Tom. »Der Mann … er ist weg. Er ist gefallen.«

Benebelt schaute ich zum Fenster, von dem nur noch Scherben übrig waren. Auf dem Boden lag ein Mantel. Tom musste den Attentäter von mir weggezogen und durch die Scheibe gestoßen haben. Pech für ihn, dass wir im zweiten Stock waren.

Der Herbstwind fegte herein und es wurde kalt im Zimmer. Ich atmete, hektisch, tief und rasselnd. Ich war am Leben. Ich ließ mich nach hinten sinken und wollte mich ausruhen, aber da meldete sich eine Stimme in meinem Kopf.

Hast du nicht etwas vergessen?

Ruckartig setzte ich mich auf. Mr Glovers Leiche lag immer noch neben mir auf dem Bett.

Gift, sagte ich. Oder versuchte es wenigstens.

Kein Wort kam aus meinem Mund.

Ich versuchte es noch einmal. *Halt sie auf.* Aber meine Kehle zog sich zusammen und widersetzte sich meinem Befehl. Die Schnur hatte mir die Stimme abgeschnitten. Ich konnte nicht mehr sprechen.

Ich konnte nicht *sprechen*.

Ich packte Tom an den Armen. »Leg dich hin«, sagte er. »Dann geht es dir gleich wieder besser. Leg dich hin.«

Ich schüttelte den Kopf. Keine Zeit. *Du musst verhindern, dass sie den Wein trinken.* Aber meine Stimme gehorchte mir nicht.

Meine stummen Worte ängstigten ihn. »Was ist denn los? Was brauchst du?«

Ich deutete auf die Flaschen auf dem Boden. *Wein*, sagte ich lautlos.

»Oh, ja – natürlich.« Tom hob die offene Flasche auf und setzte sie an meine Lippen. »Hier, trink.«

Erschrocken schlug ich seine Hand weg. Die Flasche entglitt seinen Fingern und zerbrach auf den Bodendielen. Der Rest des vergifteten Weins floss in kleinen Bächen unter den Schrank.

Am liebsten hätte ich vor lauter Frust gebrüllt, und zwar so laut ich konnte. Irgendeinen Ton. Irgendeinen. Aber ich hatte keine Stimme. Und keine Zeit.

Ich sprang auf. Tom schaute verwirrt zu, wie ich die ungeöffnete Flasche griff und auf den Geheimgang zutaumelte.

Oh nein. Böse Stufen. Erst nach unten, bis in den Keller, und dann wieder nach oben. Meine Beine waren wie Pudding. Das würde zu lang dauern. Stattdessen stakste ich zur Zimmertür hinaus und durch den Gang.

Tom folgte mir, immer noch mit ängstlichem Gesicht. »Was ist denn los? Christopher?«

Ich hätte alles darum gegeben, wenn ich ihm hätte antworten können. Doch so ging ich einfach weiter in Richtung der Festlichkeiten. Mir zitterten die Beine und Tom musste zweimal zupacken, als ich beinahe zu Boden gegangen wäre.

Ich muss die Treppe runter, dachte ich. *Aber ich werde mir den Hals brechen.*

Dann erinnerte ich mich an die Balkone im Ballsaal.

Die Balkone. Das war die Lösung. Ich bewegte mich jetzt

schneller, sicherer, mit mehr Entschlossenheit. Ich fand den Gang, der zu dem nächstgelegenen Balkon führte, stolperte zum Geländer und schaute nach unten.

Außer den Musikanten auf dem Balkon mir gegenüber befanden sich alle anderen unten im Saal. Die Lakaien spazierten durch die Menge und verteilten die Weingläser.

Mein Blick zuckte durch die Gäste, auf der Suche nach dem König. Da er größer war als jeder andere Mann im Saal, war er nicht zu übersehen. Er hielt schon ein Glas in der Hand, genau wie die Herrschaften, die ihn umringten. Wie Lord Ashcombe, der auf der anderen Seite des Ballsaals stand. Die anderen Gäste bedienten sich von den Tabletts, die die Lakaien ihnen darboten. Gerade wurde der französischen Dame mit der Federmaske ein Glas gereicht.

»Halt.«

Endlich war meine Stimme wieder da. Aber ich konnte nur krächzen. Niemand hörte mich über den angeregten Gesprächen, dem Gelächter und der Musik.

Der König hob sein Glas und sprach einen Trinkspruch.

Ich versuchte es noch einmal.

»Halt.«

Aber sie hörten mich nicht. Sie konnten mich einfach nicht hören.

Der König beendete seine kurze Rede. Er hob das Glas an die Lippen.

Ich hatte immer noch die ungeöffnete Flasche von Mr Glover bei mir. Und ich wusste mir nicht mehr anders zu helfen.

Ich warf die Flasche auf den König.

Die Flasche drehte sich im Flug und beschrieb einen langsamen, schwankenden Bogen. Dann landete sie mitten in dem Kreis um den König.

Sie zerbrach nicht einfach – sie explodierte. Glassplitter rasten wie Pfeile durch die Luft und blieben in den Stiefeln der Gentlemen stecken. Der Wein spritzte in alle Richtungen und befleckte Seidenstrümpfe und Satinröcke.

Ein paar Leute kreischten auf. Dann senkte sich eine verblüffte, entgeisterte Stille über den Saal. Die Gespräche verstummten, die Musik hörte auf und alle schauten nach oben.

»Was um Gottes willen …?«, hörte ich König Charles sagen.

Und dann setzten sich die Wachen unten im Ballsaal in Bewegung. Zwei schoben sich durch die Gäste, die Hellebarden im Anschlag, schubsten die Damen aus dem Weg und bildeten einen dichten Ring um den König. Andere versperrten mit ihren Hellebarden die Ausgänge. Der Rest rannte aus dem Saal. Um mich gefangen zu nehmen, wie ich befürchtete.

Lord Ashcombes Hand war instinktiv zu seiner Seite gezuckt, wo sich normalerweise sein Schwert befand, das er aber zu diesem Anlass nicht bei sich hatte. Dann packte er den Perlmuttgriff der Pistole und suchte mit den Augen die Balkone nach der Gefahr ab.

Als er mich erblickte, erstarrte er und runzelte die Stirn.

Tom, der nicht minder verdattert war, wich entgeistert über meinen Flaschenwurf vor mir zurück. Ich hatte keine Zeit, ihm meine Handlungsweise zu erklären. »Nicht den Wein trinken!«, rief ich nach unten. Aber meine Stimme war immer noch zu schwach und die Gäste unterhielten sich mittlerweile wieder lautstark über den Wahnsinn, dessen Zeuge sie soeben geworden waren. Eine Dame neben Seiner Majestät, deren Kleid den meisten Wein abbekommen hatte, verfluchte mich voller Zorn. Alle anderen schauten zum König hin.

Charles versuchte, die Spannung durch einen Scherz zu vertreiben. »Da habt Ihr uns vielleicht einen Burschen mitgebracht, Richard.« Er schüttelte rubinfarbene Tropfen von seinen Fingern. »Jemand sollte dem Jungen klarmachen, dass Wein zum Trinken da ist, nicht zum Werfen.«

Die Menge lachte, aber in meinen Ohren donnerten die Stiefel der Wachen, die die Treppe hochgestapft kamen. Und alles, was ich sehen konnte, war das Glas.

Der König hatte immer noch sein Glas in der Hand.

Panisch blickte ich zu Lord Ashcombe hin, der ratlos den Kopf schüttelte. *Warum?*

Die Wachen hatten mich gleich. Ich streckte die Hand aus und tat so, als würde ich ein Glas halten. Dann deutete ich hektisch auf dieses unsichtbare Glas.

Lord Ashcombe beobachtete mich.

Langsam und überdeutlich zog ich meinen Zeigefinger über meine Kehle.

Lord Ashcombe runzelte die Stirn.

Dann deutete ich direkt auf den König. Mir blieb kaum mehr Zeit für diese Geste, da hatten mich raue Hände schon gepackt und zu Boden gedrückt. Die Soldaten des Königs stürzten sich auch auf Tom. Er wich nur furchtsam zurück und machte keine Anstalten, sich zu wehren. Er landete auf dem Boden neben mir.

Aber Lord Ashcombe hatte meine Geste gesehen. Er drehte sich um.

Charles hatte wieder das Glas erhoben. »Auf die Jugend«, lachte er und alle, die nicht vor Schreck ihre Gläser fallen gelassen hatten, erhoben sie und prosteten dem König zu.

»Auf die Jugend!«

Lord Ashcombes Augen wurden groß.

Charles setzte das Glas an die Lippen.

Er würde zu spät kommen. Er hatte keine Zeit, um quer

durch den Saal zu rennen. Stattdessen hob Lord Ashcombe mit einer fließenden Bewegung die Pistole, die er noch in der Hand hielt. Er zielte auf den König und drückte ab.

Der Knall hallte ohrenbetäubend in dem Ballsaal wider. Die Bleikugel wurde mit einer kleinen Rauchexplosion aus dem Lauf geschleudert und traf das Glas in dem Moment, in dem der Wein des Königs Lippen berührte. Das Kristall zersprang in tausend Stücke und der Wein ergoss sich blutrot über den Rock des Königs. Die Kugel flog weiter und riss einem Mann die gelockte Perücke vom Kopf, ehe sie in der Holztäfelung der Wand stecken blieb und dabei noch einige Splitter heraushebelte.

Die Menge keuchte auf. Die Soldaten neben dem König erstarrten, als ob sie nicht glauben konnten, was sie soeben erlebt hatten. Dann schoben sie die Gäste beiseite und packten ihren eigenen Kommandanten an den Armen. Doch immer noch wechselten sie ratlose und verwirrte Blicke.

Charles war ebenso fassungslos wie seine Männer. Er starrte seinen alten Freund an, und als er sprach, klang seine Stimme nicht wütend. Sie klang verletzt. »Richard«, sagte er. »Was für ein schlimmer Streich ist das?«

Lord Ashcombe neigte den Kopf. »Bitte vergebt mir, Sire«, sagte er. »Aber ich glaube, der Wein ist vergiftet.«

Kapitel 6

Alle Ein- und Ausgänge wurden geschlossen. Ein Dutzend Wachen brachten den König aus dem Ballsaal, während Lord Ashcombe seine Männer in jeden Winkel des Anwesens befahl, um zu verhindern, dass sich irgendjemand aus dem Staub machte. Dann schickte er einen Kurier nach Oxford, der Verstärkung anfordern sollte, und innerhalb einer Stunde war das Haus von so vielen Soldaten umstellt, dass es einem Belagerungszustand glich.

Trotz meiner – zugegebenermaßen ungeschickten – Bemühungen, das Attentat zu vereiteln, hatten einige Gäste das Gift bereits zu sich genommen. Für drei von ihnen kam jede Hilfe zu spät: zwei Lords hatten ihren Wein ausgetrunken, sobald sie die Gläser in der Hand gehalten hatten, und ein Dienstmädchen hatte sich heimlich ein Glas genommen, bevor sie die restlichen auf dem Tablett nach draußen brachte. Eine Handvoll weiterer Personen hatte zumindest etwas davon getrunken, und da ich nicht wusste, um welches Gift es sich handelte, und entsprechend auch nicht das passende Gegenmittel kannte, hielt ich es für das Beste, sie alle erbrechen zu lassen.

Mit Lord Ashcombes Erlaubnis holte ich die Apothekerschärpe aus meinem Schlafzimmer. Sie hatte meinem Meister gehört und war mit zahlreichen Taschen besetzt, in denen sich alle möglichen Pulver, Kräuter und Salben befanden, außerdem eine Anzahl nützlicher Werkzeuge. Meister Benedict hatte sie stets dabeigehabt, wenn er Hausbesuche machte. Nachdem er ermordet worden war, hatte ich sie an mich genommen und trug sie meistens unter meinem Hemd.

Das beste Mittel, das ich bei mir hatte, war Brechwurzsirup, hergestellt aus einer Pflanze, die nur in der Neuen Welt wuchs. Das Fläschchen enthielt allerdings nur zwei Portionen, die ich den Gästen verabreichte, die den meisten Wein getrunken hatten. Den anderen gab ich Senfpulver. Auch davon hatte ich nur zwei Portionen, aber in der Küche gab es jede Menge Senfsamen, die ich zerkleinerte. Das Erbrechen war kein schöner Anblick – von dem Gestank ganz zu schweigen –, aber glücklicherweise erholten sich die Betroffenen im Großen und Ganzen recht gut, bis auf eine Dame, die weiterhin in Lebensgefahr schwebte.

Nachdem ich mich um die Vergifteten gekümmert hatte, humpelte ich in die Bibliothek, um mich selbst zu verarzten. Die Prellungen und Schrammen, die ich durch die Soldaten des Königs erlitten hatte, als diese mich zu Boden rissen, waren nicht der Rede wert, aber mein Hals tat immer noch entsetzlich weh und die Haut auf meinem Nacken brannte wie Feuer.

Tom wickelte das Tuch ab, das ich darumgeschlungen hatte, und schaute sich die Verletzung an. »Das sieht ziemlich schlimm aus«, sagte er.

Mithilfe des Spiegels aus meiner Schärpe betrachtete ich meinen Hals. Ringsum verlief ein knallroter Streifen und das Blut, das aus der Rille ausgetreten war, hatte den Kragen meines geborgten Hemds ruiniert. Seufzend ließ ich mich auf einen Stuhl fallen und hielt still, während Tom mir Spinnweben auf die Wunde legte.

Die Tür ging auf und die Wachen, die Lord Ashcombe zu meinem Schutz abgestellt hatte, rückten mit nach vorn gestreckten Hellebarden vor, bis ich sie zurückrief.

»Schon gut«, sagte ich. »Sie ist eine Freundin von mir.«

Sally warf den Wachen einen misstrauischen Blick zu, als sie ins Zimmer schlüpfte. Schnell kam sie zu mir und ihr Gesicht war genauso besorgt wie das von Tom. Dazu machte sie noch einen ziemlich erschöpften Eindruck.

»Du ziehst den Ärger wirklich magisch an, egal wo du bist«, sagte sie.

Tom grunzte. »Genau das hab ich auch gesagt.«

»Seid nett zu mir«, verlangte ich. »Ich bin verletzt.« Und damit deutete ich auf meinen Hals. »Seht ihr? Au.«

Tom schüttelte den Kopf, während Sally das Töpfchen mit Honig aus meiner Schärpe zog und ein wenig davon über die Spinnweben tupfte. Es brannte, aber die Kühle tat gut.

»Was geht da draußen vor?«, fragte Sally.

»Lord Ashcombe verhört die Gäste. Er versucht herauszufinden, wer der Attentäter war.«

Sally warf einen Blick auf die Soldaten und senkte die Stimme. »Er macht mir Angst.«

Dieses Gefühl kannte ich. »Mir macht eher Angst, dass ein Attentäter hier herumlaufen kann, ohne dass es jemand merkt.«

»Ach, das ist kein Problem.« Sally tupfte noch etwas Honig auf den roten Striemen und wickelte dann vorsichtig einen Streifen Baumwollstoff um die Wunde. »Es sind hundert Gäste da, von denen jeder einen Groll gegen den König hegen könnte. Und alle haben ihr eigenes Personal dabei. Allein die französische Dame hat zehn Bedienstete. Und niemand achtet auf Dienstboten. Wer immer es war, Gast oder Diener, hätte einfach an dir vorbeimarschieren können, ohne dass es jemanden gekümmert hätte.«

Das hatte ich auch bemerkt. Ich erzählte Tom und Sally, wie ich in die Küche und von da aus in den Weinkeller gegangen war. »Niemand hat mich aufgehalten. Niemand hat mir auch nur eine Frage gestellt.«

Sally band die Enden des Tuchs zusammen, damit es nicht verrutschte. »Ich sollte übrigens auch nicht hier sein. Lady Pemberton ist völlig hysterisch. Ich habe ihr gesagt, ich würde versuchen, ihr ein Beruhigungsmittel zu besorgen. In Wahrheit wollte ich nur sehen, ob es dir gut geht.«

Ich zog ein Fläschchen mit einer bräunlichen Flüssigkeit aus meiner Schärpe. »Das ist Brandy. Eins der besten Beruhigungsmittel, die es gibt. Und garantiert nicht vergiftet.«

»Allerdings könnte es explodieren«, warf Tom ein.

Sally wusste offenbar nicht, ob sie lachen oder uns ausschimpfen sollte. »Ihr Kindsköpfe«, sagte sie.

Wieder ging die Tür auf und Lord Ashcombe trat ein. Sally senkte den Blick, knickste und huschte dann an ihm vorbei aus dem Zimmer.

Er drückte die Tür hinter ihr zu. »Alles in Ordnung?«, fragte er mich.

»Alles klar«, sagte ich.

»Das hast du gut gemacht. Und das gilt für euch beide.« Lord Ashcombe verschränkte die Arme vor der Brust. »Jetzt müssen wir einen Verräter aufspüren. Erzählt mir alles, was ihr wisst.«

Ich berichtete ihm von den Ereignissen, wobei ich keine noch so kleine Kleinigkeit ausließ. Er lauschte aufmerksam, und als ich fertig war, wandte er sich Tom zu.

»Ich sah, wie Christopher das Fest verließ«, sagte Tom und duckte sich unwillkürlich unter Lord Ashcombes Blick. »Also folgte ich ihm. Als ich in die Küche kam, hat mir eins der Serviermädchen gesagt, er sei in den Weinkeller gegangen, und als ich da hinkam, sah ich die Treppe nach oben. Ich wusste genau, dass Christopher einem Geheimgang nicht widerstehen kann, also bin ich auch hochgegangen. Und da habe ich gesehen, wie jemand ihn erwürgen wollte.«

»Wie hat der Mann ausgesehen?«

»Er war stämmig. Kräftig wie ein Bulle. Ich habe noch nie jemanden erlebt, der so stark war.«

»Und sein Gesicht?«

»Das … das habe ich nicht sehen können«, sagte Tom entschuldigend. »Er hatte einen Umhang mit einer Kapuze, die sein Gesicht verdeckte.« Als Lord Ashcombe grunzte und Tom bedeutete, er solle fortfahren, holte der tief Luft. »Na ja, ich habe den Mann gepackt, um ihn von Christopher wegzuziehen. Er ließ ihn los und wir haben miteinander gerungen. Dann hat er mir ins Auge gestochen. Als ich sah, dass er mit seiner Hand nach seinem Gürtel griff, habe ich Panik bekommen und nach ihm getreten. Sein Umhang wurde weggerissen und er fiel durchs Fenster. Ich glaube … Ich glaube, ich habe ihn umgebracht.«

Lord Ashcombe schüttelte den Kopf. »Hast du nicht. Das Fenster befindet sich oberhalb des Gartens. Der Attentäter ist ins Gebüsch gefallen.«

Meine Kehle schmerzte, als ich schluckte. »Er ist noch am Leben?«

Lord Ashcombe nickte. »Was hast du mit dem Umhang des Mannes gemacht?«

»Nichts«, sagte Tom. »Ich habe ihn da liegen gelassen.«

Ashcombe befahl einem seiner Männer, den Umhang aus dem Gemach zu holen. Während wir warteten, betrachtete er uns. Sein Schweigen machte mich nervös. »Geht es dem König gut?«, fragte ich, nur um die Stille zu durchbrechen.

»Ja«, sagte er knapp.

Wieder eine Pause. »Sally hat gerade die Französin erwähnt, die an dem Fest teilgenommen hat, und …«

»Sie war es nicht.«

Danach gab ich es auf, ihn in ein Gespräch verwickeln zu wollen. Der Soldat kehrte mit dem Umhang und mit einem Fetzen zurück, der vom Hemd des Attentäters abgerissen worden war. Lord Ashcombe legte beides auf den Tisch.

Tom war niedergeschlagen. Er war der Einzige, der den Attentäter gesehen hatte, aber er war nicht in der Lage, irgendwelche nützlichen Hinweise beizusteuern. Ich entschloss mich, den Beschützer des Königs, der die Gegenstände auf dem Tisch wortlos anstarrte, ein weiteres Mal anzusprechen, teilweise um Toms willen, teilweise aber auch, weil mir meine Neugier keine Ruhe ließ. »Bitte verzeiht, Mylord, aber ... sucht Ihr etwas Bestimmtes?«

Er schaute mich an und sein Blick war unergründlich. Dann sagte er: »Komm her.«

Ich ging zu ihm und er deutete auf Mantel und Fetzen. »Was siehst du?«

Ich war mir nicht sicher, wonach ich suchen sollte, genauso wenig wie Tom.

»Das ist kein Trick«, sagte Lord Ashcombe. »Sagt mir einfach, was ihr seht. Alles, egal wie unbedeutend es euch auch erscheinen mag.«

Tom würde garantiert nicht als Erster das Wort ergreifen, also tat ich es. Mein Magen flatterte, als ob ich wieder im Gildehaus der Apotheker stehen und meine Prüfung ablegen würde. »Der Umhang ist aus Wolle. Er ist braun. Er sieht warm aus. Das Hemd ist aus Leinen. Es ist weiß. Die Webart lässt auf eine leidliche Qualität schließen.«

»Und was sagt dir das?«

Ich fühlte, wie sich Schweißtropfen auf meiner Oberlippe sammelten. »Ähm ...«

»Denk nach. Wer würde so etwas tragen?«

Ich schaute erst ihn und dann Tom an. Ashcombes Hemd bestand aus Seide, Toms aus Leinen, genau wie meins. Genau wie der Fetzen, der von dem Hemd des Attentäters abgerissen worden war. Und obwohl unsere Hemden von besserer Qualität waren als dieser Fetzen, konnte …

Und plötzlich verstand ich.

Kapitel 7

»Ein Dienstbote«, sagte ich. »Das ist die Kleidung eines Dienstboten.«

Lord Ashcombe nickte und drehte den Leinenfetzen in seinen Fingern hin und her. »Keiner der Gäste würde in Gegenwart des Königs Leinen dieser Qualität tragen.«

»Dann sollten wir die Dienstboten befragen«, sagte Tom.

»Das geschieht bereits. Aber dort werden wir ihn nicht finden. Der Attentäter ist geflohen, aber von den Dienstboten fehlt kein einziger. Was bedeutet, dass es nur eine Verkleidung war. Also: Was sagt uns das außerdem?«

Ich betrachtete wieder den Umhang. Er war unscheinbar und verriet mir nichts weiter, also beschloss ich, mich an Meister Benedicts Unterweisung zu halten und ihn zu untersuchen, als ob ich eine unbekannte Pflanze vor mir hätte. Ich roch sowohl an dem Umhang als auch an dem Leinenfetzen, konnte aber außer einem leichten Schweißgeruch nichts feststellen. Und daran lecken würde ich ganz gewiss nicht.

»Ist das alles?«

Die Art, wie Lord Ashcombe fragte, ließ mich vermuten, dass mir etwas entging. Ich zermarterte mir das Hirn, aber das Einzige, was mir noch auffiel, war … »Der Umhang ist in einem guten Zustand.«

»Wie gut?«

»Er sieht neu aus«, sagte Tom.

»Ja«, sagte Lord Ashcombe. »Keine Flecken, keine abgewetzte Stelle. Die Kleidungsstücke wurden erst vor Kurzem gekauft und heute Abend zum ersten Mal getragen.

»Und wie hilft uns das weiter?«, wollte ich wissen.

»Wir werden den Schneider ausfindig machen, der sie hergestellt hat, und ihn dazu bringen, uns zu verraten, wem er die Sachen verkauft hat.«

In seiner Stimme lag ein Knurren und ich war heilfroh, dass ich bei der Befragung des armen Schneiders keine Rolle spielen musste. Trotzdem war mir eine Sache noch nicht klar: »Wie sollen wir denn den Schneider finden?«

»Durch die Art der Naht.« Er drehte den Umhang um und deutete auf die Nähte. »Jeder Schneider hat sein eigenes Muster, das er von seinem Meister gelernt hat. Man muss also nur diese Nähte vergleichen …« Er verstummte.

»Mylord?«

Er streckte die Hand aus. »Messer.«

Weder Tom noch ich hatten ein Messer auf dem Fest dabeigehabt, aber in meiner Schärpe steckte ein kleines Skalpell. Ich holte es heraus.

Lord Ashcombe breitete den Umhang auf dem Tisch aus. Er fuhr mit den Fingern über die Nähte, unten in der Ecke, wo die Stiche anders aussahen als der Rest.

»Der andere Grund, warum man die Kleidungsstücke eines Attentäters untersuchen sollte«, sagte er, »ist der, dass man manchmal ganz unerwartete Dinge findet.«

Er schlitzte die Naht auf und zog heraus, was im Saum versteckt worden war: Es war ein Stück Papier, das zu einem schmalen Streifen gefaltet worden war. Auf der einen Seite war in Tinte ein einzelner Buchstabe gemalt.

Lord Ashcombe starrte den Buchstaben an. Dann faltete er den Zettel auseinander und zum Vorschein kam eine Botschaft.

Ro mv hfuurg kzh jfv ovh uroh wv 77 nvfivmg.
Ovh xlfhrmvh wlrevmg nlfiri, zfhhr, zevx ovfih
kzizhrgvh. Xlmgzxgva J klfi oz tfvirhlm. Uzrgvh
ivhhvnyovi jfv ov kvmwziw vhg oz xryov.
Qfhjf'zf nlnvmg.

Ich schaute zu Tom, der meinen Blick voller Überraschung erwiderte.

Der Attentäter hatte eine codierte Botschaft bei sich gehabt.

Vielleicht Anweisungen?, fragte ich mich.

Lord Ashcombe wandte sich zu dem Soldaten um, der an der Tür Wache stand. »Der Leiter des Geheimdienstes Seiner Majestät hält sich im Augenblick in Ipswich auf. Schafft ihn her. Sofort.«

Trotz der Eile, mit der dieser Befehl ausgeführt werden würde, würde es eine Weile dauern, bis der Mann hier eintraf. Ipswich war zwei Tagesritte von hier entfernt. Die Wunde an meinem Hals fing wieder an zu pochen bei dem Gedanken daran, dass der Attentäter mindestens eine halbe Woche lang frei in Oxford herumspazieren konnte, bevor der Leiter des Geheimdienstes überhaupt hier war. Und dieser Attentäter hatte es jetzt nicht mehr nur auf den König abgesehen. Sondern auch auf mich.

»Mylord?«, sagte ich. »Mein Meister hat mir einiges über Geheimcodes beigebracht. Ich … Ich könnte vielleicht helfen.«

Ich erwartete, dass Lord Ashcombe mich belächeln und nicht weiter ernst nehmen würde, aber ich täuschte mich. Er betrachtete mich nur einen Moment lang, dann reichte er mir die Botschaft. »Was brauchst du?«

»Nur eine Schreibfeder, Tinte und Papier«, sagte ich. »Viel Papier.«

Ein Soldat brachte mir das Gewünschte. Auf Lord Ashcombes Anweisung fertigte ich zunächst eine Kopie der Botschaft für den Leiter des Geheimdienstes an, die der Kurier mit dem Befehl des Königs überbringen sollte, sich so bald wie möglich hier einzufinden. Dann machte ich mich an die Arbeit.

Ro mv hfuurg kzh jfv ovh uroh wv 77 nvfivmg.
Ovh xlfhrmvh wlrevmg nlfiri, zfhhr, zevx ovfih
kzizhrgvh. Xlmgzxgva J klfi oz tfvirhlm. Uzrgvh
ivhhvnyovi jfv ov kvmwziw vhg oz xryov.
Qfhjf'zf nlnvmg.

Tom warf einen Blick darauf. »Kennst du diesen Code?«

»Nicht auf Anhieb«, sagte ich. »Aber es sieht mir ganz nach einem simplen Buchstabentausch aus. Also werde ich ein bisschen herumprobieren und schauen, ob mir irgendwas ins Auge fällt.«

Ich fing mit der einfachsten Methode an: der Caesar-Verschlüsselung. Dabei wurden die eigentlichen Buchstaben eine oder mehrere Stellen im Alphabet verschoben. Normalerweise nahm ich mir die ganze Botschaft vor, für den Fall, dass der Schreiber klug war und am Anfang irgendwelchen Nonsens verschlüsselt hatte, um den Codebrecher zu verwirren. Aber aus Zeitgründen tauschte ich diesmal nur die Buchstaben bei den ersten Worten aus. Erst eine Stelle nach rechts:

Sp nw igvvsh lai kgw pwi

Dann zwei:

Tq ox jhwwti mbj lhx qxj

Dann drei:

Ur py kixxuj nck miy ryk

Und so weiter, bis ich die Buchstaben alle vierundzwanzig Stellen des Alphabets verschoben hatte. Ohne Erfolg. Es kam immer nur vollkommener Unfug heraus.

Auf zum zweiten Versuch. Wenn es nicht die Caesar-Verschlüsselung war, dann gaben mir vielleicht die Worte selbst einen Hinweis auf den Code. Ich betrachtete die Worte der Botschaft, bis mir bei dem letzten der Mut sank: *Qfhjf'zf.*

Ich seufzte. Der Apostroph mitten im Wort hatte einen Verdacht geweckt.

»Ich glaube, wir stecken in Schwierigkeiten«, sagte ich.

»Wieso?«, fragte Tom.

»Weil derjenige, der diesen Code geschrieben hat, entweder Leerstellen und Sonderzeichen benutzt hat, um uns zu verwirren, oder die Nachricht ist mit unterschiedlichen Buchstabenverschiebungen codiert.«

»So was geht?«

»Natürlich. Das nennt man Vigenère-Verschlüsselung. Und

wenn der Attentäter die benutzt hat, haben wir keine Chance. Dieser Code ist nur mit einem Schlüssel zu knacken.«

»Wieso sollte uns ein Schlüssel dabei helfen?«, fragte Tom.

»Kein echter Schlüssel. Ich meine ein Wort, mit dessen Hilfe man die Botschaft lesen kann«, erklärte ich. »So wie ein Passwort, das man sagen muss, damit die Wächter dich durch ein Tor lassen. Wenn man das nicht weiß, kommt man nicht rein.«

»Vielleicht gibt es irgendwo auf dem Zettel einen Hinweis«, schlug Tom vor. »Wie wär's mit dem A?«

Das war eine interessante Idee. Ich drehte den Zettel um und betrachtete den Buchstaben.

Und dabei fiel mir etwas anderes auf: Am unteren Rand waren drei Buchstaben mit Kohle aufgemalt: ILN

»Hat das etwas zu bedeuten?«, fragte Tom. »Könnte das der Schlüssel sein?«

»Könnte sein«, sagte er. »Obwohl es aussieht, als sei es von jemand anderem geschrieben worden als die eigentliche Botschaft.«

»Vielleicht ist es Teil der Botschaft.«

»Wie meinst du das?«

»Na ja, vielleicht hat der Attentäter angefangen, die Botschaft auf der Rückseite des Zettels zu entschlüsseln. Und dann ist ihm eingefallen, dass er das vielleicht auf einem anderen Blatt Papier machen sollte. Vielleicht ist das ein Wortanfang. Iln… Iln…« Er ließ die Schultern sinken.

»Also, mir fällt beim besten Willen kein Wort mit *Iln* ein. Auch keine Stadt oder ein anderer Ort«, sagte ich. Aber die Idee war trotzdem nicht schlecht. Meister Benedict hatte mir einmal gesagt, dass für die meisten Menschen das Knacken eines Codes eine ziemlich knifflige Sache war. Wenn der Attentäter ILN aufgeschrieben hatte, um sicherzugehen, dass er die Botschaft richtig verstand, dann war das vielleicht tatsächlich ein Hinweis für uns, wie wir den Code entschlüsseln konnten.

Ich versuchte es. Zunächst schrieb ich das Alphabet auf. Darunter setzte ich die drei ersten Buchstaben der codierten Botschaft, um zu sehen, wie sie mit dem I, dem L und dem N zusammenpassten.

A	B	C	D	E	F	G	H	I	J	K	L	M	N	O	P	Q	R	S	T	U	V	W	X	Y	Z
								R			O		M												

»Da! Sieh doch!«, rief Tom. »Da ist eine Verschiebung. Das M ist eine Stelle weitergewandert.«

»Ja, aber schau dir doch die anderen an«, sagte ich. »O ist drei Stellen nach vorne gerückt und das R sogar neun Stellen …«

Ich verstummte.

»Was hast du?«, fragte Tom.

»Ich habe gar nichts«, sagte ich. »*Du* hast etwas. Du hast *recht.* Du bist brillant.«

Tom kratzte sich am Kopf. »Ich habe keine Ahnung, was du meinst.«

»Du hast den Code geknackt. Du hast den Schlüssel gefunden! Es ist ein Atbasch.«

»Ein … was?«

»Atbasch«, sagte ich. »Das ist eine der ältesten Verschlüsselungsmethoden, die wir kennen. Und eine, die ganz einfach geht.« Ich nahm ein leeres Blatt Papier und fing an zu schreiben. »Man muss nur den ersten Buchstaben des Alphabets mit dem letzten vertauschen, den zweiten mit dem vorletzten und so weiter. Also A mit Z, B mit Y, C mit X … so.«

A B C D E F G H I J K L M
Z Y X W V U T S R Q P O N

»Siehst du?«, sagte ich. »Das passt!«

Ich machte mich daran, den Rest der Botschaft zu decodieren. Wie zuvor fing ich mit den ersten Worten an.

Il ne suffit pas que les

Tom schüttelte den Kopf. »Es funktioniert doch nicht«, sagte er niedergeschlagen.

Aber mir klopfte das Herz bis zum Hals. Und ob es funktionierte! Und plötzlich verstand ich auch die Sache mit dem Apostroph im letzten Wort.

Ich schrieb immer schneller und schneller. Und als ich fertig war, saß ich einen Moment lang da und starrte auf die Worte. Dann blickte ich zu Tom.

»Wir müssen Lord Ashcombe holen«, sagte ich. »Er muss herkommen. Und zwar sofort.«

Kapitel 8

»Sie war es doch«, sagte ich.

Obwohl es schon spät war, ließ Lord Ashcombe keinerlei Müdigkeit erkennen. »Vom wem redest du?«

»Die Frau mit der Maske. Sie steckt hinter der Verschwörung. Oder jemand von ihren Bediensteten.«

»Ich habe dir doch gesagt, das ist unmöglich.«

»Aber seht doch: Ich habe die Botschaft entschlüsselt.«

Lord Ashcombe schien überrascht zu sein, als ich ihm den Zettel reichte. Er las die Worte und sein eines Auge weitete sich.

Il ne suffit pas que les fils de _ _ meurent. Les cousines
doivent mourir, aussi, avec leurs parasites.
Contactez Q pour la guérison. Faites ressembler que le
pendard est la cible.
Jusqu'au moment.

»Das ist Französisch!«, verkündete ich. »Also, wenn nicht noch andere französische Gäste anwesend sind …«

»Sie war es nicht«, sagte Lord Ashcombe.

»Wie könnt Ihr da so sicher sein?«

»Weil ich weiß, wer diese Frau ist. Und es besteht nicht die geringste Möglichkeit, dass sie auf die Idee kommen könnte, den König umzubringen.«

Ich gab den Versuch auf, ihn von meiner Meinung zu überzeugen. »Ich habe die Botschaft übersetzt …«

»Ich kann Französisch«, sagte er, als er die Worte wieder las.

Natürlich, das hatte ich ganz vergessen. Vor sechzehn Jahren hatten die Puritaner die Monarchie abgeschafft und den Vater von König Charles hingerichtet. Dann machten sie auch Jagd auf ihn. Um den jungen König in Sicherheit zu bringen, hatte Lord Ashcombe ihn heimlich nach Frankreich gebracht. Dort auf dem Kontinent hatten sie im Exil gelebt, bis Charles 1660 den Thron seines Vaters besteigen konnte. Die Bande nach Frankreich waren nach wie vor stark: Seine Mutter und seine jüngere Schwester lebten noch immer dort.

Was mich betraf, so hatte ich Französisch von meinem Meister gelernt. Bereits in der Schule des Waisenhauses hatte man uns ein paar Brocken beigebracht, aber als Meister Benedict mich in die Lehre nahm, hatte er dafür gesorgt, dass ich mehrere Sprachen lernte. *Ich werde dir viele Texte zu lesen geben*, hatte er gesagt. *Und das Original ist immer besser als die Übersetzung.*

Tom andererseits konnte kein Wort Französisch. Also gab ich ihm die Übersetzung, die ich angefertigt hatte, während Lord Ashcombe das Original las.

Es reicht nicht aus, dass die Söhne von _ _ sterben. Auch die Cousins müssen dran glauben, zusammen mit ihren Parasiten. Kontaktiere Q wegen der Arznei. Es soll so aussehen, als ob dieser nichtsnutzige Bastard das Ziel gewesen ist.

Bis zu dem Moment.

Lord Ashcombe runzelte die Stirn. »Bist du sicher, dass du den Text richtig entschlüsselt hast?«

Ich zeigte ihm den Atbasch-Code und erklärte ihm, wie ich ihn angewendet hatte. »Ich vermute, dass der Text in sich noch verschlüsselt ist«, erklärte ich. »Einige Worte scheinen eine besondere Bedeutung zu haben. ›Arznei‹ heißt vermutlich ›Gift‹.«

»Ja, das kenne ich.« Er deutete auf die leeren Stellen vor dem Wort »sterben«. »Was ist das da?«

»Ich bin mir nicht sicher«, sagte ich. »Im Original sind es keine Buchstaben, sondern Zahlen.«

»Zahlen?«

Ich nickte. »Bei Atbasch werden normalerweise Buchstaben verwendet, aber man kann natürlich auch Zahlen damit verschlüsseln. Dazu muss man nur die 0 mit der 9 tauschen, die 1 mit der 8 und so weiter. Ich habe sie freigelassen, weil ich mir nicht sicher bin, ob sie mit Atbasch verschlüsselt wurden oder nicht.«

»Wie lauten die ursprünglichen Zahlen?«

»77«, sagte ich.

»Und mit Atbasch?«

»22.«

Er erstarrte.

Tom und ich wechselten einen Blick. »Hat das irgendeine …?«

Der Beschützer des Königs hob die Hand, während er mit brennendem Blick auf das Blatt Papier starrte. Nach einer Weile fing er an, auf- und abzumarschieren. Schließlich blieb er am Fenster stehen. Sein Gesicht war wie aus Stein gemeißelt.

Dann marschierte er zu uns. Er nahm die Feder und schrieb 22 auf die beiden Leerstellen in dem Text. »Folgt mir«, sagte er. »Und nehmt eure Notizen mit. Wir gehen zum König.«

Kapitel 9

An der Tür standen vier Wachen mit ihren Hellebarden in Habachtstellung. Auf eine Handbewegung Lord Ashcombes traten sie beiseite.

Die Tür führte in ein kleines, gemütliches Wohnzimmer, in dem ein knisterndes Feuer im Kamin brannte und den Raum mit Wärme und einem weichen orangefarbenen Licht füllte. Der König saß mit übergeschlagenen Beinen auf einem mit Samt bezogenen Sofa neben dem Kamin und starrte ins Leere. Zwei weitere Soldaten hatten rechts und links des Fensters Posten bezogen.

Lord Ashcombe nickte ihnen zu. »Lasst uns allein.«

Der König schaute auf, als sie den Raum verließen. Er betrachtete mich von oben bis unten und sagte dann nachdenklich: »Jetzt hast du schon zweimal mein Leben gerettet.« Und zu Tom gewandt: »Und du hast seins ebenfalls zweimal gerettet. Wenn ihr so weitermacht, muss ich euch noch zu Rittern schlagen.«

Tom errötete vor Stolz und ich merkte, wie meine Wangen ebenfalls warm wurden.

»Ich vermute, es gibt da draußen kein Essen, das nicht vergiftet ist, oder?«, wandte sich König Charles an Lord Ashcombe.

»Die Koteletts sind ganz köstlich«, sagte Tom. Dann schlug er die Hand vor den Mund, vor lauter Schreck, dass er tatsächlich ungefragt gesprochen hatte.

»Sie sind unbedenklich«, versicherte ich Lord Ashcombe,

teilweise, um Tom aus seiner Verlegenheit zu helfen, aber auch, weil sie wirklich nicht vergiftet waren. Tom hatte so viele Koteletts in sich hineingestopft, dass er vermutlich ein ganzes Schaf verspeist hatte, und er war immer noch am Leben.

Der Beschützer des Königs schüttelte den Kopf. »Ich gehe kein Risiko ein. Ich habe Anweisung gegeben, dass Lebensmittel aus Oxford hergebracht werden.«

Der König seufzte. »Habt Ihr denn wenigstens Wein für mich?«

»Ich fürchte, nein, Sire.« Lord Ashcombe reichte ihm meinen Zettel. »Christopher hat den Code des Attentäters entziffert. Diese Botschaft liefert die Erklärung für die Verschwörung.«

»Potzblitz!« Charles starrte mich an. »Zum Ritter geschlagen werden reicht dir anscheinend nicht. Du willst wohl gleich ein Herzog werden, was?« Er las die entschlüsselte Botschaft und schaute dann ratlos auf. »Ich habe keine Ahnung, was das bedeutet.«

Lord Ashcombe wandte sich zu mir. »Was weißt du über die französische Königsfamilie?«

Die Frage überraschte mich. »Nicht viel, Mylord. Ich weiß, dass Louis XIV. König ist und Sonnenkönig genannt wird. Und ich weiß, dass Seine Majestät« – hier nickte ich zum König – »und Louis verwandt sind.«

Lord Ashcombe nickte. »Louis hatte früher einen Ratgeber, Kardinal Mazarin, der oft Briefe schrieb, die codierte Namen enthielten. ›Der Mächtige‹ zum Beispiel war Louis, ›das Meer‹ war Mazarin selbst. Manchmal verwendete er auch Zahlen statt Buchstaben. ›16‹ stand wiederum für Mazarin.«

Charles klopfte mit der Hand auf die Armlehne und las noch einmal die Botschaft.

Es reicht nicht aus, dass die Söhne von 22 sterben. Auch die Cousins müssen dran glauben, zusammen mit ihren Parasiten. Kontaktiere Q wegen der Arznei. Es soll so aussehen, als ob dieser nichtsnutzige Bastard das Ziel gewesen ist.

Bis zu dem Moment.

»Da steht eine Zahl«, sagte er stirnrunzelnd. »22.«

»Ja, Sire. Es scheint so, dass derjenige, der diese Botschaft verfasst hat, zumindest teilweise den gleichen Code verwendete wie Mazarin.«

»Dann wisst Ihr, wer 22 ist?«

Lord Ashcombe nickte. »Es ist Louis' Mutter, Anne.«

»Und wer ist der nichtsnutzige Bastard?«

»Ich glaube, damit seid Ihr gemeint.«

Charles wirkte belustigt. »Nicht ganz ungerechtfertigt, muss ich zugeben. Trotzdem verstehe ich die Sache nicht. Warum steht hier, dass es so aussehen soll, als sei ›der Bastard‹ das Ziel gewesen?«

»Weil ich nicht glaube, dass Ihr das Ziel wart, Eure Majestät«, sagte Lord Ashcombe. »Ich bin mir fast sicher, dass der Attentäter versucht hat, Eure Schwester zu ermorden.«

Der König wurde blass. »Was sagt Ihr da?« Er stand auf. Seine Hand verkrampfte sich um den Zettel und er erhob die Stimme. *»Was sagt Ihr da?«*

Die Tür ging auf, und einer der Wachmänner trat ein, aufgeschreckt durch die laute Stimme. »Eure Majestät, ist alles …?«

»Raus!«

Der Soldat zog hastig die Tür wieder zu. Tom sah so aus, als wünschte er sich auf die andere Seite dieser Tür. Da ging es ihm wie mir.

Der König marschierte durch das Zimmer und wedelte mit

dem Zettel vor Lord Ashcombes Gesicht hin und her. »Meine *Schwester*? *Minette?* Was für einen Unfug habt Ihr Euch da ausgedacht?«

Lord Ashcombe nahm den Zorn seines Herrn gelassen hin. »Wenn Ihr Euch setzen würdet, Sire, dann könnte ich es Euch erklären.«

Charles ließ sich wieder auf dem Sofa nieder, wobei er den Zettel in seiner Faust zerknüllte und dann wieder glatt strich.

»Die Botschaft ist eindeutig«, sagte Lord Ashcombe. »›Es reicht nicht aus, dass die Söhne von 22 sterben.‹ 22 ist Anne und mit ihren Söhnen sind Louis XIV. und sein Bruder gemeint, Philippe, der Herzog von Orléans.«

»Und was hat das mit Minette zu tun?«

»›Auch die Cousins müssen dran glauben, zusammen mit ihren Parasiten.‹ Doch es sind nicht die Cousins gemeint, wie ich zunächst dachte, sondern die Cousinen.«

Allmählich dämmerte es Charles und in seine Augen trat ein entsetzter Ausdruck. Und obwohl ich nur wenig über Könige und ihre Verwandtschaft wusste, war mir der Grund klar.

Die englischen, französischen und spanischen Königshäuser waren alle durch Heirat eng verbunden. Louis XIV. hatte Maria Theresa von Spanien geheiratet, die Tochter von Elisabeth von Frankreich, Louis' eigener Tante. Und Philippe war mit Charles' Schwester vermählt, Henrietta – die Charles Minette nannte –, und ihre Mutter war Henrietta Maria von Frankreich, Philippes Tante.

Louis und Philippe hatten beide ihre Cousinen geheiratet, und eine davon war Charles' Schwester. Ich dachte noch einmal über die Botschaft nach. »Wenn mit ›Cousins‹ die Ehefrauen gemeint sind«, sagte ich, »dann sind die ›Parasiten‹ …«

»Die Kinder«, ergänzte Lord Ashcombe. »Jemand will den

König umbringen, seinen Bruder, ihre Ehefrauen und ihre Kinder. Kurz gesagt, die gesamte königliche Linie Frankreichs auslöschen.«

Die Vorstellung war schockierend. Trotzdem verstand ich immer noch nicht, was das mit dem heutigen Fest zu tun hatte. Lord Ashcombe erklärte es mir.

»Ich habe dir doch gesagt«, wandte er sich an mich, »dass die maskierte Dame unmöglich Anteil an der Verschwörung gegen den König haben kann. Der Grund ist, dass es sich bei dieser Dame um Henrietta handelt, die Herzogin von Orléans. Minette, die Schwester des Königs.«

Charles runzelte die Stirn. »Ihr müsst Euch irren. Niemand weiß, dass sie hier ist. Ihr Besuch in England ist ein Geheimnis.«

»Wie ich Euch schon oft erklärt habe, Sire, wenn mehr als zwei Personen Kenntnis von einer Sache haben, ist es kein Geheimnis mehr. Die Botschaft ist klar: Der Giftanschlag sollte so aussehen, als gälte er Euch. Aber in Wirklichkeit war die Herzogin das Ziel.«

Charles drehte sich zu Tom und mir um. »Dann stehe ich sogar noch tiefer in eurer Schuld, als ich dachte«, sagte er, »denn Minettes Leben bedeutet mir mehr als mein eigenes.« Und zu Lord Ashcombe gewandt: »Was wird unternommen, um diesen Attentäter zu ergreifen?«

»Wir untersuchen die Sache noch«, sagte Ashcombe. »In der Botschaft wird ein gewisser ›Q‹ erwähnt, der uns schon bei anderen Gelegenheiten untergekommen ist. Damit ist ein uns unbekannter Giftmischer aus London gemeint.«

»Unbekannt? Wie überaus hilfreich.«

»Wir haben noch andere Anhaltspunkte. Im Augenblick sollten wir uns um die Rückkehr Eurer Schwester nach Frankreich kümmern.«

»Rückkehr?«, wiederholte der König. »Sie kann jetzt nicht nach Frankreich zurückkehren. Sie wird hierbleiben, bei mir.«

»Unmöglich, Sire. Ihr Ehemann hat sie nach Paris zurückbefohlen.«

»Es ist mir völlig egal, was dieses Wiesel befiehlt!«

»Mir ebenfalls, Sire. Aber wenn Minette sich Philippes Befehl widersetzt, würde der Skandal unsere Beziehungen mit Frankreich nachhaltig beschädigen. Und angesichts des Krieges mit den Holländern brauchen wir Louis auf unserer Seite.«

»Und wie, schlagt Ihr vor, sollen wir sie dann beschützen?«

»Ihr könntet Eurer Schwester vorschlagen, ihre Wachen zu verstärken.«

Der König bedachte ihn mit einem strengen Blick. »Ich möchte sie nicht ängstigen. Ich werde ihr ganz bestimmt nicht erzählen, dass jemand versucht, sie zu ermorden.«

»Das ist auch nicht nötig, Sire«, erklärte Lord Ashcombe. »Sagt einfach, dass Ihr Euch wegen heute Abend Sorgen macht – wenn man Euch angreifen kann, dann kann man genauso leicht die Personen angreifen, die Euch nahestehen. In der Zwischenzeit werde ich weitere Spione in ihrem Haushalt unterbringen.«

»*Noch* mehr Spione?«, höhnte Charles. »Die Spione, die wir jetzt schon haben, sind doch samt und sonders nutzlos. Wenn diese Jungen nicht gewesen wären …«

Der König brach ab. Er drehte sich um und starrte Tom und mich an. »Das ist es. Ja, das *ist* es!«

»Sire?«, fragte Lord Ashcombe.

»Wir werden jemanden in ihrem Haushalt unterbringen«, sagte Charles. »Und zwar diese beiden hier.«

Kapitel 10

Tom und ich starrten ihn mit offenen Mündern an.

»Uns?«, krächzte ich.

Selbst Lord Ashcombe schien sprachlos angesichts dieses Vorschlags. »Das ist eine … ungewöhnliche Idee, Sire.«

»Wirklich?«, gab der König zurück. »Denkt doch mal nach. Der hier«, sagte er und deutete auf mich, »hat nicht nur eine, sondern gleich zwei Verschwörungen gegen mich und meine Familie vereitelt, nicht zu vergessen die Sache mit den falschen Pestärzten. Er kann Vergiftungen behandeln, Verbrecher aufspüren – er kann sogar Codes knacken! Wer wäre besser geeignet als er? Und wir alle wären schon längst tot ohne seinen riesenhaften Freund, ob mit oder ohne Nudelholz.«

Zu meinem Entsetzen sah ich, wie Lord Ashcombe uns nachdenklich betrachtete. Er nahm den Vorschlag des Königs doch wohl nicht ernst!? »Sie sind ein bisschen jung«, sagte er schließlich.

»Wie alt war ich in der Schlacht von Edgehill?«, fragte Charles. »Und wie alt war ich, als mein Vater mir das Kommando über Englands Westen übergab?«

»Zwölf«, sagte der Beschützer des Königs nachdenklich. »Und vierzehn.«

»Und habe ich nicht meine Pflicht erfüllt?«

Lord Ashcombes Stirn glättete sich. »Ihr wart sehr tapfer.«

Das war doch absurd. Lord Ashcombe war doch kein Einfaltspinsel – oder doch? Jetzt … jetzt *nickte* er!

»Mylord … Eure Majestät … ich glaube, hier liegt ein Missverständnis vor«, sagte ich. »Ich bin Apothekerlehrling. Tom ist der Sohn eines Bäckers. Wir sind keine Spione. Wir wüssten nicht mal, was wir als Spione machen sollten.«

»Stimmt es etwa nicht, was Seine Majestät gesagt hat?«, fragte mich Lord Ashcombe. »Habt ihr nicht zwei – nein, sogar *drei* – Verschwörungen aufgedeckt?«

»Ich … wir … ja, aber das war doch …«

»Und ist es dir nicht gelungen, diesen Code zu knacken?«

»Na ja … doch, aber doch nur, weil mein Meister mir beigebracht hat, wie man …«

»Und hast du etwa nicht den vergifteten Wein entdeckt und die betroffenen Personen behandelt?«

»Auch hier hat mich mein Meister unterwiesen …«

»Wie man ein perfekter Spion wird, möchte ich meinen.«

Vor meinem geistigen Auge sah ich das Bild von Meister Benedict, der sich vor Lachen krümmte. Tom starrte mich entgeistert an. *Unternimm etwas!*, flehten seine Augen.

Aber ich wusste nicht, was. Ein Spion? Für den König? In Frankreich? Das war doch kompletter Irrsinn! Aber wie sagte man einem König, dass er den Verstand verloren hatte?

Charles stand auf. »Kommt her, Jungs.«

Zögernd traten wir näher. Tom rückte ganz dicht an mich heran, bis sich sein Arm an meinen drückte.

»Dies war ein schwieriges Jahr für England«, sagte Charles, »und zwar nicht nur wegen der Pest. Schon seit geraumer Zeit brodeln unter der Oberfläche Verschwörungen und Intrigen. Und ich habe lernen müssen, dass man als König nur wenigen Menschen vertrauen kann. Und die meisten derjenigen, denen ich vertraue, befinden sich hier in diesem Raum.«

Er umfasste meine Schulter. »Ich habe keine Ahnung, warum

du so findig bist. Liegt es an der Ausbildung deines Meisters? Hält er vielleicht noch immer seine schützende Hand über dich? Oder hat Gott selbst dich gesegnet? Wie dem auch sei, ich brauche dich. Auf der ganzen Welt gibt es niemanden, den ich mehr liebe als Minette. Mir würde das Herz brechen, würde ihr ein Leid widerfahren.«

Jetzt nahm er auch Tom an der Schulter. »Christopher hat mir wohl gedient. Und deine Stärke, Thomas, hat uns beiden gute Dienste geleistet. Alles, worum dein König euch beide bittet, ist, dass ihr ihm noch einmal dient, als wahre Söhne Englands.«

Oh, das war hinterhältig! Toms Brust schwoll vor Stolz an. »Das werde ich, Sire«, dröhnte er.

Nicht lange, und er würde es bereuen. Genau wie ich. Aber was sollte ich machen? »Also schön.«

Der König lächelte. Lord Ashcombe allerdings hatte ein weiteres Problem ausfindig gemacht. »Das ist alles schön und gut, Sire, aber wenn es darum geht, die Personen unter die Lupe zu nehmen, mit denen Minette verkehrt, dann sind diese beiden zumindest in einer Hinsicht gänzlich ungeeignet.«

Das fiel ihm ja ziemlich spät ein. »Und welche wäre das?«, wollte Charles wissen.

»Sie sind Jungen«, bemerkte Lord Ashcombe. »Wenn wir Minette beschatten wollen, brauchen wir jemanden in unmittelbarer Nähe der Herzogin. Jemand, der sich innerhalb ihrer Gemächer und ihrer Gesellschaften ungehindert bewegen kann. Wir brauchen ein Mädchen. Jemanden, dem wir vertrauen können. Und es muss jemand sein, der Französisch spricht.«

Tom warf mir einen überraschten Blick zu. Ich wusste, was er dachte. Warum eigentlich nicht? Dann waren wir wenigstens wieder zu dritt.

»Mylord«, sagte ich. »Ich glaube, ich kenne jemanden, auf den diese Beschreibung passt.«

Sally machte große Augen, als sie sah, wer sie erwartete. Der Soldat des Königs, der sie hergebracht hatte, verließ das Zimmer und schloss die Tür. Sally warf mir einen fragenden und gleichzeitig etwas furchtsamen Blick zu.

Lord Ashcombe ergriff das Wort. »Christopher sagt, du hast einen entscheidenden Anteil an der Ergreifung dieser schändlichen Pestärzte gehabt. Dass er und Tom ohne dich gestorben wären.«

»Ich ... ich habe nicht viel getan, Mylord«, sagte sie.

»Er behauptet etwas anderes. Wie alt bist du?«

»Ich bin gerade dreizehn geworden.«

»Deine Eltern sind gestorben, als du acht warst. Und dein Vater war Franzose, richtig?«

»Ja, Mylord.«

»Bien: a-t-il t'apprit à parler sa langue?« Schön, hat er dir die Sprache beigebracht?

Sie schien verdutzt über seine Frage zu sein. *»Oui, Monsieur.«* Ja, Mylord.

»Mais il est mort depuis longtemps. Tu t'en souviens encore?« Aber er ist schon vor Jahren gestorben. Kannst du dich noch daran erinnern?

Sally richtete sich auf. *»Monsieur ... je ne pourrais pas plus oublier la langue de mon père que vous pourriez oublier celle de vôtre.«* Mylord, ich würde genauso wenig die Sprache meines Vaters vergessen wie Ihr die des Euren.

Der König verpasste der Armlehne einen begeisterten Klaps. »Gut gesprochen, Mädchen.«

Sally errötete über dieses Lob, aber sie war immer noch völlig verwirrt. Aufmerksam lauschte sie dem Bericht Lord Ashcombes, der ihr von der Verschwörung erzählte. Und was wir vorhatten.

»Die beiden werden im Gefolge der Herzogin nach Paris reisen, aber sie können nicht nah genug an Minette heran. Ich brauche ein Mädchen …«

»Einverstanden«, sagte sie.

Lord Ashcombe blinzelte. »Du verstehst doch, dass es gefährlich ist …«

»Einverstanden.«

Der König lachte. »Wenn ich dich so sehe, wünschte ich mir, ich wäre auch noch einmal dreizehn.«

Sally wurde rot.

»Dann ist es abgemacht«, sagte Lord Ashcombe. »Die Herzogin bricht bei Tagesanbruch nach Paris auf. Seht zu, dass ihr alle noch etwas Schlaf bekommt. Ihr werdet morgen früh weitere Anweisungen erhalten. Wegtreten!«

Er befahl den Soldaten, uns zu unseren Zimmern zu begleiten. Sally war noch völlig benommen von dem, was sie eben erlebt hatte. Was Tom betraf, so verschwand das Glühen allmählich aus seinem Gesicht, und ich wusste, dass er langsam durchblickte, worauf er sich eingelassen hatte.

Nein, nicht langsam, sondern sehr, sehr schnell. »Moment mal«, quietschte er atemlos, als der Soldat für ihn die Tür zu seinem Schlafzimmer öffnete. »Was habe ich da eben nur gemacht?«

3.–16. NOVEMBER 1665

Laudes

Kapitel 11

Bei dem zweiten Schwerthieb in seine Weichteile fing Tom an zu weinen.

Ich hatte es kommen sehen. Ich saß vor dem Gasthaus neben dem offenen Kamin und las mit einem Auge in den Notizen meines Meisters, während ich mit dem anderen Toms Training verfolgte. Als neue Mitglieder im Gefolge von Minette – Henriette von England, Herzogin von Orléans – hatte uns Lord Ashcombe mit einer neuen Identität ausgestattet, sodass niemand Fragen stellen würde.

»Du wirst dich als Edelmann ausgeben«, hatte mich Lord Ashcombe informiert, während Minettes Diener das Gepäck auf dem Dach der Kutsche festzurrten, die uns nach Dover bringen würde. »Da diese Mission sich als durchaus gefährlich erweisen kann, will ich, dass du ein Schwert trägst.«

Ich riss die Augen auf. »Ich bin ein Lehrling. Ich darf kein Schwert tragen.«

»Die Regeln der Apothekergilde sind mir herzlich egal. Von diesem Moment an bist du, was ich sage, dass du bist. Und ich sage, du trägst ein Schwert. In Paris dürfen nur Soldaten und Edelleute Schwerter tragen und keiner würde dir glauben, wenn du dich als Soldat ausgibst. Also, herzlichen Glückwunsch. Du bist jetzt der Baron von Chillingham.«

Ich blinzelte. »Aber … seid Ihr nicht der Baron von Chillingham?«

»Nicht mehr. Mein Vater ist diesen Sommer gestorben, also habe ich jetzt den Titel eines Marquis geerbt. Die Baronswürde ist auf meinen Enkel übergegangen. Er ist nur ein paar Jahre jünger als du und heißt ebenfalls Christopher. Eine überaus passende Verkleidung, findest du nicht auch? Du bist jetzt Christopher Ashcombe, Enkel des Beschützers des Königs.«

Ich wusste nicht, was ich davon halten sollte. »Was, wenn jemand die Scharade auffliegen lässt?«

»Du bist in Frankreich. Die meisten dort haben noch nie von Chillingham gehört. Und die anderen kennen mich, nicht meinen Enkel. Deine Identität ist hieb- und stichfest. Allerdings musst du dich auch wie ein Edelmann benehmen.«

»Und wie soll ich das machen?«

»Tu einfach so, als ob alle Welt in deiner Schuld steht.« Er nickte zu Tom, der beim Beladen der Kutsche half. »Er wird dein persönlicher Diener und Leibwächter. Und damit ist es auch ihm erlaubt, ein Schwert zu tragen. Ich werde euch meinen alten Fechtmeister schicken, der ihm unterwegs ein paar Kniffe beibringen kann, damit er sich nicht völlig blamiert.«

Mir schwirrte der Kopf. Tom dagegen wusste ganz genau, was er wollte. Denn Tom, der dem König noch so stolz seine Bereitschaft erklärt hatte, ihm zu dienen, wollte unter keinen Umständen nach Frankreich. Noch in derselben Nacht kam er zu mir und rang verzweifelt die Hände, während ich Bridget aus ihrem Käfig holte, um sie zu füttern. »Was habe ich nur getan? Was habe ich nur getan?«

»Es wird schon gut gehen«, versicherte ich ihm, obwohl mein Magen flatterte wie Bridgets Flügel.

»Ich kann nicht nach Frankreich fahren«, sagte er. »Ich spreche doch nicht mal Französisch. Wie soll ich denn da zurechtkommen?«

»Ich bin doch bei dir. Ich werde dich nicht verlassen.«

»Aber ich will nicht nach Paris. Da sind lauter Ausländer.«

»Na ja, in Paris ist es eher so, dass wir die Ausländer sind.«

»Engländer können doch keine Ausländer sein, Christopher!«

»Aber das ist doch … ach, egal.« Mir fiel nur eine Sache ein, mit der ich ihn aufheitern konnte. »Wenigstens lernst du, mit einem Schwert umzugehen.«

Seine Miene hellte sich auf. »Das stimmt.«

Allerdings stellte sich heraus, dass das nicht so spaßig war, wie er es sich vorgestellt hatte.

Der Name des Fechtmeisters war Sir William Leech. Er hatte kurz geschnittene weiße Haare und stechende Augen, und obwohl er bereits vor langer Zeit den Dienst als Soldat quittiert hatte, hatte er sich eine militärische Haltung bewahrt. Als sich Tom und er zum ersten Mal begegneten, stand mein großer Freund mit nervösem Gesicht stramm, während ihn der alte Mann von oben bis unten betrachtete. Es dauerte eine geraume Weile, bis er etwas sagte.

»Jedes Kind«, sagte Sir William, »hält das Schwert für ein Spielzeug. Aber das ist es nicht. Es ist eine überaus vornehme und ehrenvolle Waffe, die für einen Soldaten zur Verlängerung seines eigenen Arms werden muss. Ich werde dir beibringen, diese Waffe zu respektieren. Ich werde dich nicht lehren, sie zu meistern – dafür braucht man ein ganzes Leben, nicht bloß zwei Wochen. Aber ich werde dir einige Techniken zeigen, die mir hoffentlich zur Ehre gereichen werden, wenn du diese Klinge ziehst.«

Tom schaute über die Schulter zu mir hin. Er wirkte noch nervöser als zuvor.

»Deine Lektionen werden folgendermaßen ablaufen«, sagte Sir William. »Während der Reise werde ich mit dir arbeiten. Ich werde dir jeden Tag etwas Neues beibringen. Und wenn der

Tag vorüber ist, werde ich überprüfen, was du gelernt hast. Und das werde ich tun, indem ich selbst mein Schwert ziehe und dich damit windelweich schlage.«

Toms Augen wurden groß.

»Du wirst weinen«, sagte Sir William. »Du wirst jammern. Du wirst mich anflehen, aufzuhören. Was ich nicht tun werde. Wenn du *nicht* windelweich geschlagen werden willst, musst du lernen, dich zu verteidigen. Verstanden? Gut. Fangen wir an.«

Und das taten sie. Lord Ashcombe hatte uns einen offenen Wagen mitgeschickt, sodass Tom sogar während der Fahrt üben konnte. Die Lektionen selbst waren beeindruckend. Tom war natürlich anfangs ziemlich ungeschickt, er hatte noch nie etwas anderes in der Hand gehabt als einen Brotschieber. Oder sein geliebtes Nudelholz. Sir William war ein ausgezeichneter Lehrer: Er drückte sich klar und verständlich aus und war trotz seiner strengen Art überraschend geduldig. Er erhob kein einziges Mal die Stimme oder fluchte, während Tom sich abmühte, die unterschiedlichen Hiebe und Finten zu lernen, die der Fechtmeister ihm zeigte.

Es war eine mühselige Angelegenheit. Tag für Tag keuchte und ächzte Tom unter dem stundenlangen Training, mit müdem Arm und schmerzenden Muskeln. Aber mit der Zeit gelang es ihm, Sir Williams Anweisungen mit einigem Geschick auszuführen, und ich empfand einen gewissen Neid, dass ich nicht auch das Fechten lernen durfte.

An jenem ersten Tag hielten wir abends vor einem Gasthaus an, in dem wir die Nacht verbringen sollten. Nach dem Abendessen ging das Training für Tom weiter. Und als die Sonne unterging, sagte Sir William: »Nun gut, Bailey. Jetzt kämpfen wir ernsthaft.«

Tom deutete ängstlich auf die beiden Schwerter. »Damit?«

»Womit denn sonst? Mit einem Strauß Gänseblümchen?«

»Aber … wenn wir uns verletzen …«

»Ein Kratzer hier und da, mehr nicht. Das sind nur Übungsschwerter. Sie sind stumpf. Und ich werde dich lediglich mit der flachen Klinge schlagen.«

»Und was, wenn ich Euch treffe?«

Sir William warf den Kopf in den Nacken und lachte aus vollem Hals. »Du bist wirklich lustig, Bailey. Ich mag dich.«

Dann fingen sie an. Sir William hielt Wort: Er benutzte nur die flache Klinge, um Tom zu vermöbeln. Anfangs schaute ich interessiert zu, aber nach kürzester Zeit riskierte ich nur noch hin und wieder einen Blick zwischen meinen Fingern hindurch. Sally, die begierig darauf war, einen echten Schwertkampf zu sehen, hatte sich bei Minette entschuldigt und war zu uns gekommen. Es dauerte nicht lang und sie floh wieder zurück in den Kreis der Damen.

Ich konnte ihr keinen Vorwurf machen. Der arme Tom. Er wurde *überall* getroffen. Ich erkannte, was der alte Fechtmeister im Sinn hatte: Die Schläge, die er austeilte, und die Möglichkeiten, die er Tom zur Gegenwehr bot, bezogen sich alle auf die Finten und Angriffstaktiken, die er Tom an diesem Tag beigebracht hatte. Aber Tom in seiner Unerfahrenheit war einfach nicht schnell genug. Nach dem zweiten Treffer zwischen die Beine brach er zusammen.

»AAAAAAUUUUGGGGGHHHHGGGGHHHH«, heulte er.

Sir William richtete die Schwertspitze nach oben. »Du hast recht. Das reicht für heute. Vergiss nicht, deine Klinge zu säubern, ehe du schlafen gehst.« Mir nickte er im Gehen kurz zu. »Ashcombe.« Tom lag zu einer Kugel zusammengerollt im Gras und weinte. Ich holte die Phiole mit Weidenrinde aus meiner Schärpe und setzte einen Kessel Wasser aufs Feuer.

Tom war allerdings nicht der Einzige, der auf dieser Reise die flache Klinge zu spüren bekam. Mit freudig klopfendem Herzen hatte ich das Schwert entgegengenommen, das mir Lord Ashcombe überreicht hatte. Ich hatte es mir umgegürtet und war den ganzen Tag damit herumstolziert. Aber mir war nicht klar gewesen, wie lästig ein Schwert werden konnte.

Es war immer und überall im Weg. Jedes Mal, wenn ich mich umdrehte, schlug ich damit irgendwo an. Sich hinzusetzen war eine Herausforderung. Ich musste versuchen, das Schwert neben meinem Bein nach hinten zu schieben. Und es zog ständig meine Hüfte an einer Seite nach unten. Tom meinte nach ein paar Tagen, er habe sich daran gewöhnt, aber ich machte es mir zur Gewohnheit, die Waffe abends abzunehmen, während ich las.

Eines Nachts vergaß ich sie draußen am Feuer, als ich ins Gasthaus ging und mich schlafen legte. Als ich am nächsten Morgen aufwachte und es anlegen wollte, war es nicht da und ich erschrak zu Tode. Ich stürmte an einem vor Muskelkater stöhnenden Tom vorbei, die Treppe nach unten und hinaus zu den Überresten des Feuers von gestern Abend.

Es war verschwunden. Ich hatte das Schwert neben den Baumstamm gelegt, auf dem ich gesessen hatte, aber da war es nicht mehr. Ich suchte neben dem Stamm, darunter, im Gras. Nichts. Alles, was ich fand, waren kaum sichtbare Spuren im Raureif. Mein Herz wurde schwer. Jemand hatte das Schwert gestohlen. Das Schwert, das mir Lord Ashcombe geschenkt hatte. Was sollte ich jetzt bloß machen?

»Sucht Ihr etwas?«

Ich drehte mich um und sah Sir William an einem Baum lehnen. In der Hand hielt er einen Lappen, mit dem er ein Schwert einölte. Mein Schwert.

Ich stieß den Atem aus. »Gott sei Dank«, sagte ich. »Ich dachte schon, ich hätte es verloren ...«

»Wisst Ihr, was passiert, wenn ein Schwert nass wird, Mylord?«, fragte Sir William.

»Es ... rostet?«

»Genau. Und was nutzt einem ein rostiges Schwert?«

Ich schluckte. »Gar nichts?«

»Sehr gut, Ashcombe. Sehr gut.« Er wischte ein letztes Mal über die Klinge und richtete das Schwert dann auf. »Mit einem Schwert verteidigt ein Mann sein eigenes Leben, das seines Königs und der Menschen, die er liebt. Es sollte niemals unbewacht liegen gelassen werden. Und schon gar nicht im Gras, wo sich der Tau darauf niederlässt und es mit jener Plage infiziert, die für einen Soldaten tödlich enden kann: mit Rost.«

Er stieß sich vom Baum ab. »Ich hatte noch nicht die Ehre, Euch auszubilden, und zu meinem großen Bedauern werden wir auf dieser Reise auch keine Zeit für Unterweisungen haben. Aber wenn Mylord gestatten, werde ich mir dennoch die Zeit für eine kleine Lektion nehmen.«

Seine Lektion bestand darin, dass ich mich über den Baumstamm legen musste, woraufhin er mir mit der flachen Klinge eine Tracht Prügel verpasste, bis mir die Tränen in die Augen traten. Als er fertig war, gab mir Sir William mein Schwert wieder. »Gute Waffe«, sagte er anerkennend.

Ich watschelte wieder nach oben und weichte meinen Hintern in Wasser ein, um das Brennen zu kühlen. Glücklicherweise war es noch früh am Morgen, sodass nur Tom Zeuge meiner Demütigung war. Allerdings fragte mich Sally später, warum ich mich nicht hinsetzen wollte. Ich erzählte niemandem von dieser Lektion, aber ich zog meine Lehre daraus: Nie wieder ließ ich mein Schwert im Gras liegen.

Kapitel 12

Obwohl es den Anschein haben mochte, bestand unsere Reise nicht nur aus Schwertern und den damit verbundenen Lektionen. Lord Ashcombe hatte uns eingeschärft, dass niemand – nicht einmal Minette – erfahren durfte, wer wir wirklich waren.

Dabei ging es nicht nur darum, unsere Mission geheim zu halten. Die französischen Adeligen würden niemals, unter gar keinen Umständen, einen Bürgerlichen in ihren Reihen dulden. Vorzutäuschen, man sei von adeliger Geburt, darauf stand die Todesstrafe. Und wie der Beschützer des Königs erklärt hatte, war es ratsam, den Kreis der Eingeweihten möglichst klein zu halten. Man wusste nie, wem man vertrauen konnte.

Aus diesem Grund verbrachten Tom, Sally und ich viel weniger Zeit miteinander, als ich gehofft hatte. Neben den Wagen mit den Vorräten bestand unser Tross aus mehreren Kutschen – allein drei für Minette und ihre Damen, zu denen jetzt auch Sally gehörte, deren wahre Identität genau wie meine ein Geheimnis war. Sie gab sich als junge Adelige aus, als eine entfernte Cousine von Lord Ashcombe. Lord Ashcombe hatte für den neu ernannten Baron Chillingham eine eigene Kutsche bereitgestellt, sodass ich während unserer Reise studieren konnte, sowie den offenen Wagen für Toms Übungseinheiten. Obwohl ich ihn beobachten konnte, waren wir die meiste Zeit doch getrennt.

Wenigstens hatte ich noch Bridget, die mir Gesellschaft leistete. Ich ließ sie oft aus ihrem Käfig und sie segelte fröhlich zwischen den holpernden Wagen hindurch. Sie war froh, dass sie nach den vielen Monaten, in denen sie eingesperrt in meinem Haus hatte leben müssen, endlich einmal wieder ihre Flügel ausbreiten konnte. Wenn wir an einen Teich kamen, planschte sie im Wasser und badete ihr Gefieder, während wir vorausfuhren, und sauste uns dann hinterher, kam durch mein Fenster geflattert und gurrte zufrieden.

Ich hatte auch Sally gebeten, sich zu mir zu setzen, aber sie weigerte sich.

»Das geht nicht. Außerdem ist es besser, wenn ich bei den Mädchen bleibe. Sie sind ständig am Schwätzen. Das könnte sich als nützlich erweisen, wenn wir herausfinden wollen, wer hinter dem Attentat auf Minette steht.«

Ich war enttäuscht, aber ihre Argumentation war durchaus vernünftig. »Hast du schon etwas erfahren?«

»Viel zu viel«, sagte sie. »Wusstest du, dass im Palais Royal beinahe eintausend Menschen leben?« Das Palais Royal war Minettes Zuhause in Paris, wo sie mit ihrem Gemahl, dem Herzog von Orléans, Bruder des Königs, residierte. »Das sind nicht alles Dienstboten. Sie haben ständig irgendwelche Besucher oder Hausgäste.«

Hausgäste würden auch wir sein. Das gab uns Gelegenheit, die Menschen kennenzulernen, mit denen sich Minette umgab. Obwohl es mir schwierig erschien, tausend Personen zu überprüfen. Mein Magen, der sowieso schon übermäßig strapaziert worden war, fing wieder an zu flattern. *Was soll ich nur tun?*, fragte ich in Gedanken meinen Meister.

Er antwortete nicht. Aber jetzt wollte ich erst recht nicht allein sein. »Warum bleibst du nicht ein paar Stunden bei mir in der Kutsche?«, bat ich Sally. »Du kannst mir erzählen, was du von den Damen erfahren hast, ob sich irgendwer verdächtig gemacht hat.«

»Ich hab dir doch gesagt, das geht nicht.«

»Dann für eine Stunde. In einer Stunde verpasst du doch nicht viel.«

»Es ist nicht angemessen.«

»Was soll das heißen?«

»Du vergisst: Du bist jetzt ein Baron. Und ich bin Lady Grace. Ich kann nicht zu irgendeinem Junggesellen in die Kutsche steigen. Es sei denn, du willst, dass ganz Paris denkt, ich sei deine Mätresse.«

Ich war schockiert. Daran hatte ich nicht einmal im Traum gedacht. Mir wurde klar, dass ich mich in vielen Dingen immer noch wie Christopher Rowe benahm, nicht wie Christopher Ashcombe. Sollten diese Mädchen etwa denken, dass Sally meine Geliebte war? »Himmel, *nein*!«, sagte ich.

Sally verkrampfte die Kiefer. Ihr Mund wurde zu einem schmalen Strich, dann drehte sie sich auf dem Absatz um und stapfte davon.

Ich schaute zu Tom, der gerade eine kurze Pause einlegte. »Was habe ich denn jetzt schon wieder gemacht?«

Tom zuckte mit den Schultern, genauso ratlos wie ich. Sir William zog eine Augenbraue hoch. »Und ich dachte, Ihr würdet Euch mit Codes und verschlüsselten Botschaften auskennen.«

Da Tom den ganzen Tag trainierte und Sally mir die kalte Schulter zeigte, hatte ich viel Zeit, meine eigenen Studien voranzutreiben. Die Hoffnung, die der König in mich setzte – dass ich den Attentäter ausfindig machte –, hieß für mich, dass ich so viel wie möglich über Gifte in Erfahrung bringen musste. Als Minettes Tross die Außenbezirke von London streifte, wo immer noch die Pest wütete, ritt ich in Begleitung eines Soldaten in die Stadt zu meiner Apotheke, wo ich alles einpackte, was mir auf meiner Reise irgendwie nützlich sein konnte.

Meister Benedict hatte etliche Notizbücher und wissenschaftliche Werke über Giftpflanzen und Schlangengifte, ihre Handhabung und die entsprechenden Gegenmittel. Die kramte ich hervor und band sie mit einem Lederriemen zusammen, ebenso wie seine Tagebücher von 1652, als er einige Monate in Paris verbracht hatte. Damals hatte dort die Pest gewütet und er hatte im Haus eines alten Freundes Quartier bezogen – Marin Chastellain, der Graf von Gravigny. Seine Tagebücher befassten sich hauptsächlich mit dem Versuch, ein Heilmittel gegen die Pest zu finden, aber hier und da fanden sich auch Bemerkungen über die Stadt selbst. Lord Ashcombe hatte mir zwar einen Stadtplan von Paris besorgt, aber ich dachte mir, dass die Gedanken und Kommentare meines Meisters sich als durchaus hilfreich erweisen konnten.

Ich packte auch etwas Futter für Bridget ein sowie einen äußerst bemerkenswerten Gegenstand. Nach der Geschichte mit den Pestärzten im September, in der es ebenfalls um ein Gift ging, hatte ich mich mit der Frage befasst, was mein Meister über dieses Thema wusste. Eines Abends, als ich seine Sachen durchsah, stieß ich auf einen Kasten, der unter seinen Papieren vergraben war.

Es war ein kompaktes, schlichtes Kästchen aus Kirschholz, ohne jede Verzierung, aber mit zwei schweren Schlössern versehen. Ich suchte das ganze Haus nach den Schlüsseln ab und entdeckte sie schließlich auch: Einer war in Meister Benedicts Schlafzimmer, der andere in der Werkstatt. Und als ich den Kasten aufschloss, verstand ich, warum er sie getrennt aufbewahrt hatte.

Die kleine Kiste war voller Gift.

Gifte aller Art in winzigen Glasflaschen, Ampullen und Tiegeln. Jedes Gefäß war mit einem Etikett beschriftet: Arsen, Nachtschatten, Schierling und ein Dutzend weitere. In einer Ledertasche an der Innenseite des Deckels steckte eine Handvoll Notizen, denen ich entnahm, dass er die Gifte aufbewahrt hatte, um sie zu studieren, um ihre Eigenschaften benennen und Gegenmittel herstellen zu können.

Es war erschreckend – und gleichzeitig beunruhigend aufregend –, eine Kiste voll Tod in den Händen zu halten. Als ich sie fand, war ich vollauf mit der Herstellung von Venezianischem Theriak für die Pestärzte der Stadt beschäftigt und konnte die Notizen meines Meisters nur flüchtig lesen. Aber glücklicherweise gab mir die Reise nach Paris die Gelegenheit, alles genauestens durchzuarbeiten. Ich hatte ja schließlich nichts anderes zu tun. Und obwohl es mir nicht gefiel, so lange Zeit allein zu verbringen, so genoss ich es doch, endlich einmal Muße für die Worte meines Meisters zu haben. Ich las, was er über die einzelnen Gifte geschrieben hatte, dann schloss ich meine Augen und stellte mir seine Stimme vor und manchmal konnte ich ihn für einige kurze, köstliche Augenblicke neben mir spüren.

Tagsüber in der Kutsche las ich in den Büchern und Handschriften, während ich mir abends in meinem Zimmer in den Gasthöfen, in denen wir übernachteten, die Tiegel und Fläschchen vornahm und ihren Inhalt studierte. Holprige Straßen und Gefäße mit tödlichen Giften passten einfach nicht zusammen.

»Die Dinger jagen mir eine Heidenangst ein«, sagte Tom eines Abends und erschauerte.

Das ging mir genauso, aber ich fand sie auch faszinierend. Besonders, weil einige von ihnen so fremdländisch waren. »Guck dir mal das hier an.« Ich zog ein Gefäß hervor, das mit Wachs versiegelt war. Darin befand sich eine dunkle, klebrige Masse.

»Das kommt aus den südlichen Regionen der Neuen Welt. Man nennt es Curare.«

»Was passiert, wenn man es trinkt?«

»Gar nichts. Es zeigt erst dann Wirkung, wenn man eine Waffe damit präpariert. Wenn es in die Blutbahn des Opfers gelangt, tritt eine Lähmung ein. Man kann keinen Muskel mehr rühren. Aber offensichtlich fühlt der Betroffene immer noch alles, während er langsam stirbt.«

Tom war entgeistert. »Wer macht denn so was?«

»Das war ursprünglich gar nicht für Menschen gedacht. Die Makuxi-Indianer in Guyana tauchen ihre Pfeilspitzen in das Gift, wenn sie auf die Jagd gehen.«

»Und was wollte Meister Benedict damit?«

»Experimentieren. Ein kleines bisschen davon entspannt die Muskulatur und schwächt den Körper. Er dachte, dass es in kleinen Dosen vielleicht Patienten helfen könnte, die unter der Fallsucht leiden. Und schau dir das mal an.«

Ich stellte das Gefäß in den Kasten und zog ein anderes heraus, in dem drei dünne, gräuliche Streifen steckten. »Das hier kommt aus Japan. Es ist ein Fisch.«

»Das soll ein Fisch sein?«

»Na ja, Teile eines Fischs. Er heißt Fuku. Offensichtlich kann er anschwellen wie eine Blase und Stacheln bilden.«

»Das ist doch lächerlich!«

»So steht es in Meister Benedicts Notizen«, beharrte ich. »Und offensichtlich ist er hochgiftig, aber die Japaner essen ihn trotzdem.«

»Also jetzt weiß ich genau, dass du dir das alles nur ausdenkst«, sagte er, und sosehr ich es auch versuchte, ich konnte ihn nicht davon überzeugen, dass ich ihm keinen Bären aufbinden wollte.

So verbrachte ich die meiste Zeit unserer Reise mit dem Studium der Gifte und der Giftmischerei. Ich versuchte, mir so viel wie möglich einzuprägen. Angesichts der Tatsache, dass John Glovers Leichnam nach Knoblauch gestunken hatte, vermutete ich, dass der Attentäter Arsen verwendet hatte. Arsen konnte in vielerlei Gestalt auftreten und die tödlichste war ein unscheinbares weißes, geruchloses Pulver. Wenn der Giftmischer nicht völlig ungeschickt vorging, ließ sich Arsen so gut wie gar nicht nachweisen.

Meister Benedict hatte eine kleine Phiole davon und ich machte mich intensiv damit vertraut. Allerdings vernachlässigte ich auch die anderen Gifte nicht. Einmal, als ich meine Augen schloss, hörte ich die Stimme meines Meisters, die mich warnte: *Sei auf alles vorbereitet, Christopher. Ein Giftmischer ist eine heimtückische Person, die man niemals – niemals, hörst du! – unterschätzen darf. Denk daran, die Verschwörer haben es raffiniert angestellt, indem sie das wahre Opfer ihres Attentats geheim gehalten haben und stattdessen so taten, als wollten sie den König umbringen.*

Was er sagte, erinnerte mich an die Warnung, die mir Lord Ashcombe vor unserer Abreise mit auf den Weg gegeben hatte. Er hatte damit gewartet, bis der König außer Hörweite war.

»Das Attentat ist höchst beunruhigend«, vertraute er mir an. »Nicht nur, weil es ein Giftanschlag war. Warum die Ehefrauen der französischen Königsfamilie beseitigen? Das ergibt keinen Sinn.«

»Warum nicht?«, fragte ich. »Wenn die Attentäter die gesamte königliche Familie auslöschen wollen, müssen sie doch auch die Königinnen umbringen, oder nicht?«

»Nein. Das ist ja der Punkt. Frankreich unterscheidet sich in dieser Hinsicht von England, wo zum Beispiel eine Königin Elisabeth regieren konnte. Frankreich dagegen steht unter dem Salischen Recht. Frauen können den Thron nicht erben. Die Kinder umzubringen – auf jeden Fall die Jungen –, das wäre durchaus vernünftig. Aber die Frauen? Das zeugt von einem äußerst boshaften Geist.« Er schüttelte den Kopf. »Bleib stets wachsam, Christopher. Wer immer unsere Feinde auch sind, sie sind grausam.«

Seine Worte hatten mir einen kalten Schauer über den Rücken gejagt und dafür gesorgt, dass ich die Gifte bis ins kleinste Detail studierte. Ich bedauerte, dass ich keine Zeit hatte, um die Landschaft zu genießen, durch die wir fuhren. Es war einfach wunderschön: weiche Hügel, Wälder und Felder, dicht bewachsenes Unterholz und offene Wiesen. Wir kamen durch etliche Dörfer mit Steinhäusern und reetgedeckten Dächern, wo sich Rauchsäulen aus den Schornsteinen kräuselten. Im Vorbeifahren betrachtete ich die Menschen, die ihre Kühe molken oder ihre Schafe auf die Weide trieben. Ich fragte mich, was für ein Leben ich führen würde, wenn ich hier aufgewachsen wäre. Ein einfaches vermutlich, und ein bisschen langweilig wäre es wohl auch. So schön es hier auch war, ein Teil von mir sehnte sich bereits jetzt wieder nach dem Getümmel der Stadt. Aber ich verspürte in dieser Landschaft auch eine gewisse Ruhe und Ernsthaftigkeit und mir wurde endlich klar, was die Bauern meinten, mit denen ich auf dem Markt gesprochen hatte und die sich immer wunderten, wie ich es an einem so schmutzigen, stinkenden Ort aushalten konnte.

In einer Sache war ich mir sicher: Der Hochadel verstand es, mit Stil zu reisen. Obwohl wir dadurch nur langsam vorankamen – die Reise nach Paris würde zwei Wochen dauern –, kehrten wir jeden Tag bei Sonnenuntergang in einem anständigen Gasthof ein, mit weichen Betten, die einen guten Schlaf garantierten. Die Abende vertrieb man sich mit Musik und

Spiel, besonders mit den Karten. Lady Pemberton hatte Sally eine Laute geschenkt und ich erinnerte mich daran, dass sie in Cripplegate spielen gelernt hatte. Sie hatte schon immer gerne gesungen, aber erst jetzt erkannte ich, wie talentiert sie war. Ihre Finger tanzten über die Saiten und erweckten die Musik zum Leben, zu der sie sang. Minette war begeistert – sie war ganz verrückt nach Musik –, und obwohl ich mich immer etwas abseits von den Damen hielt, freute ich mich jeden Abend auf Sallys Vorstellung.

»Du hast mir nie gesagt, wie gut du bist«, sagte ich eines Abends zu ihr.

»Hmpf«, gab sie zurück und trippelte davon. Aber danach war sie wieder freundlicher zu mir.

Von Oxford nach Dover brauchten wir fünf Tage. Ein Boot brachte uns über den Kanal und während der Überfahrt legte ich sämtliche Notizen meines Meisters beiseite, stellte mich mit Tom an den Bug, atmete die salzige Meeresluft ein und spürte die eiskalte Gischt auf meinem Gesicht. Sieben Stunden später gingen wir in Calais an Land und zum ersten Mal in meinem Leben befand ich mich nicht mehr auf englischem Boden.

Die Landschaft in Frankreich sah genauso aus wie in England. Von dem Moment an, in dem wir landeten, blieb Tom angespannt wie ein Soldat auf feindlichem Gebiet. Ich tat mein Bestes, um ihm seine Unsicherheit zu nehmen, die nicht nur auf seinem Misstrauen gegenüber Ausländern fußte. Außer Sir William, dem die Franzosen herzlich egal waren, war Tom der Einzige von uns, der kein Wort Französisch sprach.

Zu meiner Überraschung entdeckte ich, dass es bei Minette gerade umgekehrt war: Ihr Englisch war entsetzlich. Das erschien mir höchst seltsam für die Schwester des englischen Königs, doch dann erinnerte ich mich, dass sie mit drei Jahren nach Frankreich gekommen und dort aufgewachsen war. Natürlich konnte ich mich mit ihr auf Französisch verständigen – aber ich tat mein Bestes, um ihr aus dem Weg zu gehen.

Nicht, weil ich sie nicht mochte. Im Gegenteil: Sie war einundzwanzig und strahlte eine unglaubliche Wärme aus, einen reinen, unübertroffenen Charme. Sie war sehr dünn, beinahe zerbrechlich, und obwohl sie kaum etwas zu sich nahm, sprühte sie vor nervöser Energie, wie eine Hummel, die hierhin und dorthin taumelt und nur einen kurzen Augenblick über einer Blüte verharrt.

Zu meiner großen Verwirrung merkte ich, dass ich rot wurde, wenn sie das Wort an mich richtete. »Euer Großvater ist der beste Freund unserer Familie«, sagte sie. »Ich bin so froh, dass Ihr in Frankreich Gast in meinem Haus sein werdet. Ich hoffe, Ihr genießt Euren Besuch bei uns.«

»Es ist sehr freundlich, dass Ihr mich bei Euch aufnehmt«, sagte ich mit brennenden Wangen.

»Sagt mir nur Bescheid, wenn Ihr etwas braucht. Und ich hoffe sehr, Ihr werdet auch mit uns speisen, und« – hier blickte sie mit einem sonnigen Lächeln in den Himmel – »bringt Euren liebreizenden Vogel mit.«

»Aber selbstverständlich, Madame«, sagte ich und verbeugte mich, um mir meine Verlegenheit nicht anmerken zu lassen. Ich war hin- und hergerissen. Je mehr ich darüber nachdachte, desto mehr erwärmte ich mich für die Vorstellung, Zeit mit ihr zu verbringen. Aber ich wusste, das war eine dumme Idee. Eine ganz dumme Idee. Sally ging seit Monaten in den Salons der Aristokraten ein und aus; sie war viel besser als ich geeignet, das Benehmen des Adels zu imitieren. Ich dagegen lebte ständig in der Angst, etwas falsch zu machen und mich selbst als Hochstapler zu entlarven. Lord Ashcombe hatte mir zwar versichert, dass ich jeden Fauxpas meiner Herkunft als Engländer in die Schuhe schieben konnte, aber wenn man mein Spiel entdeckte, würde mich das Kopf und Kragen kosten. Buchstäblich.

So gerne ich also meine Tage in Minettes Gesellschaft verbracht hätte, so entschloss ich mich doch, diese Aufgabe Sally zu überlassen. Ich steckte meine Nase in die Bücher und tröstete mich mit dem Gedanken, dass ich auf diese Weise Minette am meisten nützen konnte. Ein ums andere Mal las ich die Botschaft des Attentäters, die verschlüsselten Worte der Anweisung, bis ich alles rückwärts auswendig konnte. Lord Ashcombe hatte den ganzen Text erklären können, bis auf die letzte Zeile.

Bis zu dem Moment.

Bis zu welchem Moment? Niemand schien zu wissen, was damit gemeint war. Aber je öfter ich sie las, desto mehr beunruhigte mich diese Zeile. Es klang irgendwie nach einem Ritual, einer Beschwörung, nach den Worten eines Fanatikers. Und mit Fanatikern kannte ich mich mittlerweile aus. Der erste, dem ich begegnete, hatte mir die Brust entstellt und meinen Meister ermordet. Der zweite hatte mir den Arm gebrochen und uns alle an der menschlichen Natur zweifeln lassen. Und er hatte einen guten, rechtschaffenen Mann umgebracht.

Ich wäre überglücklich, wenn ich niemals wieder mit solchen Dingen zu tun haben müsste. Aber wenn ich die Botschaft las, dann war es mir, als würde mich das Schicksal verspotten.

Bis zu dem Moment.

Nicht mehr lange, dachte ich. Und erschauerte.

DIENSTAG,

17. November 1665

Prim

Kapitel 13

Wir konnten die Stadt riechen, lange bevor wir sie sahen.

Tom rümpfte die Nase. Es roch, als ob man ein faules Ei in einen vollen Nachttopf gerührt hätte. »Was *ist* das?«

»Dein neues Zuhause«, sagte Sir William, der neben der Kutsche ritt. »Willkommen in Paris.«

Wir steckten die Köpfe aus dem Kutschenfenster, während wir uns der Stadtmauer näherten. Dreißig Fuß hoch türmte sie sich über uns auf, sieben Fuß dick und mit einem Graben, der sich rings um die Stadt zog. Anders als in London, wo die Stadt langsam mit den umliegenden Dörfern zusammenwuchs, lagen außerhalb dieser Mauern nur Wiesen und Felder, mit dem einen oder anderen Gehöft mitten in der Landschaft. Bridget flatterte in den Stadtgraben und scheuchte ein paar Enten auf, die im Gebüsch lagen und schliefen. Ich war überrascht, dass die Vögel so spät im Herbst noch hier waren, bis ich mich daran erinnerte, dass ich mich ein paar Hundert Meilen weiter südlich befand als sonst.

Wir fuhren durch die Porte Saint-Denis, eins der beiden mittelalterlichen Tore im Norden der Stadt. Der Verkehr wurde immer dichter, und als wir in der Stadt waren, steckten wir fest. Die Straßen waren überfüllt: überall Karren mit Getreidebündeln und Körben voller Gemüse, Bauern, die ihr Vieh auf den Markt trieben, Handwerker mit ihren Werkzeugen am Gürtel auf dem Weg zur Arbeit, Soldaten zu Pferd, die jeden aus dem Weg traten, der ihnen in die Quere kam, Mönche auf Pilgerreise … Und noch unzählige mehr, so weit das Auge reichte.

Und Kutschen, überall Kutschen. Es kam mir so vor, als wären hier genauso viele Kutschen unterwegs wie Menschen.

»Schau mal«, sagte Tom erschrocken.

An der Ecke stand ein Mann unter einem Ladenschild, das hinaus auf die Straße ragte. Es stand nichts darauf geschrieben, sondern zeigte nur das Bild eines Schweins und eines blutigen Messers. Der Mann hatte den Hut tief in die Stirn gezogen und den Umhang so hoch gehoben, dass er sein Gesicht fast völlig verbarg. Mit schmalen Augen starrte er über den Rand hinweg.

»Ist das ein Verbrecher?«, fragte Tom.

Sir William lachte. »Na ja, wie man's nimmt. Es ist ein Edelmann.«

»Warum ist er so angezogen?«

»Das ist hier so üblich. Wenn die Adeligen auf die Straße gehen, werden sie von den einfachen Leuten angegafft. Deshalb verhüllen sie ihre Gesichter. Die Männer benutzen dazu ihre Umhänge, und die Frauen ...« Er schaute sich suchend um und deutete dann auf eine Sänfte, einen großen, von Vorhängen umgebenen Thron, der von vier Lakaien an zwei dicken Stangen getragen wurde.

Zwischen den Vorhängen schaute eine Dame hervor. Ihr Gesicht war von einer Maske aus weichem schwarzem Samt bedeckt. »Sie behaupten, sie wollen dadurch ihre Anonymität wahren«, erklärte Sir William. »Aber seht ihr, wie sich die Frau hinauslehnt? Und schaut, alle starren sie an und versuchen herauszufinden, um wen es sich handelt.«

Unsere berittene Eskorte schaffte es schließlich, uns einen Weg frei zu machen, und wir setzten uns wieder in Bewegung, wenn auch sehr langsam. Tom und ich hielten uns die Nase zu. Der Geruch in London war schon nicht besonders angenehm, aber der in Paris war ... unvergleichlich. Wir schwammen buchstäblich im Gestank. Ein kurzer Blick nach unten und wir wussten, warum: In der Mitte der Straße verlief ein Rinnstein, in dem alle Arten von Unrat schwammen. Und abseits der Hauptstraße waren die kleineren, ungepflasterten Gassen mit einer Schicht aus dickem schwarzem Schlamm überzogen, der an den Sohlen kleben blieb.

Und der Gestank wurde immer schlimmer. Tom musste würgen. »Es riecht so, als wäre jemand gestorben«, sagte er.

»Du hast recht«, sagte Sir William. Er deutete zu einem ummauerten Bezirk rechts von uns, wo sich ein Kirchturm erhob. »Das ist der *Cimetière des Innocents*, der Friedhof der Unschuldigen. Dort werden seit fünfhundert Jahren die Bürger der Stadt beerdigt.«

Tom war fassungslos. »Wer baut denn eine Stadt um einen *Friedhof* herum?«

»Die Franzosen, wenn du es genau wissen willst. Man behauptet, dass es hier spukt.«

Hinter dem Friedhof bogen wir rechts ab, verließen die Rue Saint-Denis und fuhren die Rue Saint-Honoré entlang. Ich hatte den Stadtplan, den ich von Lord Ashcombe bekommen hatte, auf dem Schoß und versuchte, mich zu orientieren.

Sir William half mir dabei. »Die Seine liegt im Süden. Wir fahren nach Westen. Der Louvre, der Palast von Louis XIV., befindet sich links von uns. Und wir sind … da.«

Unsere Kutschen hatten vor einem riesigen Palast angehalten. Das Haupthaus war zwei Stockwerke hoch und der Eingang mit seinen auf mächtigen Säulen ruhenden Bogen ging auf die Rue Saint-Honoré hinaus.

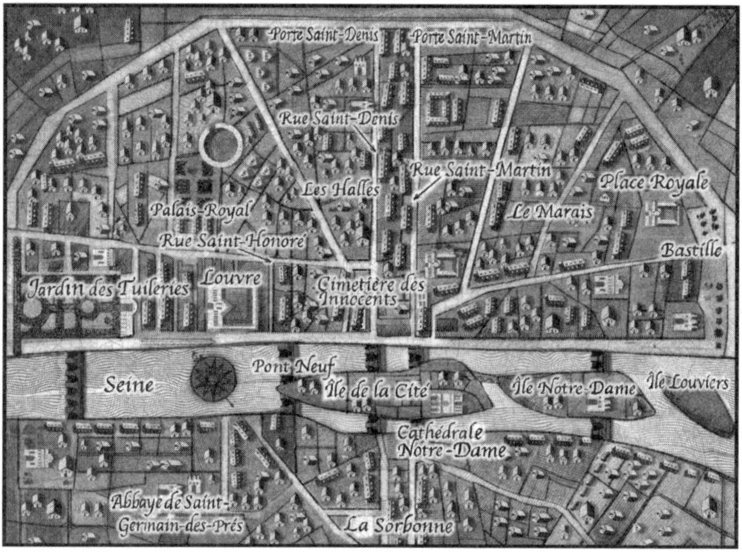

»Das Palais Royal«, sagte Sir William. »Hier trennen sich unsere Wege.«

Wir hatten gewusst, dass Sir William nur während unserer Reise an unserer Seite bleiben sollte, aber Tom war trotzdem enttäuscht. Obwohl sein ganzer Körper grün und blau geschlagen war, hatte er Fortschritte gemacht und sich immer mehr auf die Übungseinheiten mit Sir William gefreut. »Danke für Eure Unterweisung, Meister.«

»Gern geschehen, Bailey. Aber ich bin noch nicht fertig. Wir haben noch Zeit für eine letzte Lektion.«

Er lenkte sein Pferd dichter an die Kutsche und senkte die Stimme. »Du bist stark, mein Junge, und du hast sehr hart an dir gearbeitet. Das hilft dir dabei, diese neue Aufgabe zu meistern. Aber denk daran, das Schlüsselwort in dieser Sache ist ›neu‹. Was ich dich gelehrt habe, wird dir helfen, dich gegen irgendwelche Rabauken zur Wehr zu setzen. Aber lass dich nicht täuschen: Wenn du es mit einem richtigen Fechter zu tun bekommst, wirst du filetiert.«

Sir William schaute zum Palais. »Der Marquis hat mir nicht verraten, was euch hier erwartet, aber es wird wohl nichts Gutes sein. Bewahre einen kühlen Kopf, Bailey. Ich habe zu oft erlebt, dass ein Junge, dem man ein Schwert in die Hand drückt, sich für den größten Kämpfer auf Erden hält. Irgendwann vielleicht, wenn du hart an dir arbeitest. Aber noch ist es nicht so weit. Bei Weitem nicht, hörst du? Also sei klug. Einem Kampf aus dem Weg zu gehen ist allemal besser, als ihn zu suchen.«

Mit diesen Worten wendete er sein Pferd und ritt davon.

Die Dienstboten luden unsere Habseligkeiten aus und brachten sie in den Palast. Wir folgten ihnen, wobei uns Sir Williams Warnung immer noch in den Knochen steckte. Er hatte mich daran erinnert, dass nicht nur das Leben von Minette und der königlichen Familie, sondern auch das meiner Freunde in meiner Verantwortung lag. Es war immerhin meine Schuld, dass sie in diese Sache hineingeraten waren. Und irgendwo da draußen – *oder vielleicht auch hier drinnen*, dachte ich erschauernd – lauerte ein Attentäter und wartete auf die passende Gelegenheit.

Trotzdem war es eine Erleichterung, dass wir endlich angekommen waren. Nach zwei Wochen auf der Straße sehnte ich mich danach, mich ausruhen zu können. Und immerhin wohnte ich jetzt in einem Palast. In einem echten Palast.

Es war überwältigend, welche Schönheit, Pracht und Kostbarkeit hier zur Schau gestellt wurden. Die Räume waren mit Friesen und Wandbehängen dekoriert und dazwischen hingen Gemälde der größten Meister Europas: van Dyck, Caravaggio und Tizian. Die Decken waren mit Stuck und Fresken geschmückt. Selbst die Fußböden waren atemberaubend: spiegelnd glänzendes Holzparkett mit Einlagen aus Kupfer und Zinn. Im Ostflügel befand sich das Palasttheater – die Bühne des berühmten französischen Dichters Molière und seiner *Compagnie* – und hinter dem Palais lag ein herrlicher, riesengroßer, von einer Mauer eingefasster Garten, umgeben von ruhigen Straßen.

Und doch sahen wir hinter die hübsche Fassade, während wir durch den Palast geführt wurden. Hier und da zeigte sich der Verfall ganz deutlich. Während Sally mit den Damen in eine andere Richtung abbog, bestätigte der *Maître d'hôtel*, der uns begleitete, diesen Eindruck. Seit der König im Louvre residierte, war das Palais Royal vernachlässigt worden. Jetzt hatte der Herzog eine umfangreiche Renovierung befohlen. Arbeiter stapften über die polierten Parkettböden und hinterließen schlammige Fußabdrücke. Im Westflügel war ein Teil des Dachs eingestürzt und in vielen Räumen sah man die Schäden, die die Elemente dort angerichtet hatten. An den Wänden war das Wasser nach unten gelaufen und hatte die Holzböden aufgeweicht.

Und in einem solchen kleinen, feuchten Zimmer im zweiten Stock brachte man Tom und mich unter. Er als mein Diener wohnte mit mir im gleichen Zimmer. Immerhin hatten wir einen Kamin – im Palais war es kalt – und etliche Truhen und Kommoden, in denen ich meine Sachen verstauen konnte. Aber es gab nur ein einziges schmales Bett mit einer Strohmatratze – in dem ich schlafen sollte. Für Tom blieb nur der herrliche, harte Boden.

»Das ist unser Zimmer?«, sagte er deprimiert, nachdem der *Maître* gegangen war.

»Wir finden eine Lösung«, sagte ich. »Wir können einfach abwechselnd im Bett schlafen.«

»Das geht nicht. Was, wenn jemand hereinkommt und sieht den Baron von Chillingham auf dem Boden liegen?«

Daran hatte ich nicht gedacht. Ich vergaß immer, dass ich jetzt ein Edelmann war. Das durfte mir nicht noch einmal passieren. »Na gut, dann kaufe ich ein Bett. Der Baron von Chillingham ist in der Lage, sich alles zu kaufen, was er will.«

Das Geld dazu hatte ich. Lord Ashcombe hatte mir eine Börse mit französischen Münzen mitgegeben, mit etlichen *Louis d'or* – Goldmünzen, von denen jede etwa ein Pfund wert war –, Dutzenden von silbernen *Écus* im Wert von jeweils etwa zweieinhalb Schillingen und noch mehr silberne *Sou*, die jeweils einen halben Penny wert waren.

»Lord Ashcombe sagte, wir sollten nur dann Geld ausgeben, wenn es unbedingt nötig ist.«

»Es *ist* unbedingt nötig, wenn ich keinen schlecht gelaunten Diener haben will.«

Seine Augen wurden schmal, während ich ein Grinsen unterdrücken musste. »Lass dir den Baron bloß nicht zu Kopf steigen, hörst du?«

Im Zimmer roch es nach Schimmel, weshalb ich das Fenster öffnete, um ein bisschen zu lüften – obwohl ich mir nicht sicher war, ob das angesichts des Gestanks, der von der Straße hereindrang, eine so gute Idee war. Zwei Dienstboten brachten unsere Truhen herein. Dann kam eine Kammerzofe mit Bridgets Käfig. Sie stellte ihn auf den Tisch und machte dann ein Feuer im Kamin. Ich holte Bridget aus dem Käfig und streichelte ihr über das Gefieder. Neugierig schaute sie sich um und gurrte.

»Könnte ich etwas Wasser für meine Taube haben?«, bat ich die Kammerzofe. Erst dann wurde mir klar, dass ein Baron Ashcombe dies als Befehl formuliert hätte und nicht als Frage.

Immerhin hatte ich mich so weit im Griff, dass ich nicht »bitte«, sagte.

»Sofort, Monsieur.« Als sie zurückkehrte, starrten Tom und ich entgeistert die Schale in ihrer Hand an.

»Ist das Gold?«, fragte ich.

Das Mädchen zögerte, offenbar unsicher, ob sie einen Fehler gemacht hatte. »Würde die Taube Silber vorziehen, Monsieur?«

»Ähm … nein. Gold ist akzeptabel für die Taube.« Die damit aus einem kostbareren Gefäß trank, als ihr Herr jemals auch nur in der Hand gehalten hatte.

»Wo sind wir hier bloß gelandet?«, fragte Tom, als die Dienstboten gegangen waren.

Ich bekam keine Gelegenheit, auf seine Frage zu antworten. Gerade als sich die Tür schloss, hörte ich, wie Leute anfingen zu rennen. Von überallher erklangen hastige Schritte. Ich steckte den Kopf zur Tür heraus, um zu sehen, was los war.

Und in dem Moment fing jemand an zu schreien.

Kapitel 14

Wir rannten quer durch das Palais. Als uns die Schreie aus dem heruntergekommenen Teil des Palastes wieder in die Pracht und Herrlichkeit führten, rannten wir noch schneller. *Minette.*

Am Ende des breiten Korridors drängten sich Edelleute und Dienstboten um eine große Tür, offensichtlich zu verängstigt, um hineinzugehen. Mein Magen machte einen Satz, als wir die Leute zur Seite schoben – wollte man den erschrockenen Ausrufen glauben, war dies das Schlafzimmer der Herzogin.

Aber sie war es nicht, die geschrien hatte.

Mitten im Zimmer stand ein Bett mit vier Pfosten aus Walnussholz und einem Baldachin. Die Matratze war so breit, dass man bequem zu sechst darin schlafen konnte. Die Laken aus saphirblauer Seide hingen zerknäult vom Bett herunter. Eine Zofe lag neben dem Bett auf dem Boden, hielt sich das Bein und heulte aus voller Kehle. Zwei andere Mädchen kauerten in der hintersten Ecke und kreischten mindestens genauso laut. Nur ein Mädchen bewahrte einen kühlen Kopf, und das war Sally, die ein Laken in beiden Händen hielt wie ein Gladiator sein Netz.

Sie sah mich und schrie: »Pass auf!« Aus dem Augenwinkel sah ich etwas auf mich zuschießen.

Es war eine Schlange. Etwa zwei Fuß lang, braun und mit breiten schwarzen Streifen. *Eine Aspisviper*, dachte ich ungläubig und sprang instinktiv rückwärts. Die Schlange schnappte nach mir. Ich prallte gegen Tom, und als wir beide umfielen, fühlte ich, wie etwas auf Höhe meines Knies an meinen Hosen zerrte. Panikerfüllt wollte ich wegkriechen und in diesem Moment wölbte sich eine blaue Wolke über dem Raum.

Sally hatte das Laken geworfen. Es breitete sich aus, senkte sich nieder und deckte nicht nur die Schlange, sondern auch einen meiner Stiefel zu. Ich riss meinen Fuß zurück und kroch wieder nach hinten. Die Seide raschelte und zischte, während die Schlange nach einem Ausgang suchte.

»Hat sie dich erwischt?«, fragte Tom atemlos.

Ich hatte zu viel Angst, um nachzuschauen. »Alle raus hier!«, schrie ich die Mädchen an, aber die kreischten nur weiter. Tom rannte ins Zimmer und hob das Mädchen vom Boden auf, dessen Strumpf ganz blutig war. Sally riss ein zweites Laken vom Bett und versuchte, es über das erste zu werfen, aber es verhedderte sich in der Luft und fiel wie ein Klumpen zu Boden.

»Na los doch!«, schrie ich die Mädchen an, aber die rührten sich nicht. Ich packte sie beide, und obwohl sie sich anfangs wehrten, schienen sie zu begreifen, was ich wollte, als ich sie erst einmal von der Wand weggezerrt hatte. Sie stürmten an mir vorbei und stießen mich dabei um.

»Christopher!«, schrie Sally.

Die Schlange hatte sich befreit. Mit weit aufgerissenem Maul richtete sie sich auf und krümmte den Körper, bereit zum Angriff.

Ich versuchte, auf die Füße zu kommen, aber meine Ferse rutschte auf dem glatten Laken aus. Wieder fiel ich hin und schlug mit dem Knie auf dem harten Boden auf.

Obwohl mein Knie höllisch wehtat, drehte ich mich zur Seite, in der Hoffnung, von der Schlange wegzukommen. Dann war plötzlich Tom da, mit dem Schwert in der Hand. Er trat zwischen uns und die Schlange zischte und wandte sich stattdessen ihm zu.

»Nein! Nicht!«, schrie ich.

Die Schlange zuckte vor und zielte genau zwischen seine Beine. Ich sah die langen Giftzähne, an denen klebrige Tropfen in der Sonne glänzten.

Und dann hob Tom mit einer fließenden Bewegung das Schwert und schlug zu.

Gerade noch rechtzeitig. Der abgeschlagene Kopf der Schlange segelte nach vorn und fiel neben mir auf den Boden. Die Kiefer klappten auf und zu, als ob sie noch im Tod versuchen würde, mich zu beißen. Der kopflose Leib wand sich zuckend und an dem offenen Ende wurde Blut herausgepumpt.

Immer noch voller Panik krabbelte ich weg, klammerte mich an Tom und kletterte an ihm hoch wie eine Katze an einem Vorhang.

Er stand da und starrte geschockt auf die Schlange. »Ich hab sie *erwischt*!«, brüllte er. »Christopher, *ich hab sie erwischt*!«

Und wie!, dachte ich, ließ mich nach hinten auf den Boden sinken und lehnte mich an seine Beine.

»Alles klar, Kumpel?«, fragte er.

Meine Hosen waren am Knie durchbohrt. Obwohl ich eine Heidenangst hatte, musste ich nachsehen. Ich krempelte die Hose hoch und suchte meine Haut ab, aber ich konnte keine Verletzung entdecken. Mit einem tiefen Atemzug versuchte ich, mein hämmerndes Herz zu beruhigen.

Tom zog mich auf die Füße. Ich schwankte leicht, fing mich und drehte mich dann weg von dem Schlangenkopf, der immer noch mit den Zähnen klapperte. »Gute Arbeit«, sagte ich.

»Hast du gesehen, wohin das Vieh gezielt hat?«, fragte er. »Da hat mich heute schon zweimal eine flache Klinge getroffen.

Eine Natter in meinem kostbarsten Körperteil hätte mir gerade noch gefehlt.«

»Es ist eine Aspisviper.«

»Das macht es auch nicht besser.«

Das Geheul aus dem Korridor gemahnte mich daran, dass jemand dringend unsere Hilfe brauchte. Wir hasteten nach draußen, wo Sally sich um das Mädchen kümmerte, das von der Schlange gebissen worden war. Sie zog den Strumpf nach unten und betrachtete die Wunde.

An ihrer Wade prangten drei Löcher. In dünnen Fäden lief das Blut daraus über ihre Haut. Das Fleisch war angeschwollen und dunkelrot geworden.

Sally schaute mich besorgt an. »Kannst du irgendwas für sie tun?«

»Hol mir ein Laken«, bat ich. Sie rannte wieder in Minettes Schlafzimmer und ich griff unter mein Hemd in meine Schärpe und suchte nach dem Venezianischen Theriak.

»Trink das«, sagte ich zu dem Mädchen, aber sie hörte mich nicht. Sie war völlig hysterisch. Nach einer Weile gab ich es auf, hielt ihr die Nase zu, drückte ihr die Flasche an den Mund und kippte den Inhalt hinein, als sie nach Luft schnappte.

Sally kam mit dem Laken wieder. *Ich mache jetzt einen Verband aus Seide*, dachte ich unwillkürlich, während ich den Stoff in Streifen riss. Dann wickelte ich die Bandagen straff um ihr Bein, etwa zehn Zentimeter oberhalb der Bisswunden.

»Halt sie fest«, sagte ich zu Tom.

Ich zog mein Messer. Tom drückte das Mädchen auf den Boden, als ich die Wunden aufschnitt. Sie schrie auf und wurde dann ohnmächtig.

»Wird sie das retten?«, fragte Sally.

»Das weiß ich nicht.« Wir hatten nur eine Giftschlange in England, die Kreuzotter, und deren Gift war nicht einmal tödlich. Die Bisse am Bein des Mädchens wurden schnell dunkel und ich machte mir große Sorgen. »Wir brauchen einen Wundarzt«, sagte ich zu einem der Dienstboten, die in der Nähe standen.

Er rannte los und seine Ledersohlen hallten auf dem Parkett wider. Das Mädchen kam zu sich, fing aber glücklicherweise nicht mehr an zu schreien. Sie weinte nur leise und lehnte sich dabei an Tom.

Sally richtete das Wort an die Kammerzofen, die in Minettes Schlafzimmer gewesen waren. »Was ist passiert?«

»Wir haben das Bett der Herzogin bezogen, Mademoiselle«, sagte eine von ihnen mit noch immer schreckensbleichen Wangen. »Lisette hat Unfug gemacht und ist jedes Mal auf das Bett gesprungen, wenn wir das Laken glatt gestrichen hatten. Ich habe sie vom Bett gezogen und wollte sie schelten, als sie plötzlich anfing zu schreien. Und da haben wir die Schlange gesehen.«

Die Menge wuchs an, während wir auf den Arzt warteten. Immer mehr Gäste des Herzogs und der Herzogin kamen herbei, um zu sehen, was hier los war. Sie starrten Lisette in Toms Armen an, die Unordnung im Schlafzimmer und flüsterten aufgeregt über die Wunde am Bein des Mädchens und die zerteilte Schlange auf dem Boden. Der Einzige, der sich nicht über die Aufregung freute, war ein Mann mit puterrotem Gesicht und einer Figur wie ein Fass.

Die Viper war wohl das Schoßtier des Mannes gewesen, denn als er das viele Blut sah, keuchte er auf. »Nein!«, jammerte er verzweifelt. Er schaute sich um und sein Blick fiel auf Toms Schwert, das neben ihm auf dem Boden lag, während er Lisette festhielt. »Was hast du getan? Du hast Marguerite getötet!«

Tom warf mir einen verdatterten Blick zu. Natürlich hatte der

Mann ihn auf Französisch angeschrien und Tom verstand kein Wort.

»Hört auf, ihn anzuschreien«, wies ich den Mann zurecht. »Eure Schlange hat uns angegriffen. Mein Freund hat uns das Leben gerettet.«

»Sie war schwanger!«, sagte er. »Sie hat nur versucht, sich zu verteidigen!«

Das wurde ja immer verrückter. Was für ein Idiot hielt sich eine Giftschlange? »Sie hat dieses Mädchen gebissen.«

»Eine Dienstmagd? Wen kümmert's? Habt Ihr eine Ahnung, wie viel es mich kosten wird, Marguerite zu ersetzen? Ihr werdet mir eine neue Schlange besorgen.«

Jetzt wurde ich sauer. »Ich werde nichts dergleichen tun. Was hatte Eure Schlange überhaupt im Schlafzimmer der Herzogin zu suchen?«

»Sie ist offensichtlich aus ihrem Käfig geschlüpft. Schlangen sind klug, Ihr Dummkopf. Das tun sie manchmal.«

»Tja, und manchmal wird ihnen dabei der Kopf abgeschlagen.«

Eine große blaue Ader an der Schläfe des Mannes pochte so heftig, dass ich Angst hatte, sie würde platzen. Er wollte mich schon wieder anschreien, als der Wundarzt eintraf. Sein Name war Palissy, wie ich später erfuhr.

»Aus dem Weg«, brummte Palissy und schob die versammelten Adeligen ohne Umstände beiseite. Dann bückte er sich und betrachtete das Bein des Mädchens. »Wer hat es abgebunden?«, fragte er.

»Ich.« Ich erklärte, was geschehen war. »Ich habe ihr auch etwas ...« Ich suchte nach einer Übersetzung, aber dann fiel mir ein, dass man auch in Frankreich Theriak sagte. »Ich habe ihr etwas Theriak gegeben.«

Der Wundarzt untersuchte die Bissspuren, die jetzt fast schwarz geworden waren. Er schüttelte den Kopf. »Der Theriak hat das Gift nicht aufgehalten. Ich fürchte, das Bein muss ab.«

Sally wurde bleich.

»Hier können wir nichts für sie tun«, sagte Palissy. »Bringt sie nach unten in die Küche. Ich brauche einen Tisch.«

Ich erklärte Tom, was der Arzt wollte, und er hob Lisette auf und trug sie hinter Palissy her, der seinen Gehilfen befahl, die Instrumente vorzubereiten. Die Dienstboten stoben ihm aus dem Weg. Sally ging mit ihnen, immer noch käsebleich, und ihr folgten die meisten der versammelten Hausgäste. Sie wollten sich das Spektakel nicht entgehen lassen, nahm ich an. Ich machte Anstalten, das Zimmer ebenfalls zu verlassen – der Wundarzt könnte vielleicht einige meiner Arzneien für Lisette gebrauchen –, doch dann dachte ich daran, dass Christopher Ashcombe über keinerlei medizinische Kenntnisse verfügte. Vermutlich hätte ich ihr den Venezianischen Theriak gar nicht geben sollen. Ich beruhigte mich mit der Aussicht, dass Palissy, der anscheinend wusste, was er tat, bestimmt über einen eigenen Vorrat an Arzneien verfügte.

Außerdem war das menschliche Fass mit der pochenden Ader noch nicht fertig mit mir. Er legte mir einen Finger an die Brust. »Wie lautet Euer Name?«

Nicht alle Hausgäste waren dem Wundarzt gefolgt und diejenigen, die geblieben waren, betrachteten uns neugierig. Im Stillen verfluchte ich mich. Ich hatte keinerlei Aufmerksamkeit auf mich lenken wollen. Jetzt stand dieser Mann da und bedrohte mich vor allen Leuten. Ich wollte die Sache schnell beenden – am liebsten mit einem Feuerwerkskörper in seiner Hose –, aber Baron Ashcombe würde sicher nicht klein beigeben.

Ich versuchte, mich aufzurichten und so beeindruckend zu werden wie der Beschützer des Königs. Was mir gründlich misslang. »Ich bin Christopher, Baron Ashcombe von Chillingham«, sagte ich kalt.

Er schnaubte. »Ihr kommt aus England.«

»Genau wie Eure Gastgeberin, wolltet Ihr wohl sagen, nicht wahr?«

Das saß. »Ihr werdet für Marguerite bezahlen oder ich werde die Sache vor Seine Gnaden, den Herzog, bringen.«

»Tut, was Ihr nicht lassen könnt. Ach, bitte verzeiht – wer seid Ihr doch gleich?«

Auch er straffte die Schultern. »Pierre Amyot, Comte de Colmar.«

»Nun, Graf«, sagte ich mit einem Knurren in der Stimme, das Lord Ashcombe mit Stolz erfüllt hätte, »wenn Ihr mich noch einmal anfasst, dann lösen wir die Angelegenheit mit blankem Stahl anstatt mit Silber.« Ich legte meine Hand auf das Heft meines Schwertes.

Amyot plusterte sich auf. »Duelle sind in Frankreich verboten!«

»Wer sagt denn etwas von einem Duell?«

Ich spielte Lord Ashcombe immer überzeugender. Amyot wurde krebsrot. Er schien plötzlich die belustigten Mienen zu bemerken, die uns umringten. Ohne ein weiteres Wort wirbelte er auf dem Absatz herum und stapfte davon.

Auch ich hätte mich gerne vor den neugierigen Blicken versteckt. Aber auf mich wartete eine Aufgabe. Egal, was Amyot behauptet hatte, ich glaubte nicht daran, dass eine Giftschlange rein zufällig im Schlafgemach der Herzogin gelandet war. Ich musste wieder hinein und mir die Sache näher anschauen.

Ich hob das zerrissene Seidenlaken auf und trug es ins Schlafzimmer, wo ich so tat, als würde ich meine Schwertklinge damit säubern. Das war vermutlich eine lächerliche Geste, weil ich das Ding ja nicht einmal aus der Scheide gezogen hatte. Aber in dem Moment fiel mir einfach nichts Besseres ein.

Niemandem schien die Sinnlosigkeit meiner Handlung aufzufallen. Die Vorstellung war vorbei und alle versammelten Zuschauer zerstreuten sich angeregt schwatzend. In dem Moment, als ich mir sicher war, dass niemand mehr auf mich achtete, schloss ich die Tür.

Minette würde in Ohnmacht fallen. Überall auf dem Boden war Blut; der Bettvorleger war damit vollgesaugt und am Bettzeug, das schräg über der Matratze lag, zog sich eine Blutspur entlang – von der enthaupteten Schlange ganz zu schweigen. Ich musste mich beeilen. Wenn die Dienstboten den Operationstisch für Palissy vorbereitet hatten, würden sie zurückkehren, um hier aufzuräumen.

Ich kniete mich neben den Schlangenkopf, der endlich Ruhe gab. Das Maul stand weit offen und immer noch hingen bernsteingelbe Gifttropfen an den Zähnen. Ich hatte keine Lust, das Ding anzufassen, und so drehte ich es vorsichtig mit der Schwertspitze hin und her.

Der dreieckige Kopf endete in einer stumpfen Nase. Die Zeichnung, Schlammbraun mit Schwarz, ließ keinen Zweifel aufkommen, dass es sich um eine Aspisviper handelte. Ich dachte daran, was Meister Benedict über diese Schlange geschrieben hatte: die tödlichste Giftschlange auf dem Kontinent.

Eine gute Wahl für einen Attentäter. Aber wie war sie hier hereingekommen?

Ich schaute mich im Raum um. Es gab etliche Verstecke für eine Schlange: unter der Kommode, dem Schrank, den Sesseln, unter dem Bett …

Das Bett. Lisette war auf dem Bett auf- und abgesprungen.

Ich bückte mich und hob das Laken an. Vor dem Licht, das durch das Fenster auf der anderen Seite des Bettes ins Zimmer fiel, stand eine kastenähnliche Silhouette. Ich streckte den Arm aus und zog daran. Meine Finger berührten Metall und dann fühlte ich einen scharfen Schmerz an meinem Handgelenk.

Meine Brust wurde eng. Ich riss die Hand zurück und betrachtete meine Handfläche. Doch meine Haut war nicht von Schlangenzähnen durchbohrt worden, wie ich befürchtet hatte. Stattdessen sah ich ein winziges Stück Glas in meiner Hand stecken.

Wo kam das denn her? Ich zog den Splitter heraus und bückte mich wieder. Diesmal schob ich mein Schwert unter das Bett. Die Klinge fegte alles, was darunter war, heraus: einen kleinen Käfig aus goldenem Drahtgeflecht und davor einen Haufen dünner Glasscherben.

Eine ganze Weile starrte ich meinen Fund an. Dann schob ich alles zusammen und huschte damit durch den Korridor in ein nahe gelegenes Arbeitszimmer, wo ich die Sachen auf dem Tisch ausbreitete.

Bei dem Käfig handelte es sich offenbar um eine Transportkiste für ein kleines Tier – einen Vogel, eine Maus oder eben eine Schlange. Der Riegel fehlte. Ich legte die kleinen, abgerundeten Glasscherben in einer Reihe aus und sah, dass einige Stücke genau zusammenpassten.

Es war also einmal eine lange, dünne Glasröhre gewesen. Ratlos saß ich da und überlegte, was das Ganze sollte, bis ich ein Stück Glas entdeckte, das in dem Draht der Käfigtür steckte. Da begriff ich.

Eine Falle.

Das war eine Falle. Jemand hatte Amyots Schlange genommen, sie in den Käfig gesteckt, der daraufhin unter Minettes Bett geschoben worden war. Aber statt die Käfigtür zu verriegeln, hatte man eine Glasröhre vor dem Käfig zwischen Bett und Boden gestellt, um die Tür zu versperren. Als Lisette auf das Bett gesprungen war, war die Matratze nach unten gesackt, die Röhre war zerbrochen – und die Schlange war frei.

Aber was passiert war, war so nicht geplant gewesen. Es hätte Minette treffen sollen. Der Käfig hätte verschlossen bleiben sollen, bis sich die Herzogin abends zu Bett gelegt hätte. Sie wäre allein gewesen mit einer tödlich giftigen Schlange – höchstens Philippe hätte sich bei ihr befunden. Dann wären sie beide im Schlaf gebissen worden.

Mir wurde übel. Die Falle war nur deshalb zu früh ausgelöst worden, weil ein verspieltes junges Mädchen auf das Bett gesprungen war. Wenn Lisette nicht gewesen wäre, hätte ich bereits an meinem ersten Tag in Paris meine ganze Mission in den Sand gesetzt.

Meine Wangen glühten und Schweiß bedeckte meine Stirn, während gleichzeitig mein Herz schwer wurde. Lord Ashcombe und der König hatten einen schweren Fehler gemacht, indem sie mich hierherschickten. Ich sollte einen Attentäter finden, dabei war ich nicht in der Lage, *irgendetwas* zu finden. Was sollte ich tun? Etwa unter jedes Bett schauen? Unter jeden Sessel? In jede Schublade? Sollte ich mir die tausend Bewohner im Palais Royal einzeln vorknöpfen und sie befragen?

Ich vergrub den Kopf in den Händen. Was soll ich bloß tun? *Oh Meister, was soll ich tun?*

»Was tut Ihr da?«

Die Frage passte sich so nahtlos in meine Gedanken ein, dass ich erst glaubte, sie sei aus meinem Kopf gekommen. Aber die Stimme war nicht meine, sie war mir fremd, melodiös, noch dazu sprach sie Französisch, was ich normalerweise nicht tat, wenn ich mit mir selbst redete. Als ich mich umdrehte, stand da ein elegant gekleideter Mann mit einem Schwert an seiner Seite, dessen Griff mit Juwelen besetzt war. Er betrachtete mich vom Türrahmen aus und ich hatte den Eindruck, dass er schon eine ganze Weile dastand.

Ich wusste nicht genau, wie ich mich verhalten sollte. »Ich … untersuche nur diesen Käfig.«

Der Mann musterte mich. Er war jung, vielleicht Anfang zwanzig. Der Blick seiner strahlend blauen Augen wanderte zu dem Käfig auf dem Tisch. »Den habt Ihr aus dem Schlafzimmer der Herzogin.«

Ich wurde rot. Ich hätte schwören können, dass niemand auf dem Flur gewesen war, als ich das Zimmer verließ. »Er ist … schön gearbeitet«, sagte ich. »Ich wollte ihn mir genauer anschauen.«

Mit einem Mal wechselte er zu perfektem, akzentfreiem Englisch. »Wer seid Ihr?«

Ich war mittlerweile ganz durcheinander. »Ich … ich bin Christopher Ashcombe. Baron von Chillingham. Ich bin ein Freund der Herzogin.«

»Ja, ich habe gehört, wie Ihr das zu Amyot sagtet. Allerdings ist *Richard* Ashcombe der Baron von Chillingham.«

»Das ist mein Großvater. Er ist jetzt Marquis. Ich habe meinen Titel diesen Sommer geerbt.«

»Ach ja?« Er legte den Kopf schräg. »Ihr verfügt über merkwürdige Kenntnisse, Baron. Ich hätte nicht gedacht, dass Ihr wisst, wie man einen Schlangenbiss behandelt.«

»Ach, das … das passiert andauernd, wenn wir auf die Jagd gehen.«

»Habt Ihr auch deshalb Venezianischen Theriak bei Euch?

Für den Fall, dass Ihr auf der Jagd in den Korridoren des Palais einer Schlange begegnet?«

Also hatte er mich von Anfang an beobachtet. Innerlich verfluchte ich mich. Ich hatte Lisette behandelt, ohne nachzudenken, was ganz natürlich war. Hätte ich sie denn sterben lassen sollen? Na ja, vermutlich hätte ich sie tatsächlich sterben lassen sollen, um meine Tarnung nicht zu gefährden. In was war ich da bloß hineingeraten?

Rasch dachte ich nach. Venezianischer Theriak wurde für alle möglichen Krankheiten benutzt. »Ich ... ich bin auf der Reise hierher durch London gekommen«, sagte ich. »Dort wütet immer noch die Pest und der Theriak ist eine geeignete Medizin gegen die Seuche. Also dachte ich, ich nehme etwas davon mit, für alle Fälle.«

»Eine gute Antwort.« Der junge Mann lächelte leicht. »Pech für Euch, dass ich Euch kein Wort glaube.« Langsam drückte er die Tür des Arbeitszimmers hinter sich zu. Dann zückte er sein Schwert. »Wer seid Ihr wirklich?«

Kapitel 15

Ich wich einen Schritt zurück. Mein Bein stieß gegen den Schreibtisch. »Ich habe Euch gesagt, wer ich bin.«

Der Mann trat näher, die Spitze seines Schwertes auf mich gerichtet. »Und ich habe Euch gesagt, dass ich Euch nicht glaube.«

Ich dachte an Sir Williams Abschiedsworte: *Einem Kampf aus dem Weg zu gehen ist allemal besser, als ihn zu suchen.* Gut und schön, aber den hier hatte ich gar nicht gesucht. Er hatte mich einfach gefunden. Aber mir war klar, dass ich keine Chance hatte. Ich hatte Tom beim Training ja bloß zugeschaut. Ich konnte nur hoffen, dass ich wieder damit durchkommen würde, wenn ich mich so benahm wie Lord Ashcombe.

Ich zog mein Schwert und richtete es auf ihn. »Sollen wir es gleich hier in diesem Zimmer ausfechten?«, fragte ich.

Er bedachte mich mit einem ungläubigen Blick. Dann sprang er mit der Schnelligkeit einer Katze vor, umkreiste blitzschnell mit seiner Klinge mein Schwert und entwand mir die Waffe, die in hohem Bogen durch die Luft flog, gegen das Regal neben uns prallte und klappernd zu Boden fiel.

Ich starrte ihn an. Er grinste.

»Jetzt weiß ich mit Sicherheit, dass Ihr nicht Ashcombes Enkel seid«, sagte er. »Niemand vom Blut des Beschützers des Königs würde so erbärmlich mit dem Schwert umgehen. Habt Ihr überhaupt schon jemals eins in der Hand gehabt?«

»Die Herzogin wird Euch bestätigen …«

»Die Herzogin ist nicht hier. Und sie wird auch nicht rechtzeitig zurückkommen, um mitzuerleben, wie ich Euch aufspieße.« Er betrachtete mich von oben bis unten. »Wisst Ihr, was ich glaube? Ihr seid nicht nur ein Hochstapler. Der Käfig war für die Schlange, nicht wahr? Ihr habt sie in das Zimmer geschmuggelt. Und jetzt wollt Ihr die Beweise vernichten. Ihr seid ein gedungener Mörder!«

Mein Magen drehte sich um, denn mir war klar, dass die Sache tatsächlich genauso aussah, wie er sie geschildert hatte. Was hatte ich bloß angerichtet? »Ich schwöre Euch, ich ...«

Er drückte mir das Schwert an die Lippen. »Schwört nicht. Ihr seid kein Baron. Ihr verfügt über ganz andere Fähigkeiten. Ihr nennt Euren Diener ›Freund‹. Ich warne Euch. Sagt mir jetzt, wer Ihr seid und was Ihr mit diesem Käfig vorhabt. Oder ich schneide Euch die Zunge heraus.«

Angst stieg in mir auf. Ich zweifelte keinen Moment daran, dass der Mann seine Drohung wahr machen würde. Aber ich wusste nicht, was ich sagen sollte. Wenn ich zugab, dass ich kein Adeliger war, würde man mich hängen. Wenn ich den Mann weiter anlog, würde er mich erstechen. Wie auch immer, ich war des Todes.

Andererseits, wenn ich die Wahrheit sagte, würde ich wenigstens noch nicht gleich sterben. Auf meiner Täuschung zu beharren, würde mich jetzt sofort das Leben kosten. Das machte mir die Entscheidung leicht.

»Mein Name ist Christopher Rowe«, sagte ich. »König Charles und Lord Ashcombe haben mich hergeschickt, um die Herzogin zu beschützen. In England wurde ein Anschlag auf ihr Leben verübt und Seine Majestät sorgt sich um seine Schwester. Ich wusste nicht, dass unter dem Bett ein Käfig stand. Ich habe ihn erst gefunden, als ich mich umschaute, um herauszufinden, woher die Schlange gekommen war.«

»Wenn Ihr nicht über den Käfig Bescheid wusstet, wieso hattet Ihr dann Venezianischen Theriak bei Euch? Woher wusstet Ihr dann, dass eine Schlange hier sein würde?«

»Das wusste ich nicht. Ich hatte die Arznei nur deshalb bei mir, weil ich Apothekerlehrling bin.«

Er schnaubte. »Warum sollte der König einen Apothekerlehrling zum Schutz seiner Schwester abstellen?«

»Weil das Attentat in England mit Gift verübt wurde«, sagte ich. »Man hat mich geschickt, weil ich mich mit Giften auskenne.«

»Das erklärt immer noch nicht, warum man Euch geschickt hat. Warum einen Lehrling? Warum nicht Euren Meister?«

»Das ist … eine lange Geschichte.«

Die Klinge stach mir in die Lippen. »Fasst Euch trotzdem kurz.«

»Ich habe Seiner Majestät schon früher einige Dienste erwiesen«, sagte ich, wobei ich versuchte, meinen Mund so wenig wie möglich zu bewegen. »Lord Ashcombe vertraut mir. Und er konnte meinen Meister nicht schicken, weil er ermordet wurde.«

»Ach? Wer war denn dieser ermordete Meister? Und gebt acht: Ich kenne mich in London aus.«

»Benedict Blackthorn.«

Der Kiefer des Mannes klappte nach unten. Die Schwertspitze senkte sich. »Benedict …«, flüsterte er.

Im nächsten Moment lag ich auf dem Boden.

Kapitel 16

Der Mann stürzte sich so schnell auf mich, dass ich ihn überhaupt nicht kommen sah. Er stieß mich nach hinten, und als ich auf dem Boden aufschlug, landete er auf mir. Die Luft wurde mir aus den Lungen gepresst. Ich versuchte, ihn abzuwerfen, aber er packte nur ein Büschel Haare, zog meinen Kopf nach hinten und drückte mir die Schwertklinge an den Hals.

»Wer hat Euch geschickt?«, schrie er. *»Wer hat Euch geschickt?«*

»Der König! Lord Ashcombe!«, rief ich. »Ich schwöre es!«

Mit den Knien drückte er meine Arme zu Boden. Dann richtete er sein Schwert auf meinen Magen.

»Hört mir jetzt ganz genau zu«, zischte er. »Wenn Ihr mir nicht die Wahrheit sagt – und zwar die ganze Wahrheit –, werde ich Euch ausweiden. Ich schneide Euch auf und hole Eure Eingeweide heraus, bis sie wie ein Band um diesen Raum liegen.«

Ich wusste nicht, was ich tun sollte. Ich konnte mich nicht rühren. Um Hilfe zu rufen würde ihn nicht daran hindern, mich aufzuschlitzen – was er bestimmt tun würde. Der Name meines Meisters hatte ihn aufgeschreckt, obwohl ich keine Ahnung hatte, warum. Aber etwas Besseres als die Wahrheit fiel mir nicht ein.

»Bitte«, sagte ich. »Lord Ashcombe hat mich geschickt, auf Befehl des Königs. Fragt doch die Herzogin, was geschehen ist …«

Seine Augen wurden hart. »Ich habe Euch gewarnt.«

Er bewegte die Klinge auf meinen Bauch zu.

»Nein! Wartet!«, schrie ich.

Klirr.

Ein leises Geräusch von brechendem Glas ertönte, als der Mann das Schwert gegen meine Körpermitte drückte. Einen Moment lang zögerte er. Verwirrt zog er mein Hemd hoch.

Um meinen Bauch lag die Apothekerschärpe. Glasscherben rieselten daran herunter, vermischt mit einem feinen, violetten Pulver.

Der Mann starrte Glas und Pulver an und wieder blieb sein Mund offen stehen. Langsam kletterte er von mir herunter, ohne den Blick von der Schärpe abzuwenden.

»Nehmt sie ab«, sagte er.

Wie betäubt tat ich, was er verlangte. Ich hielt ihm die Schärpe hin und er nahm sie mir vorsichtig, beinahe ehrfürchtig, aus der Hand.

»Das ist tatsächlich seine«, sagte der Mann fassungslos. »Das ist Meister Benedicts Schärpe. Woher … woher habt Ihr sie?«

Hatte er gerade »Meister Benedict« gesagt? »Ich war sein Lehrling. Ich gebe Euch mein Ehrenwort. Er hat mir alles hinterlassen, als er starb.«

»Er ist tot?« Sein Gesicht fiel in sich zusammen. »Wirklich? Ich … ich wusste nicht, dass er gestorben ist.«

Ich blinzelte. »Ihr kanntet ihn?«

»Ein wenig«, sagte der Mann. »Vor … langer Zeit.«

Er steckte sein Schwert in die Scheide und schien sich nicht mehr weiter um mich zu kümmern. Langsam, ohne ihn aus den Augen zu lassen, stand ich auf. Violettes Pulver und Glasscherben rieselten von meinem Bauch zu Boden.

Ich begriff nicht, was hier vorging. »Wer seid Ihr?«, fragte ich.

»Was?« Er blickte auf, immer noch in Gedanken. »Oh. Ich

bin Simon. Simon Chastellain. Der Vicomte d'Aviron. Euer Meister war … ein guter Freund meines Onkels.«

Mir blieb der Mund offen stehen. »Euer Onkel … Chastellain? Ihr meint doch nicht etwa … Marin Chastellain, oder doch?«

»Ihr kennt ihn?«

»Meister Benedict hat in seinen Tagebüchern über ihn geschrieben.« Ich konnte mein Glück kaum fassen. Wieder einmal hatte die Vergangenheit meines Meisters einen Weg in mein Leben gefunden – und wieder einmal hatte sie mich gerettet. »Warum habt Ihr mich angegriffen?«

Simon wirkte verlegen. »Es tut mir leid. Ich … ich habe Euch doch nicht verletzt, oder?«

Doch, das habt Ihr!, dachte ich und wischte mir das Blut von der Lippe. »Schon gut.«

»Ich wusste es ja nicht … Nur, als … als Ihr Euch so merkwürdig verhalten habt, da … Der Venezianische Theriak, die Art, wie Ihr das Bein des Mädchens abgebunden habt … was Ihr über Euren ›Freund‹ sagtet. Irgendetwas stimmte nicht. Und es war Euer Meister, der mir beigebracht hat, auf merkwürdige Dinge zu achten.« Er lächelte traurig, als würde er sich an etwas erinnern. »Ich habe Verdacht geschöpft. Deshalb bin ich geblieben, als alle anderen gingen. Ich habe mich versteckt, und als Ihr mit dem Käfig aus dem Schlafzimmer der Herzogin kamt … Na ja, was hättet Ihr an meiner Stelle gedacht? Besonders, wenn Ihr wüsstet, dass jemand bereits einen Anschlag auf Euren König verübt hat?«

Das erschien mir logisch. Aber … »Woher wusstet Ihr von dem Anschlag?«

»Das weiß doch die ganze Stadt. Es stand sogar in der *Gazette de France*. In Paris kommen alle Geheimnisse ans Licht, Christopher – ich darf doch Christopher sagen, oder? Hier ist Gold nur eine zweitklassige Währung. Wer etwas auf sich hält, bezahlt mit Klatsch und Tratsch.«

So weit, so gut, aber eins war mir noch nicht klar. »Warum bist du so wütend geworden, als ich Meister Benedict erwähnte?«

Er schürzte die Lippen. »Wie du selbst vorhin sagtest, das ist eine lange Geschichte. Ich werde sie dir erzählen, aber vorher … möchte ich dich um einen Gefallen bitten.«

»Um einen *Gefallen*?«

Simon schaute mich reumütig an. »Ich weiß«, sagte er. »Es ist schändlich von mir, dich um etwas zu bitten, nachdem ich dich so behandelt habe. Aber der Gefallen gilt im Grunde genommen gar nicht mir, sondern meinem Onkel. Würdest du mitkommen und ihn dir ansehen? Es … es geht ihm nicht gut und ich glaube … du könntest ihm helfen.«

Ich war immer noch benommen von Simons Angriff und mein erster Gedanke war: *Nie im Leben! Soll er doch einen anderen Apotheker ausfindig machen.* Aber meine Ablehnung gefror mir auf den Lippen, als ich an meinen Meister dachte.

Meister Benedict und Marin Chastellain waren Freunde gewesen, von Kindheit an. Wenn Marin tatsächlich krank war, konnte ich ihm meine Hilfe nicht verweigern. Was würde mein Meister von mir halten?

Wenn ich ihm helfen konnte, musste ich ihm helfen. Das bedeutete aber nicht, dass ich allein gehen würde. »Ich muss auf Tom warten«, sagte ich.

»Natürlich.« Etwas widerstrebend reichte mir Simon die Schärpe meines Meisters. Er schnallte auch sein Schwert ab und hielt es mir hin. »Damit du weißt, dass ich nichts Böses im Schilde führe.«

Ein großherziger Mensch hätte ihm seine Waffe gelassen.

Aber ich war nicht in Stimmung für Großherzigkeit. Ich hatte eine aufgeschnittene Lippe und einen schmerzenden Rücken. Ich nahm das Schwert.

Wir warteten schweigend. Ich brannte vor Neugier, welche Erinnerungen Simon mit meinem Meister verband, aber ich beschloss, mir die Fragen für später aufzusparen. Tom und Sally kamen kurz darauf zurück. Der Wundarzt, der genügend Gehilfen und Gesellen zur Verfügung hatte, hatte alle aus der Küche geschickt. Als sie ins Arbeitszimmer traten und Simon sahen, blieben sie wie angewurzelt stehen. Ich erklärte, wer er war, und sie erzählten mir, dass sich Palissys Befürchtung bestätigt hatte: Lisette würde das Bein verlieren.

Sally war völlig aus der Fassung. Von uns allen wusste sie am besten, was das Mädchen erwartete. »Sie wird ihre Arbeit verlieren. Auch wenn der Arzt sie rettet, wird sie letzten Endes doch auf der Straße landen.«

»Minette wird sie bestimmt nicht entlassen«, sagte Tom. »Egal ob durch Zufall oder nicht, Lisette hat ihr das Leben gerettet.«

»Darauf würde ich nicht zählen«, sagte Simon. »Kaum jemand kümmert sich darum, was aus einer Dienstmagd wird.«

»Wir müssen diese Attentäter finden«, sagte Sally heftig. »Wir müssen einfach.«

Mein Herz sackte schon wieder in meine Hose. Ich hatte immer noch keine Ahnung, wie ich das anstellen sollte. Ich zeigte ihnen den Käfig und berichtete, wie sich der Angriff abgespielt hatte.

»Ich weiß nichts über die Attentäter«, sagte Simon. »Aber ich könnte euch trotzdem helfen. Hier ist mein Vorschlag: Christopher, du kommst mit und hilfst Onkel Marin. Als Dank dafür werde ich mit Rémi, unserem *Mâitre d'hôtel*, über Lisette sprechen. Ich bin sicher, dass er für sie eine geeignete Stelle im Haus meines Onkels findet.«

Sally blickte ihn hoffnungsvoll an. »Das würdest du tun?«

»Warum nicht? Eine Hand wäscht die andere – und alle haben etwas davon. Das ist doch fair, nicht wahr?«

In der Tat, sehr fair, zumal ich Marin sowieso hatte helfen wollen. Trotzdem musste ich den Handel noch etwas erweitern. »Und du wirst niemandem im Palais erzählen, dass wir nicht die sind, die wir vorgeben zu sein, klar?«

Er schien überrascht zu sein, als ob ihm der Gedanke gar nicht gekommen war. »Oh. Natürlich nicht. Das wäre doch gar nicht gut.« Er warf mir einen belustigten Blick zu. »Aber wenn dir wirklich daran gelegen ist, dich für einen Ashcombe auszugeben, Christopher, dann gebe ich dir einen guten Rat: Lass dein Schwert stecken.«

Maison Chastellain befand sich auf der Île Notre-Dame, der Insel, auf der trotz ihres Namens nicht die Kathedrale stand. »Das ist die Île de la Cité«, erklärte Simon und deutete auf Ashcombes Stadtplan. »Diese Insel heißt Île Notre-Dame, weil sie *neben* der Kathedrale liegt.«

Tom warf mir einen Blick zu, den Simon bemerkte. »Wenn du das schon für verwirrend hältst, dann versuche dich einmal in den Straßen der Stadt zu orientieren. Ich will euch die Überraschung nicht verderben, deshalb werde ich nichts weiter sagen – aber ihr werdet schon bald merken, was ich meine.«

Heute jedoch würden wir nicht zu Fuß gehen. Simon hatte seine Kutsche dabei. »Wie jeder in Paris, der etwas auf sich hält«, sagte er. »Deshalb sind die Straßen ja auch so verstopft. Es gibt sogar eine öffentliche Droschke, die an bestimmten

Orten überall in der Stadt anhält – wenn es einem nichts ausmacht, sich mit dem Pöbel auf eine Stufe zu stellen.«

Mir war die große Anzahl der Kutschen bereits aufgefallen, als wir in Paris ankamen, und daran hatte sich nichts geändert. Obwohl Marins Haus kaum eine Meile vom Palais entfernt war, dauerte es mit der Kutsche länger, als wir zu Fuß gebraucht hätten. Simon nutzte die Zeit und erzählte uns, warum er bei der Erwähnung von Meister Benedicts Namen so aus der Haut gefahren war.

»Meine Eltern haben mich viel herumgereicht, als ich noch klein war«, sagte er. »Im Alter von acht Jahren schickten sie mich für ein Jahr zu Onkel Marin. Das war im Jahr 1652, als in Paris die Pest ausbrach. Meine Eltern wollten mich nicht fortbringen, sie verboten mir, das Haus zu verlassen, bis die Pest überwunden war. Ihr könnt euch also vorstellen, dass mir furchtbar langweilig war, bis Blackthorn eintraf, um nach einer Heilmethode gegen die Pest zu suchen.

Ich mochte ihn auf Anhieb. Damals war ich noch etwas wild« – *daran hat sich nicht viel geändert*, dachte ich; meine Lippe brannte noch immer –, »aber er war sehr freundlich zu mir. Ich kam oft in seine Werkstatt und er redete mit mir und brachte mir einiges bei – wie zum Beispiel auf merkwürdige Dinge zu achten. Und die Tränke, die er zubereitete, die Experimente, die er machte … nun, ich denke, ich muss euch nicht sagen, wie faszinierend ich das alles fand.

Besonders hatte es mir diese Schärpe angetan. Die hat er mir natürlich nicht überlassen – ich hätte mich vermutlich bereits nach fünf Minuten vergiftet –, aber er ließ mich mit einigen seiner Instrumente spielen. Am liebsten hatte ich den Magneten.«

Ich griff in die Schärpe und zog ein kleines, rechteckiges Stück Eisen heraus.

Simon machte große Augen. »Das ist er!«

Ich reichte ihm den Magneten. Wie ein Kind versuchte er, ihn an allen möglichen Teilen der Kutsche haften zu lassen, und lachte dabei vor Entzücken. Schließlich gab er ihn mir zurück.

»Das ist die Erinnerung, die ich an Meister Benedict habe«, sagte er wehmütig. »Er war ein freundlicher und geduldiger Mann. Nun ja, als die Seuche überstanden war, holten mich meine Eltern ab und wir fuhren nach England, auf unser Landgut in Nottinghamshire, am Rand des Sherwood Forest. Nachdem die Pest in Paris gewütet hatte, wollten sie mich nicht mehr dorthin zurücklassen, und deshalb habe ich den Rest meiner Jugend in England verbracht.«

»Ich habe mich schon gefragt, wieso du so gut Englisch sprichst«, sagte ich. »Du hast überhaupt keinen Akzent.«

Er verzog das Gesicht. »Versuch einmal, als Franzose in einer englischen Schule klarzukommen. Ich habe sehr hart gearbeitet, um meinen Akzent loszuwerden. Und ich habe gelernt, hiermit umzugehen.« Er nickte zu seinem Schwert, das neben meinem eigenen in meinem Gürtel steckte.

»Hast du Meister Benedict wiedergesehen?«

»Leider nicht. Ich habe gelogen, als ich behauptete, ich würde London kennen. Unser Anwesen befindet sich weit im Norden und wir kamen nicht oft in die Stadt. Aber ich habe meine Zeit in Paris nie vergessen und mein Onkel und ich haben uns regelmäßig geschrieben. Dann, vor zwei Jahren, fing ich an, mir Sorgen um ihn zu machen. Die Art, wie er schrieb, ließ mich vermuten, dass er krank war. Schließlich wurde es so schlimm, dass ich im April beschloss, nach Paris zu fahren, um nach ihm zu sehen. Hier angekommen, sah ich meine schlimmsten Befürchtungen bestätigt.

Die Angestellten haben ihren Vorteil aus dem schlechten Gesundheitszustand meines Onkels gezogen. Er ist ziemlich leichtgläubig, müsst ihr wissen, und trotz seines enormen Reichtums war er sein ganzes Leben lang davon besessen, nach Schätzen zu suchen. Er spann immer irgendwelches Garn über Geheimnisse und Verschwörungen und oft genug haben die Leute, mit denen er sich umgeben hatte, ihn in diesen Narreteien noch bestärkt. Dein Meister war ziemlich genervt von dieser Marotte, aber wir konnten nichts dagegen tun. So ist mein Onkel nun einmal.

Ich habe herausgefunden, dass seine Dienstboten ihn regelrecht ausraubten. Als ich in Paris eintraf und herausfand, was vor sich ging, habe ich ihnen eine Lektion erteilt.« Seine Stimme war stahlhart geworden. »Deshalb war ich so wütend. Als du Benedict Blackthorn erwähntest, dachte ich, du seist nur ein weiterer Dieb, der versucht, meinem Onkel das Geld aus der Tasche zu ziehen. Ich bin wirklich dankbar, Christopher, dass du die Schärpe deines Meisters trugst. Ansonsten hätte ich dich wahrhaftig aufgespießt.«

Ich erzählte Tom und Sally von den Umständen, unter denen wir uns kennengelernt hatten. Tom starrte mich an und Sally, die neben mir saß, steckte ihren Finger durch das Loch in meinem Hemd, das wohl von der Schwertspitze stammte.

»Das habe ich gar nicht gesehen«, sagte ich.

Simon wurde rot. »Ich kann mich nur noch einmal von Herzen entschuldigen. Natürlich werde ich dir das Hemd ersetzen.«

»Das ist nicht nötig; Lord Ashcombe hat mir mehrere Hemden mitgegeben.«

»Das kommt gar nicht infrage. Ich werde dir ein neues Hemd kaufen, das verspreche ich dir.«

Plötzlich hörte man Geflatter und dann kam Bridget durch

das Fenster in die Kutsche geflogen und landete auf meinem Schoß.

»Was um alles in der Welt …?«, fuhr Simon auf und streckte die Hände aus, um sie wieder aus dem Fenster zu werfen.

»Nein!« Ich drückte sie an mich. »Sie gehört mir. Das ist Bridget.«

»Wo kommt sie denn her?«, fragte Simon erstaunt.

»Wer weiß das schon?«, sagte Tom. »Dieser Vogel findet immer Mittel und Wege, da zu sein, wo Christopher ist.«

Ich hatte das Fenster in unserem Zimmer zum Lüften aufgelassen. Bridget hatte sich wohl entschlossen, auf Erkundungstour zu gehen. Simon streckte die Hände aus, aber diesmal vorsichtig. »Darf ich?«

Ich reichte ihm Bridget und er hielt sie dicht vor sein Gesicht. Gurrend streckte sie den Kopf vor und legte ihren Schnabel an seine Nase.

»Das ist der netteste Vogel, den ich je gesehen habe. Wie lange hast du …? Oh!« Bridget flatterte mit den Flügeln und erschreckte ihn. Dann flog sie aus dem Fenster und folgte uns über die Dächer von Paris. Er schaute ihr eine Weile bei ihrem Flug zu, dann deutete er nach draußen. »Seht nur – wir sind fast da.«

Tom, Sally und ich lehnten uns aus dem Fenster. Wir befanden uns bereits auf der Pont Marie, jener Brücke, die zur Île Notre-Dame führte.

So etwas hatte ich noch nie gesehen. Die Insel, erzählte uns Simon, war von Menschen gemacht. Sie war vor vierzig Jahren aus zwei kleineren Inseln in der Mitte der Seine entstanden. Anders als die gewundenen Straßen mit den unzähligen Gässchen von London, hatte man die Île Notre-Dame wie ein Gitter angelegt, mit breiten, einfach zu befahrenen Alleen. Die großen und prächtigen Häuser waren aus weißem Stein erbaut, der die Insel strahlen ließ wie eine Perle inmitten der Muschel, die sie umgab: Paris.

Das Maison Chastellain war einer der großartigsten Paläste auf der Insel. Tom, Sally und ich konnten nicht anders: Wir gafften, als wir die breite Marmortreppe hochgingen und zwischen zwei steinernen Löwen das Haus betraten. Die Eingangshalle raubte uns schier den Atem: Die Wände waren zu einem Oval abgerundet und mit unzähligen Bannern und Gemälden dekoriert, sodass man meinen konnte, man befände sich immer noch im Palais. Etliche Türen führten in die verschiedenen Flügel des Hauses und zu unserer Linken erhob sich eine breite Treppe zum zweiten Stock.

Der *Maître d'hôtel* kam herbei, als er uns in der Eingangshalle hörte. Simon reichte ihm seinen Umhang. »Wie geht es ihm heute Nachmittag?«, fragte er auf Französisch.

Der Mann zögerte.

»Es ist gut, Rémi«, sagte Simon. »Das sind Freunde.«

»Monsieur le Comte geht es nicht gut«, sagte Rémi. »Er schreit schon den ganzen Tag etwas von …«

»Attentat!«

Kapitel 17

Wir schauten nach oben. Dort an der Treppe stand ein älterer Mann, der völlig aufgelöst wirkte. Er war nur halb angezogen, trug ein langes, fleckiges Nachthemd, dazu Strümpfe und Stiefel. Seine Augen blickten wild, die Perücke saß schief auf seinem Kopf. Er wedelte mit einem silbernen Gehstock.

»Mörder!«, schrie er. »Verräter! Ich will nach Hause!«

Simon blickte ihn traurig an. »Das hier ist dein Zuhause, Onkel, weißt du nicht mehr?«

»Ich bin nicht dein Onkel!« Hinter ihm tauchte eine groß gewachsene Kammerzofe auf, streckte die Hände nach ihm aus und redete sanft auf ihn ein. Marin wich vor ihr zurück und geriet dabei gefährlich nah an die Treppenstufen. »Bleib weg von mir! Ich schieße!«

Er legte mit dem Stock auf das Mädchen an, als wäre er eine Muskete. Sie erstarrte, hauptsächlich deshalb, weil sie Angst hatte, er könnte rückwärts die Treppe hinunterfallen.

Simon bedeutete ihr, zurückzubleiben. »Es ist schon gut, Colette«, sagte er. »Onkel, du hast Gäste.«

»Ich will nach Hause!«

»Aber sieh doch, wer hier ist: Es ist Benedict Blackthorns Lehrling.«

»Lügner!«

Tom und Sally wurden unruhig. »Vielleicht sollten wir wieder gehen«, sagte ich.

»Nein, bitte!«, sagte Simon verzweifelt. »Ich dachte, der

Name Blackthorn …« Er verstummte. »Moment mal. Die Schärpe.«

»Was?«

»Die Schärpe. Zeig ihm Meister Benedicts Schärpe.«

Ich hob mein Hemd hoch.

»Onkel, sieh doch«, sagte Simon.

Marins Augen wurden schmal, aber er löste den Blick von der Kammerzofe und schaute zu uns. Als er mich sah, blinzelte er.

»Benedict?« Er senkte seinen Stock. »Benedict? Bist du das?«

»Nein, ich …«, setzte ich an, aber Simon packte mich am Ärmel.

»Warte«, flüsterte er.

»Benedict!« Marin kam die Treppe herunter auf uns zu. Colette und Rémi eilten zu ihm, um ihn zu stützen. Ich fürchtete schon, er würde sie wegstoßen, aber er akzeptierte ihre Hilfe ohne Widerspruch.

Am Fuß der Treppe ließen sie ihn los und er kam mit ausgestreckten Armen auf mich zu und drückte mich fest an sich. »Wo warst du?«, fragte er mich auf Englisch. »Ich habe dich überall gesucht.«

»Ich …« Ich wusste nicht, was ich sagen sollte. Mir gefiel die Vorstellung nicht, dass ich mich als mein Meister ausgeben sollte. Aber die Anwesenheit von »Meister Benedict« schien eine beruhigende Wirkung auf Marin zu haben. »Ich … ich war in London«, sagte ich schließlich.

»London?« Marin sah mich verwirrt an. »Ist denn dort die Pest ausgebrochen?«

»Ja. Aber sie ist jetzt fast ausgestanden.«

»Das ist Schnee von gestern«, sagte er mit kräftiger werdender Stimme. Dann drehte er sich zu Tom und Sally um. »Sind das Freunde von dir?«

»Ja«, sagte ich. »Das ist Sally.«

Er küsste ihre Hand und sie knickste. »Sehr erfreut.«

»Und das ist Tom.«

»Willkommen. Willkommen in meinem …« Er runzelte die Stirn. »Das ist mein Haus.«

»Ja«, sagte ich. »Und das ist dein Neffe.«

»Ja. Simon. Ich weiß. So alt bin ich nun auch wieder nicht, Benedict.«

Simon entspannte sich sichtlich. »Onkel, geh doch schon mit Benedicts Freunden ins Arbeitszimmer. Wir kommen gleich nach.«

»Natürlich, natürlich.« Marin wandte sich an Rémi. »Wir brauchen noch mehr Brandy.« Dann nahm er Sallys Arm und sie half ihm die Treppe hoch. »Setz dich zu mir, Chérie«, sagte er. »Erzähl mir, wie es in London steht.«

Tom und Rémi folgten den beiden. Simon bat Colette, Wasser zu kochen. Als sie in Richtung Küche verschwunden war, lehnte er sich an die Wand und wischte sich über die Stirn.

»Danke«, sagte er. »Ich weiß, das war nicht angenehm, aber … ich wusste nicht, was ich sonst hätte tun können. Du hast ja gesehen, wie er war …« Er brach ab und räusperte sich dann. »Ich habe ein Rezept für ein Beruhigungsmittel, das ihm sehr guttut. Hilfst du mir, es zuzubereiten?«

»Natürlich«, sagte ich. »Ich kann dir von den Zutaten in meiner Schärpe geben, wenn du etwas brauchst.«

»Ich habe einen ausreichenden Vorrat. Er braucht den Trank leider sehr regelmäßig.«

Ich folgte ihm in die Küche, wo Colette einen schweren Eimer neben mir absetzte und mich schüchtern anlächelte.

Simon holte die Zutaten von einem Regal, während Colette das Feuer schürte und einen kleinen Topf mit Wasser aufsetzte. Ich schaute mir an, was Simon auf den Küchentisch gelegt hatte: Baldrian, Schlüsselblume, Basilikum und Honig.

Überrascht schaute ich ihn an.

Er grinste. »Du hast es erkannt, richtig?«

»Das ist Meister Benedicts Rezept«, sagte ich.

Er nickte. »Als ich im April nach Paris kam, war mein Onkel so, wie du ihn heute erlebt hast. Ich wusste nicht, was ich tun sollte, und die französischen Apotheker taugen allesamt nichts. Ich schrieb also an Meister Benedict und bat ihn um Hilfe.«

Simon zog ein zusammengefaltetes Blatt Papier aus dem Regal und reichte es mir. Es war ein Brief. Ich erkannte sofort die gleichmäßigen, schrägen Buchstaben – es war die Handschrift meines Meisters.

Während Simon und Colette die Kräuter klein schnitten und in das kochende Wasser gaben, setzte ich mich hin und las Meister Benedicts Brief.

29. April 1665

Lieber Simon,
natürlich erinnere ich mich an dich – obwohl du vermutlich mit dem Jungen, der unter meinem Arbeitstisch eine Festung aus Feuerholz errichtete, nicht mehr viel gemeinsam hast. Ich bin beinahe dankbar, dass du mir geschrieben hast, obwohl es mich natürlich betrübt, von Marins Zustand zu hören. Aufgrund seiner Briefe hatte ich schon befürchtet, dass er nicht ganz wohl ist, aber du kennst ja deinen Onkel: Er würde lieber sterben, als sich an einen Apotheker zu wenden, selbst wenn ich dieser Apotheker wäre.

Es tut mir entsetzlich leid, aber ich muss dir sagen, dass man nur sehr wenig tun kann, um ihm zu helfen. Wenn der Geist auf diese Weise zerfällt, kann keine Macht der Welt ihn wieder zusammenfügen. Du wirst merken, dass Marin von allem, was ihn umgibt, in wachsendem Maße verunsichert wird.
Das größte Rätsel dieser Krankheit ist ihr Einfluss auf das Erinnerungsvermögen. Er wird sich an Ereignisse, die vor vielen Jahren geschehen sind, einwandfrei erinnern können, aber vergessen, was er zum Mittagessen gegessen hat. Längst verstorbene Freunde werden für ihn wieder lebendig werden, während jene, die ihn umsorgen, zu Fremden werden.
Ich weiß, das wird dich schwer treffen, aber versuche, dich durch sein Verhalten nicht aus der Fassung bringen zu lassen. Er ist durcheinander und verängstigt, das ist der Grund für seine Grobheit. Bitte denke stets daran, dass er dich immer geliebt hat. Du musst dich darauf einstellen, dass er dich mit der Zeit immer seltener erkennt. Versuche nicht, ihn zu drängen. Das wird nichts nützen, ist keine Hilfe und wird ihn nur noch mehr aufregen. Wenn sein Irrtum niemandem schadet, ist es besser, ihn einfach in seinem Glauben zu lassen.
Ich schicke dir ein Rezept für eine beruhigende Medizin, die seine Unruhe lindern wird. Je ruhiger Marin ist, desto besser für seinen Verstand. Ich wünschte, ich könnte selbst zu dir kommen und nach ihm sehen, aber ich befinde mich in einer äußerst wichtigen Phase meiner Forschungsarbeit und kann London leider nicht verlassen. Wenn die Dinge gut laufen, komme ich euch vielleicht im Sommer mit meinem Lehrling besuchen.
Mit den besten Wünschen,
Benedict

Ich fuhr mit den Fingerspitzen über die Buchstaben und wischte mir dann über die Augen. Simon und Colette ließen mich in Frieden, bis ich mich wieder gesammelt hatte. »Ich habe deinem Meister vor etwa drei Monaten noch einmal geschrieben«, sagte Simon, »aber ich erhielt keine Antwort. Ich vermutete, dass die Post wegen der Seuche in London nicht zugestellt wird. Ich wäre nie auf den Gedanken gekommen, er könnte tot sein.«

Ich schaute zu, wie er die Rezeptur zubereitete. Die Art, wie er mit dem Messer umging, erinnerte mich an meinen Meister. »Das machst du ziemlich gut«, sagte ich.

Er lächelte. »Ich habe deinen Meister monatelang dabei beobachtet und von ihm gelernt. Sehr zum Leidwesen meiner Eltern. Ich habe mich danach nämlich immer wieder in die Küche geschlichen. Manchmal wünschte ich, ich wäre kein Vicomte. Ich glaube, ich wäre gern Apotheker geworden.« Er seufzte. »Aber es ist wohl undankbar von mir, mich zu beklagen.«

Das war schon möglich, aber ich würde ihm nicht widersprechen: Für mich gab es nichts Schöneres als das Apothekerhandwerk. »Wirkt das Mittel denn?«

»Ganz ausgezeichnet. Wenn er es getrunken hat, dann erinnert sich Onkel Marin meistens an mich, obwohl er immer noch am liebsten von der guten alten Zeit spricht. Ich versuche, es ihm regelmäßig zu verabreichen. Denn ansonsten … nun, du hast es ja selbst gesehen.«

Ich hatte Meister Benedict schon oft bei der Behandlung von Patienten geholfen, die unter dem gleichen geistigen Verfall gelitten hatten: Demenz hatte er es genannt. Mir war deshalb klar, dass Simons Onkel die Dinge, die ihn umgaben, nicht mehr richtig einschätzen konnte. Trotzdem hatte mich sein Ausruf über ein Attentat neugierig gemacht. »Er scheint große Angst vor Mördern zu haben. Ist das normal?«

»Ja«, sagte Simon betrübt. »Seine alten Diener waren jahrelang bei ihm, manche sogar jahrzehntelang.« Er deutete auf Colette, die langsam in dem Topf über dem Feuer rührte. »Das ganze Personal, auch Colette und Rémi, ist ihm fremd. Wenn er verwirrt ist, glaubt er, wir hätten die anderen ermordet.«

»Was ist mit ihnen passiert?«, fragte ich.

Er zuckte mit den Schultern. »Nichts. Ich habe sie angezeigt, aber sie haben sich vorher aus dem Staub gemacht. Ich schwöre dir, Christopher, wenn ich sie noch einmal zu Gesicht bekomme, dann landen sie am Galgen. Sie müssen sich vor Gericht verantworten. Und dann vor Gott.« Simon holte tief Luft, um sich zu beruhigen. »Komm, bringen wir ihm die Medizin.«

Wir nahmen einen Becher davon mit ins Arbeitszimmer. Die Vorhänge vor den bodentiefen Fenstern waren zugezogen und der Raum war dunkel, aber gemütlich mit der Täfelung aus rötlichem Kirschholz und den vielen Gemälden an den Wänden. Im Kamin flackerte ein Feuer und überzog alles mit einem goldenen Schein.

Marin, Tom und Sally saßen in ausladenden, gemütlichen Sesseln vor dem Kamin. Marin trank Brandy aus einem Kristallglas. Rémi stand diskret an der Wand und trat nur vor, um seinem Herrn nachzuschenken. Es sah so aus, als ob der Brandy bereits eine gewisse medizinische Wirkung entfaltet hätte, denn Marin hatte eine Hose angezogen und erzählte – immer noch auf Englisch – eine Geschichte, bei der sich Tom vor Lachen krümmte und Sally die Hand vor den Mund schlug.

»Das habt Ihr Euch doch nur ausgedacht!«, keuchte sie fassungslos.

»Ich schwöre es euch«, sagte Marin. »Der Bauer beharrte darauf, es sei die einzige Möglichkeit, die Verstopfung zu lösen. Da stand ich nun, mit einer Ente auf dem Kopf, während mich lauter Gänse mit ihren Schnäbeln zwickten, und mein Arm steckte bis hierhin in der Kuh …« Sein Blick fiel auf den Becher in Simons Hand. »Das trinke ich nicht.«

»Ach komm schon, Onkel«, sagte Simon. »Benedict sagt, du musst das trinken.«

»Hmpf.« Er betrachtete mich von oben bis unten. »Wer bist du?«

»Das ist Benedict.«

»Sei doch nicht albern! Benedict ist viel größer. Und er ist nach London zurückgekehrt.«

Ich war erleichtert, dass ich nicht länger Meister Benedict spielen musste. »Ich bin Meister Benedicts Lehrling, Monsieur«, sagte ich. »Mein Name ist Christopher Rowe.«

Seine Augen leuchteten. »Christopher? Benedict hat mir in seinen Briefen schon viel von dir erzählt. Er schreibt eigentlich über nichts anderes als über dich! Setz dich! Trink etwas!«

Rémi füllte mein Glas mit Brandy. Ich nippte daran; der scharfe Geruch stach mir in die Nase und brannte in meiner Kehle. Marin fuhr mit seiner Geschichte über den Bauern fort, und als er damit fertig war, setzte er sofort zu einer weiteren an, in der diesmal ein Schmied, eine junge Dame vom Land und ein Elch aus Skandinavien namens Karl eine Rolle spielten.

Er war wie verwandelt. Wir saßen stundenlang wie gefesselt auf unseren Sesseln, während Marin eine Geschichte nach der anderen zum Besten gab. Er erzählte uns von zauberhaften Reisen, von großen Abenteuern und dunklen, tückischen Verschwörungen, sowohl in Paris als auch im Rest Frankreichs und überall auf der Welt. Mir war klar, warum mein Meister ihn so geschätzt hatte: Er war ein Freund, bei dem man nicht viel reden musste. Hauptsächlich, weil man nur selten zu Wort kam. Und seine Kenntnisse über die Geschichte waren unvergleichlich – noch etwas, was Meister Benedict fasziniert haben musste. Marins Erzählungen waren so lebendig, dass es einem vorkam, als ob man dabei gewesen wäre. Dann dachte ich an den Brief meines Meisters und mir wurde klar, dass Marin es tatsächlich so empfand: Er erlebte diese Dinge noch einmal. *Das größte Rätsel dieser Krankheit ist ihr Einfluss auf das Erinnerungsvermögen. Er wird sich an Ereignisse, die vor vielen Jahren geschehen sind, einwandfrei erinnern können, aber vergessen, was er zum Mittagessen gegessen hat.*

Seine Geschichten fesselten uns länger, als ich vorgehabt hatte. So lange, dass ich anfing, Schuldgefühle zu empfinden. *Du hast eine Aufgabe*, tadelte ich mich. *Und sich Geschichten erzählen zu lassen, gehört nicht dazu.* Trotzdem blieb ich sitzen, nicht nur wegen Marins Erzählungen, sondern auch wegen der Nähe, die ich hier in der Gegenwart von Simons Onkel zu meinem Meister verspürte. Ich schaffte es einfach nicht, mich aus diesem Bann zu lösen.

Aber als Marin uns eine Geschichte der Fronde erzählte – jenes fehlgeschlagenen Aufstands gegen Louis XIV. vor fünfzehn Jahren –, wurde mir klar, dass ich meine Zeit hier nicht im Mindesten vergeudet hatte. Immerhin saßen wir neben einer wandelnden Enzyklopädie, einer Koryphäe, die alles über französische Verschwörungen wusste.

»Monsieur Chastellain?«, sagte ich, als er kurz innehielt und Rémi bedeutete, sein Glas neu zu füllen.

»Nenn mich Marin, mein Sohn.«

»Marin … habt Ihr schon je den Ausdruck ›bis zu dem Moment‹ gehört?«

Er blickte mich interessiert an. »Warum?«, fragte er. »Wollt ihr den König umbringen?«

Kapitel 18

Mit einem Ruck setzte ich mich auf. »Ihr wisst, was das heißt?«

»Aber natürlich«, sagte er. »*Jusqu'au moment* – bis zu dem Moment. Das stammt aus Molays Fluch.«

Weder Tom noch Sally hatten eine Ahnung, worüber er redete. Ich schaute zu Simon, aber auch der schüttelte den Kopf und zuckte mit den Achseln.

»Hm«, sagte Marin. »Ich hätte erwartet, dass Benedict dir davon erzählt hat.« Er dachte nach. »Was weißt du über die Tempelritter?«

Toms Augen strahlten. Er liebte Geschichten über Ritter.

»Das waren Kreuzritter«, sagte ich. »Und dann hat der Papst sie vernichtet, nicht wahr?«

»Eine sehr vereinfachte Version der Geschichte, und nicht ganz richtig, fürchte ich. Vielleicht sollten wir ganz von vorne anfangen.«

Marin rekelte sich und machte es sich erneut in seinem Sessel gemütlich. »Unsere Geschichte beginnt in Jerusalem, im Jahre des Herrn 1119, zwanzig Jahre nachdem die Ritter des Ersten Kreuzzuges die Sarazenen zurückdrängten und die Stadt für die Christenheit zurückeroberten. Obwohl die Stadt gesichert ist, hat König Balduin von Jerusalem große Sorgen: Die Pilgerstraßen werden von Banditenhorden heimgesucht und es gibt keinen sicheren Weg in das Heilige Land.

Mitten in diesen Unruhen treten neun französische Ritter vor den König. ›Wir wollen einen Ritterorden gründen‹, sagen sie,

›und so die Pilger auf ihren Reisen schützen.‹ Balduin ist einverstanden und als Hauptquartier überlässt er ihnen den alten Königspalast, der auf den Ruinen des antiken Tempels von Salomon steht. Diesem Tempel entstammt auch ihr Name: *Arme Ritterschaft Christi und des salomonischen Tempels zu Jerusalem* – oder, wie man sie fortan nur noch nannte: die Tempelritter.

Die frühesten Aufzeichnungen des Ordens sind verloren gegangen. Aber soweit wir wissen, haben sie die ersten acht Jahre nach ihrer Gründung nicht mit dem Schutz der Pilgerpfade verbracht, sondern hauptsächlich damit, unter dem Königspalast zu graben und die alten Tempelruinen zu erforschen.«

»Wonach haben sie gesucht?«, fragte Tom.

»Das weiß niemand. Was wir wissen, ist, dass 1127 ihr Großmeister Hugh de Payns Jerusalem verlässt und nach Frankreich zurückkehrt. Er hält ein paar geheime Versammlungen ab und innerhalb weniger Monate stellt jeder Edelmann in Europa den Tempelrittern Land, Geld und Vorräte zur Verfügung und aus einer unbedeutenden Horde von Rittern wird mit einem Schlag der reichste Orden der Christenheit.

Dank der neuen Macht zieht der Orden immer mehr Mitglieder an und in seiner Blüte umfasst er zwanzigtausend Brüder. Ganze Armeen fliehen vor den Tempelrittern. Doch dann begegnen sie ihrem größten Feind, einem Gegner, der viel gefährlicher ist als alle Sarazenen.«

Marin ließ den Brandy in seinem Glas kreisen und die Flammen aus dem Kamin verliehen der Flüssigkeit ein bernsteinfarbenes Leuchten. »Sein Name ist Philippe IV., der König von Frankreich. Man nennt ihn den schönen Philippe, weil er sehr gut aussieht und goldene Locken hat. Und der schöne Philippe ist noch dazu ehrgeiziger als jeder andere König vor ihm. Er will aus Frankreich eine Großmacht machen, die größte, die die Welt je gesehen hat: ein neues Imperium, das mit dem der Römer vergleichbar ist, mit Philippe als Caesar an der Spitze. Er führt Krieg mit seinen Nachbarn – besonders mit den Engländern – und sein ausschweifender Lebenswandel und die ständigen Konflikte führen dazu, dass er sich hoch verschuldet. Besonders bei den Tempelrittern, die ihm viel Geld leihen. Und so schmiedet der schöne König einen Plan.

Ich werde die Templer verhaften lassen, denkt er sich. *Ich werde ihnen schreckliche Verbrechen vorwerfen. Und zur Strafe werde ich ihren ganzen Besitz konfiszieren.* Es ist ein guter Plan. Er wird nicht nur keine Schulden mehr haben, sondern im Gegenteil unermesslich reich werden.

Im Jahre 1307 erhält Jacques de Molay, dreiundzwanzigster Großmeister des Ordens, einen Befehl des Königs: ›Begebt Euch nach Paris‹, schreibt der schöne Philippe, ›damit wir über einen neuen Kreuzzug sprechen können.‹ Obwohl Molay Verdacht schöpft – schließlich weiß er, was für ein Mann der König ist –, lässt er sich darauf ein und reist mit großen Reichtümern nach Frankreich, mit denen er um die Unterstützung des Adels werben will.

Die Summe, die er mit sich führt, ist beträchtlich: hundertfünfzigtausend Goldflorins, einen Haufen mit Juwelen besetzter Reliquiengefäße und genug Silber, um ein Dutzend Packpferde damit zu beladen. In Paris angekommen, bringt er den Schatz ins Hauptquartier der Templer und verstaut ihn dort in den Gewölben. Der König, der die Ankunft der Karawane beobachtet hat, verliert fast den Verstand vor lauter Gier. Und dann schlägt er zu.

Es ist ein Freitag. Der dreizehnte Oktober. Der schöne Philippe lässt alle Tempelritter in Frankreich verhaften. Die Anklagepunkte sind von der übelsten Sorte: Sie sollen auf das Kreuz gespuckt und sich der Ketzerei schuldig gemacht haben. Sogar von Teufelsanbetung ist die Rede. Papst Clemens V. protestiert: Nach dem Gesetz unterstehen die Templer ausschließlich seiner Gerichtsbarkeit. Aber er ist ein schwacher Papst und ein schwacher Mann, und als Philippe droht, ihn von seinem Thron im Vatikan zu vertreiben, gibt Clemens klein bei und löst den Orden offiziell auf.

Die Anklage ist natürlich erstunken und erlogen – nichts als eine Ausrede, damit Philippe den Schatz der Templer stehlen kann. Im Triumph reitet der König von seinem Palast zum Hauptquartier der Templer. Mit eigenen Händen will er das Gold in Besitz nehmen. Aber als seine Männer die Türen aufbrechen, erwartet den König ein Anblick, bei dem ihm fast das schwarze Herz stehen bleibt.

Der Schatz ist fort. Nichts ist übrig geblieben – nun ja, fast nichts. Eine einzelne Goldmünze liegt mitten in der Kammer auf dem Boden und glitzert im Schein der Fackeln. In die Oberseite ist das Kreuz des Templerordens geprägt.

Außer sich vor Zorn ruft der schöne Philippe die Stadtwache zusammen. Man berichtet ihm, dass in der vorangegangenen Nacht im Schutz der Dunkelheit zwölf Templer die Stadt verlassen haben und in unterschiedliche Richtungen verschwunden sind. Jeder von ihnen führte einen Wagenzug an. Und als Philippe Kundschafter in den Hafen schickt, erfährt er, dass auch die Schiffe der Tempelritter Segel gesetzt haben und zum Meer gefahren sind.

Voller Panik lässt er die Templer verfolgen. Drei der zwölf Ritter werden verhaftet, die ersten beiden innerhalb eines Tages noch in der Nähe von Paris, der dritte eine Woche später in Nancy. Doch in den Wagen befindet sich nichts weiter als Stroh.

Der Raserei nahe, schleppt Philippe die verhafteten Templer in sein Verlies und lässt sie foltern, um die Wahrheit aus ihnen herauszupressen. Welcher der Ritter hat den Schatz mitgenommen? Und wohin ist dieser Mann unterwegs?

Der Großmeister Jacques de Molay und seine Offiziere werden in der Festung der Templer selbst gefangen gehalten, im Kerker. Damit sie, so Philippe, über ihre Verbrechen nachdenken können. Obwohl niemand ihm verrät, was er wissen will, lässt er vierundfünfzig gefangene Ritter auf dem Scheiterhaufen bei lebendigem Leib verbrennen. Trotzdem weigert sich Molay zu reden – bis zum März 1314. Nach sieben entsetzlichen Jahren im Kerker gesteht Molay schließlich. Und er willigt ein, Philippe zu verraten, wo der Schatz versteckt ist.

Am nächsten Tag versammelt der König ein großes Publikum, damit alle Welt erkennt, dass die Tempelritter sich vor ihm beugen. Und als Molay tatsächlich vor dem König kniet, da ist er nur noch ein Schatten seiner selbst: in Lumpen gekleidet und schmutzverkrustet, wie ein Bettler von der Straße. Der schöne Philippe verlangt, dass Molay sein Geständnis wiederholt. Und da geschieht es.

Mit kräftiger, klarer Stimme *widerruft* Molay sein Geständnis. ›Die Anklagen gegen uns‹, sagt er, ›sind nichts weiter als Lügen. Und wenn Ihr mich bis in alle Ewigkeit foltert, werde ich Euch niemals geben, was Ihr verlangt. Denn ich diene einer größeren Macht, als Ihr je erlangen könnt.‹

Der König verliert vor lauter Zorn den Verstand. Er setzt sich über alle Gesetze und Regeln hinweg und befiehlt, dass Molay und seine Offiziere als Ketzer verbrannt werden. Molay wird direkt vom Palast des Königs zum Richtplatz gebracht. Er geht schweigend, mit hocherhobenem Kopf. Und als sie ihn auf den Scheiterhaufen schleppen, da äußert er nur eine Bitte: Man solle ihn mit dem Gesicht nach Osten festbinden, damit er vor seinem Tod den Blick auf die Kathedrale Notre-Dame richten kann, den heiligsten Ort in Frankreich.

Dann werden die Reisigbündel angezündet. Das Stroh fängt Feuer. Und als die Flammen an seinen Füßen lecken, spricht er mit seinem letzten Atemzug einen entsetzlichen Fluch aus.

›Den Tempelrittern ist schreckliches Unrecht widerfahren‹, sagt er. ›Und jene, die dafür verantwortlich sind, werden ihrer gerechten Strafe nicht entgehen. Gott wird sie richten, ehe das Jahr um ist: Philippe den Schönen für seinen Verrat und Papst Clemens für seine Feigheit. *Und der Schatz, um dessentwillen der König seine Seele verkauft hat, soll verborgen bleiben, bis zu dem Moment, da kein Prinz aus diesem Geblüt mehr auf dem Thron Karls des Großen sitzt.*‹«

Kapitel 19

Bis zu dem Moment.

Der bittere Fluch von Jacques de Molay hängt noch in der Luft.

»Und? Ist es so gekommen?«, fragte Tom atemlos. »Hat Gott sie wirklich gerichtet?«

»Das hat er«, sagte Marin. »Papst Clemens, der schon krank war, bevor ihn der Fluch traf, starb noch im selben Monat an inneren Blutungen. Den schönen Philippe ereilte acht Monate später auf der Jagd sein Schicksal. Im dichtesten Teil des Waldes setzte er allein einem Hirsch nach, anstatt auf seine Männer zu warten. Als er nicht zurückkehrte, machten sich seine Soldaten auf die Suche und fanden ihn im Moos liegen. Sein Pferd hatte ihn abgeworfen. Er war tot.«

Sally lauschte mit großen Augen. Tom erschauerte und ich schluckte, weil es auch mich kalt überlief. »Also«, sagte ich, »wird der Ausdruck ›bis zu dem Moment‹ von den Personen verwendet, die herausfinden wollen, wo Molay den Schatz der Templer hinbringen ließ.«

»Genau«, sagte Marin.

Ich lehnte mich nach hinten. Meine Gedanken rasten. Plötzlich ergab das alles einen Sinn. *Und der Schatz, um dessentwillen der König seine Seele verkauft hat, soll verborgen bleiben, bis zu dem Moment, da kein Prinz aus diesem Geblüt mehr auf dem Thron Karls des Großen sitzt.* Wenn man Louis und seinen Bruder tötete, ihre Frauen und ihre Kinder, dann war der Thron von Frankreich verwaist – und dann, wenn man Molay glauben wollte, würde der Schatz der Tempelritter enthüllt werden.

»Aber das verstehe ich nicht«, sagte Sally. »Wieso sollte der Mord an der königlichen Familie dabei helfen, den Schatz zu finden?«

»Jene, die danach streben, den Fluch in die Tat umzusetzen«, sagte Marin, »glauben, dass Molays Worte in Wahrheit ein Schwur waren. Dass er dem Ritter, der den Schatz fortbrachte, befohlen hatte, demjenigen, der den König und seine Nachkommen beseitigte, den Schatz auszuhändigen. Mit anderen Worten: Der Schatz war der Lohn für ein Attentat. Das war gar nicht so weit hergeholt, denn die Templer hatten enge Beziehungen zu dem Orden der Assassinen, einem Geheimbund, der zur gleichen Zeit wie sie im Heiligen Land aktiv war.«

»Aber der Ritter ist doch längst tot.«

»Natürlich. Aber genau wie der König hat er Nachkommen, die sein Erbe angetreten haben. Sie würden sein Erbe erfüllen.«

Etwas beunruhigte mich. »Marin«, sagte ich.

»Ja.«

»Ihr habt früher nach dem Schatz der Templer gesucht.«

»Das tue ich immer noch.«

Er richtete seinen Blick auf mich, während eine Frage zwischen uns hing. Dann lachte er. »Ha! Du solltest dein Gesicht sehen! Guck nicht so verstört, Benedict. Du weißt doch genau, dass ich niemanden umbringen könnte, am allerwenigsten meinen eigenen König.«

Ich warf Simon einen schnellen Blick zu. Er hatte sich nur ganz leicht bewegt, aber natürlich hatte auch er gemerkt, dass Marins Geist sich wieder bewölkte.

»Was ist dann mit dem Fluch?«, fragte Tom. »Habt Ihr nicht

gesagt, um den Schatz zu bekommen, müsste man die königliche Familie umbringen?«

»Ich sagte, dass *einige* Leute das glauben. Aber es gibt noch eine andere Möglichkeit, Molays Fluch zu deuten. Gewöhnlich wird unter ›Prinz von diesem Blut‹ jeder König verstanden, der auf dem Thron Karls des Großen sitzt, was auch auf Louis XIV. zutrifft. Aber was, wenn Molay gar nicht so weit dachte?

Philippe der Schöne hatte vier Söhne. Drei von ihnen folgten ihm nach seinem Tod auf den Thron – und sie alle starben unter höchst merkwürdigen Umständen. Aber keiner von ihnen hatte selbst Söhne und so starb die Linie des Schönen 1328 aus, als das Haus von Valois den Thron übernahm. Die Frage ist nun, wessen Geblüt Molay meinte: das der französischen Könige im Allgemeinen oder das von Philippe.«

»Ich verstehe es immer noch nicht«, sagte Sally. »Warum sollte Molay mit ›Prinz von diesem Blut‹ etwas anderes meinen als die Blutlinie Philippes?«

In Marins Augen blitzte es auf. »Eine ausgezeichnete Frage.« Er trank sein Glas aus und stand ächzend auf. »Die Tempelritter waren vermutlich der wichtigste Orden des Mittelalters. Und doch wissen wir so wenig über sie. Und dafür gibt es einen Grund: Alles, was sie taten, war geheimnisumwittert. Die Templer waren Meister der Täuschung. Ich möchte euch etwas zeigen.« Marin ging auf die andere Seite des Schreibtischs und zog einen alten Folianten aus dem Regal. Wir versammelten uns um ihn, während er durch die vergilbten Pergamentseiten blätterte. In dem Text, geschrieben in einer klaren und sauberen Handschrift, befanden sich Markierungen in verschiedenen Farben und Illustrationen und Skizzen bevölkerten die Blattränder. Marin blätterte etwa vierzig Seiten weit, dann deutete er auf ein Bild am unteren Rand.

»Das war das Symbol der Templer«, sagte er.

Das Bild zeigte zwei Ritter in Rüstung auf einem schreitenden Kriegsross.

Tom runzelte die Stirn. »Sitzen die zu zweit auf einem Pferd?«

»Ungewöhnlich für den reichsten Orden der Menschheitsgeschichte, nicht wahr?«, sagte Marin. »Im Allgemeinen wird dieses Bild so gedeutet, dass es entweder das Ideal der Armut oder das der Brüderlichkeit repräsentiert. Aber meine eigenen Nachforschungen haben ergeben, dass mit dem Symbol noch etwas ganz anderes gemeint sein könnte: In diesem Bild versteckten die Templer die wahre Natur ihres Ordens – und zwar vor aller Augen.«

Er deutete auf die beiden Ritter. »Zwei Brüder auf einem Pferd. Zwei Bestimmungen in einem Orden. Zwei Bedeutungen für ein Bild. ›Wir scheinen dies zu sein‹, sagt uns das Symbol, ›aber in Wahrheit sind wir das. Wir sind Meister der Täuschung.‹ Das fing schon bei ihrer Gründung an: Ihr offizieller Zweck war der Schutz der Pilger, aber gleichzeitig gruben sie die Ruinen des Tempels aus. Selbst ihr Name ist eine Irreführung. ›Arme Ritterschaft Christi‹. Zwar machten die Tempelritter nach außen hin einen bescheidenen Eindruck, aber zu seiner Zeit war der Orden die einflussreichste Macht auf Erden – und zwar in jeder Beziehung. Und dann ist da natürlich noch ihre größte Irreführung, die beste Täuschung überhaupt.«

Er lächelte. »Den Templerorden gibt es nämlich immer noch.«

Kapitel 20

Da kam ich nicht mehr mit. »Ihr sagtet doch, dass der Papst den Orden aufgelöst hat.«

»Offiziell stimmt das«, sagte Marin. »Aber wie ich sagte: Neun Ritter sind entkommen. Mit neun Rittern ging der Orden in den Untergrund, so wie er einstmals mit neun Rittern gegründet worden war. Eine interessante Symmetrie, findet ihr nicht auch? Und damit nicht genug: Ihre Nachfahren plagen die französischen Könige bis zum heutigen Tag. Wisst ihr noch – der Goldflorin, den der schöne Philippe in der leeren Schatzkammer fand?« Wir nickten. »Nun, das ist bis heute die Signatur des Templerordens. Man erzählt sich, dass nach der Krönung jeder neue König morgens beim Aufwachen neben sich auf dem Kopfkissen eine Goldmünze mit dem Kreuz der Templer vorfindet. Das ist eine Drohung, ein Brauch, den sie von ihren alten Freunden, den Assassinen, übernommen haben.«

Toms Augen wurden kugelrund. »Ist das wirklich wahr?«

»Natürlich. Die Könige streiten es zwar ab, aber wenn man es geschickt anstellt und die Dienstboten zum Reden bringt, dann berichten sie alle ohne Ausnahme von der Angst und dem Schrecken, der ihrem Souverän am Morgen nach seiner Krönung ins Gesicht geschrieben steht.«

»Aber das Schlafgemach des Königs wird doch streng bewacht«, gab ich zu bedenken. »Wie soll denn irgendjemand da hineinkommen?«

Marin zuckte mit den Schultern. »Das musst du die Templer fragen.«

Meister der Täuschung, dachte ich. Sie erinnerten mich an meinen Meister: Geheimnisse in Geheimnissen, Codes innerhalb von Codes. »Zwölf Ritter, die alle in verschiedene Richtungen flohen«, sagte ich. »Wieder eine Täuschung.«

Marin nickte.

»Also, wie soll man so einen Schatz finden?«, fragte Sally. »Es ist dreihundertfünfzig Jahre her, seit die neun Ritter entkamen. Wenn schon der schöne Philippe nie erfuhr, welcher den Schatz hatte, wie sollte das heutzutage jemandem gelingen?«

»Ah«, sagte Marin. »Nun, weil es noch einen Hinweis darauf gibt, dass die Templer immer noch existieren. Abgesehen von der Münze auf dem Kopfkissen wird seit Philippe jedes Mal, wenn ein neuer König den Thron besteigt, ein Rätsel offenbart. Wenn man es lösen kann, verrät es einem, wo die Templer ihren Schatz versteckt haben.«

Das interessierte mich. »Was für ein Rätsel?«

Marin zwinkerte Sally zu. »Siehst du, wie clever ich bin? Benedict kann keinem Geheimnis widerstehen. So bringe ich ihn dazu, mir alle möglichen Gefallen zu tun.«

Sally lachte, wobei sie Simon einen kurzen Blick zuwarf. Unauffällig nickte Simon Rémi zu, er solle den alten Mann im Auge behalten, und verließ dann das Zimmer.

Marin fuhr fort: »Natürlich verändert sich die Art des Rätsels mit jedem König. Manchmal ist es eine Karte oder ein Puzzle oder ein Code, ein Symbol, eine unbekannte Sprache … manchmal alles gleichzeitig. Zu Lebzeiten von Louis' Vater fing es mit einer Karte an. Ich entdeckte sie zwischen den Seiten eines alten Buchs in der Bibliothek des Louvre. Ich habe sogar zwei der Hinweise entschlüsselt, bevor Louis' Vater starb und Louis

König wurde. Danach gab es keine Hinweise mehr und ein neues Rätsel wurde angefangen. Natürlich ist oft allein schon das Aufspüren des Rätsels ein Rätsel.«

»Wisst Ihr, wie das Rätsel für Louis geht?«

Er grinste. »Hebt mal den Teppich hoch.«

Marin deutete auf den Perser, der vor dem Kamin lag. Tom schlug ihn zur Seite. Dann versuchte Marin, den Schreibtisch nach vorn zu schieben. »Er steckt irgendwo fest«, sagte er.

Sally und ich halfen ihm, als Simon mit einem neuen Becher Beruhigungsmittel für Marin ins Zimmer trat. Verblüfft blieb er stehen, als er uns mit vereinten Kräften den Schreibtisch wegschieben sah. Tom, der immer noch vor dem Kamin stand, machte einen erschrockenen Satz rückwärts, als die Dielenbretter vor ihm in die Höhe sprangen.

Simons Augen wurden noch größer. Dieses Geheimfach kannte er offensichtlich nicht. Marin stieß die Luke mit seinem Gehstock auf. Darunter befand sich eine Öffnung, in der ein Stapel Papiere sowie eine kleine Kiste aus Kiefernholz lagen. Marin holte alles heraus und legte es auf das Sofa, setzte sich daneben und fing an, die Papiere durchzublättern. »Hier ist es.«

Er reichte mir ein Pergament. Darauf stand ein Gedicht.

König siegt, Mann verbrennt.
Wohl dem, der das Schicksal erkennt.

König siegt, Mann ist verbrannt.
Wo Füße stehen, ist der Weg genannt.

König zerbricht, Mann verweilt.
Die Antwort hält das Dunkel bereit.

König ist vergangen, Mann steigt empor.
Im Herzen der Stadt findest du das Tor.

Simon schaute mir über die Schulter und las das Gedicht. »Onkel, was ist das?«

»Das stammt von einem Dichter namens Vincent Voiture«, sagte Marin. »Er hat es letzten Monat geschrieben, kurz bevor er starb.« Simon schaute rasch hoch, ließ aber seinen Onkel weiterreden. »Das ist der Schlüssel zu einer neuen Jagd auf das Templergold.«

»Woher wisst Ihr das?«

»Aus drei Gründen. Erstens: Das Thema des Gedichts spiegelt zweifellos die Geschichte von Philippe, Molay und den Templern wider. Ein siegreicher König wirft seinen Gegner nieder und verbrennt ihn auf dem Scheiterhaufen, dann fällt auch er, während der Orden aus der Asche wieder aufersteht. Das könnte natürlich Zufall sein, aber der zweite Aspekt ist noch vielsagender. Tom müsste darauf kommen.«

Tom schaute ratlos in die Runde. »Ich?« Er betrachtete wieder das Pergament und wurde unter den erwartungsvollen Blicken ganz nervös. »Warum sollte ich das wissen?«

»Na ja, du kannst es doch lesen, oder?«

Er schaute mich an, aber auch ich wusste nicht, worauf Marin hinauswollte. Sally war die Erste, die begriff. »Es ist auf *Englisch*.«

Marin nickte. »Vincent Voiture war ein französischer Dichter, der auf Französisch schrieb. Wir kennen kein einziges Gedicht, das auf Englisch verfasst wurde. Außer diesem.«

»Ihr glaubt also, er war ein Templer?«, spekulierte ich.

»Nein. Ich glaube, jemand hat ihm dieses Gedicht gegeben und ihn dafür bezahlt, dass er es als sein eigenes ausgab. Was mich zu dem dritten und überzeugendsten Grund führt, warum dies ein Rätsel der Templer sein muss: nämlich das, was Voiture als Bezahlung erhielt.«

Er nahm das Holzkästchen und reichte es Sally. Sie öffnete es. Und hielt überrascht den Atem an.

Kapitel 21

Es war eine Münze. Eine einzelne Goldmünze mit einem Symbol, das wir mittlerweile kannten.

Vorsichtig holte ich die Münze aus dem Kästchen. »Ist das …?«

Marin nickte grinsend. »Ein Templer-Florin.«

Ich drehte das Geldstück hin und her. Die Münze war an den Rändern abgewetzt und auch die Prägung war nicht mehr deutlich zu erkennen. *Baldvinus Rex* stand auf einer Seite, *de Ierusalem* auf der anderen. König Balduin von Jerusalem, der Schutzherr der Tempelritter. Dieser Florin war mehr als fünfhundert Jahre alt.

»Den kannst du behalten, Benedict, vielleicht hilft er dir weiter«, sagte Marin. »Der Junge nebenan hat auch so einen.«

Simon wurde unruhig. »Onkel«, sagte er.

Marin beachtete ihn nicht. »Die hat er von dem Maler.«

»Von dem Maler?«, wiederholte ich. »Ihr meint den Dichter, nicht wahr? Voiture?«

»Ja«, sagte Marin, doch dann verstummte er, als ob er sich

nicht sicher wäre. »Nein. Ich … Darüber haben wir doch gesprochen, weißt du nicht mehr? Ich habe es dir gezeigt.«

Ich hielt das Gedicht hoch. »Darüber?«

Marin runzelte die Stirn. »Nein, nein. Du hast es aufgeschrieben.« Er beugte sich über die Unterlagen auf dem Sofa und kramte sie durch.

»Onkel.« Simon versuchte Marin dazu zu bringen, den Becher zu nehmen. »Es ist Zeit für deine Medizin.«

»Ich habe dir doch gesagt, ich will sie nicht.« Marin drückte mir ein Pergament in die Hand und suchte dann weiter in seinen Unterlagen. »Das gehört dir. Nur einen Moment, der Rest muss hier irgendwo sein.«

Ich las, was auf dem Blatt stand. Es war das gleiche Gedicht wie auf dem anderen Pergament, eine Kopie in Meister Benedicts Handschrift. »Wo habt Ihr das denn her?«, fragte ich.

»Was meinst du, wo ich das herhabe? Du hast es doch selbst geschrieben.« Als er meine Verwirrung bemerkte, setzte er hinzu: »Während du nach einer Heilung gesucht hast. Letzte Woche … wieso erinnerst du dich nicht mehr daran?« Marin hörte auf, die Papiere zu durchwühlen, und schaute auf. »Es ist nicht hier. Hast du es weggenommen?«

Simon warf Rémi einen Blick zu, woraufhin der Mann vortrat. »Das Essen ist serviert, Monsieur.«

»Schon?«, sagte Marin. »Nun gut, ziehen wir uns um. Wir können unser Gespräch bei Tisch fortsetzen.«

Rémi begleitete Marin nach draußen. Simon ging ihnen nach, blieb aber im Türrahmen stehen und flüsterte uns zu: »Wartet hier.«

Endlich begriff ich, was los war. Marins Geist war wieder auf Wanderschaft in die Vergangenheit gegangen. Voiture konnte das Gedicht unmöglich erst vor einem Monat verfasst haben.

Meister Benedict hatte es vermutlich bei seinem letzten Besuch in Paris abgeschrieben, und das war mehr als dreizehn Jahre her. Und Louis hatte vor mehr als zwanzig Jahren den Thron Frankreichs bestiegen.

Trotzdem interessierte mich das Gedicht. Ich verglich das Original mit der Kopie meines Meisters. Sie waren identisch – bis auf eine Zeile, die Meister Benedict auf seiner Kopie ergänzt hatte, direkt neben dem ersten Vers.

Fang ganz am Anfang an.

»Was heißt das?«, fragte Tom.

Es hieß nichts anderes, als dass Meister Benedict mal wieder kryptische Botschaften hinterließ. Ich ging das Gedicht wieder und wieder durch. Und dabei kam mir ein Gedanke.

»Oh *nein*!«, stöhnte Tom.

Ich runzelte die Stirn. »Ich habe doch noch gar nichts gesagt.«

Ich bekam auch keine Gelegenheit dazu, denn in diesem Moment kehrte Simon zurück. »Wir haben meinen Onkel davon überzeugt, dass es Zeit ist, ins Bett zu gehen.«

»Geht es ihm gut?«, fragte Sally.

Simon seufzte. »So gut, wie es eben geht. Er wird sich besser fühlen, wenn er eine Weile geschlafen hat.«

»Wir hätten nicht so lange bleiben sollen«, sagte ich entschuldigend. »Wir haben ihn überanstrengt.«

»Bist du von Sinnen? Ihr drei seid das Beste, was ihm seit Langem widerfahren ist. So habe ich ihn nicht mehr erlebt, seit ich hierhergekommen bin. Er war wieder ganz er selbst«, sagte Simon mit belegter Stimme. »Das war mein Onkel Marin.«

Er räusperte sich und fuhr dann fort. »Ich möchte euch um

einen weiteren Gefallen bitten.« Er senkte die Stimme und warf einen Blick zur Tür, ehe er weitersprach. »Ich habe euch vorhin gesagt, dass mein Onkel wohlhabend ist – was ihr euch angesichts dieses Hauses bestimmt schon gedacht habt. Aber trotzdem hat er finanzielle Probleme. Und alles wegen dieser verbrecherischen Dienstboten, die ihn ausgeraubt haben!«

Simon erklärte, was er meinte: »Das meiste Geld, das mein Onkel zur Verfügung hat, kommt aus seiner Apanage, also aus den Einkünften des Landes, das ihm der König zur Verfügung gestellt hat. Bevor ich kam, zapften die Diener die Gelder ab, und seitdem hat sich niemand mehr um die Finanzangelegenheiten gekümmert.« Er klang verzweifelt. »Wenn der König das herausfindet, wird er meinem Onkel das Land wegnehmen und dann hat er kein Einkommen mehr. Ich muss dorthin reisen, um die Sache zu regeln. Ich hätte das schon vor Wochen tun sollen, habe es aber wegen Onkel Marins Gesundheitszustand immer wieder hinausgeschoben. Aber jetzt, wo ihr hier seid … würdet ihr vielleicht hin und wieder vorbeikommen und nach ihm sehen?

Ich weiß, dass König Charles euch aus einem bestimmten Grund in das Palais Royal eingeschleust hat«, sagte Simon schnell, »aber es ist euch gelungen, Onkel Marins Lebensgeister wiederzuerwecken. Ich hätte nie gedacht, ihn noch einmal so zu erleben. Wenn ihr ihn ab und zu besucht, könnte ich in die Normandie reisen und seine Geschäftsangelegenheiten ordnen. Ich würde morgen aufbrechen und wäre in ein paar Tagen wieder da. Ich habe kein Recht, euch darum zu bitten, aber … würdet ihr das für mich tun?«

Tom schaute mich an, als ob er erwarten würde, dass ich ablehne. Und in seine Augen trat ein überraschter Ausdruck, als ich sagte: »Natürlich. Wir sehen jeden Tag nach ihm.«

Simon ergriff voller Dankbarkeit meine Hände. »Ich stelle euch meine Kutsche zur Verfügung, die euch ins Palais zurückbringt. Und wenn ihr irgendetwas braucht, sagt einfach Rémi Bescheid. Ich werde ihm erklären, dass ihr dieses Haus als das eure betrachten sollt.«

Wir verabschiedeten uns und stiegen in die Kutsche. »Ich bin froh, dass wir Marin helfen«, sagte Tom, als wir durch die Straßen der Stadt fuhren, »aber sollten wir nicht besser nach dem Attentäter suchen? Wenn wir im Maison Chastellain sind, finden wir ihn bestimmt nicht.«

»Wir finden ihn auch nicht, wenn wir im Palais bleiben«, sagte ich.

»Aber wir haben ihm doch schon zweimal die Suppe versalzen«, sagte Sally.

»Nein, das waren nicht *wir*. Lisette hat den zweiten Anschlag vereitelt – und das nur durch Zufall. Und der Zufall kam uns auch beim ersten Mal zu Hilfe. Wenn dieser Mann auf der Feier des Königs mich nicht gebeten hätte, ihm einen anderen Wein zu besorgen, und wenn ich seiner Bitte nicht nachgekommen wäre, dann …« Ich schüttelte den Kopf. »Das ist mir klar geworden, als ich den Käfig unter Minettes Bett entdeckte. Wir hatten Glück, das ist alles. Irgendwann wird unser Glück uns verlassen. Wir können den Attentäter nicht bis in alle Ewigkeit aufhalten. Er muss nur ein einziges Mal zum Zug kommen.«

»Aber unser Auftrag lautet, herauszufinden, wer er ist«, sagte Sally, »und für wen er arbeitet.«

»Wie sollen wir das anstellen? Wen sollen wir fragen? Wo sollen wir suchen? In Paris leben viele Tausend Menschen. Sie alle befragen zu wollen, wäre etwa so, als wollte man die Themse mit einer Teetasse trockenlegen.«

»Wir könnten mit dem Besitzer der Schlange anfangen«, sagte Tom.

»Dieser Meinung bin ich auch«, sagte ich. »Sally, bring in Erfahrung, was die Damen über den Comte de Colmar wissen. Ich werde sehen, was ich herausfinden kann. Aber ich bezweifle, dass er Teil des Komplotts ist. Selbst wenn er vorgehabt hätte, seine Schlange wieder einzufangen, bevor irgendjemand sie findet, hätte der Arzt die Bissspuren auf den Leichen bestimmt nicht übersehen. Würde er tatsächlich seine eigene Schlange benutzen, wenn er der Attentäter wäre?«

»Er kam mir nicht besonders clever vor«, bemerkte Sally.

»Und genau aus diesem Grund nehmen wir ihn auch unter die Lupe. Aber denkt immer daran, der echte Attentäter wusste vermutlich, dass der Graf Schlangen hält, und hat einfach eine gestohlen. Wenn der Comte de Colmar nicht unser Mann ist, was dann? Dann bleiben immer noch neunhundertneunundneunzig Gäste im Palais Royal übrig.«

»Wir *müssen* doch irgendetwas tun.«

»Das werden wir auch. Ich habe nämlich eine Idee, wie wir den Attentäter ein für alle Mal ausschalten können.«

»Und wie?«

»Es läuft doch alles darauf hinaus: Wer immer hinter dieser Verschwörung steckt, will Minette und den Rest der königlichen Familie umbringen, um Molays Fluch zu erfüllen. Es geht nur um den Schatz der Templer. Und genau damit kriegen wir ihn. Denn das ist etwas, was mir Meister Benedict beigebracht hat.«

Mit der einen Hand hielt ich den Florin in die Höhe, den Marin mir geschenkt hatte, mit der anderen das Gedicht. »Wir graben dem Attentäter das Wasser ab. Wir werden nämlich den Schatz vor ihm finden.«

MITTWOCH,

18. November 1665

Terz

Kapitel 22

Wir erwachten vor Sonnenaufgang. Allerdings hatte ich nicht vor, zu so früher Stunde auf Schatzsuche zu gehen. Tom, der auf der Strohmatratze lag, die ich gestern noch gekauft hatte, rieb sich die Augen, als ich ihn anstieß.

»Was hast du vor?«, fragte er.

»Ich schaue dem König bei der Morgentoilette zu«, sagte ich. »Philippe und Minette haben einige Gäste eingeladen, sie in den Louvre zu begleiten, unter anderem auch mich. Wir gehen in Louis' Schlafzimmer, dann wird der König geweckt und wir schauen zu, während er frühstückt. Das ist offensichtlich eine große Ehre.«

Tom blinzelte. *»Wie bitte?«*

»Los, zieh dich an«, sagte ich. »Ich darf nicht zu spät kommen.«

Tom brummte ein paar Flüche über die französischen Gewohnheiten. Ich machte erst gar nicht den Versuch, ihm zu widersprechen.

In der Eingangshalle des Palais warteten die adeligen Gäste in ihren kostbarsten Kleidern. Neben etwa einem Dutzend Paaren, die miteinander plauderten, standen eine Handvoll Damen ohne Herrenbegleitung. Sally war auch dabei. Für den Louvre hatte sie das beste und schönste Kleid angezogen, das sie von Lord Ashcombe bekommen hatte. Der smaragdgrüne Brokat funkelte im Kerzenlicht. Die kastanienbraunen, seitlich hochgesteckten Locken fielen wie ein weicher, seidiger Wasserfall über ihre Schulter und der weite Ausschnitt betonte ihre zarte, helle Haut. Ich betrachtete sie von der gegenüberliegenden Seite der Halle aus. Sie sah ziemlich gut aus und ich konnte meinen Blick nicht abwenden – bis sich jemand in mein Blickfeld schob, den ich nun wirklich nicht sehen wollte.

Amyot, der Comte de Colmar, hatte sich zu den Wartenden gesellt. Er war in Begleitung einer farblosen, hageren Frau, die vermutlich seine Gemahlin war. Er schien sich wegen irgendetwas bei ihr zu beklagen und sie wandte sich mit gesenktem Kopf leicht von ihm ab, als ob es ihr peinlich wäre. Ich hatte den Eindruck, seine Frau mochte ihn genauso wenig leiden wie ich.

Ich seufzte. Mir war klar, dass ich ihn unter die Lupe nehmen musste, aber im Augenblick war ich zu müde, um mich diesem Ärgernis zu stellen. Ich versuchte, mich hinter einem Mann zu verstecken, dessen Perücke doppelt so groß war wie sein Kopf, aber vergeblich.

Amyot entdeckte mich, ließ seine Frau stehen und kam zu mir stolziert. »Zwanzig Louis d'or«, sagte er. »So viel schuldet Ihr mir für Marguerite.«

Mir blieb der Mund offen stehen. Ich hatte schon vorher nicht viel von Amyot gehalten, aber der aberwitzige Betrag, den er nannte, machte mich sprachlos. Zwanzig Louis d'or waren mehr als zwanzig Pfund. Eine Schlange – selbst eine Giftschlange – konnte unmöglich so viel kosten.

Ich schluckte meinen Ärger hinunter. *Verhalte dich unauffällig*, sagte ich mir. Ich konnte mir keine weitere lautstarke Auseinandersetzung leisten, schon gar nicht, wenn so viele bedeutende Gäste des Palais zuschauten. Und sie schauten *alle* zu und warteten darauf, dass der Spaß begann. Offensichtlich kannten sie den Mann ziemlich gut.

Ich knirschte mit den Zähnen und antwortete so liebenswürdig wie möglich: »Ich werde die Angelegenheit mit Freuden mit Euch besprechen, Comte. Später.«

Damit war er nicht einverstanden. »Ihr werdet mich entschädigen. Entweder in Gold oder in Naturalien.«

Ich stutzte. »Was meint Ihr damit?«

»Ein Kopf für einen Kopf. Ihr habt doch eine Taube, soviel ich weiß. Gebt mir zwanzig Louis d'or oder gebt mir den Vogel.«

Da ging sie hin, meine Selbstbeherrschung. »Wenn Ihr Bridget auch nur ein Haar krümmt, dann macht Ihr mit meinem Schwert Bekanntschaft!«

Von oben erklang eine mürrische Stimme. »Was soll dieser ganze Aufruhr?«

Die Gäste drehten sich um. Ein erstaunlich kleiner Mann mit einem schmalen Gesicht und großen Augen unter einer schwarzlockigen Perücke, einem breitkrempigen Federhut und acht Zentimeter hohen Absätzen kam die Treppe herunter. Er war entsprechend der neuesten Pariser Mode gekleidet: eine Weste aus Brokat und eine Rheingrafenhose: ein lose sitzendes Beinkleid, das aussah wie ein Rock. Unter der Weste trug er ein Leinenhemd mit langen Puffärmeln und Spitzenbesatz sowie eine Spitzenkrawatte. Seine Strümpfe waren aus Seide und seine Füße steckten in hochhackigen, mit prunkvollen Schleifen besetzten Schuhen.

Die Menge war beeindruckt. Ich empfand seinen Aufzug eher als erschreckend, und nicht nur, weil er so auffällig war. Die edlen Stoffe und die kunstvolle Machart ließen mich vermuten, dass ihn diese Montur etwa hundert Louis d'or gekostet hatte.

Minette kam ein Stück hinter ihm. Sie war genauso prächtig gekleidet, in ein lavendelfarbenes Kleid, dessen weit schwingender Rock mit winzigen grünen Bändern verziert war. Das mit Spitze besetzte Mieder war eng geschnürt, tief ausgeschnitten und mit kurzen Puffärmeln versehen. Eine Kammerzofe ging hinter ihr und trug ihren langen Pelzmantel.

Minette trat zu dem kleinen Mann und legte ihre Hand auf seinen Arm. Also handelte es sich um niemand anderen als um Philippe, den Herzog von Orléans, Bruder des Königs. Philippe blieb auf dem Treppenabsatz stehen und bedachte uns mit einem wütenden Blick. »Ist denn dieser Lärm am frühen Morgen wirklich nötig?«

Amyot verbeugte sich errötend. »Ich bitte um Verzeihung, Monsieur. Eine geschäftliche Angelegenheit.«

»Geht es um Eure blödsinnige Schlange, die Euch entwischt ist?«

»Ja, Monsieur.«

»Nun, mein lieber Comte, ich muss Euch sagen, wenn ich eins von diesen Viechern in meinem Schlafzimmer finde, dann wird *Euer* Kopf fallen.«

Amyot wurde blass. »J…ja, Monsieur.«

Philippe blickte ihn von oben herab an. »Ihr habt meine Erlaubnis, heute hierzubleiben«, sagte er und dann ging er ohne ein weiteres Wort hinaus. Minette an seiner Seite warf mir ein kleines Lächeln zu.

Mittlerweile war Amyot käseweiß geworden. Seine Frau, die hinter ihm stand, schien immer weiter zu schrumpfen und versuchte krampfhaft, nicht zu weinen. Die Mädchen, die bei Sally standen, wirkten äußerst schadenfroh über das Ungemach der Comtesse, während sie dem Herzog und der Herzogin nach draußen folgten.

Da ich Amyot nicht weiter provozieren wollte, wandte ich mich ab, als wäre nichts geschehen. Ich war kaum zur Tür hinaus, als ich hörte, wie hinter mir in der Eingangshalle die Comtesse in Tränen ausbrach.

Obwohl Philippe die Diskussion um die Schlange beendet hatte, fand ich ihn bei näherer Betrachtung nicht besonders sympathisch. Abgesehen von seiner verschwenderischen Ausstattung – von dem, was er für seine Kleidung bezahlt hatte, hätte ich jahrelang leben können –, hatte er etwas an sich, was dazu führte, dass sich meine Nackenhaare sträubten. Sein Blick war abschätzend, als ob er ständig überlegen würde, wie er die Menschen in seiner Umgebung am besten manipulieren konnte. Und trotz Minettes freundlichem Wesen, dem sonst niemand widerstehen konnte, behandelte er sie mit einer Kälte, die mehr als einmal in Respektlosigkeit ausuferte, während er gleichzeitig jeden anderen, der freundlich zu ihr war, mit eifersüchtigen Blicken bedachte. Wenn der Attentäter es nicht auch auf ihn abgesehen hätte, dann hätte ich ihn zusammen mit Amyot auf meine zugegebenermaßen kurze Liste mit Verdächtigen gesetzt.

Obwohl die Kutschen schon lange bereitstanden, trödelte Philippe und verzögerte unsere Abfahrt zum Louvre aus keinem ersichtlichen Grund, bis die Sonne über den Horizont lugte. Dann dauerte es noch furchtbar lang, bis alle eingestiegen waren. Obwohl der Louvre nur ein paar Hundert Fuß vom Palais Royal entfernt lag, kam Laufen nicht infrage – was allerdings nicht für die Dienstboten galt, die erwartungsgemäß den Königspalast vor den Kutschen mit ihrer Herrschaft erreichten. Tom eilte zu mir, als meine Kutsche vorfuhr, um einer kecken Kammerzofe zu entkommen, die meinem Freund schöne Augen machte und nach eigener Aussage »ihre Englischkenntnisse auffrischen wollte«.

Zu seinem Kummer schickte ich ihn zu der Kammerzofe zurück, die erfreut mit den Wimpern klimperte. Es ging nicht anders, weil die Edelleute und Dienstboten den Louvre getrennt betraten. Der Palast war beeindruckend: drei Stockwerke hoch, aus cremefarbenem Stein, mit mächtigen Säulen und herrlich gearbeiteten Statuen. Ich dachte noch rechtzeitig daran, wer ich vorgab zu sein, und zwang mich zu einer gleichgültigen Miene. Aber allzu viel Gelegenheit, meine Umgebung zu bewundern, bekam ich sowieso nicht.

Der *Maître d'hôtel* scheuchte uns durch die Säle und tadelte den Herzog für sein Zuspätkommen. Mir war schon im Palais aufgefallen, dass die Dienerschaft dort recht grob mit ihren Arbeitgebern umsprang, wobei das im Maison Chastellain nicht der Fall zu sein schien. Ich war einigermaßen schockiert; in England wären die Betreffenden für ihren Ton ausgepeitscht worden.

Der Maître brachte uns auf direktem Weg in das Schlafzimmer des Königs. Die Damen warteten im Vorzimmer, während die Herren hereingeführt wurden. Wir drängten uns in einer Ecke des Raums, der – wie scheinbar alle Schlafzimmer des französischen Adels – fast völlig von einem riesigen Himmelbett eingenommen wurde. In diesem hier fanden gut und gerne acht Personen Platz. Überspannt wurde das Bett von einem hellen, beinahe durchsichtigen blauen Baldachin. Ein Diener zog den Vorhang zur Seite und wir sahen Louis in seinem Bett liegen. Daraufhin läutete der Diener eine kleine Glocke und der König setzte sich auf.

Ich musste zugeben, dass ich neugierig auf Louis war. Die Ähnlichkeit mit Philippe war nicht zu leugnen. Er hatte das gleiche ovale Gesicht, die gleiche Adlernase und die gleichen vollen Lippen wie der Herzog. Aber obwohl er kein Wort sagte, schien mir Louis ein angenehmeres, freundlicheres Wesen zu besitzen als sein Bruder. Die Lakaien brachten ihm einige Schüsseln. In einer befand sich Wasser und er wusch sich das Gesicht. Dann nahm er sich von den anderen etwas Obst, kalten Braten und Gebäck und schließlich entließ er seine Diener.

Mein Meister hatte immer behauptet, Politik würde ihn langweilen. Aber erst in diesem Moment begriff ich wirklich, was er damit meinte. Ich schaute mich um und sah überrascht, dass alle anderen gebannt zu sein schienen. Vielleicht lag es daran, dass sie ihren König vor sich sahen, aber er war nicht mein König, und obwohl er fraglos der mächtigste Mann Frankreichs war, sah er in seinem Nachthemd wie jeder x-beliebige Bürger aus. Als wir schließlich wieder aus dem Schlafzimmer schlurften und unsere Dienstboten sich zu uns gesellten, machte ich vermutlich ein belustigtes Gesicht, denn Tom grinste mich unverhohlen an.

»Na, war es aufregend, den König aufwachen zu sehen, Monsieur?«, fragte er.

»Und wie!«, gab ich zurück.

»Ich will jede Einzelheit hören, Monsieur. Was hat er als Erstes gemacht?«

»Darüber möchte ich wirklich nicht sprechen.«

»Hat er die Augen geöffnet? Hat er sich gestreckt? Gegähnt? Bitte, bitte sagt mir, dass er gegähnt hat.«

»Willst du wohl Ruhe geben!«

Tom schaute niedergeschlagen drein. »Ich wünschte, ich dürfte auch miterleben, wie der König aus dem Bett steigt.«

»Wird das jetzt den ganzen Tag so weitergehen?«

»Wir sind hier in Frankreich, Monsieur«, sagte er hochmütig. »Hier kann ich so frech zu Euch sein, wie ich will.«

Tom redete mich weiterhin mit »Monsieur« an. Ich erinnerte ihn daran, dass ich unter meinem Bett im Palais eine ganze Kiste mit Giften stehen hatte. Ich drohte ihm auch damit, dass ich, sollte er sich nicht anständig benehmen, von meinem Recht als Dienstherr Gebrauch machen und ihn mit der wimpernklimpernden Kammerzofe verheiraten würde. Das wirkte.

Nach ein paar Minuten mussten Tom und ich uns wieder trennen. Jetzt, da der König gefrühstückt hatte, bekamen wir ebenfalls etwas zu essen. Wir wurden in einen großen Saal geführt, wo ein langer Tisch mit Tellern und Platten stand. Jeder nahm sich das, wonach ihm gelüstete, und bald waren alle in angeregte Gespräche vertieft, wobei die Männer und Frauen meistens getrennt blieben.

Ich wurde nervös, da von mir erwartet wurde, dass ich mit den Gästen redete. Abgesehen von Philippe, mit dem ich ganz bestimmt nicht reden wollte, kannte ich niemanden. Zu allem Überfluss wurde mein Bestreben, mehr über die Bewohner des Palais Royal herauszufinden, durch die Tatsache erschwert, dass ich keine Ahnung hatte, *wie* ich mit diesen Leuten reden sollte. Still herumzustehen und sich als Baron auszugeben, war gut und schön. Aber den französischen Hochadel davon zu überzeugen, dass ich zu ihm gehörte, erschien mir schlichtweg unmöglich. Als ich auf dem Weg hierher, allein in der Kutsche, geübt hatte, mit anderen ins Gespräch zu kommen, war mir die Sache kinderleicht vorgekommen. Aber jetzt stolperte mein Gehirn über meine Worte und ich kam mir wie ein Idiot vor.

Wieder einmal musste ich bewundernd anerkennen, wie perfekt sich Sally in die Gesellschaft einfügte. Sie stand in einem Kreis von Damen, die ihr aufmerksam lauschten, während sie mit blitzenden Augen eine Geschichte zum Besten gab. Bestürzt registrierte ich, dass die Damen mir hin und wieder prüfende Blicke zuwarfen.

Innerlich stöhnte ich. Ich wünschte, Simon wäre hier. Ich hätte ihn gestern fragen sollen, was ich zu diesen Leuten sagen sollte. Er war heute nicht anwesend, sondern bereitete seine Abreise aus Paris vor.

Und dann kam einer dieser Leute auf mich zu und wollte mit *mir* reden. Es war ein Mann mit glänzenden Goldknöpfen an der Weste, der sich als Marquis de Nogent-sur-Seine vorstellte. »Ich habe gehört, der Comte de Colmar hat Euch heute Morgen eine Szene gemacht«, sagte er.

Von Simon wusste ich, dass die wertvollste Währung bei Hofe aus Klatsch und Tratsch bestand. Vielleicht bekam ich auf diese Weise einen Fuß in die Tür. »Ja, Monsieur«, sagte ich. »Mein Fr… Mein Lakai hat seine Schlange enthauptet.«

Er lachte. »Oh, Ihr wart das! Gut gemacht!«

»Amyot meinte, ich würde deswegen Schwierigkeiten bekommen.«

Der Marquis machte eine abschätzige Handbewegung. »Pah! Er gehört zur *Noblesse de robe*, nicht zur *Noblesse d'épée.*« Er schaute mich neugierig an. »Und Ihr?«

»Ähm … Marquis?«

»Eure Familie.«

Mein Herz fing an zu rasen. Ich hatte keine Ahnung, was er damit meinte: der Adel der Roben und der Adel des Schwertes. Aber er tat so, als müsste ich es wissen. Fieberhaft überlegte ich, was ich sagen sollte.

Nun ja, alle hielten mich ja für einen Ashcombe. Also war wohl »Schwert« die richtige Antwort. »Mein Großvater ist der Beschützer des Königs von England. Er ist seit Jahrzehnten Charles' General und treuer Gefolgsmann.«

Das war offensichtlich die richtige Antwort. Zufrieden nickte der Marquis. »Man sieht es Euch an«, sagte er und ich musste mir alle Mühe geben, ihn nicht entgeistert anzustarren.

Ein weiterer Mann gesellte sich zu uns. Er hatte einen dünnen Schnurrbart und machte einen freundlichen Eindruck. »Jean-Baptiste Colbert«, stellte er sich mit einem Nicken vor.

Jetzt wurde ich noch nervöser, denn diesen Namen kannte ich. Lord Ashcombe hatte mir von dem Mann erzählt. *Jean-Baptiste Colbert ist Louis' erster Minister und sein engster Vertrauter. Wenn du irgendetwas brauchst, wende dich an ihn.*

»Ich konnte nicht umhin zu hören, worüber Ihr gesprochen habt«, sagte Colbert. »Ihr kommt aus England? Befinden sich Eure Ländereien in der Nähe von London?«

»Nicht weit davon entfernt«, sagte ich vage. »Obwohl ich seit geraumer Zeit nicht mehr in der Stadt war.«

»Das kann ich gut verstehen, wütet dort doch die Pest. Ob Ihr wohl wisst, wie es dort steht?«

Mit einem Mal empfand ich eine große Erleichterung, denn darüber wusste ich tatsächlich Bescheid, und zwar besser als sonst jemand. Natürlich musste ich aufpassen, was ich sagte, denn Christopher Ashcombe würde sich in jedem Fall von einer pestgebeutelten Stadt fernhalten. Aber trotzdem erzählte ich ihnen, was in meiner Heimat geschehen war: von dem Auftauchen des Kometen, den jedermann als böses Omen gedeutet hatte; von dem Ausbruch der Pest und wie sie in der Stadt gewütet hatte. Und während ich sprach, gesellten sich immer mehr Männer zu uns.

Eigentlich wollte ich ihnen nur einen kurzen, oberflächlichen Abriss über die Ereignisse geben. Aber noch während ich sprach, stieg das Verlangen in mir auf, ihnen alles zu erzählen. Es war wie ein unwiderstehlicher Drang, dem ich nachgeben musste. Ich wollte, dass sie von den Sorgen und Nöten der Menschen erfuhren, von den toten Kindern in den Armen ihrer weinenden Mütter, von den vielen Bürgern – Familien und Freunden –, die wir verloren hatten. Ich wollte sie wissen lassen, welchen Mut ich erlebt hatte, welche Großherzigkeit; die Opferbereitschaft im Angesicht des unermesslichen Schreckens. Ich redete und redete und sie hörten schweigend zu. Und als ich geendet hatte, schwiegen sie noch immer, bis eine Stimme schließlich die Stille durchbrach.

Kapitel 23

»Wie furchtbar.«

Ich schaute mich um und da stand der König. Louis höchstpersönlich hatte sich zu uns gesellt, noch prächtiger und kostbarer gekleidet als sein Bruder. Allerdings wirkten Spitze und Bänder an seiner Kleidung männlich und beeindruckend.

Der König betrachtete mich mit einem Blick, den ich nicht deuten konnte. »Willkommen, Baron«, sagte er. »Ganz Frankreich hat für Euch und Euer Volk gebetet.«

Ich fühlte die Last der Blicke aller Anwesenden auf mir. Ich musste etwas sagen – aber was? Louis würde mein Täuschungsmanöver doch gewiss durchschauen. Immerhin war er der König.

Ich erinnerte mich an Lord Ashcombes Rat, was Könige im Allgemeinen betraf – sich kurzzufassen –, aber ich erinnerte mich auch noch daran, was er mir kurz vor meiner Abreise mit auf den Weg gegeben hatte: *Seine Höflinge schmeicheln dem König von Frankreich ganz schamlos.*

Und in meinen Gedanken hörte ich die Stimme meines Meisters. *Man nennt ihn den Sonnenkönig.*

Ich verbeugte mich mit einer eleganten Bewegung und hielt den Kopf gesenkt. »Eure Majestät. Eure Worte berühren meine Seele und geben einer in ihren Grundfesten erschütterten Stadt Frieden. Seid gewiss, dass das Licht Eurer Sonne die Herzen und Heime all meiner Landsleute erwärmt, bis in den hintersten Winkel Englands.«

Du lieber Himmel, wie war ich denn auf so etwas gekommen? Aber es schien zu wirken.

Ein winziges Lächeln überzog Louis' Lippen. Er nickte knapp und mit einer gewissen Anerkennung. Dann stolzierte er weiter.

Plötzlich wehte ein ganz anderer Wind. Innerhalb einer Stunde sprach beinahe jeder Mann bei mir vor und bestand darauf, dass ich *unbedingt* zu ihm nach Hause zum Abendessen kommen müsse, meine Anwesenheit wäre eine solche *Ehre*, und wann ich mich freimachen könne – vielleicht heute Abend? Ich versuchte, mir alle Namen zu merken, und erzählte jedem, wie *gerne* ich die Einladung annehmen würde und dass ich mir *selbstverständlich* die Zeit nehmen würde, allerdings sei ich – *leider, leider* – heute Abend schon verabredet. Aber natürlich ein andermal, sobald wie möglich, gewiss doch …

Colbert betrachtete das Treiben von der Seite aus und machte ein amüsiertes Gesicht. Als die Parade beendet war und alle wieder abgezogen waren, kam er zu mir und sagte: »Wenn Ihr etwas braucht, Baron, lasst es mich wissen.« Und dann war ich endlich wieder allein. Ich wischte mir den Schweiß von der Stirn und versuchte, mein rasendes Herz und meinen aufgewühlten Magen zu beruhigen. Jetzt brauchte ich unter allen Umständen Simons Hilfe!

Aber ich hatte es geschafft. Ich hatte sie davon überzeugt, dass ich einer von ihnen war. Was mein Meister wohl jetzt von mir denken würde? Er hatte sich nie für Politik interessiert – aber hier ging es ja auch nicht um Politik. Hier ging es darum, einen Mörder zu finden. Ob er wohl stolz auf mich wäre? Ich schloss die Augen und glaubte, ihn lächeln zu sehen.

Als sich die Gäste allmählich zerstreuten, kam Sally zu mir. »Alle reden über dich«, sagte sie.

»Wirklich?«

»Der Sonnenkönig hat sein Licht auf dich leuchten lassen. Mach dich darauf gefasst, dass alle einen Vorteil daraus ziehen wollen, indem sie dich für ihre Zwecke einspannen.«

Beinahe hätte ich mich selbst getreten, weil ich so naiv war. Natürlich steckte dies hinter all den Einladungen. Nicht ein Wort war ernst gemeint gewesen. Kein Wunder, dass sich Meister Benedict aus diesen Spielchen immer herausgehalten hatte.

»Ich glaube, ich hab's übertrieben«, sagte ich niedergeschlagen. »Dich allerdings scheinen die Damen sehr zu mögen.«

Sally warf mir einen ungläubigen Blick zu und schaute dann den Mädchen nach, die gerade durch die Tür verschwanden. »Die da? Die hassen mich.«

»Was soll das heißen? Sie haben dir doch förmlich an den Lippen gehangen.«

»Nur, weil ich ihnen alle möglichen Klatschgeschichten aufgetischt habe.«

»Worüber?«

»Über dich.«

»Über mich?« Das erklärte diese merkwürdigen Blicke. »Moment mal … was hast du ihnen gesagt?«

»Ich habe ihnen die Sache mit der Schlange und mit Amyot erzählt. Außerdem habe ich mir ein paar Geschichten von Lady Pembertons jüngerer Schwester ›ausgeliehen‹ und dich zu ihrem Helden gemacht. Oder besser gesagt, zum Schurken.«

»Was?« Ich traute meinen Ohren kaum. »Warum hast du das gemacht?«

»Weil sie jetzt alles über dich wissen wollen, was dazu führt, dass sie weiter mit mir reden, was sie sonst nicht getan hätten. Sie verabscheuen mich, Christopher. In ihren Augen bin ich nur eine hinterwäldlerische Pomeranze aus einem barbarischen Land. Und das haben sie mich gehörig spüren lassen.«

»Wie denn?«

»Oh, mit allen möglichen ›dezenten‹ Hinweisen. Mein Akzent. Mein Haar. Mein Kleid.«

Ich war ja wahrlich kein Modeexperte, aber ich fand, sie sah wunderschön aus. Beunruhigend schön. »Was stimmt damit nicht?«

»Einfach alles.« Sie seufzte. »Das verstehst du nicht.«

»Aber … Lord Ashcombe hat doch gesagt, dass dein Titel dir eine gute Position verschafft.«

Sie lachte traurig. »Ihr Männer mit euren Schwertern. Ihr haltet euch für so klug. Nichts ist verletzender als die Zunge eines Mädchens, das dich verachtet. Und hochwohlgeborene Mädchen sind in dieser Hinsicht am schlimmsten. Im Waisenhaus hat man mich besser behandelt.«

Ich war mir nicht sicher, ob die hochwohlgeborenen Männer viel anders waren. Ich erzählte Sally die Sache mit der Robe und dem Schwert, und dass ich nur durch Zufall richtig geantwortet hatte. »Ich weiß immer noch nicht, was das heißen soll.«

»Ich schon«, sagte Sally. »Und ich glaube, das könnte uns tatsächlich helfen.«

Sie beugte sich näher zu mir. »Die französische Aristokratie ist in zwei Klassen aufgeteilt. Die *Noblesse d'épée*, die Adeligen des Schwertes, haben ihre Titel zum Dank dafür erhalten, dass sie dem König im Kampf beistanden. Die *Noblesse de robe* – die Adeligen der Robe – wurden für ihre Dienste als Berater und Gelehrte ausgezeichnet. Die Schwerter empfinden Verachtung für die Roben und gönnen ihnen ihre Macht nicht.«

»Mir wurde gesagt, Amyot gehöre zu den Roben.«

»Ja, aber seine Frau nicht. Und dadurch bekommen wir einen

Fuß in die Tür.« Sally senkte ihre Stimme noch mehr. »Die Familie der Comtesse gehört zu den Schwertern und sie verfügen über beträchtlichen Einfluss, aber sie sind verarmt. Amyots Familie ist eine der Roben, aber …«

»Wohlhabend.«

»Unglaublich wohlhabend. Der Vater der Comtesse hat die Ehe arrangiert und seinen guten Ruf gegen Amyots Geld getauscht. Allerdings hat sich Amyot als Narr erwiesen und seine ganze Erbschaft verpulvert.«

Ich starrte sie an. »Amyot hat Geldsorgen?«

»Große Geldsorgen. Die Damen sagen, er habe sein Geld in windige Geschäfte mit windigen Partnern investiert. Deshalb auch die Schlange. Und deshalb ist er so wütend auf Tom. Er hat versucht, Louis dazu zu veranlassen, die Schlange als Haustier anzunehmen. Wenn der König eine Schlange besäße, würde der ganze Hof eine haben wollen und Amyot würde ein Vermögen verdienen.«

»Warum sollte der König einen Haufen Giftschlangen im Louvre dulden?«

Sally zuckte mit den Schultern. »Das ist wohl genau der Grund, warum Amyot pleite ist. Wie auch immer, er ist so hoch verschuldet, dass er Gefahr läuft, seine Ländereien zu verlieren.«

Meine Gedanken rasten. Steckte Amyot am Ende doch hinter der Sache? Es schien Wahnsinn zu sein: zu glauben, er könnte eine Schlange unter Minettes Bett verstecken und damit durchkommen. Aber wenn er so dringend Geld brauchte … Und wenn er vorgehabt hatte, die Schlange nach Erledigung ihrer Aufgabe unbemerkt wieder an sich zu nehmen …

Der Schatz der Tempelritter würde all seine Probleme lösen. *Genau wie damals der schöne Philippe*, dachte ich.

»Wie können wir mehr erfahren?«, fragte ich. »Amyot wird es uns sicher nicht verraten.«

»Er nicht«, sagte Sally. »Aber seine Frau vielleicht. Du hast sie ja heute Morgen gesehen. Ihr ist das alles so peinlich. Und die anderen Mädchen wissen, wie verzweifelt sie ist. Sie tun so, als ob sie sie trösten wollen, aber in Wirklichkeit lachen sie hinter ihrem Rücken über sie. Die Comtesse weiß genau, dass sie keine Freunde hat – bis auf Minette –, und deshalb möchte sie am liebsten Paris verlassen und nach Hause fahren. Aber ihr Mann will nicht weg und Minette mag sie; sie möchte ihre Freundin nicht verlieren. Die Comtesse sitzt also zwischen zwei Stühlen. Und das ist meine Chance. Wenn ich mich mit ihr anfreunde, dann kann ich vielleicht mehr über ihren Gemahl herausfinden. Mich würde sehr interessieren, wer diese windigen Geschäftspartner sind. Denn vielleicht sind die Geschäftspartner ja in Wirklichkeit …«

»Die Attentäter!«, sagte ich.

»Oder diejenigen, die die Attentäter angestiftet haben.«

Ihr Plan war fantastisch. Ich hatte mir den Kopf darüber zerbrochen, wie ich mich im Kreis der Adeligen zurechtfinden sollte, doch jetzt stellte sich heraus, dass Sally diese Aufgabe übernehmen konnte – und zwar viel besser als ich. »Du hast wirklich Talent für … so etwas«, sagte ich.

Sally errötete vor Freude. »Ich werde mich der Comtesse nähern, wenn wir wieder im Palais sind. In der Zwischenzeit unternehmen die Damen einen Spaziergang mit den Kindern des Königs im Tuileriengarten. Vielleicht kann ich noch irgendetwas erfahren.«

»Gut«, sagte ich. »Aber … bitte erfinde keine Geschichten mehr über mich, ja?«

»Ich habe doch noch gar nicht richtig angefangen.«

»Aber das ist nicht fair!«

Sie lachte hinter vorgehaltener Hand. »Wir alle müssen Opfer bringen, Herr Baron.«

Sally eilte zu den Damen im Garten. Ich ging zu Tom und erzählte ihm, was sie herausgefunden hatte. Wenn sich Sally an Amyots Fersen heftete, musste ich mich nicht länger mit Politik abgeben und konnte mich dem widmen, was mich mein Meister gelehrt hatte: Rätsel lösen.

Ich zog das Pergament mit Voitures Gedicht aus meiner Schärpe. Obwohl ich es schon auswendig kannte, fand ich es aus irgendeinem Grund hilfreich, die Verse noch einmal zu lesen:

König siegt, Mann verbrennt.
Wohl dem, der das Schicksal erkennt.

König siegt, Mann ist verbrannt.
Wo Füße stehen, ist der Weg genannt.

König zerbricht, Mann verweilt.
Die Antwort hält das Dunkel bereit.

König ist vergangen, Mann steigt empor.
Im Herzen der Stadt findest du das Tor.

Und da war noch Meister Benedicts Hinweis: *Fang ganz am Anfang an*.

Am Anfang wovon? Des Gedichts? Wo sonst sollte man anfangen?

»Irgendeine Idee?«, fragte Tom.

Ich seufzte. »Nein.« Ich musste doch schon ein Rätsel lösen. War es wirklich nötig, dass Meister Benedict mir mit seinen geheimnisvollen Worten die Sache noch schwerer machte?

Da mir leider kein Geistesblitz kommen wollte, schlug ich vor, dass wir uns im Louvre umsahen. Immerhin stand nicht nur Minettes Leben auf dem Spiel. Auch der König und seine Familie waren in Gefahr, daher musste ich annehmen, dass die Attentäter genauso gut hier zuschlagen konnten wie im Palais Royal. Den Palast zu erforschen, schien mir eine gute Idee zu sein.

Es gab unzählige Wachen und noch mehr Gäste und keiner kümmerte sich darum, dass wir durch die Säle schlenderten. Auch der Louvre wurde – genau wie das Palais – gerade renoviert. Ich fragte einen der Handwerker nach dem Grund und er erklärte mir, dass der mittelalterliche Palast, in dem der König lebte, durch einen neuen Flügel mit dem moderneren Palais de Tuileries verbunden wurde. Dahinter lag der herrliche Privatgarten des Königs, wo Sally gerade in Begleitung von Minette und ihren Damen spazieren ging.

Und genau wie das Palais Royal war der Louvre voller Kunstwerke – allerdings stellte die Sammlung in diesem Palast alles in den Schatten, was das Palais zu bieten hatte. Die Wände schmückten die herrlichsten Gemälde. Es gab religiöse Motive, Landschaftsbilder, Porträts: die Verkündigung der Jungfrau, Schäfer, die eine Grabinschrift lasen, Männer und Frauen, die schon lange tot waren und die Lebenden von der Wand aus wie ewige Wächter beobachteten. Sogar die Decken waren mit meisterhaften Fresken versehen, mit Stuck und üppigen Vergoldungen. Wie benommen wanderten wir durch die Gänge. Ich fragte mich, was Meister Benedict von alldem gehalten hätte. Er war nie besonders an Kunst interessiert gewesen, aber ich vermute, er hätte seine Meinung geändert, wenn er diese Bilder gesehen hätte.

Wir verließen den Louvre, betraten das Palais des Tuileries und gingen in Richtung Garten. Dabei musste ich immer wieder an Voitures Rätsel denken und hoffte, dass ich doch noch eine Eingebung hatte. Leider vergeblich: Ich kam keinen Schritt weiter.

Was soll ich machen, Meister?, fragte ich in Gedanken.

Er gab mir keine Antwort. Aber vielleicht lag das daran, dass er mir bereits geantwortet hatte. *Fang ganz am Anfang an*, hatte er geschrieben.

Na gut. Am Anfang wovon?

Ich zerbrach mir den Kopf, aber mehr als das Gedicht hatte ich im Moment nicht. Also … warum nicht mit dem Anfang des Gedichts anfangen?

Ein siegreicher König. Damit musste der schöne Philippe gemeint sein. Er hat Jacques de Molay, den letzten Großmeister der Templer, verhaften lassen: Mann verbrennt. Und von da an: Schicksal erkennen …

Und diese Erkenntnis bedeutet …

Ich runzelte die Stirn. »Sag mal, hast du das auch gehört?« Mir war so, als ob da jemand geschrien hatte.

Tom schaute sich bereits um. Wir blieben stehen und lauschten. Da war es wieder, weit entfernt, aber dann immer lauter. Es kam näher.

Tom legte den Kopf schräg. »Ich glaube, das kommt von draußen.«

Ich ging zum Fenster und öffnete es. Jetzt hörten wir es ganz deutlich. Es kam von Westen, aus der Richtung der Tuilerien.

Im Garten schrie jemand.

Kapitel 24

Wir beugten uns aus dem Fenster und sahen, wie die Damen des Hofs über die Wege und Rasenflächen rannten. Sie rannten, so schnell sie konnten, auf das Haus zu und wedelten dabei wild mit den Armen. Aus der Ferne betrachtet, sah es so aus, als wären sie alle verrückt geworden. Aber als sie näher kamen, sah ich den Grund: Wespen.

Die Frauen schlugen um sich, weil sie von Wespen verfolgt wurden. Ihre Schreie hallten durch den ganzen Garten, während sie versuchten, sich in Sicherheit zu bringen. Überall lagen hochhackige Schuhe mit eleganten Schleifen, die sie abgestreift hatten.

Dann kam der Schwarm.

Eine schwarze Wolke aus Wespen wogte, zuckte und bewegte sich dann rasend schnell vorwärts, wie ein Raubtier auf der Jagd.

Sally. Sally war da draußen. Und Minette. Und die Königin.

Und ihre Kinder.

Wir rannten. Tom und ich sprinteten durch den Palast und hielten Ausschau nach einer Treppe, die nach unten führte. Den entgeisterten Edelmännern und Dienstboten – allen, denen wir auf unserem Weg begegneten – schrie ich zu: »Umhänge! Tischtücher! Decken! Schnell!«

Die Schreie führten uns zum nächsten Ausgang. Die Damen strömten durch die Tür und sanken unter dem Reißen von Stoff zu Boden. Viele weinten und hielten sich die Arme, auf denen knallrote Schwellungen wuchsen, so groß wie Stachelbeeren.

Die Wespen kamen mit ihnen in den Palast. Die Männer, die uns gefolgt waren, schlugen mit allem, was sie in die Hände bekommen konnten, nach den Insekten: Seidenkissen, Spitzentüchern, vergoldeten Tellern, Silbertabletts.

Tom hatte eine bessere Idee. Er riss das riesige Gemälde einer Frau mit einem Spiegel von der Wand – ein Tizian, glaube ich – und schwang es durch die Luft wie ein Brett. Wespen prallten von der Leinwand ab, während ich zur Tür rannte und die wilde Jagd durch den Garten beobachtete.

Ich zermarterte mir das Gehirn, ob sich in meiner Schärpe irgendetwas befand, was gegen Wespen helfen konnte, aber ich hatte nichts Besseres als meinen Umhang zu bieten. Mit Zucker und Salpeter konnte ich zwar Rauch erzeugen, aber wie ich eines Nachmittags mit Meister Benedict schmerzhaft hatte lernen müssen, wirkte Rauch nur auf Bienen beruhigend.

Ich drückte mich durch eine Lücke in den Reihen der fliehenden Mädchen und trat nach draußen, wobei ich meinen Umhang wie eine Flagge schwenkte. Ein bösartiges Summen knurrte mir ins Ohr und schon verspürte ich einen scharfen Stich in meiner Schulter. Ich schlug zu und hörte es knirschen. Wespenmatsch verschmierte meine Hand.

»Christopher!«

Es war Sally. Sie stützte eine ältere Frau, die mit einem Bündel in den Armen auf uns zutaumelte. Das Gesicht der Frau war grotesk angeschwollen und ihr Hals und ihre Schultern waren mit unzähligen Stichen bedeckt.

Mit brennender Schulter rannte ich auf sie zu, wobei ich wild mit meinem Umhang wedelte. Zwischen meinen Schulterblättern setzte sich ein weiteres Brennen fest. Die Frau brach zusammen und fiel mit dem Gesicht auf die Steinplatten des Wegs. Mit einer Hand fasste sie sich an den Hals. Sally, die sie festzuhalten versuchte, wurde mit zu Boden gerissen. Der Kopf der Frau rollte zur Seite und ihre Augen starrten blicklos in die Ferne.

»Das Kind!«, schrie Sally. Sie riss am Arm der Frau und versuchte, sie umzudrehen. »Das Kind!«

Das Bündel, dachte ich entsetzt. Die Frau hatte ein Bündel in den Armen getragen. Wir schoben sie zur Seite und darunter, eingewickelt in eine dicke Decke, lag ein kleiner Junge von etwa einem Jahr, der vor Angst brüllte.

Sally hob ihn auf, hüllte ihn wieder fest ein, und nachdem ich ihr meinen Umhang über den Kopf geworfen hatte, rannten wir auf die Tür zu. Tom, der mir nach draußen gefolgt war, schwang den Tizian in weiten Bögen hin und her, als wir an ihm vorbeikamen, und schlug die summende Horde in die Flucht, die uns verfolgte. Dann drehte er sich auf dem Absatz um, stürzte uns nach und schlug die Tür zu.

Sally rannte zu einem Tisch und wickelte den schreienden Jungen aus. Das Kind war völlig außer sich. Sally untersuchte ihn auf irgendwelche Schwellungen, aber es sah so aus, als hätte ihn die Frau von den Wespen abschirmen können – eine Heldentat, für die sie mit ihrem Leben bezahlt hatte.

»Minette«, keuchte ich, »und die Königin. Sally, wo sind sie?«

»Sie haben den anderen Weg genommen«, sagte sie und ich hörte laute Stimmen aus den Nebenräumen näher kommen. Ich folgte ihrem Klang und sah erleichtert, dass beide Frauen in Sicherheit waren. Sie hatten ein paar Stiche abbekommen, aber abgesehen von einem leicht hysterischen Anfall schienen sie wohlauf zu sein.

Die Königin eilte zu ihrem Sohn, dem kleinen Dauphin, der heulend, aber unverletzt auf einem Sessel saß, und tröstete ihn zusammen mit den anderen Damen des Hofs, die sich von ihrem

Schreck allmählich erholten. Minette rannte zu Sally und nahm ihren weinenden Sohn in die Arme. Schwer atmend drückte sie ihn an ihre Brust und rannte dann in ein anderes Zimmer. Die restlichen Frauen und auch die meisten Männer folgten ihr. Sally wollte sich zu ihnen gesellen, aber ich hielt sie auf.

»Was ist geschehen?«, fragte ich sie.

»Ich weiß es nicht genau«, sagte sie. »Wir waren im Garten spazieren, als eine Kammerzofe plötzlich schreiend aus dem Gebüsch gerannt kam. Und dann waren da überall ... Wespen. Alle gerieten in Panik. Ich habe die Herzogin aus den Augen verloren, also habe ich mich um ihren Sohn gekümmert. Marie-Hélène, die Kinderfrau, hat den Jungen eingewickelt. Sie war außer sich vor Angst. Sie meinte, die Stiche wären tödlich für ihn. Er ist schon einmal gestochen worden und wäre daran beinahe gestorben. Ist ... Ist sie ...?«

Ich nickte. »Sie ist tot.«

Sally schlug die Hände vors Gesicht. »Ich muss es der Herzogin sagen.«

»Die Dienstboten sollen zuerst etwas Essig bringen«, sagte ich. »Das hilft gegen die Stiche, gegen den Schmerz und die Schwellung.«

Sie nickte dankbar und ließ Tom und mich inmitten der immer noch zitternden Überlebenden zurück. Toms eines Auge begann sich zu schließen und seine linke Augenbraue schwoll an. Er kratzte sich an einem Stich auf seinem Arm.

Meine Schulter und mein Rücken brannten wie Feuer. »Alles klar?«, fragte ich.

Tom nickte und betastete vorsichtig seine Augenbraue. »Hast du schon jemals einen Wespenangriff im November erlebt?«

»Nein«, sagte ich. »Ich finde, wir sollten uns mal im Garten umsehen.«

Kapitel 25

Tom holte für uns eine Schale Essig aus der Küche. Ich tauchte ein Tuch in die Flüssigkeit und tupfte Toms Stiche damit ab. Er entspannte sich erleichtert, als das Brennen nachließ, und erwies mir dann die gleiche Wohltat, indem er das Tuch unter mein Hemd an meinen Rücken drückte. Der Schmerz wurde allmählich erträglicher, als wir in die Gärten hinausgingen.

Ich schaute mich um. Wenn ich vor einer Stunde hier gewesen wäre, wäre mir der Garten paradiesisch vorgekommen. Ausladende Terrassen umgaben den ganzen Palast, und die umliegenden Gärten mit den Blumenbeeten in Form von herrlichen, geschwungenen Mustern waren von niedrigen Buchsbaumhecken eingefasst. Wo sich die Wege kreuzten, plätscherten Springbrunnen, und ein regenbogenfarbener Nebel zog durch die Sonne.

Aber die Schönheit des Gartens war befleckt. Die Kinderfrau, die den jungen Prinzen gerettet hatte, lag verdreht auf dem Boden. Zwei Männer, die hilflos danebenstanden, hatten die Leiche auf den Rücken gedreht und ihr geschwollenes, zerstochenes Gesicht entblößt. Ihr Mund stand offen und ihre Zunge lag dick zwischen ihren Lippen. Wir wandten den Blick ab.

»Was hat sie umgebracht?«, fragte Tom entsetzt.

»Die Wespen.«

»Wie oft wurde sie denn gestochen?«

Ich zuckte mit den Schultern. »Vielleicht hundertmal, vielleicht nur einmal. Manchmal macht das keinen Unterschied.

Für einige Menschen können ganz harmlose Dinge giftig sein. Ein Wespenstich, der mir und dir bloß wehtut, kann sie umbringen. Deshalb hatte sie auch solche Angst um den Prinzen. Sally sagte, er wäre einmal nach einem Wespenstich beinahe gestorben. Es betrifft nicht nur Insekten. Selbst mit Erdbeeren können sich einige Menschen vergiften.«

Für Tom war das wie ein Schlag in den Magen. Er liebte Erdbeeren. »*Was?!*«

Ich erzählte ihm die Geschichte von Richard III., der vor fast zweihundert Jahren über England geherrscht hatte. »Er vertrug Erdbeeren nicht – was er einmal als Trick benutzte, um einen Feind loszuwerden, Lord Hastings. Richard aß heimlich ein paar Erdbeeren, ehe der Mann zur Audienz bei ihm erschien. Als er einen bösen Ausschlag bekam, beschuldigte er Hastings, ihn mit einem Fluch belegt zu haben. Seine Soldaten schleppten den armen Baron in den Tower und schlugen ihm den Kopf ab.«

Tom schien zutiefst erschüttert, dass leckeres Essen tödlich sein konnte. »Erzähl mir doch nicht so was.«

Während wir durch den Garten gingen, schauten wir ständig in die Höhe, aber anscheinend waren alle Angreifer vertrieben worden. Wir folgten einer Spur zertretener Wespen bis auf die andere Seite der Tuilerien, wo ein bärtiger Gärtner mit dicken Handschuhen eine ölgetränkte Fackel entzündete.

»Seid vorsichtig, Monsieur«, sagte er. »Da ist ein Wespennest.«

In gebührendem Abstand schaute ich in die Bäume. Ich erkannte die graue Wabenkonstruktion des Nestes auf dem Boden seitlich eines Baumstamms.

»Ich weiß ja, dass es in Frankreich wärmer ist als in England«, sagte ich zu dem Gärtner, »aber ist es normal, dass Wespen so spät im Jahr noch am Leben sind?«

»Nein, Monsieur, das ist in der Tat sehr seltsam.« Er wirkte beunruhigt – und geradezu verängstigt. »Ich habe wirklich keine Ahnung, wo dieses Nest herkommt.«

»Habt Ihr es vom Baum geschlagen?«

»Nein, Monsieur. Es muss heruntergefallen sein, als Ihre Majestät und ihre Gäste hier vorbeigekommen sind.«

Ich schaute nach oben. Ich kannte mich mit Wespen nicht besonders gut aus, aber ich konnte in dem Baum nirgends einen Rest des Nestpapiers entdecken oder sonst irgendetwas, das darauf schließen ließe, dass es jemals dort oben gehangen hätte. Ich dachte an den Prinzen, für den die Stiche tödlich waren.

Der Gärtner hatte allen Grund, verängstigt zu sein. Man würde ihn bestrafen. Ein Wespennest im Garten des Königs zu übersehen, war der Gipfel der Nachlässigkeit. Allerdings würde ich alles Geld in meiner prall gefüllten Börse darauf verwetten, dass das Nest nicht in diesem Baum entstanden war. Der Attentäter hatte es hier aufgehängt, weil er gewusst hatte, dass die Königin und die Herzogin mit ihren Söhnen und ihren Gästen heute im Garten spazieren gehen würden.

Wieder ein Anschlag auf die Königsfamilie, der wie ein Unfall aussehen sollte. Diesmal war Minettes Sohn das Ziel gewesen.

Und wieder einmal hatte ich versagt.

Ich stand da und merkte, wie mich die Verzweiflung übermannte. Es hatte nichts genutzt, dass die Herzogin das Küchenpersonal stärker überwachen ließ. Der Attentäter hatte problemlos eine andere Möglichkeit gefunden. Zwar konnte er keine Getränke mehr mit Arsen vergiften oder etwas Fuku in den Eintopf mischen. Aber was, wenn er auf die Idee kam, ein Gift wie Curare zu verwenden? Dafür brauchte er nicht einmal in die Nähe der Küche zu kommen. Er musste nur eine Nadel mit dem Gift bestreichen und sie durch das Polster eines Stuhls stoßen. Minette musste sich lediglich daraufsetzen und alles war vorbei.

Der Gärtner legte die Fackel an das Nest. Das Papier knisterte und dann flogen Ascheflocken hoch und wurden von dem aufsteigenden Rauch durch die Luft gewirbelt.

»Komm«, sagte ich zu Tom.

»Wohin denn?«, fragte er.

»In die Stadt.«

»In die Stadt? Und wohin?«

Ich schüttelte den Kopf. »Ich wünschte, ich wüsste es.«

Wir kehrten zuerst ins Palais Royal zurück. Minette und ihr Gefolge waren umgehend nach Hause gefahren und ich wollte mich vergewissern, dass alle – besonders Sally – unversehrt waren, ehe wir in die Stadt gingen. Sie war gerade auf dem Weg nach draußen, als wir uns begegneten. Ihr prächtiges grünes Kleid hatte sie gegen ein schlichteres getauscht. Sie sah müde aus.

»Eine der Damen ist gestorben«, sagte sie. »Minette hat sich mit ihrem Sohn und ihren Hofdamen in ihren Gemächern eingeschlossen. Ich glaube, sie kommt heute nicht mehr heraus.«

Darüber war ich froh. Dann waren sie wenigstens für den Moment in Sicherheit – vorausgesetzt, jemand schüttete doch Gift in ihr Essen. »Weißt du, wo die Comtesse ist?«

Sally nickte. »Sie ist in die Stadt gegangen. Nach der Kränkung heute Morgen wollte sie bei der Rückkehr der Mädchen nicht hier sein.«

»Wir gehen ebenfalls in die Stadt«, sagte ich. »Ich will mich umsehen. Ich brauche …« Ich warf die Arme hoch. »Ich weiß auch nicht, was ich brauche.«

»Du kommst mit Voitures Rätsel nicht weiter?«

»Ich habe das Gefühl, es hat etwas mit Paris zu tun«, sagte ich. »Aber ich kenne Paris nicht. Meister Benedict sagte immer, wenn man vor einer scheinbar unlösbaren Aufgabe steht, solle man beiseitetreten und es dem Geist überlassen, die Antwort zu finden. Und genau das will ich tun. Ich laufe herum und hoffe, dass mir die Antwort zufliegt.«

Sally fuhr mit dem Finger über die Spitze an ihrem Ärmel. »Darf ich dich ein Stück begleiten?«

»Natürlich«, sagte ich. »Immer. Du musst nicht fragen.«

»Ich habe ein bestimmtes Ziel.«

»Ach ja?« Ich schaute sie neugierig an. »Und wo willst du hin?«

Sie biss sich auf die Lippe. »Zu meiner Familie.«

Kapitel 26

Wir wandten uns nach Osten. Die Straßen platzten wie immer aus allen Nähten; die Kutschen standen dicht an dicht. Tom ging uns als Wache voraus. Als Mitglieder der Aristokratie durften Sally und ich auf dem höher gelegenen Streifen der Straße gehen, die sich zur Mitte hin absenkte. Dort, wo die gewöhnlichen Bürger der Stadt gehen mussten, verlief der Rinnstein. Dem Gestank allerdings konnte keiner entkommen.

Sallys Verkündigung hatte mich überrascht – um es vorsichtig auszudrücken. Sie war mit acht Jahren nach Cripplegate gekommen, nachdem ihre Eltern auf einer Handelsreise von Frankreich nach England gestorben waren. »Ich wusste gar nicht, dass du noch Verwandte hast«, sagte ich.

»Nicht in England«, sagte sie. »Meine ganze Familie lebt hier.«

»Wer sind sie?«

»Mein Vater hatte einen älteren Bruder, Gaston. Mein Großvater ist gestorben, also führt Gaston sein Geschäft. Aber mir wurde immer gesagt, dass in Wahrheit meine Großmutter in unserer Familie das Ruder in der Hand hält.« Sie kaute nervös auf einem Fingernagel. »Ich bin nach ihr benannt.«

»Kennst du sie denn?«, fragte Tom.

»Nein. Meine Familie war … nicht glücklich, als mein Vater sie verlassen hat. Er erzählte mir einmal, sie wären sehr wütend gewesen, weil er meine Mutter heiratete.« Sie schüttelte den Kopf. »Ich weiß nicht einmal, ob sie noch unter der Adresse zu finden sind. Die Leiter des Waisenhauses haben ihnen einen Brief geschickt, als ich nach Cripplegate kam, aber sie sagten, sie hätten nie eine Antwort bekommen. Weder von meiner Großmutter noch von meinem Onkel. Ich hoffe, es gibt wenigstens noch irgendwelche Nachbarn, die mir sagen können, was mit ihnen passiert ist.«

Sally wusste, dass das Elternhaus ihres Vaters sich im Nordosten der Stadt befand, in einem Viertel namens *le Marais* – der Sumpf –, denn hier war früher Sumpfland gewesen, das trockengelegt worden war – kurioserweise vor vierhundert Jahren von den Tempelrittern. Die Straße, in der die Familie ihres Vaters gelebt hatte, hieß Rue des Deux Portes. Ihr Vater hatte ihr von dem Schild über dem Laden erzählt, das einen Edelstein und einen Berg zeigte. Nach diesem Schild hielten wir Ausschau.

Nach einer Weile fragte ich mich, ob Sallys Familie tatsächlich umgezogen war oder ob der Brief des Waisenhauses sie vielleicht nie erreicht hatte, weil der Kurier das Haus nicht finden konnte. Wir fragten einen vorbeikommenden Tintenverkäufer nach der Rue des Deux Portes.

»Welche denn?«, wollte er wissen. »Es gibt fünf.«

Die Anordnung der Straßen war überaus verwirrend. Die meisten hatten überhaupt keine Bezeichnung und etliche trugen den gleichen Namen. Wie in London, so schlängelten sich auch in Paris die Straßen durch die Stadt und verengten sich zu mittelalterlichen Gassen, in denen es niemals hell wurde, weil die Häuser rechts und links so weit hinausragten, dass sie sich oberhalb der Straßen fast berührten. Wir suchten fast eine Stunde lang, immer in der Hoffnung, irgendeinen Hinweis zu entdecken oder jemanden zu finden, der uns weiterhelfen konnte, aber vergeblich.

Wie gestern auch folgte uns Bridget und flog über unsere Köpfe hinweg. Hin und wieder verschwand sie. Ich sah, wie sie auf einen hohen, quadratischen Turm mit vier runden Türmchen zuflog, ehe sie kehrtmachte und zu meinen Füßen landete. Ich hob sie auf und streichelte ihr Gefieder. »Du weißt vermutlich auch nicht, wo wir hinwollen, oder?«

Sie gurrte fragend.

Sally sagte nichts, aber ich merkte, dass sie immer mutloser wurde. »Vergessen wir die Sache einfach«, sagte sie schließlich.

»Nein, komm schon«, widersprach ich. »Wir sind doch fast da. Schau mal, du fragst die alte Frau dort und ich den Mann. Irgendjemand, der hier schon lange lebt, wird doch wissen, welche Familie wir meinen.«

Sally schlurfte ohne rechte Begeisterung davon. Ich wollte mich gerade dem Mann zuwenden, als Tom mich am Arm packte. »Christopher«, sagte er.

»Was ist?«

»Ich glaube, ich habe sie gefunden.«

»Wirklich?« Ich betrachtete die Ladenschilder über unseren Köpfen.

»Nein«, sagte Tom. »Dort.«

Er deutete zu einem kleinen freien Platz zwischen den Straßen, wo ein paar Kinder mit einem Ball aus aufgerollter Wolle spielten. Erst wusste ich nicht, was er meinte, doch dann fiel mein Blick auf eins der Mädchen.

Sie war etwa acht Jahre alt, gekleidet in eine einfache grüne Schürze. Kastanienbraune Locken fielen ihr über die Schultern. Sie hatte helle Haut, eine leichte Himmelfahrtsnase und zarte Sommersprossen.

Die Ähnlichkeit war schon beinahe unheimlich. In Gedanken war ich wieder in Cripplegate, wo ich einmal in der Weihnachtszeit ein an der Grippe erkranktes Mädchen versorgt hatte, das genauso aussah wie dieses hier. »Sally!«, rief ich.

Sie drehte sich um. Ich deutete voraus. Ihr ging es genauso wie mir: Erst wusste sie nicht, was ich meinte. Dann erstarrte sie.

Langsam ging sie auf das Mädchen zu. Das Kind schaute hoch, um zu sehen, wer sich ihr näherte, und schirmte ihre Augen vor der Sonne ab. Dann sprang sie verblüfft auf.

Sie standen da und schauten sich an, als würden sie in einen Zauberspiegel blicken. »Wer bist du?«, fragte das Mädchen mit großen Augen.

»Ich bin … Sara-Claire«, sagte Sally. Jetzt war es an mir, große Augen zu machen. »Sara-Claire Deschamps. Mein Vater war Nicolas Deschamps.«

Das Mädchen starrte Sally verwundert an. »Dann bist du meine Cousine!« Sie streckte die Hand nach oben und stupste Sally in die Wange, als ob sie sich vergewissern wollte, dass ihr Gegenüber echt war.

»Wohnst du hier in der Nähe?«, fragte Sally.

Wortlos sauste das Mädchen los und schlängelte sich flink durch den Verkehr. Wir eilten ihr nach, wobei wir uns nicht ganz so geschickt anstellten.

Ich übersetzte derweil für Tom, was sie gesagt hatten. Er war genauso überrascht wie ich. »Wusstest du, dass ihr richtiger Name Sara-Claire ist?«, fragte er mich.

Ich schüttelte den Kopf. Ich kannte sie nur als Sally. Aber ich verstand, warum sie ihren Namen geändert hatte. Sally war Engländerin, zumindest zur Hälfte. Ihre Mutter kam aus England. Und wie Simon mir erklärt hatte, war es kein Vergnügen, als Franzose in England aufzuwachsen. Das Waisenhaus allein war schon schlimm genug. Mit einem französischen Namen wäre es vermutlich die Hölle auf Erden gewesen.

Das Mädchen führte uns zu einem fünfstöckigen Haus. Über der Tür hing das Schild, nach dem wir gesucht hatten: ein Edelstein und ein Berg. Das Mädchen stieß die Tür auf und rannte ins Haus. Dabei rief sie: »*Mamie! Mamie!* Deine Enkelin ist da! Ich meine, deine *andere* Enkelin ist da!«

Sally blieb auf der Schwelle stehen. Ihre Cousine kam zurückgerannt und packte Sally an der Hand. »Komm mit zu *Mamie*!«

Sie brachte uns in ein schön eingerichtetes Wohnzimmer und rannte dann wieder hinaus auf die Straße. Die Tür knallte hinter ihr ins Schloss.

Neben dem Kamin mit der aus blauen und weißen Fliesen bestehenden Umrandung stand ein Polstersessel. Dahinter hatten sich drei Mädchen versammelt. Zwei von ihnen mochten ein oder zwei Jahre älter sein als ich, das dritte deutlich jünger. Sie alle waren Sally wie aus dem Gesicht geschnitten. Aber was meinen Blick auf sich zog, war die Frau in dem Sessel.

Nachdem ich drei Jahre lang mit Meister Benedict Hausbesuche gemacht hatte, erkannte ich die Symptome sofort. Die rechte Gesichtshälfte der Frau war schlaff. Mund, Augenlid und Wange hingen herab. Die Finger ihrer rechten Hand, die auf ihrem Schoß lag, krümmten sich nach innen, mit ihrer linken hielt sie einen Gehstock mit einem reich verzierten Knauf aus Silber. Die Frau hatte – vielleicht vor Kurzem, vielleicht schon vor längerer Zeit – einen Schlaganfall erlitten.

Aber es war deutlich zu sehen, dass dadurch nicht ihr Verstand in Mitleidenschaft gezogen worden war. Sie betrachtete uns aufmerksam, und als sich unsere Blicke trafen, sah ich eine Klarheit und Schärfe in ihren Augen, die auf einen wachen

Geist schließen ließen. Sallys Vater hatte behauptet, diese Frau wäre das Oberhaupt der Familie, und ich hatte keinen Zweifel daran, dass er die Wahrheit gesagt hatte.

Madame Deschamps, die alternde Königin über ihr Reich, betrachtete Sally von oben bis unten, während ihre Enkelinnen ihre neue Cousine fassungslos anstarrten. Nach einer Weile hob die alte Frau den Stock, deutete damit auf Sally und dann auf das Sofa ihr gegenüber. *Setz dich.*

Sally gehorchte dem stummen Befehl. Madame betrachtete sie noch einen Moment länger, dann klopfte sie auf den Tisch zwischen sich und dem Sofa. Die älteren Mädchen hinter ihr eilten aus dem Zimmer und kehrten mit Obst und Gebäck zurück. Die Frau wedelte mit dem Stock über die Teller. *Iss.*

Sally nahm sich ein Gebäckstück, ein Törtchen mit frisch geschlagener Sahne, und knabberte daran. »Danke«, sagte sie.

Die Frau nickte und hob dann auffordernd ihren Stock. *Rede.*

Und das tat Sally. Sie erzählte von ihrem Leben in England – nicht vom Waisenhaus, sondern von der Zeit davor. Von ihrem Vater. Sie erzählte von seinen Armen, wie stark und liebevoll sie gewesen waren – genau wie seine Stimme –, und von den Tagen in seinem Geschäft und den Abenden am Feuer und von all den Dingen, die sie nicht mehr hatte, Dinge, die ich nie gehabt hatte, bis Meister Benedict mich zu sich geholt hatte. Ich blieb mit Tom in der Diele stehen und lauschte genauso aufmerksam wie Sallys Großmutter.

Jemand zupfte mich am Ärmel. Als ich mich umdrehte, sah ich mich einem Jungen von etwa elf Jahren gegenüber, der ein etwas säuerliches Gesicht hatte.

»Seid Ihr Engländer?«

Seine Haut war etwas dunkler, aber auch er sah Sally ähnlich.

Ein Cousin. Ein kleinerer Junge, etwa zwei Jahre jünger als der erste, stand hinter ihm. Noch ein Cousin.

»Ja, ich bin Engländer.«

»Esst Ihr Kühe bei lebendigem Leib?«

Mein Französisch war wohl etwas eingerostet; ich musste mich verhört haben. »Wie bitte?«

»Kühe. Esst Ihr sie, während sie noch am Leben sind?«

Was war das denn für eine Frage? »Natürlich nicht. Warum fragst du mich so etwas?«

»Unser Vater sagt, dass alle Engländer« – er benutzte den Schimpfnamen, den die Franzosen uns gegeben hatten: *les goddons* – »Kühe und Schweine bei lebendigem Leib essen. Und dass ihr Hühner ganz esst, ohne sie zu rupfen. Ihr bestreicht sie nur mit Fett und stopft sie in eure Münder.«

»Ich glaube, dein Vater hat dich auf den Arm genommen«, sagte ich. »Niemand in England tut so etwas.«

»Aha.« Er klang nicht so, als würde er mir glauben. »Seid Ihr mit Sara-Claire verheiratet?«

Es dauerte einen Moment, bis mir klar wurde, von wem er sprach. »Nein.«

»Was seid Ihr?«

»Ich bin ein …« Gerade noch rechtzeitig brach ich ab. »Ich bin der Baron von Chillingham.«

Der Jüngere mischte sich ein. »Unser Vater ist ein Silberschmied.«

»Tatsächlich? Wie interessant.«

»Möchtet Ihr seine Arbeiten sehen?«

»Sicher«, sagte ich, mehr aus Höflichkeit als aus echtem Interesse. Zu Tom gewandt, sagte ich: »Ich bin gleich wieder da. Bleibst du bei Sally?«

Er nickte und die beiden Jungen gingen mir voraus zu einem

zweiten Wohnzimmer. Dort zogen sie die Schubladen einer Kommode auf und holten Silberarbeiten heraus, die sie auf die Kommode legten.

Sie waren von sehr guter Qualität. Es gab Schmuckstücke: Ringe, Armbänder, Halsketten, einige mit Steinen besetzt. Dazwischen lagen auch größere Stücke, wie eine Dose, ein Pokal, ein Messer. Einige davon waren mit einem besonderen Muster aus Wirbeln und Kreisen verziert, das mir schon auf dem Stockknauf von Sallys Großmutter aufgefallen war.

»Die Sachen sind ausgezeichnet«, sagte ich.

»Natürlich sind sie das«, sagte der Ältere.

Ich musste an mich halten, um nicht die Augen zu verdrehen, und betrachtete weiter die Silberarbeiten. Der Jüngere wollte mir die Innenseite der Dose zeigen, doch mein Blick wurde wie magisch von einem anderen Gegenstand angezogen.

Kapitel 27

Ich nahm eine der Halsketten, die der Junge aus der Schublade geholt hatte. Der Anhänger war ein silbernes Kreuz mit ausgestellten Enden an den vier gleich langen Armen.

»Das ist das Kreuz der Tempelritter«, sagte der Jüngere.

Ich drehte es hin und her. »Euer Vater stellt diese Kreuze her?«

»Er verkauft sie an Reisende, die hier nach dem Schatz suchen«, sagte der ältere Junge mit leicht verächtlicher Stimme.

Ich schaute ihn an. »Hierher kommen Schatzsucher?«

»Nicht hierher. Im alten Hauptquartier der Templer.«

»Wo ist das?«

»Habt Ihr den großen Turm im Norden gesehen?« Ich nickte und der Junge sagte: »Da waren sie früher. Die Leute suchen da ständig nach irgendwelchen Schätzen. Vater meint, das seien alles Idioten.« Er beäugte mich listig, wie ich das Kreuz anstarrte. »Wollt Ihr es haben? Ich kann es Euch verkaufen.«

»Wie viel kostet es?«

»Drei Louis d'or.«

Selbst wenn ich nicht genau gewusst hätte, was für ein gnadenlos überzogener Preis das war, hätte der Schock auf dem Gesicht des Jüngeren den Älteren verraten. Wie auch immer, ich brauchte das Kreuz nicht. Ich hatte bereits etwas sehr Interessantes erfahren.

»Vielleicht ein andermal«, sagte ich. »Ich gehe jetzt besser wieder zu meinen Freunden.«

Im Wohnzimmer redete Sally immer noch mit ihrer Großmutter, die kein Wort sagte. Tom, der die Sprache nicht verstand, betrachtete stattdessen das Zimmer. In einer Ecke entdeckte er etwas.

Ein kleines Mädchen, vielleicht vier Jahre alt, lugte hinter einem Sofa hervor. Sie starrte ihn ehrfürchtig und ein bisschen ängstlich an. Tom war immerhin ungefähr dreimal so groß wie sie. Er krümmte den Finger und bedeutete ihr, zu ihm zu kommen.

Sie schaute zu ihren älteren Schwestern und überlegte, ob sie es wagen sollte. Langsam und zögernd kam sie näher. Genauso langsam bückte sich Tom und streckte die Arme nach ihr aus.

Ihre Augen wurden kugelrund. Sie hob die Arme, als ob sie ihn abwehren wollte, ließ ihn aber gewähren, als er seine Hände unter ihre Achseln legte und sie hochhob.

In der Aufwärtsbewegung atmete sie scharf ein. Tom hielt sie auf Augenhöhe und so starrten sie einander an. Plötzlich zwinkerte Tom ihr zu – und drehte sie um, sodass sie mit dem Kopf nach unten hing.

Sie keuchte auf. Ihr Kleid rutschte nach oben und entblößte ihren Unterrock, aber das kümmerte sie nicht. Voller Staunen schaute sie nach unten zu Boden und dann nach oben zur Zimmerdecke.

Die Decke des Wohnzimmers war bemalt, sodass sie aussah wie der Himmel: eine aquamarinfarbene Fläche mit weichen, weißen Wattewölkchen, die bis zum Fenster gingen und dort mit dem Blick auf den echten Himmel verschmolzen.

Das kleine Mädchen stemmte vorsichtig einen nackten Fuß gegen den gemalten Himmel, dann den zweiten, bis sie auf der Decke stand. Tom machte einen Schritt und sie fing an zu gehen. Und plötzlich kreischte sie entzückt auf.

»Je marche sur le ciel! Je marche sur le ciel!« Sie riss die Arme hoch über den Kopf – also genauer gesagt nach unten, zum Boden – und schrie ihren Schwestern zu: *»Je suis la reine du ciel!«* Ich bin die Königin des Himmels!

Ihre Schwestern kicherten und die jüngste der drei, die etwa sechs Jahre alt war, rannte zu Tom und zupfte ihn am Hemd. *»Moi aussi! Moi aussi!«* Ich auch!

»Lass sie runter!«

Die Stimme ertönte von der Tür. Wir drehten uns um und sahen dort einen Mann mit kräftigen Armen und einem rötlichen Gesicht, der Tom böse anschaute. Das Mädchen, das uns hergebracht hatte, stand atemlos hinter ihm.

Tom verstand zwar die Worte nicht, aber der Ton war nicht unzweideutig. Er setzte das kleine Mädchen ab und es rannte hinter den Sessel, in dem ihre Großmutter saß.

Sally stand auf. Der Mann, der nur Sallys Onkel Gaston sein konnte, wandte sich ihr zu. Sein Blick hatte sich nicht verändert. »Was machst du hier?«, fragte er.

Das Mädchen, das ihn begleitete, sagte: »Ich habe dir doch gesagt, sie ist unsere Cousine ...«

»Ich weiß, wer sie ist. Was willst du hier?«

»Nichts«, sagte Sally verunsichert. »Ich wollte nur ...«

»Bist du auf Geld aus?«

»Nein, ich ...«

»Oder vielleicht suchst du eine Bleibe?«, fiel ihr Gaston ins Wort. »Ich habe dem Waisenhaus doch klar und deutlich gesagt, dass du hier nicht erwünscht bist. Hier ist kein Platz für deines Vaters Schande.«

Sally wurde blass.

»Hast du eine Ahnung, wie viel Schmerzen Nicolas unserer Mutter bereitet hat, als er uns verließ?« Er deutete auf die alte

Frau, die immer noch kein Wort sagte. »Wie sie ihn angefleht hat, nicht zu gehen? Wie sie jede Nacht um ihn geweint hat? Aber ihm war das völlig egal. Wir haben ihm nichts bedeutet. Ihm ging es nur um diese englische Schlampe.«

Sally zuckte zusammen, als ob er sie geschlagen hätte.

»Nun, er hat seine Wahl getroffen«, sagte Gaston. »Also geh nach England zurück, wo du hingehörst. Und komm nie wieder her.«

Er trat zur Seite. So weiß wie eine Wand ging Sally an ihm vorbei, den Blick gesenkt.

Wir folgten ihr nach draußen. Die Mädchen schienen niedergeschlagen, der jüngere Bruder traurig zu sein. Nur der ältere blickte höhnisch drein.

Sally stand auf der Straße und starrte ins Leere. Weder Tom noch ich wussten, was wir sagen sollten. Zitternd holte sie Atem.

»Alles in Ordnung«, sagte sie, scheinbar wegwerfend. »Ich habe es ja gewusst. Papa … hat mir davon erzählt. Ich … hätte nicht herkommen sollen.«

Sie wandte sich ab. Da ging hinter uns die Tür auf.

Es war ihre Großmutter. Die alte Frau kam auf sie zu, wobei sie sich schwer auf ihren Stock stützte und mit jedem Schritt zu kämpfen hatte. Ihr rechter Fuß schleifte über den Boden. Sally schaute ihr mit unergründlicher Miene entgegen.

Gaston tauchte im Türrahmen auf. »*Maman! Maman!* Komm sofort wieder rein!«

Die alte Frau blieb stehen. Sie drehte sich nicht um, sondern bewegte nur leicht den Kopf, als wollte sie hinter sich schauen. Gaston wurde rot und schlug die Tür zu.

Madame wandte sich ihrer Enkelin zu. Dann deutete die alte Dame mit ihrer verkrüppelten Hand auf ihr Haus. Die Geste war einfach und doch so vielsagend. *Ich habe nichts mehr zu sagen. Er ist jetzt der Herr im Haus.*

Sally nickte. »Ich verstehe. Es tut mir leid. Ich wollte dir nicht wehtun.«

Die alte Frau klopfte sich mit der Faust auf die Brust. *Kein Schmerz. Nur Liebe.*

Sally zitterte. Immer noch auf ihren Stock gestützt, griff die alte Dame nach oben und zog mühsam eine Silberkette aus ihrem Ausschnitt. Sie schaute zu Tom und zog an der Kette. Er rührte sich nicht und sie wiederholte die Geste mit einem drängenden Ausdruck in den Augen.

»Ich glaube, sie will, dass du ihr hilfst, die Kette abzunehmen«, sagte ich leise.

Fügsam löste Tom die Schließe der Kette, deren Enden daraufhin nach unten rutschten und zwischen den Fingern der alten Frau baumelten. Wieder schaute sie Tom an und bewegte die Hand auf Sally zu.

Diesmal verstand Tom. Sally hob die Haare, als Tom ihr die Kette um den Hals legte.

Sally schaute nach unten. An der Kette hing ein kleines, silbernes Medaillon. Darauf war ein Mann mit einem dicken Wanderstab in der Hand. Ich kannte das Bild, denn der Mann war mein Namenspatron. Der heilige Christophorus, Schutzherr der Reisenden.

Die alte Frau legte die gekrümmte Hand an ihren Mund und küsste ihre Fingerspitzen. Zitternd streckte sie die Hand aus und malte mit ihrem Daumen ein Kreuz auf Sallys Stirn.

Dann sprach sie. Sie kämpfte mit den Worten, die nur schleppend über ihre Lippen kamen, aber wir verstanden sie.

»Le sang … de mon sang«, wisperte sie. *»Je … te … bénis.«* Blut von meinem Blut. Ich segne dich.

Und da war es mit Sallys Selbstbeherrschung vorbei. Schluchzend brach sie vor ihrer Großmutter zusammen. Die alte Frau legte ihre Hand auf Sallys Kopf und streichelte sanft ihre Locken.

Tom und ich gingen diskret ein Stück zur Seite und warteten in der warmen Luft vor einer Schmiede. Schließlich kam Sally zu uns.

Ihre Augen waren rot und geschwollen, aber ihre Wangen hatten wieder Farbe bekommen. Gedankenverloren rieb sie mit Daumen und Zeigefinger über das Abbild des heiligen Christophorus. Und als sie sprach, klang ihre Stimme, als wäre ihr eine große Last von den Schultern genommen worden. »Wohin gehen wir jetzt?«

Ich deutete nach Norden, zu dem quadratischen Turm mit den vier Türmchen. »Seht ihr das? Deine Cousins haben mir erzählt, dass dort die Templer von Paris lebten. Es war ihr Hauptquartier. Und ihr Kerker.«

»Meinst du, wir können da rein?«

»Keine Ahnung«, sagte ich. »Aber die alte Kirche steht noch immer. Sie haben mir erzählt, dass sich dort ständig Schatzsucher herumtreiben. Ich meine, wir sollten uns das einmal anschauen – es sei denn, ihr habt einen besseren Vorschlag.«

Hatten sie nicht und so machten wir uns auf den Weg durch das Gewirr der Straßen, wobei uns der riesige Turm führte wie ein Leuchtfeuer. Die alte Kirche des Templerordens, die der Jungfrau Maria geweiht war, lag nördlich des großen Turms.

Die Kirche im gotischen Stil war wunderschön. Der Eingang an der Westfront war von einem Spitzbogen überspannt und die hohen Buntglasfenster badeten das Kirchenschiff in ein vielfarbiges Licht. Sie befanden sich in der zweiten Etage der

Kirche, wo eine von Säulen getragene Galerie rund um das Hauptschiff lief. Dahinter lagen Kanzel und Altar, mit einer Treppe an der Südwand, die zum Glockenturm führte.

Wir standen mitten in der Kirche und schauten zur Galerie hoch. »Ich frage mich, ob wir da hochdürfen«, sagte ich.

»Das kommt ganz darauf an«, antwortete eine Stimme in gebrochenem Englisch. »Seid ihr Diener oder Feinde?«

Kapitel 28

Wir drehten uns um. Vor dem Treppenaufgang zum Glockenturm stand ein alter Priester und beobachtete uns.

»Was meint Ihr damit, Feinde?«

Abwehrend hob er die Hände. »Ich wollte Euch nicht beleidigen, Monsieur. Aber ihr seid doch Schatzjäger, nicht wahr?«

Überrascht wechselte ich einen Blick mit meinen Freunden. »Woher wisst Ihr das?«

»Mein Sohn, ich bin seit siebenundvierzig Jahren Priester in dieser Kirche. Ich habe unzählige Damen und Herren wie euch gesehen, die herkamen, um nach dem Schatz zu suchen. Und jeder stand da, in der Rotunde, und fragte sich, was da oben wohl zu sehen ist.«

»Und? Was ist da oben zu sehen?«, fragte Sally.

Er lächelte. »Nichts außer den wunderbaren Fenstern, fürchte ich.«

»Wenn Ihr wusstet, dass wir Schatzjäger sind«, sagte ich, »wieso habt Ihr dann vermutet, wir seien Eure Feinde?«

»Nicht meine Feinde. Feinde der Templer. Wegen der Prophezeiung.«

Von Prophezeiungen hatte ich seit der Sache mit den falschen Pestärzten nun wirklich genug. »Meint Ihr den Spruch mit den Prinzen von Geblüt? ›Bis zu dem Moment‹?«

»Nein«, sagte er. »Das ist Molays Fluch. Die Prophezeiung des Ritters erklärt, wer den Schatz finden wird – oder zumindest, wohin die Templer ihn gebracht haben. Ihr wisst nichts davon?« Die Vorstellung schien ihn zu verblüffen.

»Wir sind neu im Geschäft«, sagte ich.

»Dann müsst ihr noch viel lernen.« Er verbeugte sich. »Ich wünsche euch viel Glück bei eurer Suche.«

»Wartet«, bat ich ihn. »Ob wir wohl von Euch noch mehr erfahren könnten?«

»Manchmal führe ich Besucher herum, wenn ich Zeit habe«, sagte er. »Aber im Augenblick bin ich sehr beschäftigt. Es gibt viele Arme in dieser Gemeinde und in letzter Zeit war die Kollekte nicht besonders erfolgreich.«

Das war ein Wink mit dem Zaunpfahl. Aber genau zu diesem Zweck hatte Lord Ashcombe mir eine gut gefüllte Börse mitgegeben.

Ich hatte keine Ahnung, wie viel ich ihm geben sollte, und so entschied ich, ein bisschen zu viel sei besser als zu wenig. Wenn dieser Priester schon so lange hier war, dass er Schatzsucher an ihrer Nasenspitze erkennen konnte, dann kannte er wahrscheinlich jede Menge interessanter Geschichten. Ich gab ihm eine Handvoll Münzen: drei Louis d'or, drei silberne Écus und ein Dutzend Sou.

Er blinzelte. »Nun denn.« Dann winkte er einen Jungen herbei, der den Boden des Altarraums geschrubbt hatte, und gab ihm das Geld. »Schließ das sofort in der Kassette ein.«

Die Augen des Jungen wurden groß und mir wurde klar, dass meine Spende deutlich großzügiger ausgefallen war, als der Priester erwartet hatte. Aber mein Überschwang schien sich auszuzahlen, denn er zupfte seine Soutane zurecht und sagte: »Damit habt ihr euch die große Tour verdient.«

Sein Name war Pater Bernard. Zuerst brachte er uns auf die Galerie, wo wir feststellten, dass er die Wahrheit gesagt hatte: Wir hatten einen herrlichen Ausblick auf die Buntglasfenster über und den Marmorboden unter uns, aber ich konnte nichts entdecken, was als Hinweis auf den Templerschatz getaugt hätte.

»Das war zu erwarten«, sagte Pater Bernard. »Die Rotunde ist der älteste Teil der Kirche, der ursprüngliche Tempel, und stammt aus der Zeit, da der Orden den Sumpf trockenlegte. Das war etwa um 1100, lange bevor von einem Schatz überhaupt die Rede war. Der Rest der Kirche wurde hundert Jahre später angebaut, zu einem Zeitpunkt, als Molay noch nicht Großmeister war.«

»Wie war das mit der Prophezeiung?«, fragte ich.

»Kennt ihr die Geschichte der zwölf Ritter, die sich aus der Stadt schlichen, ehe die Templer verhaftet wurden?« Als wir nickten, sagte er: »Der schöne Philippe hat einen der gefangenen Ritter foltern lassen. Das Einzige, was der Mann jemals sagte, war, dass der Schatz nur von jemandem gefunden werden könnte, der entweder ein Diener der Templer oder ihr Feind sei.« In seiner Stimme lag Skepsis.

»Ihr glaubt nicht daran«, sagte ich.

»Ich halte nicht viel von Prophezeiungen.«

»Eine ungewöhnliche Einstellung für einen Priester.«

Er lachte. »Ich glaube an Propheten. Ich glaube bloß nicht, dass wir seit der Offenbarung des Johannes einen erlebt haben, einen echten, meine ich. Außerdem ergibt das keinen Sinn. Der Schatz ist dort, wo die Templer ihn hingebracht haben. Was für eine Bedeutung hat es, welche Absichten der Finder hegt? Entweder man findet ihn oder man findet ihn nicht. Kommt, ich führe euch herum.«

Pater Bernard nahm einen Schlüsselbund, der hinter der Tür zum Glockenturm gehangen hatte, und führte uns nach draußen. »Ihr glaubt also nicht an die Prophezeiung«, sagte ich, »aber an den Schatz schon?«

»Oh, ganz zweifellos. Wir wissen mit Sicherheit, dass Molay einen Schatz bei sich hatte, und dass er verschwunden war, als der schöne Philippe ihn konfiszieren wollte. Die Frage ist: Welcher der fünf geflohenen Ritter hatte ihn bei sich?«

»Fünf?«, wiederholte Tom. »Ich dachte, neun wären entkommen.«

Der Priester schüttelte den Kopf. »Seht ihr? Das meine ich. All diese Geheimnistuerei und das Verschleiern von Tatsachen. Neun Ritter haben den Templerorden gegründet, also müssen natürlich auch neun Ritter entkommen sein. Aber das stimmt nicht.

Zwölf Ritter haben die Stadt bei Nacht und Nebel verlassen, das ist richtig. Sie machten sich in alle Himmelsrichtungen davon. Und es stimmt auch, dass drei von ihnen kurz nach ihrem Aufbruch gefasst wurden. Aber was die Leute gerne weglassen, ist die Tatsache, dass in den folgenden Monaten vier weitere Ritter an verschiedenen Orten in Europa aufgespürt wurden. Zieht man diese ab, bleiben fünf übrig, die tatsächlich entkommen sind.«

»Wisst Ihr, wo sie hingingen?«, fragte ich.

Pater Bernard nickte. »Wenn man sich vorstellt, dass die fliehenden Ritter die Stadt kreisförmig verließen, dann kann man anhand der Routen der gefangenen Ritter erkennen, wohin diejenigen geflohen sind, die nicht geschnappt wurden, nämlich durch die Lücken, die in diesem Kreis dadurch entstehen. Einer ging nach Süden, nach Spanien. Zwei nach Osten, einer hinauf in die Niederlande, der andere in die Schweiz. Ein weiterer ging nach Norden, angeblich nach England, wobei wir nicht wissen, ob er dort blieb oder nach Schottland weiterreiste. Was den fünften Ritter betrifft, so will es die Legende, dass er nach Westen ging, ein Schiff bestieg und in die Neue Welt fuhr.«

Tom runzelte die Stirn. »Damals gab es doch noch gar keine Neue Welt.«

»Nun ja, es gab sie schon. Sie war bloß noch nicht entdeckt worden.«

»Könnte es damals ein Schiff geschafft haben, über den Atlantik zu segeln?«, fragte Sally.

Der Priester zuckte mit den Schultern. »Es sind schon merkwürdigere Dinge vorgekommen.« Er deutete auf das Gelände rund um die Kirche. »Das alles hat den Templern gehört, obwohl das meiste von dem, was sie erbaut haben, schon längst wieder abgerissen wurde. Übrig geblieben sind einzig diese Kirche, der Speicher dort drüben, das Hospital und die beiden Türme.« Er nickte zu dem kleineren Turm im Norden. »Dieser da wird Caesars Turm genannt; dort befanden sich die ursprünglichen Kerker der Tempelritter. Bis sie Mitte des 13. Jahrhunderts den neuen, großen Turm bauten.« Er nickte zu dem quadratischen Turm mit den vier Türmchen und klimperte mit den Schlüsseln. »Kommt, ich zeig's euch.«

»Wir gehen in den *Kerker*?«, fragte Tom.

Pater Bernard lächelte. »Er wird seit Jahren nicht mehr als Kerker benutzt. Louis bringt seine ›Gäste‹ lieber in der Bastille unter.«

»Und was ist jetzt da drin?«, fragte ich.

»Eigentlich nichts. Wir benutzen ihn manchmal als Lager, aber ansonsten steht er leer.«

Der große Templerturm wirkte aus der Nähe betrachtet noch bedrohlicher. Er war über hundertfünfzig Fuß hoch, mit vergitterten Fenstern, die tief in die Mauern gegraben waren. Jede Seite des mit Zinnen versehenen, viereckigen Mittelturms maß fünfzig Fuß. In allen vier Ecken befanden sich kreisrunde Türmchen mit einem spitzen Dach, und blaue Banner mit der Fleur-de-Lis, dem Emblem der Königsfamilie, flatterten an den Turmspitzen.

Pater Bernard schloss die Tür auf und ließ uns eintreten. Innen war es dunkel und muffig, denn durch die Fenster, die nicht viel größer als Schießscharten waren, fiel nur sehr wenig Licht. Der Priester zündete eine Fackel an und die Flamme erleuchtete den Innenraum.

Wir standen in der großen Halle des Turms, die von einer mächtigen Säule in der Mitte gehalten wurde, von der aus Steinrippen nach außen verliefen und die oberen Stockwerke trugen. Ich verrenkte mir den Hals und schaute nach oben in die Dunkelheit, ehe mein Blick auf die Steinbilder an den Wänden fiel.

Zwischen den Fenstern befanden sich Tafeln, die direkt in den Stein geschnitten waren. Sie zeigten die Geschichte der Tempelritter und jede davon war mit lateinischen Worten beschriftet. Auf der Tafel direkt vor mir knieten neun Ritter vor einem König. Der König hatte segnend die Hand erhoben. Eine Sonne warf ihre Strahlen auf die Ritter. Die Sonne war früher vergoldet gewesen, einzelne Farbreste klebten noch am Stein. In der Mitte der Sonne prangte das Kreuz der Templer und darüber standen die Worte:

COMMILITONES CHRISTI TEMPLIQUE

DEO ET HOMINIBUS BENEDICTI

»Der Orden der Tempelritter«, sagte Pater Bernard, »gesegnet von Gott und den Menschen.«

Auf der nächsten Tafel sah man zwei Ritter, die vor einem Tempel mit Kuppeldach standen. »Der Felsendom«, erklärte der Priester, »das erste Hauptquartier der Tempelritter, erbaut auf den Ruinen des Tempels von Salomon.«

Es gab noch viel mehr Tafeln. Pater Bernard deutete zu ihnen hin und sagte: »Sie alle zeigen die Geschichte der Tempelritter, jedenfalls das meiste davon. Aber wenn ihr etwas ganz Besonderes sehen wollt, dann zeige ich euch etwas, das nur wenige Schatzsucher je gesehen haben.«

Kapitel 29

Er ging zu einem der runden Türme, in dem eine Wendeltreppe nach oben führte. Aber statt hochzusteigen, ging er nach unten, unter die Erde.

Die Fackel leuchtete uns den Weg. Auch hier waren die Wände mit Bildtafeln versehen und auf dem Boden lagen einige Gegenstände: Kisten, Fässer, zusammengerollte Wandbehänge. Unter normalen Umständen hätte ich dies als gewöhnlichen Lagerraum betrachtet, aber ringsum befanden sich Zellen, die mit dicken Eisenstangen gesichert waren.

»Molays Kerker«, sagte Pater Bernard.

Ehrfürchtig schaute ich mich um. »Hier wurde er gefangen gehalten?«

»Er und die anderen Ritter. Obwohl nur noch wenige übrig waren, als Molay in den Tod ging.«

Er führte uns in eine der größeren Zellen. Die rostigen Türscharniere quietschten und einen schrecklichen Augenblick bekam ich Angst, er würde uns einschließen. Ich konnte beinahe die Gegenwart der Geister spüren – die Geister der Ritter, die all die Jahre hier gefangen gehalten worden waren, allesamt Opfer eines gierigen Königs.

»Bevor der König die Tempelritter hier einsperrte«, erzählte Pater Bernard, »befand sich in diesem Turm ihr Schatz.«

»Wo haben sie ihn aufbewahrt?«, fragte Sally.

»Genau hier. Wenn der Schatz noch da wäre, würdet ihr knietief in Gold waten.«

»Sie haben den Schatz in ihrem Kerker aufbewahrt?«, fragte Tom erstaunt.

»Nun, einen sichereren Ort kann man sich wohl kaum vorstellen. Niemand konnte hinein. Und wie die siebenjährige Gefangenschaft der Ritter bewies, kam niemand, der einmal hier eingekerkert war, lebend wieder heraus.«

Ich schaute mich um, als ob ich den Schatz allein durch meine Willenskraft herbeizaubern könnte. »Hat man wirklich eine einzelne Münze zum Spott für den König zurückgelassen?«, fragte ich.

»Das stimmt. Ein Florin – genau wie der Florin, den jeder französische König bei seiner Krönung auf dem Kopfkissen vorfindet.«

»Die Münze befand sich also in diesem Raum?«

Pater Bernard musterte mich belustigt. »Hebt den Fuß hoch.«

Ich tat, wie geheißen, und schaute zu Boden. Ich hatte auf einer kreisrunden Markierung gestanden. Ich kniete mich hin und sah, dass es sich bei dem Muster um ein Templerkreuz handelte.

»Hier fing alles an«, sagte Pater Bernard. »Der Fall des Templerordens und auch der Fall des Königshauses. Genau an dieser Stelle hat der Florin für den gierigen König gelegen. Die Legende besagt, dass Gott, der wütend war über die Behandlung, die seinen auserwählten Kindern wiederfuhr, das Abbild der Münze in den Stein gebrannt hatte, damit niemand an seinem gerechten Zorn zweifeln würde.«

Toms Augen weiteten sich. »Wirklich?«

Pater Bernard schmunzelte. »So heißt es zumindest. Aber es ist viel wahrscheinlicher, dass einer der gefangenen Ritter die Münze hier in den Stein geritzt hat. Um sich Mut zu machen und sie alle daran zu erinnern, dass sie dem schönen Philippe nie die Wahrheit sagen durften. Und sie hielten sich daran. Sie verrieten ihm nichts, trotz der entsetzlichen Folter, die man ihnen antat.«

»Molay gab also nur vor, ein Geständnis ablegen zu wollen, um der Folter Einhalt zu gebieten?«

»Ein Meister der Täuschung, bis zuletzt.«

Immer noch auf den Fersen hockend, schaute ich zu Pater Bernard hoch. »Jemand hat vor Kurzem genau das Gleiche von den Templern behauptet.«

»Das war ihre Spezialität«, nickte er. »Obwohl alles Talent für Tricks und Täuschungen Molay letzten Endes nichts nutzte. Es sei denn natürlich, er *wollte* sterben.«

»Wie meint Ihr das?«

»Es war allgemein bekannt, dass der schöne Philippe ein sehr unbeherrschter Mensch war. Als er merkte, dass ihn Molays falsches Geständnis wie einen kompletten Narren aussehen ließ, ist es mit ihm durchgegangen. Obwohl ihn seine Ratgeber anflehten, Ruhe zu bewahren, befahl der König, Molay unverzüglich auf dem Scheiterhaufen zu verbrennen. Molay musste wissen, was seine Provokation auslösen würde. Besonders, weil er mit dem Temperament des Königs schon Bekanntschaft gemacht hatte. Schaut euch das mal an.«

Er hob die Fackel und zeigte uns, dass eine der Tafeln beschädigt war. Es sah so aus, als ob die Szene die Hebung eines Schatzes aus den Katakomben von Jerusalem darstellen sollte. Ich erkannte den Felsendom und die Sonne mit dem Templerkreuz darüber. Drei Ritter holten einen großen Behälter aus der Erde. Aber man konnte nicht mehr feststellen, was es war, denn das meiste der Szene war regelrecht zerhackt worden. Ich erkannte lediglich noch eine Statue, die eine Art Engel darstellte.

»Was ist denn hier passiert?«, fragte ich.

»Der König hatte einen Wutanfall«, sagte der Priester. »Die Tempelritter haben ihm einen Florin übrig gelassen – aber das war nicht alles. Als Philippe hierherkam, da hatte einer der Ritter unter diese Tafel die Worte *non erit tibi hoc* geschrieben.«

Ich übersetzte: »Das wird niemals Euch gehören.«

»Als er die Inschrift sah, war er außer sich vor Wurt. Er hat die Worte mit seinem eigenen Schwert aus dem Stein gestemmt. Wäre seine Waffe nicht in Stücke zerbrochen, hätte er wohl so lange weitergemacht, bis der ganze Turm eingestürzt wäre.«

Sally stellte eine Frage, aber ich hörte nicht, was sie sagte. Die Worte des Priesters, als er uns das Verlies gezeigt hatte, hatten etwas in meinem Gehirn ausgelöst.

Er hatte auf die Stelle gedeutet, wo der Florin gelegen hatte. *Hier fing alles an. Der Fall der Templer und auch der Fall des Königshauses.*

Ich starrte die zerstörte Tafel an und dachte daran, was mein Meister geschrieben hatte.

Fang ganz am Anfang an.

Langsam zog ich das Gedicht aus meiner Schärpe. Ich las den ersten Vers.

König siegt, Mann verbrennt.
Wohl dem, der das Schicksal erkennt.

»Pater Bernard?«, sagte ich.

»Ja?«

»Wisst Ihr, wo Jacques de Molay verbrannt wurde?«

Der Priester schien diese Frage nicht erwartet zu haben, nickte aber. »Auf der Île des Juifs, auf der Insel der Juden. Dort wurden viele Verbrennungen durchgeführt.«

Ich betrachtete Lord Ashcombes Stadtplan, aber dieser Ort war darauf nicht verzeichnet. »Wo ist das?«

»Die Insel gibt es nicht mehr. Früher lag sie westlich der Île de la Cité, wurde aber mit dieser zusammengeführt, als eine Brücke erbaut wurde, die Pont Neuf. Wenn ihr auf der Pont Neuf steht, vor dem Reiterstandbild von König Henri IV., dann steht ihr mehr oder weniger an der Stelle, wo Molay hingerichtet wurde.«

»Vielen Dank«, sagte ich. »ihr habt uns sehr geholfen.«

»Ihr habt also etwas herausgefunden?«

Ich zögerte. Ich wusste nicht, was ich sagen sollte, aber er lachte nur.

»Ich erwarte gar nicht, dass ihr mir davon erzählt«, sagte er. »Aber ich wünsche euch trotzdem Glück. Ihr scheint anständige Leute zu sein. Euch gönne ich den Schatz mehr als dem schönen Philippe.«

Er begleitete uns noch nach draußen und verschloss dann den großen Turm, ehe er in seine Kirche zurückkehrte. Als er fort war, zeigte ich Tom und Sally erneut das Gedicht und erzählte ihnen von meinem Verdacht.

Tom dachte nach. »Fang ganz am Anfang an … dort, wo Molay verbrannt wurde. Klingt logisch.«

»Aber selbst wenn Meister Benedict das gemeint hat«, sagte Sally, »wie soll uns das weiterbringen? Molay ist vor dreihundertfünfzig Jahren gestorben. Die Insel gibt es nicht mehr. Was erwartest du, dort zu finden?«

»Ich bin mir nicht sicher«, sagte ich. »Aber wenn ich das Gedicht richtig interpretiere, dann müsste dort irgendein Hinweis sein. Wir müssen einfach nur hingehen und nachschauen.«

Kapitel 30

Ich hätte nie gedacht, dass mich ausgerechnet eine Brücke dermaßen beeindrucken würde.

Aber die Pont Neuf war wirklich außergewöhnlich. Sie war breiter als jede Straße in London und führte vom nördlichen Ufer der Seine zu ihrem südlichen, wobei sie auch die westliche Spitze der Île de la Cité überspannte. Anders als bei jeder anderen großen Brücke, die ich kannte, standen auf ihr keine Häuser, sodass man sich an das Geländer stellen und ungehindert auf den Fluss schauen konnte.

Genau das taten wir und sahen zu, wie das Wasser unter unseren Füßen dahinfloss. Hunderte von Booten schaukelten auf den Wellen, angefangen von kleinen Ruderbooten bis hin zu den ausladenden, flachen Getreidebarken, die von Dutzenden von Pferden, deren Hufe den Schlamm am Ufer aufwühlten, gegen die Strömung gezogen wurden.

Überall sonst in der Stadt hätten wir nicht einmal stehen bleiben können, weil wir der schier endlosen Armada aus Kutschen hätten ausweichen müssen. Aber auf der Pont Neuf gab es rechts und links erhöhte Plattformen – *allées* genannt –, extra für Fußgänger. Ich glaube, sogar Tom war beeindruckt.

Was nicht heißen soll, dass wir nicht ständig angestoßen wurden. Die *allées* waren überfüllt mit Passanten, wobei hier auf der Pont Neuf Bauern und Arbeiter Seite an Seite mit den Adeligen marschierten, von denen einige die Gesichter mit Tüchern und Masken verhüllten, andere ihr Antlitz offen zeigten. Hier schien es keine Trennlinie zwischen hoch und niedrig Geborenen zu geben und man hatte eher den Eindruck, auf einem Jahrmarkt zu sein als auf einer Brücke.

Aber wir waren nicht hergekommen, um die schöne Aussicht zu bewundern. Wir bahnten uns einen Weg durch die Menge bis zur Mitte der Brücke. Hier fanden wir den König aus Bronze: das Reiterstandbild von Henri IV., Louis' Großvater, dem König, der die Pont Neuf hatte erbauen lassen.

Die Statue stand auf einer steinernen Plattform, umgeben von einem Zaun aus Schmiedeeisen. Der König aus Bronze saß majestätisch auf seinem muskelbepackten Streitross. Jedermann schien dieser Statue Respekt zu zollen – außer Bridget, die hochflatterte, sich auf dem Kopf des Königs niederließ und einen Flügel putzte.

»Hier wurde also Jacques de Molay verbrannt«, sagte ich.

»Und was jetzt?«, fragte Tom.

Wenn ich das wüsste! Ich schaute mich um. Im Westen hatten wir einen freien Blick auf die Seine, im Norden ragte der Louvre auf. Im Osten war der Place Dauphine, ein dreieckiger Platz, wo die teuren Ladengeschäfte der Goldschmiede, Juweliere und Seidenhändler standen. Dahinter erhoben sich die Zwillingstürme und der Spitzturm der Kathedrale Notre-Dame. Ich dachte kurz nach, dann zog ich das Gedicht heraus und las wieder den ersten Vers.

König siegt, Mann verbrennt.
Wohl dem, der das Schicksal erkennt.

»Also«, sagte ich, »spielen wir doch einfach Molays Hinrichtung nach. Tom, du bist Molay. Stell dich vor die Statue.«

Er plusterte sich auf. »Ich bin ein Tempelritter«, verkündete er stolz. Dann hielt er inne. »Moment mal, du … du wirst mich doch nicht wirklich verbrennen, oder?«

»Natürlich werde ich dich nicht verbrennen! Was soll diese Frage?«

»Tu doch nicht so empört. Es wäre ja nicht das erste Mal.«

»Das war bloß *einmal*«, protestierte ich.

»*Zweimal*«, sagte er.

»Es war *nicht* zweim…« Dann erinnerte ich mich. »Oh … ja … richtig.«

»Siehst du?«, sagte er zu Sally.

»Also wirklich«, brummte ich. »Ich habe dich doch nicht absichtlich verbrannt. Außerdem war es doch bloß deine Hose.«

Er warf mir einen ungläubigen Blick zu. »Und weißt du, was *in* meiner Hose ist?«

»Leider ja.«

»Dann weißt du auch, dass ich *das* nicht verbrannt haben will«, sagte er. »Ich habe dieses blöde Land wirklich gründlich satt. Ständig zielt jemand auf meine Weichteile. Erst ein Schwert, dann eine Natter, dann irgendwelche Wespen.«

»Es war keine Natter – es war eine Aspisviper.«

»Wen kümmert das? Es hatte Giftzähne!« Er stach mit dem Finger nach mir. »Ich warne dich, wenn du auch nur daran *denkst*, ein Feuer anzuzünden, dann werfe ich dich in … wie heißt noch mal dieser Fluss?«

»Die Seine«, sagte Sally.

»Dann werfe ich dich in die Seine.«

Jetzt verlor allmählich *ich* die Geduld. »Ich habe dir doch gesagt, dass ich dich nicht verbrenne. Weißt du was? Vergiss es einfach. Du bist kein Tempelritter mehr. Wir verbrennen stattdessen Sally.«

Sally zog die Augenbrauen hoch, trat aber wortlos vor die Statue.

»Also schön.« Ich holte tief Atem. »Du bist Jacques de Molay, der dreiundzwanzigste und letzte Großmeister der Tempelritter. Du wurdest gerade auf dem Scheiterhaufen festgebunden.«

»Warte mal, ich stehe nicht richtig«, sagte Sally und drehte sich zur Seite. »Marin sagte, Molay wollte mit dem Gesicht nach Osten blicken.«

»Richtig. Gut so. Und jetzt wird der Scheiterhaufen angezündet.«

»Au«, sagte sie. »Das Feuer ist wirklich heiß. Es wird mein Kleid ruinieren. Au. Au.«

Tom applaudierte. »Eine tolle Vorstellung. Ich kann die Flammen förmlich vor mir sehen.«

Sally knickste schmunzelnd. Mir reichte es.

»Nehmt ihr die Sache ernst oder nicht?«, fuhr ich auf. Sie kicherten. »Ich versuche immerhin, einen Attentäter zu entlarven!«

»Indem wir auf der Pont Neuf eine Verbrennung nachspielen?«, fragte Tom.

»Indem wir Sachen ausprobieren! Das hat mir Meister Benedict beigebracht: Wenn man nicht weiß, wie man ein Problem lösen kann, muss man verschiedene Sachen ausprobieren und hoffen, dass man so der Antwort näherkommt.«

»In Ordnung«, sagte Sally besänftigend. »Aber was genau versuchen wir herauszufinden?«

»Was die zweite Zeile des Gedichts bedeutet. *Wohl dem, der das Schicksal erkennt.*«

»Wir kennen doch bereits Molays Schicksal«, sagte Tom. »Er wurde verbrannt. Was bedeutet: Wohl dem, der den König nicht verärgert.«

»Ich glaube, damit ist nicht gemeint, dass *Molay* etwas erkennt, sondern dass *wir* etwas erkennen. Schaut, im nächsten Vers ist von einem Weg die Rede. Ich vermute, dass der erste Vers uns auf diesen Weg bringt. Und irgendwie hat das etwas mit seinem Schicksal zu tun.«

»Aber sein Schicksal war, dass er gestorben ist.«

»Und was ist danach passiert?«

»Mit seinen Gebeinen?«, fragte Sally. »Oder mit seiner Seele?«

Ich erstarrte. An seine Seele hatte ich überhaupt nicht gedacht – obwohl das natürlich das endgültige Schicksal eines Menschen war. Kam er in den Himmel oder in die Hölle?

»Woher sollen wir das wissen?«, fragte Tom.

»Na ja, das hängt davon ab, ob er in seinem Leben Gutes oder Böses getan hat«, sagte ich. »Wenn die Anklagen gegen ihn falsch waren, dann wird er vermutlich im Himmel gelandet sein.«

Sally nickte. »Molay hat Gottes Zorn auf den König und den Papst herabbeschworen und beide sind gestorben. Und als sie ihn auf den Scheiterhaufen brachten, bat er darum, einen letzten Blick auf Notre-Dame tun zu können. Das klingt nicht nach einem Mann, der sein Leben in den Dienst des Teufels gestellt hat.«

»Nein, du hast recht. Also wie …?«

Ich verstummte. *Molays letzte Bitte*, dachte ich. *Sein Schicksal. Seine Seele. Der Himmel.*

Der Mann war vor dreihundertfünfzig Jahren gestorben. Seitdem hatte sich die Stadt massiv verändert, war gewachsen; Orte, die es damals gab, waren verschwunden. Der letzte Großmeister der Templer würde sich im heutigen Paris nicht mehr zurechtfinden; die Brücke, auf der wir standen, war das beste Beispiel dafür.

Aber einige Dinge waren geblieben. Die Seine floss immer noch durch Paris. Der Louvre stand noch. Und über allem ragte das Heiligtum Frankreichs auf.

Ich blinzelte. »Ich glaube, Molay selbst hat uns den Weg gewiesen. Und zwar nach Notre-Dame.«

Kapitel 31

Großartig.

Ich hatte keine Ahnung gehabt, was mich in der Kathedrale Notre-Dame erwartete. Wir standen vor dem Westportal, das von den zwei Glockentürmen eingefasst war, die Hunderte Fuß in die Höhe ragten und den Himmel über dem mit Bleiplatten besetzten Dach zu durchbohren schienen. In der Mitte der Fassade befand sich ein riesiges, kreisrundes Fenster aus Buntglas, das aussah wie eine geöffnete Rosenblüte. Davor stand eine Statue der Heiligen Jungfrau mit dem Christuskind auf dem Arm, flankiert von zwei Engeln. Unter der Rose und oberhalb der drei riesigen, mit Eisen beschlagenen Eichentüren wachten Dutzende von Heiligenfiguren. Die Portale selbst, die in tiefen Steinbögen eingelassen waren, wurden ebenfalls von unzähligen, kunstvoll gearbeiteten Statuen und Szenen aus der Bibel eingefasst. Als wir eintraten, wollte ich es nicht glauben: Das Innere der Kathedrale war noch viel majestätischer als die äußere Fassade. Von mächtigen Säulen getragene, mit Spitzbögen versehene Galerien zogen sich drei Stockwerke hoch bis zu der gewölbten Decke. An jeder Säule hingen Bilderteppiche. Die Buntglasfenster verwandelten das Kircheninnere in einen Regenbogen, in dem Hunderte und Aberhunderte Kerzen flackerten.

Rechts und links von uns standen Statuen. Die erste und größte war eine überlebensgroße Statue des heiligen Christophorus. Wen die anderen darstellten, wusste ich nicht, vermutlich auch Heilige, aber es waren viel zu viele, um sie alle zu identifizieren. Sie sahen so lebendig aus, dass ich dachte, sie würden jeden Moment ihre Sockel verlassen und herumlaufen.

Leise, um die Andacht in der Kirche nicht zu stören, fragte Tom: »Und was machen wir jetzt?«

Ich faltete den Zettel auseinander und las den zweiten Vers:

König siegt, Mann ist verbrannt.
Wo Füße stehen, ist der Weg genannt.

Wo Füße stehen, dachte ich.

Zwischen den Betenden sah ich zwei Jungen. Der eine schrubbte den Boden, der andere zündete im Seitenschiff Kerzen an. Ich sprach den zweiten Jungen an: »Du da, komm mal her.«

Der Junge drehte sich um. »Ja, Monsieur?«

»Gibt es hier eine Krypta oder irgendwelche Gräber innerhalb der Kathedrale?«

»Ja, Monsieur.«

»Würdest du sie uns zeigen?«

»Ich darf meine Arbeit nicht vernachlässigen.«

Hier war wohl wieder eine Spende fällig, allerdings eine deutlich geringere als die, die Pater Bernard bekommen hatte. Ich zog zwei Sou aus meiner Börse.

Der Junge war damit zufrieden. Er steckte die Münzen ein und führte uns durch das Seitenschiff, am Querhaus vorbei zu den Kapellen hinter dem Altarraum. Er deutete zu den Steinplatten daneben. »Bitte sehr, Monsieur. Es sind nicht viele hier begraben.«

Die Grabplatten aus Marmor waren schlicht gehalten. Auf

jedem war das Bildnis des Verstorbenen abgebildet. »Wer sind diese Leute?«

»Das weiß ich nicht, Monsieur.«

Das war nicht das, was ich erwartet hatte. »Gibt es keine Krypta *unter* der Kathedrale?«

»Nein, Monsieur. Die Toten der Stadt werden auf den Friedhöfen begraben. Auf dem *Cimetière des Innocents* gibt es viele Grabdenkmäler, wenn es das ist, wonach Ihr sucht.«

Das war es nicht. Ich runzelte die Stirn und grübelte über Voitures Gedicht nach. *Wo Füße stehen, ist der Weg genannt.*

Ich betrachtete die Gräber. Sie passten in gewisser Weise zu dem Vers, denn sie befanden sich dort, *wo Füße stehen*. Aber bei keinem dieser Männer konnte es sich um Jacques de Molay handeln. Er war als Ketzer verbrannt worden und man hätte seine Gebeine nie in geweihter Erde bestattet. Man hatte ihn vermutlich einfach in den Fluss geworfen. Und ich konnte keinerlei Verbindung zwischen Jacques de Molays Schicksal und dem Friedhof der Unschuldigen erkennen. Sein Blick hatte uns ganz unzweifelhaft zu dieser Kathedrale geführt.

Vielleicht hatte ich das Gedicht falsch verstanden. »Was kannst du mir über diese Kirche und die Ritter des Templerordens erzählen?«

Der Junge wirkte ratlos. »Nichts, Monsieur.«

»Gibt es jemand anderen, der etwas wissen könnte?«

»Vielleicht einer der Priester?«, schlug er vor. »Pater Lavalin kennt sich mit Geschichte aus.«

Während er davonging, um den besagten Priester zu holen, schlenderten wir durch das Querhaus und schauten uns um. Dann trat ein junger Mann mit einer Soutane und einem freundlichen Lächeln auf uns zu. »Odart sagte mir, Ihr möchtet mehr über die Kathedrale wissen.«

»Ja«, sagte ich. »Gibt es hier irgendetwas, was in Verbindung zu dem Orden der Tempelritter steht?«

»Nein, Monsieur. Die Templer hatten ihre eigene Kirche in ihrem Hauptquartier. Sie steht noch immer, in der Nähe der nördlichen Stadtmauer, wenn Ihr sie besichtigen wollt.«

Von dort kamen wir ja gerade. »Was ist mit Jacques de Molay.«

»Dem letzten Großmeister der Templer?« Pater Lavalin dachte nach. »Ich weiß nicht, ob er eine besondere Beziehung zu unserer Kathedrale hatte. Obwohl er einmal Leichenträger hier war.«

»Tatsächlich?«

Er nickte. »Einen Tag, bevor der schönen Philippe ihn verhaften ließ.«

Ein Leichenträger. »Es ist vermutlich nichts aus dieser Zeit übrig geblieben, oder doch?«

»Nun, das Gebäude selbst. Die Mauern, der Boden, die Buntglasfenster, all das ist noch so wie früher. Wenn Ihr irgendwelche Artefakte meint, muss ich Euch allerdings enttäuschen.«

Und die Enttäuschung stand mir tatsächlich ins Gesicht geschrieben. Er setzte hinzu: »Ihr müsst das verstehen: Seit fünfhundert Jahren ist dies die wichtigste Kirche Frankreichs. Unter gar keinen Umständen hätte König Philippe es geduldet, dass seine Feinde irgendeinen Anteil daran gehabt hätten. Er hat jeden Widerstand im Keim erstickt; er wollte siegreich bleiben, so wie immer.«

Ich glaubte, mich verhört zu haben. »Was meint Ihr damit – siegreich?«

»Nun, so steht er da, als siegreicher König. Damals wie heute.«

»Wo?«

»Direkt hinter Euch.«

Ich drehte mich um. Unser Weg durch die Kathedrale hatte uns wieder zu den Statuen im Hauptschiff geführt. Diejenige, vor der ich stand, war das Reiterstandbild eines Ritters aus schimmerndem Holz auf einer acht Fuß hohen Plattform, die von Säulen getragen wurde.

Die Figur war beeindruckend: in voller Rüstung, mit Helm und zugeklapptem Visier. Auch sein kräftiges Schlachtross war mit einem Panzer versehen. Aber bei näherer Betrachtung wurde schnell klar, dass es sich nicht um einen gewöhnlichen Ritter handelte. Sowohl Reiter wie auch Ross trugen über ihren Rüstungen einen Überwurf mit der Fleur-de-Lis.

»Das ist der schöne Philippe«, sagte Pater Lavalin. »Diese Statue wurde 1304 hier aufgestellt, nachdem er den Grafen von Flandern in der Schlacht von Mons-en-Pévèle geschlagen hatte. Es ist das Wahrzeichen seines Triumphs als Kriegerkönig. Er hätte es nie geduldet, dass sein Abbild durch einen Schrein der Templer geschmälert würde.«

König siegt, dachte ich.

»Vielen Dank, Pater Lavalin«, sagte ich und gab ihm einen Écu für die Armen. Er dankte mir und ließ uns allein.

»Das ist es«, flüsterte ich meinen Freunden zu. »Von der Statue an der Stelle, wo Molay verbrannt wurde, zu der Statue seines Kerkermeisters. Das muss der nächste Hinweis sein.«

Wir steckten die Köpfe zusammen und lasen noch einmal den zweiten Vers.

König siegt, Mann ist verbrannt.
Wo Füße stehen, ist der Weg genannt.

Ich betrachtete den Boden unter der Statue. Er bestand aus Steinplatten, wie überall in der Kathedrale.

»Du glaubst, dass es da unten einen Weg gibt?«, fragte Tom. »Aber die Kathedrale hat doch gar keine Krypta.«

»Vielleicht doch«, sagte ich aufgeregt. »Einen Geheimgang, der in Vergessenheit geraten ist. Von dem nur die Tempelritter etwas wussten.«

Ich gab Tom den Zettel mit dem Gedicht. Nachdem ich mich umgeschaut und vergewissert hatte, dass keiner auf mich achtete, krabbelte ich unter das Podest, auf dem die Statue stand, und betastete die Fugen zwischen den Steinen. Aber die Platten rührten sich nicht. Ich suchte nach einem weiteren Hinweis, fand aber nichts.

Sally nahm Tom das Pergament aus der Hand. Sie starrte darauf und las den zweiten Vers, wieder und wieder. Dann blickte sie hoch zu dem Standbild des Königs.

»Meister der Täuschung«, sagte sie leise.

Aus dem Augenwinkel sah ich sie weggehen, während ich noch versuchte, die Bodenplatten zu bewegen. Sie kam mit einer Kerze zurück, die sie sich in einer der angrenzenden Kapellen ausgeliehen hatte.

Sie gab Tom das Gedicht zurück und bat ihn, die Kerze zu halten. Dann kletterte sie an einer der Säulen hoch auf das Podest, zu dem König und seinem Pferd.

»Was machst du da?«, wisperte Tom entgeistert. »Komm da runter!«

Statt einer Antwort forderte sie ihn mit einer ungeduldigen Handbewegung auf, ihr die Kerze zu geben. Dann hielt sie die Flamme dicht an die Statue.

»Christopher«, sagte sie. »Komm mal hier hoch.«

»Du hältst Wache«, sagte ich zu Tom und achtete nicht auf

sein protestierendes Flüstern, sondern zog mich an der Plattform zu Sally hoch.

Sie hielt die Kerze nahe an die in Eisenstiefeln steckenden Füße des Königs. »Wo Füße stehen«, sagte sie.

Ich schaute genauer hin und im Licht der Kerzenflamme sah ich unter dem Stiefel des Königs, was sie entdeckt hatte.

Jemand hatte etwas auf die Statue geschrieben, und zwar auf die Innenseite der Steigbügel. Die Tinte war auf dem dunklen Holz nur schwer zu erkennen, aber mithilfe der Kerze gelang es mir, das Wort zu entziffern.

ARCADIA

Kapitel 32

Ich starrte auf die Buchstaben, die gleichzeitig in meinen Gedanken hin und her purzelten.

Arcadia.

»Das habe ich schon mal gesehen«, sagte ich.

Aber wo? Ich zermarterte mir das Hirn und versuchte, mich zu erinnern. Ich konnte schwören, dass ich das Wort schon einmal gelesen hatte ...

»Christopher.«

Sally stand jetzt auf der anderen Seite der Statue und schaute unter dem anderen Fuß des Königs nach. Ich trat zu ihr und sah, dass auch auf dem zweiten Steigbügel eine Botschaft stand.

La soluzione è dove pensa.

Ich runzelte die Stirn.

»Das ist kein Latein«, sagte Sally.

Ich schüttelte den Kopf. »Nein. Das ist Italienisch.«

»Was heißt das?«

La soluzione è dove pensa. »Die Antwort ist da, wo Ihr denkt.«

Das verstand ich nicht. Die Antwort sollte dort sein, wo ich dachte, dass sie war? Aber wo dachte ich denn, dass sie war?

Sally hob die Kerze und betrachtete den Rest der Statue. Weder sie noch ich fanden einen weiteren Hinweis und dann zog Tom an meinem Fuß.

»Da kommt jemand!«, zischte er.

Wir sprangen von dem Podest und landeten direkt vor Odart, dem Jungen, der uns zu den Grabplatten geführt hatte. Er blieb stehen und schaute auf die Kerze in Sallys Hand.

»Wir wollten ein Gebet für meinen Meister sprechen«, sagte ich.

Ich steckte ihm einen weiteren Sou zu, während Sally die Kerze in die Kapelle zurückbrachte. Als wir die Kathedrale verließen, schaute ich noch einmal zurück. Odart hatte sich wieder an seine Arbeit gemacht und schüttelte den Kopf über die Marotten der Ausländer.

Auf dem Platz vor der Kathedrale marschierte ich auf und ab. *Die Antwort ist da, wo Ihr denkt.*

»Ich habe es schon einmal gesehen«, sagte ich. »Das weiß ich ganz genau!«

»Was meinst du?«, fragte Tom. »*Was* gesehen?«

»Arcadia.« Ich berichtete ihm, was Sally und ich gefunden hatten.

»Was soll das bedeuten?«

»Ich weiß nicht. Aber die Botschaft lautet ›Arcadia‹ und ich weiß, dass ich das Wort schon einmal gesehen habe.«

»Weißt du denn, was das Wort heißt?«, fragte Sally.

»Paradies«, antwortete ich ihr und erinnerte mich an meinen Unterricht bei Meister Benedict. »Es gibt einen Ort namens Arkadien in Griechenland, aber das Wort bedeutet auch ›Paradies‹ oder ›Utopia‹. Damit ist nicht der Garten Eden gemeint. Arcadia – oder Arkadien – ist die irdische Vollkommenheit. Menschen und Tiere leben friedlich in Gottes eigener Schöpfung. So etwas in der Art.« Ich warf verzweifelt die Hände in die Luft. »Und ich habe das Wort erst kürzlich gesehen. Ich kann mich bloß nicht mehr daran erinnern, wo.«

»Vielleicht in der Kathedrale?«

»Nein, es war vorher.«

»Im Turm der Templer?«

Ich dachte nach. War es vielleicht in eine Steintafel eingeritzt gewesen? »Nein«, sagte ich dann.

Aber wo dann?

Tom schaute nach Osten, zu den weißen Häusern auf der Île de Notre-Dame. »Wir sollten Marin fragen. Er kennt Paris besser als wir. Er weiß vielleicht, wo du es gesehen hast. Wenn es ihm gut geht.«

Das war eine großartige Idee. Ich hatte Simon sowieso versprochen, dass wir seinen Onkel jeden Tag besuchen würden.

Wir machten uns auf dem Weg. Ich ging voraus und kramte in meinem Gedächtnis nach einer Erinnerung an Arcadia. Tom und Sally ließen mich gewähren. Sie unterhielten sich und schauten sich die Stadt an. Erst als wir schon fast vor Marins Haus standen, merkte ich, dass sie zurückgeblieben waren.

Ich drehte mich um. Sie standen etwa dreißig Fuß hinter mir. Tom schaute stirnrunzelnd die Straße entlang nach Süden. Sally wirkte einfach nur verwirrt.

Ich ging zu ihnen. »Was ist denn?«

Sally zuckte mit den Schultern und deutete auf Tom. Er schien selbst verwirrt zu sein. »Der Mann da«, sagte er.

Ich folgte seinem Blick. Auf der Île de Notre-Dame gab es lange nicht so viel Verkehr wie im Rest der Stadt. Nur ein paar Leute gingen zwischen den Kutschen, die über das Pflaster rollten. Tom deutete auf einen Mann, der sein Gesicht mit seinem Umhang bedeckte und an einer Gartenummauerung lehnte.

»Was ist mit ihm?«, fragte ich.

»Er ist gerade über die Mauer gesprungen«, sagte Tom.

»Aus dem Garten?« Der Umhang vor dem Gesicht deutete

auf einen Edelmann hin. »Vermutlich sein Zuhause. Oder denkst du, er ist ein Dieb … he, Moment mal!«

Ich versuchte, in meinem Kopf einen Plan von den Straßen des Viertels zu zeichnen. Marins Haus war ganz in der Nähe. Zwei Häuser in Richtung Osten, wenn ich mich richtig erinnerte.

Der Mann warf uns einen feindseligen Seitenblick zu. Als er sah, dass wir zu ihm hinschauten, stieß er sich von der Mauer ab und ging weg.

»Christopher«, sagte Tom.

»Was?«

Tom machte ein erschrockenes Gesicht und tat einen Schritt. *»Christopher.«*

»Was ist denn los?«

»Das … das ist er.«

»Wer denn?«, fragte ich.

»Der Mann.« Er war groß und kräftig gebaut. Wie ein Bulle stapfte er über die Straße. »Die Art, wie er sich bewegt. Ich … Ich glaube, das ist der Mann, gegen den ich in England gekämpft habe. Ich glaube, das … das ist der Attentäter.«

Ich schrak auf. Ich hatte dem Attentäter nicht ins Gesicht gesehen. Er hatte sich von hinten auf mich gestürzt. Aber ich erinnerte mich an die Beschreibung, die Tom Lord Ashcombe gegeben hatte. *Er war stämmig. Kräftig wie ein Bulle. Ich habe noch nie jemanden erlebt, der so stark war.*

Wir folgten dem Mann. Der schaute über die Schulter nach hinten. Unsere Blicke begegneten sich. Und da sah ich es.

Er erkannte mich.

Er war es wirklich.

Ohne Vorwarnung machte er einen Ausfall nach rechts. Schwerfällig schwang er sich über eine Gartenmauer.

»He!«, brüllte ich.

Ich dachte überhaupt nicht nach. Ich rannte ihm einfach hinterher.

»Christopher!«, schrie Tom.

»Lauf auf die andere Seite!«, rief ich ihm zu. »Schneid ihm den Weg ab!«

Ich wartete nicht ab, ob er tat, was ich ihm gesagt hatte. Ich rannte geradewegs auf die Mauer zu und kletterte darüber. Dann stand ich in einem kleinen Garten mit einem Rasenstück und einem Blumenbeet. Ein Gärtner, der auf den Knien vor dem Beet lag, schaute belustigt zu, wie der Mann in dem Umhang auf der anderen Seite des Gartens über die Mauer kletterte.

Ich rannte an dem verblüfften Gärtner vorbei und sprang ebenfalls über die Mauer, woraufhin ich auf der anderen Seite fast auf die Straße fiel. Der Attentäter, der immer noch den Umhang vor das Gesicht hielt, schaute nach hinten. Als er mich sah, stolperte er und stürzte. Ich hörte ihn fluchen.

Ich deutete auf den Mann. »Haltet ihn! Haltet ihn auf!« Die Leute auf der Straße blickten neugierig zu mir hin, unternahmen jedoch nichts. Es dauerte eine Weile, bis ich begriff, dass ich Englisch gesprochen hatte. *»Arrêtez-le!«*

Sie blieben weiterhin tatenlos und schauten nur hinterher, als der Attentäter an ihnen vorbeilief. Sie wollten sich ihre elegante Kleidung nicht beschmutzen. Im Rennen sah ich, dass ich ihm näher kam. Er mochte zwar groß und kräftig sein, aber er war langsam, und die Tatsache, dass er sein Gesicht versteckte, behinderte ihn zusätzlich. Die Gewissheit, dass er mir nicht entkommen konnte, ohne sein Gesicht zu entblößen, verlieh mir Flügel.

Tu es!, forderte ich ihn in Gedanken heraus. *Zeig dein Gesicht!*

Er schien zu begreifen, in welchem Dilemma er steckte. Seine Bewegungen wurden hektisch, während ich ihm gleichzeitig mit jedem Schritt näher kam. Dann bog er ab und rannte auf das Ufer der Insel zu. Ich war ihm schon so dicht auf den Fersen, dass ich die Angst in seinen Augen sehen konnte.

Er griff unter seinen Umhang. Einen Moment lang befürchtete ich, er würde eine Pistole ziehen und auf mich feuern. Ich irrte mich – und auch wieder nicht.

Er warf einen Dolch nach mir.

Ich sah den Stahl in der Sonne glitzern. Instinktiv verzögerte ich meine Schritte, was mir vermutlich das Leben rettete. Der Dolch trudelte auf mein Gesicht zu. Es gelang mir, den Kopf zu drehen. Ich fühlte ein Brennen an meiner Wange, als die Klinge meine Haut ritzte.

Der Dolch fiel klappernd hinter mir auf das Pflaster. Mit dem Absatz blieb ich an der Kante eines Pflastersteins hängen und stürzte. Einen Moment lang blieb ich benommen sitzen und zitterte bei dem Gedanken, dass man mich beinahe aufgespießt hätte.

Der Mann nutzte die Gelegenheit, wirbelte herum – noch immer mit verborgenem Gesicht – und rannte weiter auf das Ufer zu. Ich riss mich zusammen. Ich durfte ihn nicht entkommen lassen. Immer noch zitternd, rappelte ich mich auf und rannte ihm hinterher, so schnell ich konnte.

Wieder schloss ich zu ihm auf. Hier gab es keine Möglichkeiten mehr, Haken zu schlagen. Wir hatten die Häuser hinter uns gelassen. Unsere Stiefel donnerten auf das Pflaster, als wir über den leichten Hang hinunter zum Wasser sprinteten. Am Kai warteten einige Boote. Der Attentäter stürzte auf ein kleines Ruderboot zu, dessen Bootsmann am Schandeck stand und sich mit einer Hand an einem Holzpfosten festhielt, um sein Boot am Schaukeln zu hindern. Mit der anderen Hand half er einer jungen Dame mit einem gelben Kleid und einer Samtmaske beim Einsteigen.

»Passt auf!«, schrie ich.

Erschrocken drehten sie sich um und sahen, wie der Attentäter auf sie zuwalzte. Ich war direkt hinter ihm, nur noch ein paar Schritte weit entfernt. Ich streckte die Hand aus und wollte ihn zurückreißen.

Doch der Mann überrumpelte mich. Er packte die Frau am Arm und wirbelte sie in einem Halbkreis herum, direkt in meine Richtung.

Ich konnte nicht mehr bremsen und prallte mit einem dumpfen Schlag gegen sie. Sie schrie auf und fiel kopfüber in die Seine. Ich fiel ebenfalls hin, aber nicht ins Wasser, sondern auf den harten Rand des Anlegers.

Ich rutschte ein Stück und fühlte, wie sich mein Hemd in dem rauen Holz verfing. Ein Splitter bohrte sich schmerzhaft in meinen Unterarm. Und dann war der Anleger plötzlich zu Ende.

Mit einem lauten Platschen fiel ich in den Fluss.

Kapitel 33

Der Kälteschock raubte mir beinahe die Sinne. Orientierungslos sank ich in die Tiefe, weil ich keine Ahnung hatte, wo oben und wo unten war. Einen Moment lang überkam mich die Panik, ehe mir klar wurde, dass die tanzenden Lichter unter meinen Füßen die Sonne sein musste. Ich drehte mich um und trat heftig nach unten, bis ich keuchend die Oberfläche durchbrach.

Mit dem Kopf schlug ich an den Rumpf des Ruderbootes. Der Attentäter lag darin und versuchte, auf die Füße zu kommen. Als er mir die Frau entgegengeschleudert hatte, hatte ihn sein eigener Schwung zu Fall gebracht. Und sein Umhang … Er hatte seinen Umhang verloren.

Der Umhang lag neben ihm. Aber er hatte das Gesicht von mir abgewandt. Ich konnte es nicht sehen. *Ich konnte es nicht sehen.*

Der Bootsmann, der keine Ahnung hatte, was dieser Aufruhr bedeutete, wollte ihm aufhelfen. Als er die Hand nach dem Gestürzten ausstreckte, schlang der Attentäter seine Arme unter die Beine des Bootsmanns, der daraufhin rückwärts über den Rand seines Boots in den Fluss stürzte. Der Attentäter tastete nach seinem Umhang.

Dann hörte ich einen Schrei.

»Hilfe!«

Es war die Frau, die in den Fluss gefallen war. Sie schlug wild mit den Armen um sich und keuchte. »Hilfe!«, schrie sie noch einmal. Dann ging sie unter.

Ihr Kleid, dachte ich. Der viellagige Stoff hatte sich mit Wasser vollgesogen und zog sie in die Tiefe. Sie konnte nicht schwimmen.

Mein Herz wurde schwer. Ich war so dicht dran. *So dicht.* Der Attentäter, der mit seinem Umhang kämpfte, wandte mir immer noch den Rücken zu. Wenn ich mich am Bootsrand hochzog und mein Schwert zückte, dann konnte ich die Sache hier und jetzt beenden.

Aber dann ließ ich die Frau ertrinken.

Ich konnte es nicht. Ich konnte sie nicht opfern. Im Geiste brüllte ich vor lauter Frust, als ich mich vom Boot wegdrehte und wieder hinunter in die Seine tauchte.

Das schlammige, trübe Wasser fühlte sich irgendwie schmierig an. Und es war eiskalt. Ich fühlte, wie meine Haut taub wurde, als ich auf die Stelle zuschwamm, wo die Frau untergegangen war. Ich schaute mich um und versuchte anhand der Schatten, die die Sonne warf, die Frau ausfindig zu machen. Ich entdeckte einen gelben Schimmer, verdunkelt durch das schmutzige Wasser. Ich griff nach ihrem wild schlagenden Arm und sie klammerte sich an mich. Plötzlich begann sie, mich unter Wasser zu drücken.

Ich versuchte, nach oben zu kommen, aber die Frau legte sich mit ihrem ganzen Gewicht auf mich. In ihrer Panik kletterte sie an mir nach oben, damit ihr Kopf über Wasser blieb. Als sich ein Schuhabsatz in meine Schulter bohrte, wurde mir klar, dass sie auf meinen Schultern stand.

Meine Lungen brannten und Entsetzen machte sich in mir breit. Ich schlug gegen ihre Beine und bekam als Antwort ihre Schuhspitze ins Gesicht. Ich sah, dass sie sich nach oben bewegte, und bemühte mich, ihr nachzukommen. Meine Lungen flehten mich an, das eiskalte Flusswasser einatmen zu dürfen. Aber das hätte mich umgebracht.

Plötzlich spürte ich, wie mich jemand an der Krawatte packte und wie an einem Haken nach oben riss. Endlich durchstieß mein Kopf die Oberfläche.

Keuchend schnappte ich nach Luft – oh, diese süße, kalte Luft. Einen Augenblick lang geriet ich in Panik, weil ich wieder nach unten sackte, aber Tom hielt mich fest. Er ließ meine Krawatte los, packte mich unter den Armen und warf mich wie eine Puppe auf den Anleger.

Die Dame war schon im Trockenen. Sally und zwei Passanten, die zu Hilfe geeilt waren, hatten sie aus dem Wasser gezogen, samt Schuhen und Kleid. Sie trug sogar noch ihre Maske. Durch den tropfenden Samtstoff starrte sie orientierungslos um sich. Dann trat sie mir gegen den Kopf.

»Du Landstreicher!«, schrie sie. »Du Lump! Du hast versucht, mich umzubringen!«

Das war doch nicht zu fassen! Sie hatte mich unter Wasser gedrückt, um sich selbst zu retten. Einer der Helfer versuchte, ihr die Sache zu erklären. »Beruhigt Euch, Mademoiselle«, sagte er. »Es war ein Unfall. Es war der andere Mann, der diesen ganzen Aufruhr verursacht hatte.«

Aber sie hörte gar nicht zu. Sie fuhr fort, mir Kränkungen und Beleidigungen ins Gesicht zu schleudern, während sie gleichzeitig versuchte, mich wieder zu schlagen. Sie landete auch ein paar Treffer, ehe es Sally und den Männern gelang, sie von mir wegzuziehen. »Ich will deinen Namen, du Unmensch!«, kreischte sie. »Nenn mir deinen Namen! Ich lasse dich auspeitschen!«

Jetzt hatte ich aber genug. »Ich bin Jacques de Molay«, sagte ich. »Und ich wohne im Templerturm.«

Sie stieß weiterhin die wüstesten Flüche aus, aber ich hörte nicht mehr hin. Zitternd vor Kälte schaute ich auf den Fluss hinaus, wo der Attentäter in dem Boot saß und mit kraftvollen Armbewegungen davonruderte, das Gesicht wieder von dem Stoff seines Umhangs verdeckt.

»Alles klar bei dir?«, fragte Tom.

Sally hatte den Dolch in der Hand, den der Attentäter nach mir geworfen hatte. Vermutlich hatte sie ihn aufgehoben. Meine durchweichten Sachen klebten an meiner Haut und die einzige Wärme, die ich verspürte, kam von der glühenden Wut in meinem Herzen. Ich packte das Messer des Mörders und warf es, ohne nachzudenken, hinter ihm her in den Fluss.

In hohem Bogen flog es über das Wasser. Wir beide – er und ich – schauten ihm nach, als es vor dem Boot nach unten sackte und platschend in der Seine versank.

Das Gelächter des Mörders folgte ihm über den Fluss.

Tom lieh mir seinen Mantel, um mich zu wärmen. Die Männer, die uns geholfen hatten, schleppten das schreiende Mädchen davon, um sie ins Warme zu bringen, damit sie sich nicht den Tod holte. Das schien ihre Flüche jedoch nur noch anzufeuern: »Du Kretin! Du Bauer! Dafür sollst du brennen, Molay!«

Tom legte den Kopf schrägt. »Das ist eigentlich ziemlich lustig, wenn man so darüber nachdenkt.«

Mir war zu kalt, um mich über irgendetwas zu amüsieren. Tom und Sally legten ihre Arme um mich und schleppten mich im Laufschritt zum Maison Chastellain. Dort angekommen, schoben wir uns an einem verdatterten Lakaien vorbei, der vor dem Haus ein Pferd mit Satteltaschen belud, und Tom hämmerte an die Eingangstür.

Ich zitterte zu sehr, um mich mit Höflichkeiten aufzuhalten. »Macht ... einfach ... die Tür ... auf und ... bringt ... mich ... rein«, sagte ich zähneklappernd.

Sally öffnete die Tür und wir traten ein. Colette, die gerade einen Stapel Leinentücher durch die Eingangshalle trug, blieb erschrocken stehen. Simon, der die Treppe herunterkam und im Begriff war, seinen Pelzmantel überzuwerfen, hielt mitten in der Bewegung inne. »Christopher? Was ist passiert?«

»Die … Seine«, sagte ich.

»Was um Himmels willen …? Kommt hier hinauf, schnell!« Er brachte mich in Marins Arbeitszimmer und zog einen Sessel vor das prasselnde Feuer, während Colette davonsauste und ein paar Decken holte.

Die Wärme fühlte sich an wie die Liebe Gottes. Ich warf Toms Mantel ab und fing an, meine klatschnassen Sachen auszuziehen. Marin, der wieder in seinem Lehnsessel saß, ließ Brandy in seinem Glas kreisen und bedachte mich mit einem nachsichtigen Blick. »Warst du schwimmen?«, fragte er. »Ach, die Lustbarkeit der Jugend!«

Colette brachte die Decken. Unter einer davon, die aus Bärenfell genäht war, zog ich mich bis auf die nackte Haut aus und setzte mich so nah ans Feuer, wie ich es wagte, ohne mich zu verbrennen. Rémi, der wie üblich über Marin wachte, verließ seinen Platz an der Wand und schenkte mir einen Brandy aus der Karaffe seines Herrn ein. Beinahe hätte ich ihn getrunken – da fiel es mir noch rechtzeitig ein.

»Wie lange steht der Brandy schon da?«, fragte ich.

»So lange wie möglich«, sagte Marin fröhlich.

»Ich habe ihn gestern dekantiert, Monsieur«, sagte Rémi.

»Ich meinte heute«, sagte ich. »Wie lange steht er schon neben Marin?«

Marin lachte. »Auch so lange wie möglich.«

»Er ist seit dem Mittagessen hier«, sagte Simon. »Warum? Was geht hier vor?«

»Der Mörder«, sagte ich. »Wir haben ihn gesehen. Den Attentäter aus England, meine ich. Sind alle hier im Haus unversehrt?«

»Wieso stellst du diese Frage?«

»Weil es gut sein kann«, sagte ich, »dass er aus diesem Haus kam, als Tom ihn entdeckte.«

Kapitel 34

Simons Unterkiefer klappte nach unten. »Aus diesem Haus?«

Ich nickte.

»Aber … es war niemand hier. Nur ich, mein Onkel und die Dienstboten.«

»Es ist ein ziemlich großes Haus«, bemerkte ich.

Er blinzelte. Dann wandte er sich blitzschnell zu Rémi um. »Ruf alle in der Eingangshalle zusammen. Jetzt gleich.«

Sie gingen, um die Dienerschaft zu holen. Da der Brandy garantiert nicht vergiftet war – der Attentäter konnte nicht an die Karaffe heran, während Marin hier war –, trank ich das Glas, das Rémi mir gegeben hatte, in einem Zug aus und genoss die brennende Wärme, die sich in meinen Eingeweiden ausbreitete. Colette brachte mir einen Hausmantel aus dicker Wolle. Ich zog ihn an, stand auf und tapste barfuß – wenn auch zögernd, weil es mir sehr gegen den Strich ging, das knisternde Feuer verlassen zu müssen – zu den anderen in die Eingangshalle.

»Sie sind alle da«, sagte Simon. Und zu dem Personal gewandt: »Hat irgendjemand von euch einen Fremden auf dem Grundstück gesehen?«

Die Dienstboten sahen sich fragend an. Als niemand etwas sagte, erklärte Rémi: »Nein, niemand, Monsieur.«

»Durchsucht das Haus.«

Nach einem kurzen Zögern sagte Rémi: »Sehr wohl, Monsieur. Aber … wonach suchen wir denn?«

»Nach allem, was euch ungewöhnlich vorkommt. Geht.«

Die Diener taten, wie ihnen geheißen. Simon begleitete sie. Wir hätten auch geholfen, aber wir kannten Haus und Garten überhaupt nicht und waren daher völlig nutzlos. Ich warnte Simon noch, auch ein Auge auf Dinge zu haben, die nicht offensichtlich waren: irgendwelche Fallen, Gifte und dergleichen.

»*Du* solltest nach Gift suchen«, sagte Simon. »In dieser Beziehung bist du der Fachmann.«

Er zeigte uns die Küche und befahl den Köchen und Mägden, mir alle Nahrungsmittel aus der Speisekammer und auch die Weine aus dem Keller zu zeigen. Ich untersuchte alles gründlich, und als ich mir die Weinflaschen vornahm, stutzte ich.

»Simon?«, rief ich. »Sind diese Flaschen schon einmal geöffnet worden?«

Er kam aus dem Speisesaal. »Nicht dass ich wüsste.«

»Der Korken sitzt nicht richtig.«

Ich zeigte ihm die besagte Flasche. Der Korken schloss nicht mit dem Flaschenrand ab, sondern ragte ein Stück darüber hinaus. Simon zog ihn mit einem *Plopp*! heraus und roch an dem Wein. Dann runzelte er die Stirn, öffnete eine weitere Flasche und roch auch an dieser.

»Riecht der anders?«, fragte er mich und hielt mir die Flaschen hin.

Ich schnüffelte an beiden, war mir aber nicht sicher, ob sie sich im Geruch unterschieden oder ob seine Frage dazu führte, dass ich mir irgendetwas einbildete. Aber meiner Meinung nach hatte einer der Weine ein etwas anderes Aroma.

Er deutete mit dem Finger auf die Flasche mit dem schiefen Korken. »Findest du nicht auch, dass der hier süßer riecht?«

Genauso empfand ich es auch.

»Könnte es nicht einfach am Wein liegen?«, fragte Sally.

Und da lag das Problem: Natürlich war das möglich. Und vielleicht hatte der Korken von Anfang an schief gesessen.

»Wir werden das Risiko nicht eingehen«, sagte Simon. »Wir werfen alles weg. Was für eine Verschwendung.« Niedergeschlagen schüttelte er den Kopf. »Aber der Wein ist nicht wichtig. Ich will mehr über diesen Attentäter erfahren.«

Über die Sache mit der Schlange wusste er schon Bescheid. Ich erzählte ihm alle Einzelheiten von dem Giftanschlag in England, von dem Angriff der Wespen und was am Fluss geschehen war.

»Und du hast gesehen, wie er über unsere Gartenmauer kletterte?«, fragte Simon.

»Nicht über eure Mauer. Es war in der Rue Poulletier.«

»In der Rue Poulletier?« Er dachte nach. »Aber von dort aus kann man sich nicht hier einschleichen. Nicht, ohne die Straße zu überqueren.« Er stützte seinen linken Ellbogen auf die rechte Hand, legte die Hand an das Kinn und betrachtete mich nachdenklich. »Ich glaube, du bist auf dem Holzweg.«

»Es war ganz bestimmt der Attentäter«, beharrte ich.

»Das meinte ich nicht. Ich wollte damit sagen, dass er vielleicht gar nicht hier im Haus war.«

»Was sollte er denn sonst auf der Île Notre-Dame wollen?«

»Er ist dir gefolgt.«

»Mir?« Ich erstarrte. »Warum sollte er mir denn folgen?«

Simon bedachte mich mit einem ungläubigen Blick. »Christopher, du warst dem Mann von Anfang an ein Stachel im Fleisch. Dreimal hast du seine Pläne vereitelt – und jetzt hättest du ihn beinahe erwischt. Wenn ich an seiner Stelle wäre, würde ich versuchen, dich mundtot zu machen, bevor ich auch nur darüber *nachdenke*, noch einen weiteren Anschlag auf den König zu verüben.«

Ich sackte in dem Sessel in mich zusammen. Warum passierte so etwas immer nur mir?

»Hört zu«, sagte Simon. »Ich bin auf dem Weg in die Normandie. Bevor ich gehe, werde ich dafür sorgen, dass Rémi sämtliche Vorräte in diesem Haus durch neue ersetzt. Ich werde auch Anweisung geben, dass er Wachen einstellt und sie rund um das Anwesen meines Onkels postiert. Außer euch dreien und den Dienstboten darf niemand das Haus betreten. Das müsste doch ausreichen, um einen gedungenen Mörder abzuwehren, nicht wahr?«

Ich nickte düster.

»Gut«, sagte Simon. »In dem Fall möchte ich euch anbieten, dass ihr hierbleibt.«

Damit hatte ich nicht gerechnet. »Hierbleiben?«

»Ihr seid hier viel sicherer als im Palais. Wenigstens kennt ihr die Menschen, die hier im Haus wohnen. Du kannst sogar in Meister Benedicts altem Zimmer schlafen.«

Ich musste gar nicht überlegen; ich wusste sofort, wie sehr mir das gefallen würde. Aber es ging nicht. Meine Schützlinge waren im Palais. Ich konnte meine Aufgabe nicht einfach so zur Seite wischen, bloß weil jetzt ich derjenige war, der in Gefahr schwebte.

»Und was ist, wenn ich Wachen einstelle, die dich beschützen?«, fragte Simon.

Wieder traf mich sein Vorschlag unvorbereitet. »Die Kosten …«

»Sind unbedeutend. Du bist ein Segen für meinen Onkel und ich schulde dir noch einiges für gestern. Geldsorgen hin oder her, Christopher, das können wir uns sicher noch leisten.«

Das Angebot war mindestens genauso verlockend wie das erste – und zu meinem großen Bedauern musste ich es ebenfalls ablehnen. Unsere Suche nach dem Schatz der Templer musste geheim bleiben. Unsere Entdeckung in Notre-Dame hatte mir ins Gedächtnis gerufen, dass uns überall neugierige Blicke folgten und wir nie sicher sein konnten, dass wir andere mit unseren Nachforschungen nicht auf unsere Fährte lockten.

»Wir kommen schon klar«, sagte ich.

Simon hielt meine Ablehnung nicht für klug – und ich vermutete, Tom und Sally waren seiner Meinung –, aber er versuchte nicht, mich zu überreden. Er gab Rémi lediglich die beabsichtigten Anweisungen. Rémi ließ sich nur durch ein leichtes Heben der Augenbrauen anmerken, wie ungewöhnlich der Befehl seines Herrn war. Trotzdem verbeugte er sich und sagte: »Sofort, Monsieur.«

Rémi informierte seine Untergebenen über Simons Anweisungen, die davoneilten, um sie auszuführen. Simon wandte sich zu mir und zog seinen mit Pelz gefütterten Umhang enger um sich. »Nun gut«, sagte er. »Ich muss aufbrechen, sonst ist der ganze Tag vergeudet. Es sei denn, ihr wollt, dass ich bleibe.«

»Nein«, sagte ich. »Wir kommen schon zurecht. Wir werden Marin eine Weile Gesellschaft leisten.«

Er schüttelte mir zum Abschied die Hand, schwang sich auf sein Pferd und ritt davon. Wie versprochen gingen wir ins Arbeitszimmer, um mit seinem Onkel zu sprechen. Das war ja der Grund, warum wir überhaupt hergekommen waren.

Rémi führte uns hinauf. Ich fühlte mich unbehaglich, und da ich in diesem Haus nicht so tun musste, als sei ich von adeliger Geburt, beschloss ich, mich zu entschuldigen. »Es tut mir leid, dass ich euch allen so viele Umstände bereite«, sagte ich.

»Macht Euch doch nicht lächerlich, Monsieur«, sagte er. Und da war sie wieder: die übliche Grobheit eines französischen Bediensteten. »Die Sicherheit von Monsieur le Comte hat oberste Priorität.«

»Trotzdem. Ihr habt wohl kaum vorgehabt, das ganze Haus nach Attentätern abzusuchen.«

Er gestattete sich ein kleines Lächeln. »In meinem Alter, Monsieur, wünscht man sich ein wenig Ruhe. Andererseits wird es so wenigstens nicht langweilig.«

Colette war so nett gewesen und hatte meine Kleidung vor dem Kamin zum Trocknen aufgehängt. Mir fiel die Lektion ein, die Sir William mir erteilt hatte, und ich zog mein Schwert aus der Scheide, um es ebenfalls trocknen zu lassen. Meine Sachen waren noch feucht, also behielt ich den Wollmantel an und untersuchte meine Schärpe. Auch sie war nass, wie alles andere auch, aber die Korken hatten gehalten und meine Kräuter, Pulver und sonstigen Zutaten waren trocken geblieben. Glücklicherweise hatte ich auch noch das meiste meiner Werkzeuge sowie den Templer-Florin, den Marin mir überlassen hatte, aber der Magnet, mit dem Simon als Kind gespielt hatte, lag nun auf dem Grund der Seine.

Colette legte mir eine weitere Decke auf die Armlehne, für den Fall, dass ich sie brauchen würde. Ich lächelte sie dankbar an und sie umfasste vorsichtig mein Kinn und drehte meinen Kopf, um die Schramme auf meiner Wange zu begutachten, wo der Dolch des Attentäters mich gestreift hatte.

Sie beugte sich vor. Ich roch den süßen Duft ihres Gesichtspuders. »Ihr seid verwundet, Monsieur.«

»Ich kümmere mich darum«, sagte Sally scharf.

Colette wich zurück und machte ein Gesicht, als ob sie vom Konfekt ihrer Herrin genascht hätte. Sie knickste und verließ das Zimmer, während Sally die Hände in die Hüften stemmte und zu mir trat.

»Es ist nur ein Kratzer«, sagte sie schnippisch, zog aber dennoch das Töpfchen mit Honig aus meiner Schärpe und betupfte vorsichtig die Wunde. »Was hast du dir bloß dabei gedacht, diesen Kerl zu verfolgen?«

»Ich habe gar nichts gedacht«, gab ich zu. »Nur … wenn wir sein Gesicht gesehen hätten …«

»Er hätte beinahe dein Auge erwischt.« Stirnrunzelnd schaute sie zu Tom. »Rede du doch mal mit ihm!«

»Was würde das nützen?«, gab Tom zurück. »Er hört doch nie auf mich.«

»Ich höre immer auf dich!«, widersprach ich.

»Ja, richtig, Sally. Das hatte ich vergessen. Er hört immer auf mich. Er tut bloß nie das, was ich sage.«

»Könntet ihr bitte aufhören, so zu tun, als sei ich nicht da?«

Marin folgte unserem Schlagabtausch mit einem amüsierten Gesichtsausdruck. Ich wechselte das Thema, ehe Tom oder Sally mit ihrer Strafpredigt fortfahren konnten. »Wir sind den Hinweisen in Voitures Gedicht gefolgt«, sagte ich. »Und ich glaube, wir haben etwas gefunden.«

Marins Augen leuchteten. »Tatsächlich? Dann raus damit, mein Junge. Und trink noch etwas.«

Eigentlich wollte ich nichts mehr, aber ich ließ mir aus Höflichkeit trotzdem von Rémi nachschenken.

»Also«, sagte Marin, »was habt ihr entdeckt?«

»Auf der Statue von Philippe dem Schönen in Notre-Dame steht eine geheime Botschaft geschrieben.«

Marin blickte mich ungläubig an. »Auf der Statue?« Dann lachte er. »Wie amüsant. Was steht dort?«

»Habt Ihr je von Arcadia gehört?«

Marins Reaktion erschreckte uns. Er starrte mich an, sprang auf und ließ sich dann wieder auf seinen Sessel fallen. »Ich wusste es«, flüsterte er. »Ich wusste es.«

»Was wusstet Ihr?«, fragte Sally.

»Poussin. Ich wusste immer, es war Poussin.«

Tom und Sally blickten mich fragend an, aber ich kannte den Namen nicht.

»War das einer der Ritter, die mit dem Schatz entkommen sind?«

»Nein«, antwortete Marin. »Nicolas Poussin ist ein Maler.«

Und bei diesen Worten glitt das Puzzleteilchen, nach dem ich die ganze Zeit gesucht hatte, endlich an seinen Platz.

Kapitel 35

Mit der flachen Hand schlug ich mir gegen die Stirn. »*Da* habe ich es schon einmal gesehen!«

»Wo denn?«, fragte Tom.

»Auf dem Gemälde!« Ich stand auf und fing an, vor dem Feuer im Kamin auf- und abzumarschieren. »Dort habe ich das Wort Arcadia schon einmal gelesen. Auf einem Gemälde im Louvre. Das ist das Bild mit den Schäfern, die um ein Grab herumstehen und die Inschrift auf dem Grabstein lesen.«

Martin nickte. »Das Gemälde ist von Nicolas Poussin. Es heißt *Les bergers d'Arcadie* – die Schäfer aus Arkadien. Ein fantastisches Werk.«

»Und das passt!«, sagte ich. »Schaut!« Colette hatte auch das Pergament mit der Handschrift meines Meisters vor dem Kamin ausgebreitet, wo es mit dem Rest meiner Sachen trocknete. Die Tinte war leicht verlaufen, aber noch lesbar. »Es passt zum nächsten Vers des Gedichts!«

König zerbricht, Mann verweilt.
Die Antwort hält das Dunkel bereit.

»Die Antwort hält das Dunkel bereit!« Ich wedelte mit dem Pergament. »Damit ist dieses Grab gemeint, das auf dem Bild. Wir müssen wieder in den Louvre!«

»Das ist nicht nötig«, sagte Marin. »Ich habe den Poussin hier.«

»Wie bitte?«

»Aber sicher. Ich habe ihn seit Jahren.«

»Ähm …« Tom, Sally und ich wechselten wieder einen Blick. Was hatte mein Meister in seinem Brief an Simon geschrieben: *Versuche nicht, ihn zu drängen. Das wird nichts nützen, ist keine Hilfe und wird ihn nur noch mehr aufregen.* »Na gut. Tja … dürfen wir ihn sehen?«

Er grinste. »Ihr seht ihn bereits. Dort hängt er.«

Er deutete auf das Gemälde über dem Kamin. Es war eine Landschaft im Stil niederländischer Meister: Zwei Männer zu Pferd standen an einem Fluss, während ein dritter im Hintergrund das Vieh hütete, umgeben von sanften Hügeln.

Ich schaute zu Rémi und überlegte, wie ich ihm am unauffälligsten klarmachen konnte, dass Marin wieder seine Medizin brauchte.

Marin bemerkte meine Verlegenheit. Seine Augen funkelten. »Du glaubst, der alte Mann hat seinen Verstand verloren.«

Ich wurde rot. »Nein, ich …«

»Schon gut«, grinste Marin. »Häng das Bild mal ab«, sagte er zu Tom.

»Sir?« Tom war verunsichert.

»Mach schon, häng es ab.«

Tom schaute mich an. Ich nickte, woraufhin er zum Kamin ging und das Gemälde vom Haken nahm.

»Hol es aus dem Rahmen.«

Wieder schaute Tom mich an, aber er tat, wie geheißen, und drückte die Leinwand aus dem Rahmen, die mit Nägeln an dem hölzernen Strebewerk befestigt war.

»Jetzt löse die Leinwand ab.«

Ich reichte Tom einen Spatel aus meiner Schärpe, um die Nägel aus dem Holz zu hebeln. Und schon nach wenigen Nägeln erkannten wir, dass unter der ersten Leinwand eine zweite verborgen war. Als Tom genügend Nägel entfernt hatte, zog er die versteckte Leinwand heraus und hielt sie in die Höhe.

»Das ist es!«, staunte ich. »Das Gemälde aus dem Louvre.«

Vor einem großen Grabstein standen drei Schäfer mit Stöcken und eine Frau. Das Grab ragte einsam und allein in einer lieblichen Landschaft auf, mit Bäumen auf einem Hügel im Hintergrund und unter einem blauen Himmel, der sich jedoch vom Horizont her bewölkte. Zwei der Schäfer deuteten auf die in den Stein gehauene Inschrift.

ET IN ARCADIA EGO

»Was heißt das?«, wollte Sally wissen.

»Ich bin auch in Arkadien«, übersetzte ich.

»Und was soll das heißen?«, fragte Tom. »Wessen Grab ist das?«

»Das Grab gehört niemandem«, sagte Marin. »›Ich‹ bezieht sich auf den Tod selbst. Selbst in einer idealen Welt gibt es den Tod. Das Werk ist ein *Memento mori*, ein Bild, das den Menschen daran erinnern soll, dass er sterblich ist.«

»Als ob mich daran jemand erinnern müsste«, murmelte Tom.

»Aber … wie seid Ihr an das Bild gekommen?«, fragte ich Marin. »Ich hätte schwören können, dass ich genau dieses Gemälde im Louvre gesehen habe.«

»Hast du auch«, sagte Marin. »Dort hängt das Original. Das hier ist eine Kopie.«

»Es sieht völlig identisch aus.«

»Das kommt daher, weil es keine gewöhnliche Kopie ist. Es stammt von Poussin selbst. Ich habe es bei ihm in Auftrag gegeben. Hat mich eine schöne Stange Geld gekostet.«

»Aber warum?«, fragte ich.

»Weil auch ich sicher war, dass dieses Bild etwas mit den Tempelrittern zu tun hat.«

»Ihr glaubt, dass ein Templer Poussin beauftragt hat, dieses Bild zu malen?«

»Nein«, sagte Marin. »Ich glaube, Poussin *ist* ein Templer.«

Kapitel 36

Ich starrte ihn an. »Wie kommt Ihr darauf?«

»Es hat etwas mit seiner Zeit hier in Paris zu tun«, sagte Marin. »Nicolas Poussin ist zwar Franzose, aber er verbrachte den größten Teil seiner Jugend in Rom. 1640 beorderte ihn Kardinal Richelieu zurück in die Heimat und ernannte ihn zum ersten Hofmaler des Königs. Poussin wollte zwar nicht kommen, aber er fügte sich dem Befehl.

So wenig ihm daran gelegen war, in Frankreich zu verweilen, so sehr wünschten sich seine Neider und Konkurrenten, er würde Frankreich so schnell wie möglich wieder verlassen. Viele Höflinge versuchten, ihn anzuschwärzen und ihm das Leben schwer zu machen. Einer dieser Vorfälle hatte mit einem Jungen zu tun. Der Junge war von Geburt an anders. Er hatte ein rundes Gesicht und mandelförmige Augen, sein Geist funktionierte nur langsam, ebenso wie seine Zunge. Die Männer bei Hofe fanden es eine lustige Vorstellung, diesen Jungen Poussin als Diener aufzudrängen.

Zu ihrer Verblüffung schickte Poussin den Jungen nicht weg. Stattdessen nahm er ihn mit in sein Haus, wo der Junge ihm treu und ergeben diente. Aber Poussin hatte bald genug von dem intriganten Leben in Paris und nach zwei Jahren erklärte er, er würde nach Italien zurückkehren.

Der Junge war am Boden zerstört. Poussin war der einzige Mensch außer seiner Mutter, der jemals freundlich zu ihm gewesen war. Er wollte den Maler begleiten, aber die Mutter des

Jungen war zu krank, um eine Reise anzutreten, und der Junge wollte sie nicht verlassen. Poussin lobte den Jungen wegen seiner Treue zu seiner Mutter und schenkte ihm aus Dankbarkeit für seine herausragenden Dienste zwanzig Louis d'or. Das war eine außergewöhnlich hohe Summe. Aber Poussin gab ihm vor seiner Abreise noch etwas anderes, etwas noch Wertvolleres. Könnt ihr erraten, was es war?«

Mir ging ein Licht auf. »Ein Florin«, sagte ich. »Geprägt mit einem Templerkreuz.«

Marin nickte zufrieden. »Richtig.«

Meine Gedanken überschlugen sich. »Befindet sich der Junge noch in Paris? Können wir mit ihm sprechen?«

»Leider nein. Voller Stolz über das Lob seines Herrn vertraute er sich den falschen Leuten an. Er wurde wegen Poussins Gold ermordet.«

Sally keuchte auf. »Das ist ja schrecklich!«

»Das fanden die Tempelritter wohl auch. Die Leibwache des Königs fand den Mörder eines Morgens vor der Bastille am Galgen hängen. Zu seinen Füßen lag ein Beutel mit zwanzig Louis d'or.«

»Was ist mit dem Florin passiert?«, fragte Tom.

»Der wurde nie gefunden. Ich vermute, die Templer haben ihn wieder an sich genommen. Und genau deshalb glaube ich, dass Poussin zu ihnen gehört«, teilte uns Marin seine Überlegungen mit. »Und dieses Gemälde von ihm ist besonders rätselhaft. Als ich es sah, war ich so sehr davon überzeugt, dass darin ein Hinweis versteckt war, dass ich Poussin, der sich zu dem Zeitpunkt schon wieder in Rom aufhielt, geschrieben und ihn gebeten habe, es noch einmal zu malen. Und wie ihr seht, kam er meiner Bitte nach. Obwohl ich befürchte, dass er sich deswegen ins Fäustchen lacht.«

Der alte Mann stand auf und ging zu seinem Schreibtisch, wo immer noch die Papiere lagen, die er aus dem Geheimfach vor dem Kamin geholt hatte. Er blätterte sie durch und reichte mir dann einen Brief, der in Französisch verfasst war. Ich las ihn laut vor und übersetzte ihn gleichzeitig für Tom ins Englische.

Monsieur le Comte de Gravigny,

als Gegenleistung für Eure Zahlung habe ich eine Kopie meiner arkadischen Hirten angefertigt, auf das Genaueste, so, wie Ihr es wünschtet. Ich hoffe, Ihr erfreut Euch daran, aber da Ihr ein Mann von Charakter zu sein scheint, sehe ich es als meine Pflicht an, Euch darauf hinzuweisen, dass Ihr das, wonach Ihr sucht, nicht finden werdet.

Nicolas Poussin

Ich las den Brief ein weiteres Mal. »Aber das Gedicht«, sagte ich zu Marin, »hat uns doch zu dem Bild geführt.«

»Ja.«

»Es besagt, die Antwort sei auf dem Grab zu finden.«

»Ja.«

»Und trotzdem findet sich auf dieser Version kein Hinweis auf die Templer?«

Marin seufzte. »Nein. Und genau das ist das Rätsel. Denn die beiden Gemälde sind absolut identisch. Ich kenne jeden einzelnen Pinselstrich. Ich habe tagelang vor dem Original gestanden und versucht, irgendeinen Unterschied zu erkennen. Aber es gibt keinen.«

»Glaubt Ihr, dass Poussin gelogen hat?«, fragte Sally.

»Nein. Was nichts anderes bedeutet, als dass er seinen Hinweis nur auf dem Original versteckt hat.«

»Und was machen wir jetzt?«, fragte Tom.

»Ich glaube, es gibt nur eins, was wir tun können«, sagte ich. »Wir müssen uns das Original aus dem Louvre holen.«

DONNERSTAG,

19. November 1665

Sext

Kapitel 37

Der Mond stand noch am Himmel, als ich Tom von seiner Strohmatratze zerrte. »Komm schon«, sagte ich. »Wir kommen noch zu spät.«

Er rollte sich von mir weg und drückte sich sein Kissen auf den Kopf. »Du treibst diesen Spaß wirklich zu weit«, sagte er.

»Das ist kein Spaß! Jetzt komm schon.«

»Ich stehle kein Bild aus dem Louvre!«

»Ich habe dir schon gesagt, dass wir nichts stehlen. Wir tauschen doch bloß.« Ich riss Tom das Kissen aus den Händen. »Wir gehen in den Louvre. Wir nehmen das Original aus dem Rahmen und stecken Marins Version hinein. Niemand wird den Unterschied bemerken.«

»Das ist Diebstahl«, beharrte Tom.

»Wie kann das denn Diebstahl sein? Wir lassen doch etwas da!«

»Und Louis weiß darüber Bescheid?«

»Na ja … Nein. Aber sieh mal.« Ich rollte die Leinwand auf. »Es ist dasselbe Bild. Es ist ein Original von Poussin.«

»Ich denke nicht, dass der König das auch so sehen würde.«

»Der König wird es nie erfahren«, sagte ich. »Ich weiß nicht, wo dein Problem ist. Lord Ashcombe sagte, wir hätten die Erlaubnis des Königs von England, wenn nötig jedes Gesetz zu brechen, um den Attentäter dingfest zu machen.«

»Er hat auch gesagt, dass wir auf uns allein gestellt sind, wenn wir erwischt werden. Und weißt du, was das heißt?«

Ich seufzte. »Gefängnis.«

»Nein«, sagte Tom. »Nicht irgendein Gefängnis. *Das* Gefängnis. Die Bastille. Weißt du, was sie in der Bastille mit einem machen?«

Ich hatte keine Lust, mir noch einmal die Brotgeschichte anzuhören. »Komm einfach mit, in Ordnung? Ich verspreche dir, wir werden nicht erwischt. Ich habe einen Plan.«

»Ach so? Tja, jetzt fühle ich mich doch gleich viel besser.«

Warte erst mal ab, bis du hörst, was ich vorhabe, dachte ich.

Toms Stimme stieg drei Oktaven in die Höhe. »*Was* hast du vor?!?«

Ich bedeutete ihm, leiser zu sprechen. »Es wird nichts passieren, das verspreche ich dir.«

»Das verspricht er mir.« Tom drehte sich zu Sally um und legte die Hände an die Wangen. »Wo bin ich da bloß reingeraten? Was mache ich denn jetzt?«

Ich hatte meine Stellung als Gast von Minette ausgenutzt und mich wieder einladen lassen, um Louis bei der Morgentoilette zuzuschauen, was uns die Gelegenheit gab, erneut den Louvre zu betreten. Als der König aufgestanden war und die anderen zum Frühstück gingen, entschuldigte ich mich und entfernte mich zusammen mit Sally von Minettes Gefolge. Wir brauchten sie, um den Plan in die Tat umzusetzen. Jetzt standen wir zu dritt im Foyer und beratschlagten uns.

Sally fing nicht an zu jammern, aber sie bedachte mich mit einem Blick, als hätte ich mich von Marins geistiger Umnachtung anstecken lassen. »Ich finde es wirklich keine gute Idee, im Louvre ein Feuer zu legen«, sagte sie.

»Wir legen doch kein Feuer«, behauptete ich. »Wir lassen es bloß so aussehen, als ob es brennt. Wir machen eine Rauchbombe.«

Ich zog zwei Phiolen aus meiner Schärpe. In beiden war ein feines weißes Pulver: Zucker in der einen, Salpeter in der anderen. »Kannst du bitte Wache halten, während ich das hier zusammenmische?«, bat ich Sally. »Es wäre nicht ratsam, wenn man den Baron Ashcombe dabei erwischen würde, wenn er wie ein Koch den Rührlöffel schwingt.

Tom schickte ich in die Küche, um mir eine Pfanne zu holen. Als er wiederkam, sah er noch empörter aus als vorher. »Die Köche haben mich angeschrien.«

Wir suchten uns einen Raum mit einem Feuer im Kamin, wo wir ungestört arbeiten konnten. Sally postierte sich an der Tür und ich stellte die Bombe her. Ich mischte den Inhalt der beiden Phiolen zusammen und schüttete die pulvrigen Kristalle dann in die erhitzte Pfanne. Mit dem Silberlöffel rührte ich vorsichtig um. Tom nervte mich weiterhin mit seinen Vorbehalten gegen meinen Plan, was mich wiederum nervte. Ich musste mich konzentrieren. Wenn die Mischung zu heiß wurde, ging die ganze Sache hier und jetzt los.

Schließlich reichte es mir. »Lässt du mich jetzt gefälligst mal in Ruhe?«, herrschte ich ihn an. »Geh und stell dich zu Sally. Und hör auf, so herumzujammern.«

Tom verengte die Augen. Er sah aus, als ob er noch etwas sagen wollte, ließ es aber bleiben und stapfte zur Tür.

Natürlich bereute ich meine Worte sofort. Ich hatte Tom wahrhaftig verärgert – und er wurde nicht so leicht ärgerlich. Ich grübelte darüber nach, warum er sich so dagegen wehrte, die Gemälde zu vertauschen – ich hatte ihn ja schon in viele kniffligere Situationen gebracht –, bis mir aufging, dass er mir die Antwort auf diese Frage bereits gegeben hatte, allerdings … verschlüsselt.

Er fürchtete sich. Er hockte in einem fremden Land, umgeben von fremden Menschen, und verstand noch nicht einmal die Sprache. Wenn wir erwischt wurden und tatsächlich im Gefängnis landeten – ob in der Bastille oder anderswo –, dann war er weit weg von zu Hause eingesperrt. Und ohne mich würde er wirklich und wahrhaftig verlassen sein.

Ein leichter Geruch nach Karamell riss mich aus meinen Gedanken. Die Mischung begann zu schmelzen. Ich rührte um, und als der Inhalt der Pfanne dunkelbraun geworden war, goss ich ihn auf ein Stück Papier, um ihn abkühlen zu lassen.

Ich betrachtete meine Arbeit. Das Resultat sah genauso aus, wie es sollte: ein formloser brauner Klumpen. Ich brachte ihn zu den anderen. Tom würdigte mich keines Blickes.

Ich seufzte. »Also schön, Folgendes: Der Poussin ist oben, in der Galerie im zweiten Stock. Tom und ich gehen hoch und suchen ihn. Sally, du wartest ein paar Minuten, damit wir auch ganz bestimmt vor dem Bild stehen, wenn es losgeht. Dann gehst du zu diesem Vorhang hinter dem Sofa und reibst das unten an den Saum.«

Ich reichte ihr eine Phiole mit einem schwarzen Pulver. »Was ist das?«, fragte sie.

»Kohle«, sagte ich. »Wenn die Rauchbombe erloschen ist, wird es so aussehen, als ob der Stoff versengt wurde und das Feuer daher rührte. Wenn du damit fertig bist, legst du diesen Klumpen unter den Vorhang und steckst ihn mit der Kerze an. Lass die Kerze auf dem Boden liegen, damit es so aussieht, als hätte sie den Brand verursacht. Aber nicht zu nah am Vorhang, damit nicht wirklich ein Feuer ausbricht.«

Sally nickte. Tom begleitete mich nach oben, wobei er mich immer noch nicht anschaute. Ich versuchte ihm zu sagen, dass es mir leidtat, aber er drehte sich wortlos weg von mir und betrachtete die Gemälde. Ich schwor mir, dass ich es wiedergutmachen würde. Essen funktionierte bei Tom in der Regel prächtig. Ich sollte den Koch im Palais Royal bitten, ihm Koteletts mit Soße zu kochen.

Aber das musste warten. Denn in diesem Moment hörten wir Sally schreien: »Feuer! Feuer!«

Ich sah Rauch das Treppenhaus hinaufziehen. Von unten erklangen eilige Schritte und Schreckensschreie.

Ich legte die Hand trichterförmig an den Mund. »Feuer!«, schrie ich und die wenigen Leute, die sich in der Galerie aufgehalten hatten, hasteten nach unten und griffen den Warnruf auf. »Wasser! Holt Wasser! Hilfe!« Und schon waren wir allein.

Jetzt oder nie.

Poussins Schäfer hingen in der Mitte der Wand. Tom und ich nahmen das Bild vom Haken. Wenn wir vorgehabt hätten, es zu stehlen, hätten wir es einfach aus dem Rahmen geschnitten und wären weggerannt. So aber brauchten wir etwas mehr Zeit.

Wir drückten die Leinwand aus dem Goldrahmen. Wie bei Marins Kopie war auch hier die Leinwand auf Streben aufgenagelt. Ich hielt Wache, während Tom mit dem Spatel die Nägel heraushebelte. Unglücklicherweise waren diese hier viel tiefer und fester in das Holz geschlagen und zu meinem Entsetzen merkte ich, dass er deutlich mehr Zeit brauchte, um sie herauszuziehen.

Ich lauschte an der Tür. Die erschrockenen Rufe waren verstummt, der Rauch hatte sich verzogen. »Beeil dich«, sagte ich.

Ich wollte ihn nicht kränken. Ich fing bloß an, mir Sorgen zu machen. Aber jetzt reichte es Tom.

Er schlug mit der flachen Hand auf den Tisch. »Hör auf, mich zu hetzen!«, knurrte er. »Ich bin Bäcker, kein Kunstdieb! Wenn du was Schnelles von mir haben willst, dann bestell dir das nächste Mal einfach ein paar Brötchen, klar?«

Ich zuckte zusammen. »Pst!«

»Komm mir bloß nicht mit ›Pst‹! Das ist alles deine Schuld! Und guck mal – jetzt blute ich auch noch!« Er schob mir seinen verwundeten Daumen vor die Nase. »Ich sollte gar nicht hier sein! Ich sollte in London sein und Brot backen! Nicht in Paris, wo ich einem Franzosen ratlose griechische Schäfer klaue!«

»Schon gut, schon gut«, sagte ich. »Es tut mir leid ...«

»Aber *nein*! Monsieur Christopher musste ja unbedingt eine Flasche mit vergiftetem Wein nach dem König werfen!«

»Was macht ihr zwei denn?«, zischte uns Sally, die Wangen gerötet vom schnellen Rennen, vom Treppenabsatz zu. »Der Rauch ist weg, aber die Wachen der Königin sind in Aufruhr und sie suchen den Palast nach weiteren umgekippten Kerzen ab.«

»Und du redest gefälligst auch nicht mit mir!«, fuhr Tom sie an. »Du bist genauso schlimm wie er!«

Sally blickte perplex von Tom zu mir. Ich hob nur abwehrend die Hände und sagte: »Pass auf, wo sie als Erstes suchen.«

Endlich hatte Tom den letzten Nagel herausgezogen. Er riss die Leinwand von dem Holzrahmen und drückte sie mir in die Hand. Dann zog er die Kopie aus seinem Umhang und wickelte sie um den Rahmen, während ich das Original einsteckte.

Sally kam hereingerannt. »Sie sind gleich hier!«

Wir hatten keine Zeit mehr, um die Kopie auf die Holzstreben zu nageln. Wir mussten hoffen, dass der Goldrahmen die Leinwand fest genug hielt. In Windeseile drückten wir das Strebenwerk mit der Leinwand in den Rahmen, hängten das Bild wieder an die Wand und sausten durch den Ausgang an der anderen Seite des Raums. Hinter uns erklang eine Stimme: *»Le roi! Le roi!«* Es war der Herold des Königs, der Louis XIV. ankündigte.

Ich warf noch einmal einen Blick über die Schulter in die Galerie. Und mein Magen sackte in meine Kniekehlen.

»Oh nein«, krächzte ich.

Tom und Sally folgten meinem Blick. Und keuchten auf.

Das Gemälde. *Das Gemälde!* Wir hatten es verkehrt herum aufgehängt.

Tränen traten in Toms Augen. »Die stecken mich in die Bastille«, klagte er.

»Gib mir nur eine Minute …«, sagte ich.

Zu dem Gemälde konnten wir nicht mehr zurück. Louis, in Begleitung seines Gefolges, war schon beinahe in der Galerie angelangt.

Ich schob mich um die Tür in den Raum neben der Galerie.

»Was machen wir jetzt?«, flüsterte Sally.

Und da kam mir eine Idee.

Ich drückte ihr das gestohlene Bild in die Hand. »Versteck das unter deinem Kleid. Und dann mach, dass du wegkommst. Wir treffen uns unten am Eingang.«

Sie huschte hinaus in den Korridor. Nebenan hatte der König den auf dem Kopf stehenden Poussin entdeckt. »Was ist denn hier passiert?«

Wir mussten uns beeilen. Ich rannte zu den Gemälden in diesem Raum und fing an, sie umzudrehen. »Tom, hilf mir!«

Ich war heilfroh, dass er keine Fragen stellte. Er tat es mir nur nach. Als wir beinahe fertig waren, lachte ich, so laut ich konnte.

Tom starrte mich entgeistert an. Ich bedeutete ihm, auch zu lachen. Er tat sein Bestes, aber es klang eher wie das Meckern einer Ziege.

Doch nebenan hörte man uns. *»Le roi!«*, erschallte der Ruf. *»Le roi!«* Und dann trat Louis mit seinem Gefolge ein.

Alle starrten uns an. Tom und ich standen wie erstarrt, die Gemälde des Königs in den Händen, wie zwei auf frischer Tat ertappte Verbrecher.

Louis' Gesichtsausdruck war unergründlich. »Wie amüsant«, sagte er.

Der Leibdiener Seiner Majestät war anderer Meinung. Er kam auf uns zugestürmt und schwang seinen Stock. »Soso, Streiche spielen wollen die feinen Herren«, knurrte er, »während der Palast in Flammen steht.«

Ich hatte gehofft, dass meine Stellung als Edelmann mir ausnahmsweise eine Prügelstrafe ersparte, aber das war eine vergebliche Hoffnung. Der Leibdiener ließ uns die Oberkörper über den Tisch legen und wir nahmen klaglos die Schläge mit seinem Stock entgegen. Die Höflinge des Königs lachten und genossen die Vorstellung. »*Touché!*«, riefen sie und jubelten bei jedem Hieb.

Als es vorbei war, konnte ich kaum noch stehen. Ich traute mich nicht, Tom anzuschauen. Nicht, dass ich viel gesehen hätte: Meine Augen tränten viel zu sehr.

Der Leibdiener, der vor Anstrengung schwer atmete, stieß uns seinen Stock vor die Brust. »Ihr Trottel werdet sofort alle Gemälde wieder umdrehen. Und wenn ich euch noch einmal dabei erwische, wie ihr euch am Eigentum Seiner Majestät vergreift, werfe ich euch den Hunden zum Fraß vor.«

Wir gehorchten und hängten die Bilder wieder richtig herum. Die Höflinge buhten und am lautesten grölte der Bruder des Königs. »Ach, lasst das doch so hängen, Baron«, sagte Philippe. »Verkehrt herum sieht es viel besser aus.«

Als wir fertig waren, humpelten wir aus der Tür. Louis ließ mich nicht aus den Augen. Und als ich an ihm vorbeikam, umspielte ein winziges Lächeln seine Mundwinkel. »*Sehr* amüsant.«

Wir schlurften die Treppe hinunter. Ich fühlte die Hitze, die von Tom ausging. Sobald wir außer Hörweite waren, setzte ich zum Sprechen an. »Also, Tom«, sagte ich. »Ich glaube fast, dass Louis die ganze Sache lustig fand, also ist das doch ein gutes …«

Langsam streckte Tom die Hand aus und packte mich an der Krawatte. Er zog mich nach oben, bis nur noch meine Fußspitzen den Boden berührten und meine Nase dicht vor seiner hing.

»Wenn das alles hier vorbei ist«, sagte er ruhig, »fahren wir heim nach England. Und wenn wir am Kanal ankommen, dann binde ich dich hinten am Boot an und du kannst nach Hause schwimmen.«

Ich war mir nicht sicher, ob das als Scherz gemeint war.

Kapitel 38

Sally wartete am Ausgang auf uns. Als sie Toms Gesicht sah und wie vorsichtig wir gingen, entschloss sie sich klugerweise, keinen Kommentar abzugeben. Sie zog das zusammengerollte Gemälde unter ihrem Rock hervor.

»Wir sollten ins Maison Chastellain gehen«, sagte ich. »Wir müssen das Bild untersuchen, und das würde ich nur ungern in der Nähe der königlichen Familie tun. Außerdem kennt Marin das Bild besser als jeder andere. Vielleicht kann er uns helfen.« Ich warf Tom einen zaghaften Blick zu. »Einverstanden?«

»Was immer Monsieur Christopher entscheidet«, sagte Tom bissig.

»Ihr müsst ohne mich gehen«, sagte Sally. »Ich bleibe hier.«

Es stellte sich heraus, dass Sally gestern Abend, nachdem wir ins Palais zurückgekehrt waren, zarte Freundschaftsbande mit der Comtesse de Colmar geknüpft hatte.

»Die Damen haben nicht übertrieben«, sagte Sally. »Sie fühlt sich so einsam. Ihr hättet sie sehen sollen, wie ein ängstliches Kaninchen. Ich glaube, sie dachte, die anderen Mädchen hätten mich vorgeschickt, um ihr einen Streich zu spielen. Tags zuvor haben sie ihr eine Spinne ins Haar gesetzt.« Voller Abscheu schüttelte sie den Kopf.

»Hat sie etwas über ihren Mann gesagt?«, fragte ich.

»Noch nicht. Aber man merkt ihr an, dass sie es kaum erwarten kann, mit jemandem zu reden. Sie hat mir heute Morgen den ganzen Weg zum Louvre am Rockzipfel gehangen. Und ich musste ihr versprechen, dass wir zusammen Mittag essen …«

»Mademoiselle!«

Wenn man vom Teufel sprach. Die Comtesse de Colmar kam auf uns zugeeilt und nahm Sallys Hände. »Mademoiselle Grace, ich …«

Erst jetzt sah sie mich und verstummte. Sie wirkte verlegen, und auch ein bisschen ängstlich – genau wie Sally gesagt hatte. Wahrscheinlich dachte sie an den Streit zwischen mir und ihrem Gemahl.

Ich musste sie irgendwie beruhigen. *Mildheit und Güte*, dachte ich mir und verbeugte mich tief vor ihr. »Comtesse. Bitte akzeptiert meine Entschuldigung für den gestrigen Vorfall. Was ich zu dem Comte gesagt habe, war übereilt und unhöflich.«

Sie entspannte sich ein bisschen. »Vergebt mir«, sagte sie. »Ich wollte Eure Unterhaltung nicht unterbrechen.« Obwohl sie genau das beabsichtigt hatte. Eifrig schaute sie Sally an.

Ich nickte ihr zu. »Lady Grace hat mir gerade erzählt, wie schön es ist, nach so kurzer Zeit in Paris bereits eine Freundin gefunden zu haben.«

»Ich bin so froh, dass wir uns kennengelernt haben«, sagte die Comtesse, und ihrem Ton nach zu urteilen, meinte sie es ernst. »Die Herzogin hat gerade beschlossen, einkaufen zu gehen. Alle Damen gehen mit. Ihr kommt doch auch, nicht wahr, Mademoiselle?« Ihre Augen flehten Sally an. *Bitte, bitte lasst mich nicht allein gehen.*

»Aber natürlich!«, sagte Sally. »Ich wollte sowieso unbedingt einige Einkäufe machen. Es ist so nett von Euch, mich einzuladen.« Sie zögerte. »Allerdings … habe ich keine Dienstboten, die meine Einkäufe tragen könnten.«

Tom räusperte sich. Einen Augenblick dachte ich, er wollte

den Dienst bei mir quittieren und sich von Sally einstellen lassen. Und womöglich hätte er das auch getan, aber die Comtesse kam ihm zuvor: »Bitte nehmt meine, Mademoiselle Grace. Wir werden sie ordentlich schwitzen lassen.«

Die junge Frau lächelte hoffnungsvoll. Sally grinste und entließ mich mit einer Handbewegung. »Vielen Dank für Eure Gesellschaft, Baron.«

Und damit war ich abserviert. Ich verbeugte mich und Tom und ich zogen uns zurück. Ich hörte, wie sie kicherten, und als ich mich noch einmal umdrehte, flüsterte Sally der Comtesse etwas ins Ohr. Die Frau errötete.

»Ich finde, sie wird langsam *zu* gut bei diesem Spiel«, murmelte ich.

»Dann sollte Monsieur Christopher ihr vielleicht einen Antrag machen«, sagte Tom.

Ich seufzte.

Auf dem Weg zur Île Notre-Dame machten wir einen kleinen Abstecher zu einer Pâtisserie am Place Dauphine, die ich gestern entdeckt hatte, ganz in der Nähe der Pont Neuf. Dort belud ich Tom mit Süßigkeiten, bis er aufhörte, mich Monsieur Christopher zu nennen. Danach war meine Börse deutlich leichter.

Als wir im Maison Chastellain ankamen, redete Tom zwar wieder mit mir, war aber von all dem Zucker und der Sahne etwas benommen. Die Wachen, die Simon angeheuert hatte, ließen uns ein und Marin, der wie üblich mit einem Glas Brandy in seinem Arbeitszimmer saß, schien guter Dinge zu sein. Allerdings überkamen mich angesichts der Art, wie seine Augen zwischen mir und Tom hin- und herzuckten, Zweifel, ob er wusste, wer wir waren.

Das Gemälde allerdings erkannte er auf den ersten Blick. »Poussin.« Er nickte. »Darin liegt ein Geheimnis.«

Genau das war das Problem. Wo war das Geheimnis? Das Gedicht sollte uns eigentlich die Antwort auf diese Frage geben.

König zerbricht, Mann verweilt.
Die Antwort hält das Dunkel bereit.

»Tja«, sagte Tom und brach dann ab, weil er rülpsen musste. Nach einem tiefen Atemzug sprach er weiter. »Wo denkst du denn, dass es ist?«

»Was meinst du?«

»Na ja, darauf bringt uns doch der andere Hinweis, oder nicht? Der auf der Statue.

Richtig. Das hatte ich ganz vergessen. *La soluzione è dove pensa.* Die Antwort ist da, wo Ihr denkt.

Die Sache war, dass ich keine Ahnung hatte, was ich dachte. Das Erste, was mir einfiel, war die Inschrift auf dem Sarkophag. *»Et in Arcadia ego«*, sagte ich. »Das würde ich mir zuerst vornehmen. Vielleicht steckt darin ein Code.«

»Was für ein Code?«, fragte Tom.

Das wusste ich nicht. Wenn es einen Code gab, dann sollte auch ein Hinweis darauf zu erkennen sein, entweder in dem Gedicht oder auf dem Gemälde selbst.

Arcadia lautete der Hinweis auf der Statue. Hatte dieses Wort nur den Sinn gehabt, uns auf das Gemälde aufmerksam zu machen? Oder lag darin noch eine verborgene Bedeutung?

Marin gefiel die Idee, die Inschrift näher unter die Lupe zu nehmen. »Ich dachte schon immer, dass es kein Zufall ist, dass die Hirten darauf deuten. Aber ich habe nie herausgefunden, was dahintersteckt.«

Ich betrachtete mir das Bild genau. Der Schäfer links auf dem Gemälde deutete direkt auf das Wort ARCADIA. Genauer gesagt deutete er auf den Buchstaben R. Vielleicht war das ein Hinweis. Aber der Schäfer auf der rechten Seite …

»Moment mal.« Ich runzelte die Stirn. »Der Schäfer da deutet gar nicht auf die Schrift.«

Tom kniff die Augen zusammen. Tatsächlich deuteten die Finger des Schäfers nicht einmal auf den Grabstein. »Was macht der da?«

Wir beugten uns vor und ich zog eine Linie von dem Zeigefinger des Schäfers zu dem Schatten des anderen Schäfers, der auf das Grab fiel – bis zu dessen Stirn.

»Meister der Täuschung«, flüsterte ich. »Das ist es.«

Als Tom und Marin mich anschauten, sagte ich: »Der Schäfer. Der zweite Schäfer. Schaut doch, wohin er deutet. Er deutet genau dahin, *wo man denkt.*«

»Aber wo soll ich denn denken, dass er hindeutet?«, fragte Tom.

»Nicht, wo *du* denkst. Wo *man denkt.* Versteht ihr denn nicht?« Ich tippte auf die Leinwand. »Er deutet auf den *Kopf* des anderen Schäfers.«

Kapitel 39

Entgeistert schaute Marin mich an. »Wo man denkt«, sagte er langsam. »*Mon Dieu.* Darauf wäre ich nie ... Aber nein, nein ... Ich habe Jahre damit zugebracht, das Gemälde zu studieren. Dort ist nichts.«

»Ich glaube, Ihr habt nur deshalb nichts gefunden, weil Ihr nicht tief genug geschaut habt«, sagte ich. »Das Gedicht sagt, das *Dunkel* hält die Antwort bereit. Damit ist nicht das Grab gemeint, sondern die Farbe, die dunkle Farbe des Haarschopfs.«

Marins Augen weiteten sich. »Du meinst, die Farbe selbst?«

Ich nickte. »Das würde erklären, warum Poussin behauptete, die Kopie würde Euch nichts nützen. Ich vermute nämlich, dass der nächste Hinweis nicht auf dem Gemälde sichtbar ist. Er ist unsichtbar – unter der Farbe.«

»Und wie soll man ihn dann finden?«, fragte Tom.

»Na, das ist doch offensichtlich«, sagte ich.

Es dauerte einen Moment, bis er begriff, was ich damit meinte. Dann traten ihm die Augen förmlich aus den Höhlen. »Du willst Farbe von dem Gemälde des Königs abkratzen?«

»Also eigentlich hatte ich vor, sie aufzulösen.« Ich holte ein Fläschchen mit Terpentin aus meiner Schärpe.

Tom vergrub den Kopf in den Händen. Selbst Marin wirkte schockiert. »Aber das ist ein Meisterwerk«, protestierte er.

»Und das wird es immer noch sein, wenn ich fertig bin. Denn die identische Kopie hängt im Louvre.«

»Nun, das mag ja stimmen, aber Peter ... meinst du nicht, das geht zu weit?«

Tom und ich schauten uns an. Wer war Peter?

Ich widersprach Marin nicht. Ich sagte nur: »Wir haben die Gemälde ausgetauscht, also gehört dieses hier jetzt Euch. Es ist Eure Entscheidung. Aber ich bin wirklich der Meinung, dass die Lösung unter der Farbe verborgen ist.«

»Nun ... also gut. Wenn Benedict dir vertraut, dann werde ich das auch tun. Du hast meine Erlaubnis.«

Allmählich zählte ich eins und eins zusammen. Er wusste immer noch, dass ich Meister Benedicts Lehrling war – aber er hielt mich für einen anderen, nämlich für Peter Hyde, den Lehrling, den mein Meister vor mir gehabt hatte.

Marin bat Rémi, uns ein Tuch zu holen. Ich zog den Korken von dem Terpentinfläschchen und schon erfüllte der scharfe Geruch den Raum. Als ich das Gemälde mit dem Terpentin benetzen wollte, hielt ich inne, weil mir in diesem Moment bewusst wurde, was ich da vorhatte. Ich schickte ein Stoßgebet gen Himmel – *Bitte, lass das keinen Fehler sein* – und ließ dann einen Tropfen auf den Kopf des Hirten fallen.

Vorsichtig verteilte ich das Terpentin und die Ölfarbe verflüssigte sich. Stück für Stück tupfte ich sie mit dem Lappen ab. Und dann fing mein Herz an zu hämmern – vor Erleichterung.

»Da ist es«, flüsterte Marin. *»Da ist es!«*

Buchstaben. Unter der Farbe wurden Buchstaben sichtbar, die direkt auf die Leinwand gemalt waren. Ich arbeitete jetzt schneller und löste immer mehr Farbe auf, bis ich die ganze Botschaft enthüllt hatte.

Besser gesagt: alle drei Botschaften.

Le roi meurt. Sauvez-le.

Das Quadrat enthüllt den Schlüssel.

uezjcpcumjsmciaksmxevlnlwlcth

»Noch ein Code«, sagte Tom.

Aber es war mehr als das. »Nicht nur irgendein Code«, sagte ich grinsend, »sondern sogar einer, den ich entschlüsseln kann.«

Kapitel 40

Tom starrte mich an. »Du weißt, was das heißt?«

»Nein«, sagte ich. »Ich weiß, wie man herauskriegt, was das heißt. Ich verstehe den Hinweis.«

Ich deutete auf die zweite Zeile.

Das Quadrat enthüllt den Schlüssel.

»Weißt du noch«, sagte ich, »als wir den Code im Umhang des Attentäters gefunden haben? Ich habe dir gesagt, dass die Botschaft mit der Vigenère-Verschlüsselung codiert ist. Und genau das sagt mir dieser Hinweis. Es ist Vigenère.«

»Und woher weißt du das?«

»Weil man die Vigenère-Verschlüsselung auch Vigenère-Quadrat nennt.«

Ich nahm ein leeres Blatt Papier von Marins Schreibtisch und malte das Quadrat auf, mit dessen Hilfe man Vigenère entschlüsseln konnte, und zeigte es Tom.

»Aber … das ist ja ein einziges Durcheinander«, sagte Tom.

»Es sieht kompliziert aus«, sagte ich und musste unwillkürlich daran denken, wie perplex ich gewesen war, als Meister Benedict mir diesen Code beigebracht hatte. »Aber im Grunde genommen ist es ganz einfach. Ich zeig's dir.«

	A	B	C	D	E	F	G	H	I	J	K	L	M	N	O	P	Q	R	S	T	U	V	W	X	Y	Z
A	A	B	C	D	E	F	G	H	I	J	K	L	M	N	O	P	Q	R	S	T	U	V	W	X	Y	Z
B	B	C	D	E	F	G	H	I	J	K	L	M	N	O	P	Q	R	S	T	U	V	W	X	Y	Z	A
C	C	D	E	F	G	H	I	J	K	L	M	N	O	P	Q	R	S	T	U	V	W	X	Y	Z	A	B
D	D	E	F	G	H	I	J	K	L	M	N	O	P	Q	R	S	T	U	V	W	X	Y	Z	A	B	C
E	E	F	G	H	I	J	K	L	M	N	O	P	Q	R	S	T	U	V	W	X	Y	Z	A	B	C	D
F	F	G	H	I	J	K	L	M	N	O	P	Q	R	S	T	U	V	W	X	Y	Z	A	B	C	D	E
G	G	H	I	J	K	L	M	N	O	P	Q	R	S	T	U	V	W	X	Y	Z	A	B	C	D	E	F
H	H	I	J	K	L	M	N	O	P	Q	R	S	T	U	V	W	X	Y	Z	A	B	C	D	E	F	G
I	I	J	K	L	M	N	O	P	Q	R	S	T	U	V	W	X	Y	Z	A	B	C	D	E	F	G	H
J	J	K	L	M	N	O	P	Q	R	S	T	U	V	W	X	Y	Z	A	B	C	D	E	F	G	H	I
K	K	L	M	N	O	P	Q	R	S	T	U	V	W	X	Y	Z	A	B	C	D	E	F	G	H	I	J
L	L	M	N	O	P	Q	R	S	T	U	V	W	X	Y	Z	A	B	C	D	E	F	G	H	I	J	K
M	M	N	O	P	Q	R	S	T	U	V	W	X	Y	Z	A	B	C	D	E	F	G	H	I	J	K	L
N	N	O	P	Q	R	S	T	U	V	W	X	Y	Z	A	B	C	D	E	F	G	H	I	J	K	L	M
O	O	P	Q	R	S	T	U	V	W	X	Y	Z	A	B	C	D	E	F	G	H	I	J	K	L	M	N
P	P	Q	R	S	T	U	V	W	X	Y	Z	A	B	C	D	E	F	G	H	I	J	K	L	M	N	O
Q	Q	R	S	T	U	V	W	X	Y	Z	A	B	C	D	E	F	G	H	I	J	K	L	M	N	O	P
R	R	S	T	U	V	W	X	Y	Z	A	B	C	D	E	F	G	H	I	J	K	L	M	N	O	P	Q
S	S	T	U	V	W	X	Y	Z	A	B	C	D	E	F	G	H	I	J	K	L	M	N	O	P	Q	R
T	T	U	V	W	X	Y	Z	A	B	C	D	E	F	G	H	I	J	K	L	M	N	O	P	Q	R	S
U	U	V	W	X	Y	Z	A	B	C	D	E	F	G	H	I	J	K	L	M	N	O	P	Q	R	S	T
V	V	W	X	Y	Z	A	B	C	D	E	F	G	H	I	J	K	L	M	N	O	P	Q	R	S	T	U
W	W	X	Y	Z	A	B	C	D	E	F	G	H	I	J	K	L	M	N	O	P	Q	R	S	T	U	V
X	X	Y	Z	A	B	C	D	E	F	G	H	I	J	K	L	M	N	O	P	Q	R	S	T	U	V	W
Y	Y	Z	A	B	C	D	E	F	G	H	I	J	K	L	M	N	O	P	Q	R	S	T	U	V	W	X
Z	Z	A	B	C	D	E	F	G	H	I	J	K	L	M	N	O	P	Q	R	S	T	U	V	W	X	Y

Ich nahm ein anderes Blatt Papier und schrieb etwas darauf. »Du weißt ja, was eine Buchstabenverschiebung ist. Stell dir vor, du wolltest etwas verschlüsseln.« Ich hielt ihm auch diesen Zettel hin.

HALLO IHR DA

»Jetzt überlegt man sich, wie viele Stellen man die Buchstaben verschieben möchte, und dann tut man es einfach.«

A B C D E F G H I J K L M N O P Q R S T U V W X Y Z
D E F G H I J K L M N O P Q R S T U V W X Y Z A B C

»Und jetzt vertauscht man die Buchstaben der Botschaft mit den Buchstaben, die darunter stehen, und heraus kommt …«

HALLO IHR DA
KDOOR LKU GD

»Das kann kein Mensch mehr lesen«, sagte Tom.

»Nein, aber man kann es sehr leicht entschlüsseln. Man braucht bloß verschiedene Verschiebungen auszuprobieren. Irgendwann findet man die richtige.«

»Also braucht man etwas Komplizierteres«, schlussfolgerte Tom.

»Genau. So etwas wie Vigenère. Vom Prinzip her ist Vigenère nichts anderes als eine Buchstabenverschiebung wie die, die ich dir eben gezeigt habe. Was sie allerdings unlösbar macht, ist, dass die Stellen, um die man die Buchstaben verschiebt, sich immer wieder ändern.«

»Aber wie weiß man dann, wie viele Stellen man verschieben muss?«

»Das ist der wichtige Teil. Man braucht einen Schlüssel. Sieh her.«

Ich nahm mir wieder ein Blatt Papier von Marins Tisch. »Angenommen, wir wollen unsere Botschaft ›Hallo ihr da‹ in Vigenère codieren, dann brauchen wir einen Schlüssel. Suchen wir uns irgendwas Einfaches.«

TOM

»So, jetzt schreiben wir unsere Botschaft noch einmal auf, und darüber das Schlüsselwort, das wir so oft wiederholen, bis wir das Ende der Botschaft erreicht haben.«

T O M T O M T O M T
H A L L O I H R D A

»Und jetzt machen wir Folgendes. Wir nehmen uns das Quadrat und suchen die Reihe, die mit dem ersten Buchstaben unserer Botschaft anfängt, also dem H. Dann suchen wir die Spalte mit dem ersten Buchstaben unseres Schlüsselworts, also T. Und dann tauschen wir das H mit dem Buchstaben, der sich auf der Schnittstelle von Zeile und Spalte befindet. In diesem Fall ist das der Buchstabe A.«

	A	B	C	D	E	F	G	H	I	J	K	L	M	N	O	P	Q	R	S	T	U	V	W	X	Y	Z
A	A	B	C	D	E	F	G	H	I	J	K	L	M	N	O	P	Q	R	S	T	U	V	W	X	Y	Z
B	B	C	D	E	F	G	H	I	J	K	L	M	N	O	P	Q	R	S	T	U	V	W	X	Y	Z	A
C	C	D	E	F	G	H	I	J	K	L	M	N	O	P	Q	R	S	T	U	V	W	X	Y	Z	A	B
D	D	E	F	G	H	I	J	K	L	M	N	O	P	Q	R	S	T	U	V	W	X	Y	Z	A	B	C
E	E	F	G	H	I	J	K	L	M	N	O	P	Q	R	S	T	U	V	W	X	Y	Z	A	B	C	D
F	F	G	H	I	J	K	L	M	N	O	P	Q	R	S	T	U	V	W	X	Y	Z	A	B	C	D	E
G	G	H	I	J	K	L	M	N	O	P	Q	R	S	T	U	V	W	X	Y	Z	A	B	C	D	E	F
H	H	I	J	K	L	M	N	O	P	Q	R	S	T	U	V	W	X	Y	Z	A	B	C	D	E	F	G
I	I	J	K	L	M	N	O	P	Q	R	S	T	U	V	W	X	Y	Z	A	B	C	D	E	F	G	H
J	J	K	L	M	N	O	P	Q	R	S	T	U	V	W	X	Y	Z	A	B	C	D	E	F	G	H	I
K	K	L	M	N	O	P	Q	R	S	T	U	V	W	X	Y	Z	A	B	C	D	E	F	G	H	I	J
L	L	M	N	O	P	Q	R	S	T	U	V	W	X	Y	Z	A	B	C	D	E	F	G	H	I	J	K
M	M	N	O	P	Q	R	S	T	U	V	W	X	Y	Z	A	B	C	D	E	F	G	H	I	J	K	L
N	N	O	P	Q	R	S	T	U	V	W	X	Y	Z	A	B	C	D	E	F	G	H	I	J	K	L	M
O	O	P	Q	R	S	T	U	V	W	X	Y	Z	A	B	C	D	E	F	G	H	I	J	K	L	M	N
P	P	Q	R	S	T	U	V	W	X	Y	Z	A	B	C	D	E	F	G	H	I	J	K	L	M	N	O
Q	Q	R	S	T	U	V	W	X	Y	Z	A	B	C	D	E	F	G	H	I	J	K	L	M	N	O	P
R	R	S	T	U	V	W	X	Y	Z	A	B	C	D	E	F	G	H	I	J	K	L	M	N	O	P	Q
S	S	T	U	V	W	X	Y	Z	A	B	C	D	E	F	G	H	I	J	K	L	M	N	O	P	Q	R
T	T	U	V	W	X	Y	Z	A	B	C	D	E	F	G	H	I	J	K	L	M	N	O	P	Q	R	S
U	U	V	W	X	Y	Z	A	B	C	D	E	F	G	H	I	J	K	L	M	N	O	P	Q	R	S	T
V	V	W	X	Y	Z	A	B	C	D	E	F	G	H	I	J	K	L	M	N	O	P	Q	R	S	T	U
W	W	X	Y	Z	A	B	C	D	E	F	G	H	I	J	K	L	M	N	O	P	Q	R	S	T	U	V
X	X	Y	Z	A	B	C	D	E	F	G	H	I	J	K	L	M	N	O	P	Q	R	S	T	U	V	W
Y	Y	Z	A	B	C	D	E	F	G	H	I	J	K	L	M	N	O	P	Q	R	S	T	U	V	W	X
Z	Z	A	B	C	D	E	F	G	H	I	J	K	L	M	N	O	P	Q	R	S	T	U	V	W	X	Y

T O M T O M T O M T
H A L L O I H R D A
A

»Dann machen wir das Gleiche mit dem zweiten Buchstaben. In unserer Botschaft ist das ein A, im Schlüssel ein O. Also ersetzt man das A mit einem …«

»Mit einem O«, nahm mir Tom das Wort aus dem Mund.

»Und immer so weiter«, sagte ich.

T O M T O M T O M T
H A L L O I H R D A
A O

»Und wenn du das für die ganze Botschaft machst«, sagte ich, »dann kommt Folgendes dabei heraus …«

T O M T O M T O M T
H A L L O I H R D A
A O X E C U A F P T

Tom legte die Stirn in Falten. »Das ist gar nicht so schwer«, sagte er.

»Siehst du? Ich hab's dir doch gesagt.«

»Aber wir müssen doch nichts *ver*schlüsseln«, sagte er und deutete auf die Leinwand, »sondern etwas *ent*schlüsseln.«

»Ja.«

»Und brauchen wir dazu denn keinen Schlüssel?«

»Doch, natürlich. Ansonsten können wir ja die Buchstabenverschiebung nicht nachvollziehen. Aber siehst du, die Templer haben uns den Schlüssel bereits gegeben.«

Ich deutete auf die Grabinschrift. »Et in Arcadia ego«, sagte ich. »Ich bin auch in …«

ARCADIA

Kapitel 41

»Das ist der Schlüssel«, hauchte Marin ehrfürchtig. »Arcadia selbst ist der Schlüssel.«

»Das muss es sein«, sagte ich. »Das ist das gleiche Wort wie auf der Statue. Also können wir den Code hier und jetzt entschlüsseln.«

»Machst du das genauso wie eben?«, fragte Tom.

»Fast. Um einen Code zu entschlüsseln, muss man wieder die verschlüsselte Botschaft und das Schlüsselwort aufschreiben.«

A R C A D I A A R C A D I A A R C A D I A A R C A D I A A
U E Z J C P C U M J S M C I A K S M X E V L N L W L C T H

»Jetzt fängst du mit dem ersten Buchstaben des *Schlüsselworts* an, also dem A. Du suchst die *Zeile* mit dem Buchstaben A und in dieser Zeile suchst du den ersten Buchstaben deines *Codewortes*, also das U. Dann wanderst du diese Spalte nach oben und findest den ersten Buchstaben der *entschlüsselten* Botschaft: Das U.«

A R C A D I A A R C A D I A A R C A D I A A R C A D I A A
U E Z J C P C U M J S M C I A K S M X E V L N L W L C T H
U

»Jetzt mach das Gleiche mit dem nächsten Buchstaben. Im Schlüsselwort ist es ein R, ein E im Quadrat, und das geht dann hoch zum … N.«

A R C A D I A A R C A D I A A R C A D I A A R C A D I A A
U E Z J C P C U M J S M C I A K S M X E V L N L W L C T H
U N

»Und immer so weiter, bis man fertig ist«, sagte ich.

Und genau das tat ich. Aber je länger ich daran arbeitete, desto ernüchterter wurde ich. Denn als ich geendet hatte, stand auf dem Papier nur … Buchstabensalat.

U N X J Z H C U V I S J K I A T Q M U W V L W J W I K T H

»Es funktioniert nicht«, sagte Tom.

Niedergeschlagen sackte ich auf dem Stuhl zusammen. Marin legte mir die Hand auf die Schulter. »Verliere nicht so schnell den Mut, Peter. Wir haben uns noch nicht alles angeschaut, was auf der Leinwand steht.« Er zeigte auf die erste Botschaft.

Le roi meurt. Sauvez-le.

»Ist das Französisch?«, fragte Tom.

»Ja«, sagte ich. Ich hatte nicht wirklich darauf geachtet. Ich hatte nur geglaubt, der Schlüssel für den Code wäre »Arcadia«. »Es heißt: Der König stirbt. Rettet ihn.«

Tom erstarrte. »Ist … ist damit etwa Louis gemeint?«

»Nein, das ist unmöglich. Das Gemälde ist fast dreißig Jahre alt. Als diese Botschaft geschrieben wurde, war Louis noch nicht einmal geboren.«

Marin nickte. »Außer Molays Fluch hat keins der Rätsel, die ich kenne, eine Drohung beinhaltet.«

Der König stirbt. Rettet ihn. Marins Bemerkung brachte mich ins Grübeln. »Könnte das wieder ein Hinweis auf die Blutlinie sein?«

»Möglich.« Marin tippte sich mit dem Daumen gegen die Lippe. »Obwohl die Aufforderung, den König zu retten, in diesem Zusammenhang irgendwie merkwürdig ist. Vielleicht hängt die Botschaft mit dem nächsten Vers zusammen.«

Denn ein Vers blieb uns noch.

König ist vergangen, Mann steigt empor.
Im Herzen der Stadt findest du das Tor.

»Ihr wisst wohl nicht, wo das Herz der Stadt ist, oder?«, fragte ich Marin.

Er nippte nachdenklich an seinem Brandy. »Über diese Frage zerbreche ich mir seit Jahren den Kopf. Ich weiß nicht genau, aus welchem Blickwinkel man die Sache betrachten soll. Der älteste Teil der Stadt, aus dem Paris erwuchs, ist die Île de la Cité. Ausgehend davon könnte man behaupten, dass die Kathedrale Notre-Dame das spirituelle Herz der Insel ist.«

Das erschien mir nicht logisch. »Wir waren bereits in Notre-Dame«, sagte ich. »Der erste Vers führte uns dorthin und der zweite Vers zeigte uns, wo in der Kathedrale der nächste Hinweis versteckt war. Ich glaube nicht, dass uns das Gedicht noch einmal in die Kathedrale schicken würde. Das wäre, als würde man im Kreis gehen.«

»Schon möglich. Aber denk immer daran: Die Templer sind die Meister der Täuschung. Wenn du das im Hinterkopf behältst, wird dich dein Weg schließlich zum Ziel führen.« Er dachte weiter nach. »Dann wäre da noch der Louvre. In gewisser Weise ist er seit seiner Erbauung im zwölften Jahrhundert das politische Herz der Stadt. Der Louvre war eine Festung, eine Schatzkammer, ein Gefängnis – und in den letzten hundertfünfzig Jahren die Residenz des Königs. Man kann mit Fug und Recht behaupten, dass er das Herz einer ganzen Nation ist.«

Diese ganzen Irrungen und Wirrungen brachten mein Gehirn völlig durcheinander. Plötzlich war ich todmüde. Es war unglaublich anstrengend, der Antwort so nah zu sein und sie trotzdem nicht greifen zu können. Und die Wärme des Raums lullte mich ein, sodass meine Glieder bleischwer wurden. »Wir sollten ins Palais zurückkehren.«

Marin kam mir zwar ruhig vor, aber sein Geist war wieder auf Wanderschaft gegangen – ganz ähnlich wie mein eigener, so schien es mir –, und so ging ich vorher noch in die Küche und bereitete nach dem Rezept meines Meisters den Trank für Marin vor. Dann verabschiedeten wir uns.

Auf dem Rückweg sprachen wir nicht viel. Tom warf immer wieder einen Blick über die Schulter, um zu prüfen, ob jemand uns verfolgte –, ein maskierter Attentäter zum Beispiel –, während ich meinen Gedanken nachhing.

Als wir am Louvre vorbeikamen, fragte Tom: »Warum glaubst du nicht, dass hier das Herz der Stadt ist?«

Ich zuckte mit den Schultern. »Weil es sich nicht richtig anfühlt. Diese Rätsel wurden von den Templern erdacht, und wenn wir eins mit Sicherheit wissen, dann, dass die Templer nicht gut auf die Könige von Frankreich zu sprechen sind. Würden sie wirklich den Palast ihres Feindes als ›das Herz der Stadt‹ bezeichnen?«

»Wahrscheinlich nicht.« Tom dachte nach. »Was ist mit der

alten Templer-Anlage? Das wäre doch vermutlich *ihr* Herz der Stadt, oder? Würde das zu dem Gedicht passen?«

»Vielleicht. Aber dort gibt es seit Jahrhunderten keine Tempelritter mehr. Und auch der große Turm wird schon lange nicht mehr benutzt. Könnte dort das Herz der Stadt sein? Es ist ein verlassener Ort.«

Es sei denn, auch das war eine Täuschung. In einem Anfall von Trotz trat ich gegen die Eingangstür des Palais Royal, als wir hindurchgingen. Warum konnte nicht wenigstens *eine* Sache einfach zu lösen sein? War das denn wirklich zu viel verlangt?

»Was machen wir jetzt?«, fragte Tom.

Ich wollte nur noch schlafen gehen. Als wir in unserem Zimmer waren, ließ ich mich aufs Bett plumpsen, aber keine fünf Sekunden später kratzte jemand mit dem Fingernagel an die Tür. Das war hier in den Königspalästen Frankreichs so üblich, anstatt zu klopfen.

Tom öffnete die Tür. Ein Page drückte ihm einen Brief in die Hand. »Eine Nachricht für Monsieur.«

Tom schloss die Tür und reichte mir den Brief. Er war adressiert an

Baron Christopher Ashcombe
Le Palais Royal

Ich kannte die geschwungene Schrift. »Der ist von Sally«, sagte ich verwundert. Ich öffnete ihn und las die Botschaft.

Mein lieber Lord Ashcombe,

genießt Ihr Euren Aufenthalt in Paris? Der Ausflug in die Stadt war ein rechtes Vergnügen, aber alles war so fremdartig und seltsam, und jetzt empfinde ich schreckliches Heimweh. Würdet Ihr mir bei einer Tasse heißer Schokolade Gesellschaft leisten, wenn ich ins Palais zurückkehre? O bitte, sagt Ja. Ich würde mich so gerne mit Euch über unser England unterhalten.

Lady Grace

Tom war verdattert. »Was soll das Ganze?«, fragte er.

»Der Attentäter«, sagte ich aufgeregt. »Es geht um den Attentäter.« Ich hielt den Brief hoch. »Ich glaube, Sally hat herausgefunden, wer es ist.«

Kapitel 42

Tom schaute mich skeptisch an. »Das steht da aber nicht«, sagte er.

»Stimmt, jedenfalls nicht wörtlich«, sagte ich. »Aber allein die Tatsache, dass sie überhaupt einen Brief geschrieben hat, deutet schon darauf hin. Sally wollte von der Comtesse erfahren, wer die Geschäftspartner ihres Mannes sind.« Ich marschierte auf und ab. »Sie muss etwas sehr Wichtiges herausgefunden haben, denn ansonsten hätte sie gar nicht schreiben müssen, sondern hätte einfach bis morgen früh gewartet.«

»Aber wenn sie weiß, wer der Attentäter ist, warum schreibt sie es nicht einfach? ›Es ist François, *le Metzger*. Verhaftet ihn.‹«

»Weil ich glaube, dass sie Angst hat.«

»Wovor?«

»Wer den Brief lesen könnte.« Leise sprach ich weiter. »Dass sie es nicht aufschreibt, ist eine Warnung für uns. Ich glaube, der Attentäter ist hier.«

»Im Palais?«, fuhr Tom erschrocken auf.

Ich nickte. »Deshalb erwähnt sie vermutlich auch England. Es ist wie auf dem Fest von König Charles: Der Attentäter hat sich als Dienstbote eingeschlichen.«

»Aber dann … dann könnte es doch jeder sein!«

Ich biss mir auf die Lippe. »Keiner von uns sollte allein irgendwohin gehen.«

Tom schaute verängstigt drein. »Wir gehen ihn doch wohl nicht suchen, oder?«

Ich dachte darüber nach.

Wenn wir ihn fanden, wenn es uns gelang, ihn zu identifizieren, dann konnten wir ihn hier und jetzt aufhalten. Andererseits hatte er gestern einen Dolch nach mir geworfen. Was würde er tun, wenn wir ihn in die Enge trieben?

Immer vorausgesetzt, ich interpretierte Sallys Botschaft richtig. Daher hielt ich es für klug, erst einmal zu hören, was sie wusste, bevor wir entschieden, wie wir vorgehen sollten. Ich glaube, Tom war sowohl erstaunt als auch erleichtert, dass ich ausnahmsweise einmal vernünftig war und nicht blindlings losprеschte.

Das hieß aber nicht, dass ich bis heute Abend untätig herumsitzen wollte. »Suchen wir diesen Pagen«, sagte ich.

Mit einem unguten Gefühl in der Magengrube durchstöberten wir die Gänge, bis wir den Jungen unten im Erdgeschoss entdeckten, wo er anderen Gästen eine Nachricht überbrachte. »Dieser Brief«, sagte ich zu ihm und zeigte ihm Sallys Umschlag. »Wo ist der Kurier, der ihn gebracht hat?«

»Er ist gegangen«, antwortete der Page.

»Weißt du, wohin?«

»Nein, Monsieur.«

Ich tippte mir an die Lippe. »Die Herzogin ist heute einkaufen gegangen. Du weißt vermutlich nicht, wohin genau?«

Er schüttelte den Kopf. »Das kann überall in der Stadt sein, Monsieur. Viele Kaufleute beliefern Madame.«

»Und wann wird sie zurückkehren?«

»Vermutlich spät, Monsieur. Madame ist sozusagen eine Nachteule.«

Ich seufzte und entließ den Pagen. »Dann müssen wir eben warten«, brummte ich. Ich gab einem Lakaien Anweisung, uns heute Abend eine Kanne heiße Schokolade zu kochen, und schrieb dann einen Brief, den man in Sallys Zimmer hinterlegen sollte.

Meine liebe Lady Grace,

es wäre mir ein Vergnügen, Euch heute Abend Gesellschaft zu leisten. Bitte schickt jemanden in mein Quartier, wenn Ihr zurückkehrt. Ich werde Euch abholen und in die Bibliothek begleiten, wo uns eine Kanne heiße Schokolade erwartet. Dort ist es abends, wenn ein Feuer im Kamin brennt, besonders angenehm.

Baron Ashcombe

»Hoffentlich begreift sie, dass sie uns erst Bescheid geben soll«, sagte ich. »Ich will nicht, dass sie allein im Palais unterwegs ist.«

»Was, wenn der Attentäter das liest?«, gab Tom zu bedenken. »Dann weiß er doch, wo wir sind. Was, wenn er uns dort eine Falle stellt?«

»Soll er doch. Wir gehen nämlich nicht in die Bibliothek. Wir suchen uns irgendeinen Ort, wo es von Palastwachen nur so wimmelt.«

Trotzdem war mir klar, dass dieser ganze Umstand hätte vermieden werden können, wenn ich besser vorbereitet gewesen wäre. »Wenn das hier vorbei ist«, sagte ich zu Tom, »dann erinnere mich bitte daran, dass ich einen Geheimcode für uns aushecke. Wenn es das nächste Mal ein Attentäter auf uns abgesehen hat, können wir uns so ohne Probleme Nachrichten zukommen lassen.«

Tom schaute mich entgeistert an. »*Das nächste Mal?* Was soll das denn bitte heißen?«

Wir gingen in unser Zimmer. Damit wir keine unangenehmen Überraschungen erleben mussten, schoben Tom und ich mein Bett vor die Tür. Dann legte ich mich hin, während Tom seine Schwertübungen machte.

In meinem Kopf ging es drunter und drüber. Ich fragte mich, was Sally wohl herausgefunden hatte. Irgendwann zwang ich mich, die Grübelei sein zu lassen. Sally hatte ihre Aufgabe, ich die meine.

Dieser letzte Vers. *Im Herzen der Stadt findest du das Tor.*

Ich holte Lord Ashcombes Stadtplan hervor und betrachtete ihn genau. Wie Marin gesagt hatte, war Paris in den Anfängen nur eine Siedlung auf der Île de la Cité gewesen. Nach und nach war es über Jahrhunderte hinweg angewachsen, hatte sich über den Fluss hinaus ausgebreitet und nördlich und südlich der Seine Wurzeln geschlagen.

Im Herzen der Stadt.

Ich lehnte mich an die Wand und malte einen Kreis auf die Karte.

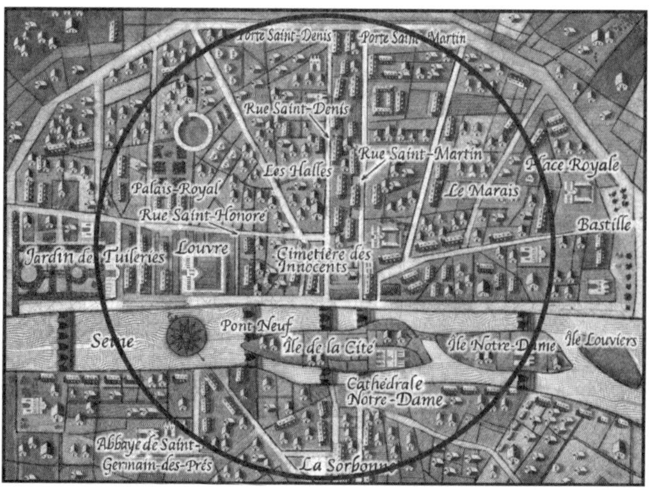

Die Mitte des Kreises lag nördlich der Île de la Cité. Was befand sich dort?

Im Süden war die Kathedrale, die ich bereits als gesuchten Ort ausgeschlossen hatte.

Westlich des Punktes lag der Louvre. Auch nicht sehr wahrscheinlich.

Les Halles war in der Nähe. Das war interessant. Les Halles war der größte Markt von Paris, ja von ganz Frankreich. Alle, vom Bauern bis zu Königen, brachten Waren hierher: Lebensmittel, Stoffe, Gewürze und alles, was Menschen sonst noch so brauchten. In gewisser Weise konnte man diesen Ort als das Herz der Stadt betrachten.

Ich dachte darüber nach. Dabei zog mein Blick ziellos über den Stadtplan. Und da sah ich es: Der Ort, der dem Zentrum von Paris am nächsten war, war nicht der Markt.

Es war der Friedhof.

Le Cimetière des Innocents lag praktisch im Mittelpunkt des Kreises, den ich gezogen hatte. Und während ich noch den Stadtplan anstarrte, hörte ich in meinem Geiste die Unterhaltung, die Tom und Sir William bei unserem Eintreffen in Paris geführt hatten. Der Stadtgraben hatte gestunken, die Straßen hatten gestunken, die Gosse hatte gestunken. Und je weiter wir in die Stadt hineinkamen, desto schlimmer wurde der Gestank.

Dort werden seit fünfhundert Jahren die Bürger der Stadt beerdigt, hatte Sir William gesagt

Und Tom hatte fassungslos gefragt: *Wer baut denn eine Stadt um einen Friedhof herum?*

Die Pariser hatten es getan. Und wenn man starb, wurde man im Herzen der Stadt begraben.

Kapitel 43

Mit einem Satz war ich aus dem Bett.

Tom wich erschrocken zurück. »Nur für den Fall, dass du es nicht bemerkt hast: Ich schwinge hier ein Schwert.«

»Dann mach dich bereit«, sagte ich und zog mein eigenes Schwert. »Wir gehen aus.«

»Wohin?«

Ich wollte es ihm nicht sagen, jedenfalls noch nicht. Wir schoben das Bett von der Tür weg, die ich daraufhin mit der flachen Klinge öffnete. Als nichts passierte, streckte ich vorsichtig den Kopf zum Flur hinaus.

Kein Attentäter weit und breit. Zumindest sah ich keinen. »Los geht's.«

Wir schlichen uns durch das Palais und versuchten, allen Leuten aus dem Weg zu gehen. Erst am Ausgang steckten wir unsere Klingen wieder in die Scheiden. Es machte keinen guten Eindruck, mit gezückten Schwertern durch Paris zu marschieren.

Wir hasteten durch die Straßen und schauten uns immer wieder um, ob uns jemand folgte. Erst als Tom sich vergewissert hatte, dass uns kein Mörder auf den Fersen war, fiel ihm ein, dass er immer noch nicht wusste, wo wir hingingen.

Als ich es ihm sagte, blieb er wie angewurzelt stehen. »Zum *Friedhof*? Aber *warum*?«

»Weil es logisch ist«, sagte ich. »Der Friedhof ist im Zentrum der Stadt. Und er passt zu dem Gedicht. Die Verse sind verwirrend genug, aber ich glaube nicht, dass sie uns in die Irre führen wollen. Und es ist vom Herzen der Stadt die Rede und die Stadt, das sind die Menschen. Die Menschen haben aus Paris das gemacht, was es heute ist. Und seit fünfhundert Jahren ruhen ihre sterblichen Überreste auf diesem Friedhof.«

Der *Cimetière* war nur eine halbe Meile vom Palais entfernt, in östlicher Richtung über die Rue Saint-Honoré, aber ich beschloss, einen Umweg zu machen, für den Fall, dass wir doch beschattet wurden. Wenn wir einen anderen Ort gesucht hätten, hätten wir uns vermutlich hoffnungslos verirrt. Aber den Friedhof zu finden war leicht. Wir mussten nur dem Gestank folgen.

Tom wickelte sich seinen Umhang um Mund und Nase und ich tat es ihm gleich. Aber es half nicht viel. Der Gestank nach Fäulnis und Verwesung wurde immer schlimmer, je näher wir dem Friedhof kamen. Selbst Bridget, die über uns flatterte, gurrte aufgeregt, als ob sie uns warnen wollte.

Der Friedhof nahm genauso viel Raum ein wie der Louvre. Er war von einer zehn Fuß hohen Steinmauer umgeben, sodass wir von der Straße nicht hineinsehen konnten. Und das hatte seinen Grund, wie wir bald erfahren sollten.

Denn innerhalb der Mauern bot sich uns ein grausiger, entsetzlicher Anblick. Das Land war gespickt mit Massengräbern. Hunderte, Tausende Leichen lagen übereinander im Schlamm. Die Totengräber hatten Kalk darübergestreut, aber das ätzende Pulver schien kaum Wirkung zu zeigen. Der übermächtige Leichengestank durchdrang die Luft, sodass man kaum atmen konnte.

Mein Magen drehte sich um. »Christopher …«, stöhnte Tom, würgte und rannte dann wieder hinaus. Ich eilte ihm nach und gemeinsam erbrachen wir das Gebäck und die Pasteten, die wir zum Frühstück verspeist hatten, auf die Straße.

Die schöne Sahne, so eine Verschwendung. Tom wischte sich über den Mund. »Mir gefallen die Tempelritter plötzlich gar nicht mehr«, sagte er.

Ich war geneigt, mich seiner Meinung anzuschließen. Aber es half nichts, wir mussten wieder hinein. Ich spuckte die Galle aus, die mir noch im Mund schwamm, zog die Phiole mit Rosenwasser aus meiner Schärpe und goss ein wenig davon über meine Krawatte und Toms Jackenaufschlag. Wir hielten uns den getränkten Stoff vor das Gesicht und gingen dann wieder durch das Tor.

Die frischen Gräber waren nicht der einzige Schrecken, der uns dort erwartete. Millionen von Bürgern der Stadt waren hier begraben worden und natürlich war auf diesem Areal kein Platz für so viele Leichen. Um Raum zu schaffen, hatten die Totengräber alte Ruhestätten ausgegraben und die Leichen exhumiert. Die Knochen hatte man in Beinhäuser gebracht, die die Innenseite der Friedhofsmauer säumten. In den offenen Kammern, die oben bogenförmig zusammenliefen, lagerten die Schädel. Hundertausende Totenköpfe starrten uns aus leeren Augenhöhlen an.

»Das ist die Hölle auf Erden«, sagte Tom. »Bitte, Christopher, ich will hier weg.«

»Na gut«, sagte ich und senkte den Kopf. »Geh ins Palais zurück. Ich komme nach, wenn ich fertig bin.«

Tom sah so aus, als hätte er am liebsten angefangen zu weinen, aber er verließ mich nicht. Ich war ihm so dankbar. Allein hätte ich diesen Ort nicht aushalten können.

Es waren etliche Totengräber bei der Arbeit. Wir wandten uns ab, als sie einen Karren voller Leichen in eine Grube kippten. Dann eilten wir zu der Kirche in der nordöstlichen Ecke des Grundstücks.

Der Priester, den wir dort vorfanden, war ein gedrungener, ruhiger Mann mit einem stoischen Gesichtsausdruck. Er nannte uns nicht seinen Namen. Er fragte uns bloß, wie er uns helfen könne.

Ich musste mir überlegen, wonach ich suchen sollte. Ich dachte an die Botschaft unter Poussins Gemälde. *Der König stirbt. Rettet ihn.* »Sind hier irgendwelche Könige begraben?«, fragte ich und versuchte, so flach wie möglich zu atmen.

»Nein, Monsieur. Die Könige von Frankreich sind in der Nekropole in der Basilika von Saint-Denis begraben.«

»Wo ist das?«

»In der gleichnamigen Stadt, nördlich von Paris. Etwa sechs Meilen weit weg.«

Das konnte nicht der richtige Ort sein. »Gibt es hier sonst irgendetwas, das in Verbindung mit einem König steht?«

»Der einzige König, der in diesen Mauern wandelt, ist der König der Könige, unser Retter, der Herrgott, der niemanden abweist, egal wie arm er auch sei.«

Ich wollte keine Sekunde länger hierbleiben als nötig. Alles in mir sträubte sich dagegen. Ich musste deutlicher werden. »Was ist mit den Templern? Haben sie irgendeinen Bezug zu diesem Ort?«

Ich wagte kaum zu hoffen, aber er sagte: »Ja, Monsieur. Hier gibt es eine Krypta unter einem Beinhaus, das *Charnier des Lingères*. In den Gräbern dort unten sollen die Gebeine von Tempelrittern liegen, die hier bestattet wurden, ehe es das Hauptquartier der Templer im Norden der Stadt gab.« Er deutete nach Süden, zu einem Eingang in der Mauer, und wünschte uns Gottes Segen.

Wir gingen zu der bezeichneten Stelle und sahen unterhalb der Knochen des Beinhauses einen Totentanz an der Steinmauer. Das Wandbild zeigte den Tod als Skelett, der alle möglichen Leute wegführte: Papst und Kaiser, Arzt und Bauer, Dame und Kind, Kardinal und König. Ein *Memento mori* – die Mahnung, dass alles Leben ein Ende hat.

Der Eingang führte zu einer schmalen Treppe. Die Dunkelheit im Inneren der Krypta war undurchdringlich und ich ging wieder in die Kirche und holte mir ein paar Kerzen.

In ihrem flackernden Licht gingen Tom und ich in die Dunkelheit. Und als der Schein der Kerzen auf die Wände fiel, blieben wir wie angewurzelt stehen.

Dort, an den Wänden, blitzte es golden auf.

Kapitel 44

Der Schatz!

Aber nein, das war unmöglich. Kein Schatz konnte hier so lange unentdeckt bleiben, trotz der Tatsache, dass hier nur selten jemand herkam. Was mein Herz zum Hüpfen gebracht hatte, waren rechteckige Grabplatten aus Gold, mit denen die Gräber markiert waren, jeweils zwei übereinander. Insgesamt waren es sechzig und unter jeder Platte befand sich ein Schild aus Kupfer mit den Namen der Verstorbenen. Das Kupfer war im Laufe der Jahrhunderte korrodiert und die Schrift unlesbar geworden.

Die Platten allerdings glänzten wie neu. Sie sahen aus, als würden sie regelmäßig poliert werden. Für irgendjemanden – vielleicht für die Templer unserer Zeit – hatten diese Gräber immer noch eine große Bedeutung.

»Das muss es sein«, sagte ich.

Tom entspannte sich ein bisschen. Er war erleichtert, dass wir nicht länger auf dem Friedhof herumlaufen mussten, und der Gestank war hier unten auch bei Weitem nicht so schlimm. Die Luft war zwar abgestanden, aber von dem Verwesungsgeruch drang nur ein leichter Hauch hier hinunter. »Wonach genau suchen wir?«, fragte er.

Der König stirbt. Rettet ihn.

Da wir die Namen der Verstorbenen nicht mehr herausfinden konnten, waren die Grabplatten unsere einzige Chance. In jede war ganz oben das Symbol in das Gold gehämmert, das wir bereits kannten. Die Doppelkreise mit den beiden Brüdern auf dem Pferd links und dem Felsendom, dem Hauptquartier der Tempelritter in Jerusalem, auf der rechten Seite. Im oberen Rand ragte jeweils ein Templerkreuz auf und die Schrift auf beiden Kreisen zusammen besagte, dass es sich um das »Siegel der Soldaten des Tempels Christi« handelte.

Auf den Goldplatten waren verschiedene Szenen dargestellt. Die Hälfte handelte vom Krieg: Ritter, die mit hocherhobenen Lanzen in die Schlacht reiten; Templer und Sarazenen beim Schwertkampf; Bogenschützen, die Pfeile auf ihre Gegner abschießen. Andere Platten zeigten Szenen des weltlichen Lebens: ein Schafhirte beim Hüten seiner Herde, ein Fischer im Bug seines Boots, ein Mädchen mit einem Korb Wäsche an einem Fluss. Und dann waren da noch die Bilder aus dem Reich der Fantasie. Auf einer Platte kämpfte ein Ritter gegen einen Drachen und schwang seinen mit langen Spitzen besetzten Morgenstern in den feurigen Atem des Lindwurms. Auf einer anderen sprach ein mit einer Kapuze verhüllter Mann mit einer Frau, auf deren Hals ein Löwenkopf saß.

Eins dieser Bilder war des Rätsels Lösung. Tom und ich arbeiteten uns von beiden Enden zur Mitte vor und betrachteten jede einzelne Platte ganz genau. Sie erinnerten mich ein bisschen an die Steinmetzarbeiten, die wir im großen Turm gesehen hatten, und einige Szenen aus dem Leben der Templer waren identisch. Andere, wie etwa das Abbild eines Ritters auf einem geflügelten Pferd, gehörten ins Reich der Legenden.

Ich war mir sicher, dass ich hier die Antwort auf meine Frage finden würde, vielleicht in den abgebildeten Symbolen. Neben dem Siegel der Tempelritter, das auf jeder Platte abgebildet war, fand ich auch auf zweien die Sonne. Darin prangte wieder das Templerkreuz, wie auf den beiden Platten im großen Turm: auf der mit den neun Rittern, die von König Balduin gesegnet wurden, und auf der Platte, die der schöne Philippe in seinem Zorn zerstört hatte.

Könige, dachte ich. Beide Männer waren Könige gewesen. Philippe war natürlich in den Steinmetzarbeiten des Turms nicht dargestellt gewesen, Balduin aber schon. Wir hatten ihn erkannt, und zwar an seiner …

»Krone«, sagte ich. »Such nach einer Krone.«

Und es war Tom, der sie fand. »Christopher.«

Ich ging zu ihm und sah, dass er auf die untere von zwei übereinanderliegenden Platten deutete. »Sieh doch.«

Die Platte zeigte eine Szene nach einem Kampf. Rechts lagen drei tote Männer mit Turbanen, jeder mit einem Schwert in der Brust. Hinter ihnen erhoben sich Sanddünen und fünf große Palmen mit langen Wedeln. Links im Bild lag ein Ritter auf dem Boden. Sein Mund stand offen. Ein zweiter Ritter kniete über ihm und hielt einen Kelch verkehrt herum über den Kopf des Mannes. Rätselhafterweise war im Hintergrund ein Fuchs mit einem Hahn im Maul dargestellt. Rings um das Bild lief ein Fries mit einem Knotenmuster.

»Warum denkst du, dass …?«, setzte ich an.

Tom zeigte auf die linke untere Ecke der Platte. Und da sah ich, was er entdeckt hatte.

In der Ecke lag eine Krone. Man hätte sie übersehen können, weil sie auf dem Musterfries lag, aber es sah so aus, als sei sie dem liegenden Ritter vom Kopf gefallen und in die Ecke gerollt.

Ich packte Tom am Arm. »Du hast es gefunden.«

»Wunderbar«, sagte er. »Und was jetzt?«

Gute Frage. *Der König stirbt. Rettet ihn.* »Wie retten wir den König?«, überlegte ich.

»Der Kelch, den der andere Ritter in der Hand hält«, sagte Tom. »Ist da irgendeine Medizin drin?«

Keine Ahnung. Der Mund des Königs war offen, als ob er trinken wollte, was immer der Ritter ihm verabreichte. Aber obwohl der Kelch ganz umgedreht war, floss nichts heraus. Wenn ich entscheiden sollte, welche Medizin er brauchte, musste ich zuerst wissen, was ihm fehlte.

Ich betrachtete das Bild genauer. Dann runzelte ich die Stirn. »Siehst du irgendwo eine Wunde?«

Tom schüttelte den Kopf. Ich schaute mir die gefallenen Sarazenen an. Aber ihr Schicksal war sonnenklar: Sie waren von Schwertern durchbohrt worden.

»Wenn der König nicht verwundet ist«, sagte ich, »warum stirbt er dann?«

»Vielleicht ist er krank«, mutmaßte Tom.

Eine Krankheit würde den Kelch erklären; der Ritter gab dem König eine Medizin. Aber auch auf der Haut des Königs fanden sich keine Anzeichen für ein körperliches Leiden. Wenn es tatsächlich eine Krankheit war, hatte ich keine Möglichkeit, festzustellen, was für eine. Es sei denn, der Geflügel fressende Fuchs war ein Hinweis.

»Sagt dir das irgendwas?«, fragte Tom und deutete auf die beiden Tiere.

Ich war mir nicht sicher. Ich hatte das unbestimmte Gefühl, als hätten diese Tiere eine besondere Bedeutung, die ich schon irgendwo einmal gehört oder gesehen hatte. Aber anders als bei »Arcadia« war das schon eine ganze Weile her. Ich musste immer wieder an Meister Benedict denken.

Vielleicht irgendein Rezept, das er mir beigebracht hatte? Oder etwas anderes?

»Was ist mit den Bäumen?«, fragte Tom. »Was sind das für welche?«

»Wahrscheinlich Dattelpalmen«, sagte ich. »Sie wachsen hauptsächlich in …«

Das war es!

»In der Wüste«, sagte ich. »Sie sind in der *Wüste.*«

»Na und?«

»Schau doch hin! Der König hat keine Verletzungen, aber er stirbt. Der Mann versucht, ihn zu retten, aber der Kelch ist leer. Wenn er keine Wunde hat und auch nicht krank ist, woran könnte er sonst noch sterben?«

Toms Augen wurden groß. »An Durst.«

»Genau. Der König verdurstet.«

»Und jetzt? Geben wir ihm Wasser? Wie gibt man einer eingravierten Person etwas zu trinken?«

»Kannst du dich noch an meinen Rätselwürfel erinnern?«, fragte ich ihn. »Vielleicht gibt es in der Grabkammer eine Art Schließvorrichtung. Und vielleicht öffnet sich das Schloss, wenn wir Wasser hineingießen.«

Wir schauten überall nach. Auf der Platte. Darüber. Darunter. Wir suchten nach Ritzen in der Wand, nach irgendeinem Loch. Aber wir fanden nichts.

»Und jetzt?«

»Vielleicht haben wir irgendwo einen Spalt übersehen. Gießen wir einfach mal Wasser über die Platte.«

Tom wirkte nicht überzeugt, aber er hielt mich nicht davon ab. Ich holte eine kleine Flasche mit Wasser aus meiner Schärpe und schüttete es, ausgehend von dem Kelch des Ritters, über die Platte, sodass es in den Mund des Königs floss. Es tröpfelte und rann über seinen Kopf und sammelte sich in einer kleinen Pfütze am unteren Rand der Platte, wo es schließlich überlief und zu Boden spritzte.

Und nichts passierte.

»Das hätte so gut gepasst«, sagte ich enttäuscht.

»Was ist jetzt damit?«, fragte Tom und deutete noch einmal auf den Fuchs und den Hahn. »Wir wissen immer noch nicht, was das soll.«

Ich betrachtete das Bild, und je länger ich darauf schaute, desto stärker nagte etwas an meinem Bewusstsein. Ich übersah etwas, das wusste ich genau. Aber was?

Ich schloss die Augen und sah meinen Meister vor mir stehen. *Denk nach, Christopher*, sagte er. *Wofür stehen diese Bilder?*

Wenn ich das wüsste, gab ich zur Antwort, *dann würde ich nicht mit geschlossenen Augen in einer Krypta stehen.*

Wie amüsant. Er klang genau wie Louis.

Bitte verzeiht, Meister.

Du hast doch nicht etwa bereits vergessen, was ich dir beigebracht habe?

Der Gedanke erschreckte mich. *Nein, Meister. Ich werde niemals Eure Lehren vergessen.*

Dann denk nach. Denn ich habe dir diese Symbole gezeigt.

Der Hahn. Kurz nachdem ich meine Lehre bei Meister Benedict begonnen hatte, hatte er mir ein Buch über Symbole zum

Lesen gegeben. Darin stand, dass der Hahn die Sonne repräsentierte. Ich hatte das seltsam gefunden, bis mich mein Meister gefragt hatte, was denn ein Hahn am besten könne: bei Sonnenaufgang den neuen Tag ankündigen.

Wenn also der Hahn die Sonne war, was war dann der Fuchs? Der Mond?

Ich runzelte die Stirn. An einen Fuchs konnte ich mich nicht erinnern.

Vielleicht packte ich die Sache falsch an. Der Hahn war die Sonne. Und ein weiteres Symbol für die Sonne war …

»Gold«, sagte ich überrascht. »Die Platten sind aus Gold.«

»Schon klar«, sagte Tom verwirrt. »Und?«

Und was tut der Fuchs?, fragte Meister Benedict.

Er frisst, sagte ich.

Und das war die Lösung.

»Ich weiß es«, sagte ich und riss die Augen auf. »Ich weiß, wie man den König rettet.«

Kapitel 45

»Wie denn?«, wollte Tom wissen.

Wieder kramte ich durch meine Apothekerschärpe. »Er braucht Wasser.«

»Aber wir haben ihm doch gerade Wasser gegeben.«

»Ja, aber das Wasser war nicht gut genug. Er ist immerhin ein König, richtig? Also braucht er königliches Wasser.«

Tom runzelte die Stirn. »Gibt es neuerdings auch königliches Wasser?«

»Jawohl«, sagte ich. »*Aqua regia*. Das ist etwas, das mir mein Meister schon vor langer Zeit beigebracht hat.«

Ich fand die beiden Phiolen, die ich gesucht hatte, und zog sie aus der Schärpe.

»Das verstehe ich nicht«, sagte Tom.

»Das liegt daran, dass der Name irreführend ist. *Aqua regia* ist eigentlich kein Wasser. An Vitriolöl erinnerst du dich bestimmt noch, nicht wahr? Das Zeug, das sich durch Metall frisst.«

»Aber natürlich.«

»*Aqua regia* ist so etwas Ähnliches. Allerdings frisst es sich durch ein besonderes Metall. Nur *Aqua regia* ist in der Lage, Gold aufzulösen.«

Ich klopfte auf die Platte vor uns.

»Du willst also damit sagen … dass wir diese Platte auflösen müssen?«, sagte Tom.

»Das ist die Bedeutung der Symbole. Der Hahn steht für das Gold. Der Fuchs frisst den Hahn – also müssen wir das Gold

›wegfressen‹. Das ist der Schlüssel. Der König verdurstet, also müssen wir ihm zu trinken geben: *Aqua regia*, das Königswasser. Das werden wir ihm in den Mund träufeln. Es wird das Gold auflösen und enthüllen, was sich in dieser Grabkammer befindet.«

»Ist es schwierig, *Aqua regia* herzustellen?«

»Überhaupt nicht. Man braucht nur zwei Zutaten.« Ich hielt zwei Phiolen in die Höhe. »*Aqua fortis* und Salzsäure.«

»Kann ich dir helfen?«

Ich zögerte. »Eigentlich … wäre es besser, du würdest dich in eine Ecke stellen. Ganz weit nach hinten.«

Toms Augen wurden schmal. »Warte mal. Wird das Zeug explodieren?«

»Nein, nein. Aber … *Aqua regia* verströmt eine Art Gas.«

»Das schlecht riecht?«

»Ja.«

Er wartete ab. »Und?«

»Und … es ist ein bisschen … giftig«, sagte ich.

Tom vergrub das Gesicht in den Händen und stöhnte.

»Uns wird nichts passieren«, versicherte ich ihm. »Obwohl … wenn ich anfange, mich zu erbrechen, wäre es nett von dir, wenn du mich nach draußen bringst.«

Er flüchtete in eine Ecke und murmelte etliche Kraftausdrücke vor sich hin.

Also gut, an die Arbeit. Ich ging in mich und rief mir ins Gedächtnis, was mir mein Meister beigebracht hatte. *Gieße die Salzsäure in ein Gefäß. Dann vorsichtig das* Aqua fortis *hinzugeben, und zwar in der Mischung ein Viertel* Aqua fortis, *drei Viertel Salzsäure. Langsam mit einem Silberlöffel umrühren.*

Und NICHT die Dämpfe einatmen!

Ich tat, wie geheißen, und vermischte die beiden Substanzen

in dem leeren Wasserfläschchen. Während ich umrührte, veränderte die Flüssigkeit die Farbe: Erst wurde sie gelb, dann orange und schließlich strahlend rot.

Doch das war nicht alles, was passierte. Ich drehte den Kopf zur Seite, als Dämpfe aus der Flasche hochstiegen und mir die Augen anfingen zu tränen. Ein saurer Geruch breitete sich aus. Es roch nicht ganz so übel wie auf dem Friedhof, aber andererseits würde einen die Friedhofsluft auch nicht umbringen.

Mir liefen die Tränen über das Gesicht und ich musste niesen. Ich durfte nicht trödeln, aber auch nicht überhastet arbeiten. Da ich nicht wusste, wie dick das Gold war, hatte ich auch keine Ahnung, wie viel *Aqua regia* ich benötigen würde. Ich durfte keinen Tropfen verschwenden. Anstatt die Flüssigkeit also auszugießen, träufelte ich mit dem Stiel des Löffels einen Tropfen nach dem anderen auf die Platte. Als sich ein kleiner Faden von dem Becher bis zum Mund des Königs ergoss, stellte ich die Flasche auf den Boden und ging zu Tom, wo ich ausgiebig hustete, um das Gift aus meinen Lungen zu vertreiben.

Das Gold würde sich nur langsam auflösen. Ich wartete ein paar Minuten und ging dann wieder zu der Grabplatte, um die oberste Schicht abzuwischen und neue Flüssigkeit aufzuträufeln. Das getrocknete *Aqua regia* löste sich als rötliche Kristalle – Drachenblut, wie mein Meister es genannt hatte –, in denen kleine Goldkristalle eingebacken waren.

Die Dämpfe forderten ihren Tribut. Je länger ich arbeitete, desto trockener wurde meine Kehle. Schlimmer noch, mit der Zeit wurde ich ruhelos und unruhig – eindeutige Symptome einer Vergiftung. Als es so schlimm wurde, dass ich glaubte, mich jeden Moment übergeben zu müssen, blieb mir nichts anderes übrig, als hochzugehen – obwohl die mit Leichengeruch geschwängerte Luft des Friedhofs meine Übelkeit kein bisschen vertrieb.

Aber etwas anderes blieb mir nicht übrig. Es dauerte über eine Stunde, bis sich eine Rille in dem Gold bildete, und zwei weitere, bis das *Aqua regia* ein Loch in das Metall geschmolzen hatte.

Beinahe wäre ich vor lauter Erleichterung auf die Knie gesunken. Wir drängten uns vor der Platte und hielten eine Kerze an das Loch, um hineinschauen zu können.

Aber wir konnten nichts sehen. Ich steckte den Finger hindurch. »Da ist ein Metallstab«, sagte ich.

»Noch mehr Gold?«, fragte Tom.

»Das weiß ich nicht. Fühlt sich an wie eine Art Hebel.«

Er bewegte sich unter dem Druck meines Fingers. Ein Klicken ertönte und dann das leise Schaben von Stein – und mit einem Mal fiel die Platte nach vorn.

Tom fing sie auf, ehe sie mir die Zehen zerschmetterte. Vorsichtig legten wir die Platte ab. Dann schauten wir in das Grab.

Es war leer.

Die Kammer war schmal und gerade lang genug für einen Menschen. Aber es lagen keine sterblichen Überreste darin – und auch sonst nichts.

Mein Herz wurde schwer vor Enttäuschung. Das musste das richtige Grab sein. Die Platte, die Symbole, der Hebel – das alles sprach dafür. Ein schrecklicher Gedanke nahm in meinem Kopf Gestalt an: War das, was hier drin gelegen hatte, schon weggenommen worden? Hatte jemand anderes dieses Versteck gefunden und geplündert?

»Christopher.«

Ich schaute zu Tom und sah, dass er die Stirn gerunzelt hatte. Er deutete auf die Platte zu unseren Füßen. Wir hatten sie mit der Vorderseite nach unten abgelegt und konnten nun die Rückseite sehen.

Diese Seite bestand nicht aus Gold. Der Schließmechanismus bestand aus Eisen, das stumpf geworden und mit Rostflecken übersät war. Aber als ich genauer hinschaute, sah ich, was Tom entdeckt hatte. In das Eisen waren Markierungen geschnitten.

Ich zog ein kleines Fläschchen mit Zitronensaft aus meiner Schärpe, riss einen Streifen von meinem Hemd ab, tränkte den Stoff mit dem Saft und rieb damit den Rost auf der Rückseite der Platte ab. Das Leinen wurde braun, als der Rost sich löste, und nach kurzer Zeit konnte ich erkennen, was darunter verborgen gewesen war.

Kapitel 46

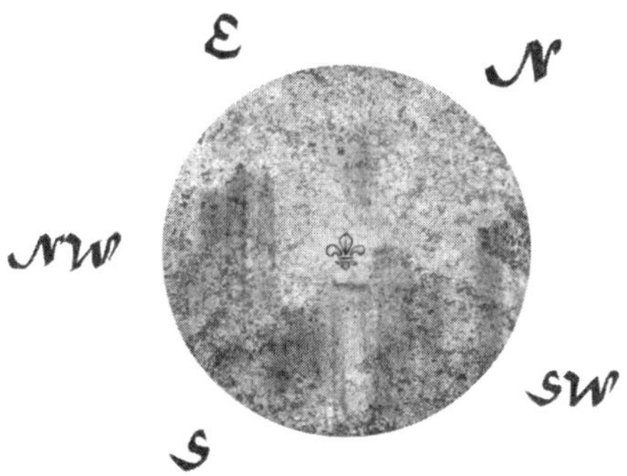

Wherever you think I am, you will find me at the opposite.

»Was ist das?«, fragte Tom.

Ich schüttelte den Kopf. »Das weiß ich nicht.«

Ein dünner Kreis bedeckte etwa die Hälfte der Platte. In der Mitte sah ich die Fleur-de-Lis. Und außen um den Kreis standen Buchstaben, manchmal ein einzelner, manchmal zwei nebeneinander: E, N, SW, S und NW.

»Sieht aus wie ein Kompass«, sagte ich.

»Sind das Richtungsangaben?«, fragte Tom.

Ich runzelte die Stirn. Das war auch mein erster Gedanke gewesen: Das E stand für East, also Osten, da ich davon ausging, dass die Himmelsrichtungen – genau wie die Botschaft – auf Englisch geschrieben waren. Dann Norden, Südwesten, Süden und Nordwesten. Aber wenn es so war, hatte man sie falsch eingezeichnet. Norden gegenüber stand Süden, wie es sich gehörte. Aber die anderen Punkte auf dem Kompass stimmten nicht. Osten war beinahe dort, wo Westen sein sollte. Und Nordwesten befand sich zwischen Osten und Süden, also ebenfalls auf der falschen Seite.

Als ich die Rückseite der Platte genau studierte, sah ich unter dem Kreis noch etwas, das immer noch teilweise mit Rost bedeckt war. Mit dem restlichen Zitronensaft rieb ich den Rost weg und sah, dass es sich um Worte handelte:

Wo immer du mich vermutest, ich werde gegenüber sein.

»Das ist es«, sagte ich. »Danach haben wir die ganze Zeit gesucht. Ich glaube, das ist eine Schatzkarte.«

»Das ist doch bloß ein Kreis«, sagte Tom.

»Aber da sind Richtungsangaben drauf«, widersprach ich. »Und eine Fleur-de-Lis.«

Aber noch wusste ich mit diesen Richtungsangaben nichts anzufangen. »Irgendeine Idee?«, fragte Tom.

Trübsinnig starrte ich die Platte an. »Nein.«

»Müssen wir dann unbedingt hier darüber nachdenken?«

Er hatte recht. Dieses falsche Grab war zwar leer, die anderen aber mit ziemlicher Sicherheit nicht. Es gab keinen Grund, noch länger zwischen den Toten zu verweilen.

Mit einer Schreibfeder und Tinte aus meiner Schärpe kopierte ich die Karte auf die Rückseite von Voitures Gedicht. Dann verschlossen Tom und ich das Grab wieder mit der Platte und kehrten ins Palais zurück.

Wieder schlugen wir Haken kreuz und quer durch die Stadt, um sicherzugehen, dass wir nicht verfolgt wurden. Jetzt, da wir endlich die Schatzkarte in den Händen hielten – und dessen war ich mir ganz sicher –, fühlte ich mich bedrohter als zuvor.

Als wir im Palais waren, sahen wir zuerst nach, ob Sally zurückgekehrt war, was aber nicht der Fall war. Das war frustrierend – dieses ganze Herumschleichen schabte an meinen Nerven –, aber andererseits bedeutete das auch, dass Minette und ihre Damen sich im Augenblick in Sicherheit befanden, wo auch immer sie sich aufhielten. Wenn irgendetwas vorgefallen wäre, hätte man den Palast umgehend informiert.

Tom und ich konnten nichts weiter tun als warten. Wir gingen in unser Zimmer, wo ich mich auf die Bettkante setzte und die Schatzkarte betrachtete, während Tom sein Schwert polierte.

Meine Gedanken kehrten immer wieder zu den merkwürdigen Richtungsangaben zurück. Warum waren einige davon auf der gegenüberliegenden Seite? Wieder eine Täuschung? Oder ein Hinweis auf die Botschaft, die darunter stand?

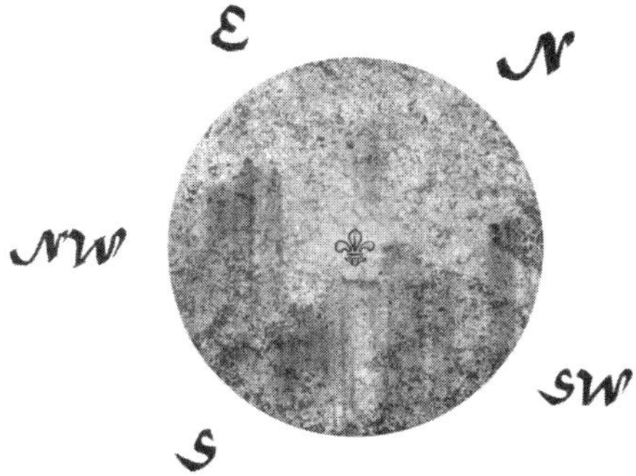

Wherever you think I am, you will find me at the opposite.

Ich versuchte, mich zu orientieren. Die Fleur-de-Lis war der Mittelpunkt und um diese Mitte waren fünf Richtungsangaben verzeichnet.

Der Gedanke traf mich völlig unvorbereitet: *fünf.*

Abrupt setzte ich mich auf. Pater Bernards Worte leuchteten in meiner Erinnerung auf. *Wenn man sich vorstellt, dass die fliehenden Ritter die Stadt kreisförmig verließen, dann …*

»Die Ritter«, sagte ich.

Tom schaute von seinem Schwert auf. »Was für Ritter?«

»Die Tempelritter. Diejenigen, die entkommen sind. Es waren fünf. Und sie sind …« Ich sprang vom Bett. »Ich hab's!«

»Was hast du?«

»Ich weiß, was die Richtungen bedeuten. Es sind keine Windrichtungen wie auf einem Kompass. Erinnere dich daran, was Vater Bernard uns über die fünf Ritter erzählt hat. Wohin sind sie gegangen?«

Tom dachte nach. »Einer ging nach England. Einer nach Spanien. Einer nach …«

Er verstummte, als ich auf die Buchstaben auf der Karte tippte. Ich deutete auf das E. »England.« Dann auf das S. »Spanien.« Dann den Rest der Buchstaben. »N ist Niederlande, SW die Schweiz und NW bedeutet …«

»Die Neue Welt«, hauchte Tom. »Jenseits des Ozeans.«

»Die Buchstaben stehen nicht am falschen Platz«, sagte ich. »Sie stehen genau da, wo sie hingehören. Das ist eine Karte der Welt. Die Fleur-de-Lis ist Paris. Und die Buchstaben bezeichnen die Orte, zu denen die Ritter geflohen sind. Und an einem dieser Orte befindet sich der Schatz der Templer.«

»Und was soll dann die Warnung?« Tom nickte zu dem Satz unter dem Kreis.

»Noch so eine Täuschung, denke ich. Wenn die Hinweise, die wir gefunden haben, auf einen dieser Orte deuten, dann heißt das, dass der Schatz eigentlich in die entgegengesetzte Richtung geschickt wurde.

Tom runzelte die Stirn. »Das funktioniert nicht.«

»Wieso nicht?«

»Weil ... sieh mal. Angenommen, du denkst, die Ritter hätten ihn in die Niederlande gebracht. Das heißt dann wohl, dass sie ihn in Wirklichkeit nach Spanien brachten. Aber dann denkst du doch, er wäre in Spanien – was doch nichts anderes bedeutet, als dass er in den Niederlanden ist.«

»Ich glaube nicht, dass das so gemeint ist«, sagte ich zweifelnd.

»Ich glaube nicht, dass *überhaupt* etwas damit gemeint ist.« Er warf sein Schwert auf seine Strohmatratze. »Wir haben Voitures Gedicht entschlüsselt, haben einen verdammten Friedhof umgegraben, und das alles nur für eine Karte, die uns das sagt, was wir von Anfang an wussten: dass fünf Ritter an fünf verschiedene Orte geflohen sind und dass einer von ihnen den Schatz dabeihatte. Aber wir haben keinen einzigen Hinweis gefunden, welcher Ort das sein könnte.«

Darauf wusste ich nichts zu erwidern. Tom hatte recht. Wir hatten tatsächlich nichts gefunden, was auf den Verbleib des Schatzes hindeutete. Wir waren immer bloß im Kreis gelaufen und dem Schatz dadurch keinen Schritt näher gekommen.

»Nein, Moment mal«, sagte ich. »Wir haben doch einen weiteren Hinweis. Der Code hinter Poussins Gemälde.«

Ich holte den Zettel hervor, auf den ich die verschlüsselte Botschaft geschrieben hatte:

UEZJCPCUMKSMCIAKSMXEVLNLWLCTH

Das Quadrat enthüllt den Schlüssel, hatte dort gestanden. »Das wird uns sagen, wo der Schatz ist. Wir müssen nur den Code knacken.«

»Aber den Code hatten wir doch schon«, sagte Tom. »Und wir wussten auch, wohin die fünf Ritter geflohen sind. Also warum dann noch die Karte?«

Jetzt war ich auch durcheinander. »Ich ... ich weiß nicht. Ich vermute ... der Code nennt uns den Ort und die Karte ... sagt uns, dass wir auf der anderen Seite suchen müssen?«

»Dafür braucht man doch keine Karte.« Tom ließ sich neben seinem Schwert auf den Strohsack fallen. »Weißt du, was ich glaube?«, sagte er. »Ich glaube, jemand spielt uns einen Streich. Ich glaube, es gibt überhaupt keinen Schatz.«

Diese Vorstellung entzündete glühende Kohlen in meinen Eingeweiden. Hatte Tom womöglich recht? War diese ganze Sache nichts weiter als ein Schelmenstück?

Ein Schelmenstück, erdacht vor Hunderten von Jahren. Das kam mir völlig abwegig vor. Warum sollte jemand so etwas tun? Zu welchem Zweck? War es so ähnlich wie die Florins, die nur dazu dienten, die Könige von Frankreich zu quälen?

Das wollte ich nicht glauben. Aber Toms Worte hatten Zweifel in mir geweckt, die ich nicht abschütteln konnte. Wenn das nur ein Scherz war, dann hatte ich all die Zeit verschwendet, in der ich eigentlich Minette hätte beschützen sollen. Ich hatte von Anfang bis Ende versagt.

Das durfte nicht wahr sein. Es *musste* einen Schatz geben. Es *musste* einfach.

O Meister, flehte ich stumm, *bitte helft mir.*

Aber diesmal gab er mir keine Antwort. Verzweifelt rollte ich mich auf meinem Bett zusammen. Was sollte ich jetzt bloß machen?

Mir waren die Ideen ausgegangen. Was blieb mir denn noch, außer einer wertlosen Schatzkarte und dem ungelösten Code der Schäfer auf Poussins Bild? Ich riss mich zusammen, stand auf, ging zu meinem Schreibtisch, holte den Code heraus und fing an zu arbeiten.

Es war das reinste Kauderwelsch. Die verschlüsselte Botschaft war Kauderwelsch, und wenn ich sie mit Vigenère entschlüsselte, kam noch mehr Kauderwelsch heraus.

»Arcadia« war der Hinweis, den wir in Notre-Dame gefunden hatten. *Et in Arcadia ego*. Ich bin auch in Arcadia.

Das Quadrat enthüllt den Schlüssel.

Aber das Quadrat enthüllte gar nichts. Arcadia half uns nicht weiter. Der Code hinter dem Gemälde half uns nicht.

Stundenlang versuchte ich, auf die Lösung zu kommen. Ich betrachtete den Code und versuchte es noch einmal mit Vigenère, für den Fall, dass ich einen Fehler gemacht hatte. Ich spielte verschiedene Möglichkeiten durch. Setzte verschiedene Sprachen ein. *Et in Arcadia ego* – das war Latein. Ich war schon früher über die Fallstricke der lateinischen Buchstaben gestolpert. Aber nichts brachte mich einer Antwort näher.

»Arcadia« war nicht der Schlüssel. Also versuchte ich es mit anderen Worten. Et. In. Ego. Mit dem ganzen Satz. Poussin. Templer. Molay. Philippe. Ich versuchte es mit allem, was mir einfiel. Aber vergeblich.

Wieder einmal starrte ich abwechselnd auf die verschlüsselte Botschaft und die Schatzkarte. Und ich fragte mich: Was, wenn wir irgendwo einen Hinweis übersehen hatten?

Meine Verzweiflung war grenzenlos. Wenn wir tatsächlich etwas übersehen hatten, dann wusste ich wirklich nicht, wo wir noch suchen sollten. Es gab nur zwei Dinge, die wir nicht verstanden: den Sinn der Schatzkarte und diesen blöden Code. Ich versetzte dem zusammengeknäulten Papier einen Fußtritt in Richtung Kamin, wo schon meine anderen vergeblichen Bemühungen gelandet waren, und wünschte mir – wie so oft –, Meister Benedict wäre hier.

Tom war eingedöst, mit seinem blitzblank polierten Schwert auf dem Schoß. Als der Papierball, den ich weggetreten hatte, ihn am Kopf traf, wachte er auf. »He«, brummte er empört.

»Tut mir leid«, murmelte ich.

Er rieb sich die Augen und schaute nach draußen. Es war dunkel. »Wie spät ist es?«

»Keine Ahnung. Spät.«

»Hast du die ganze Zeit daran gearbeitet? Mach doch mal eine Pause.«

»Ich habe keine Zeit für eine Pause. Jeder Tag, der vergeht, ist ein weiterer Tag, an dem der Attentäter zuschlagen und Minette töten könnte.« Oder uns.

»Kann ich dir irgendwie helfen?«, fragte Tom.

Genervt warf ich die Schreibfeder zu Boden. »Nur wenn du dieses Rätsel lösen kannst.«

»Denkst du auch daran, dass alles eine Täuschung sein kann?«

»Ständig. Und weißt du, was dann passiert? Man zweifelt plötzlich an allem, was man tut. Denn was immer man tut, man hat keine Garantie, dass es das Richtige ist. Weil alles, aber auch wirklich alles eine Täuschung sein kann.« Ich knüllte ein leeres Blatt zusammen und warf es in die Flammen.

»Was ist mit einem Wortspiel?«, fragte Tom.

»Was soll damit sein?«

»Na ja, wie bei dem Reiterstandbild des Königs. Du dachtest, ›unter den Füßen‹ würde unter dem Boden bedeuten. Aber es war wörtlich gemeint: Es bedeutete tatsächlich unter den Füßen. Mit dem Gemälde war es das Gleiche. Der Hinweis sagte: ›Die Antwort ist da, wo du denkst.‹ Anfangs warst du der Meinung, das Geheimnis läge da verborgen, wo du denkst, dass es ist. Aber wieder war der Hinweis wörtlich zu verstehen: Es ging um den Körperteil, mit dem man denkt, nämlich den Kopf.«

Ich starrte ihn an. »Du sagst ziemlich kluge Sachen, weißt du das?«

Er errötete vor Stolz. »Ich bin ein wahrer Sohn Englands.«

Ich lachte und meine Laune besserte sich schlagartig. »Also gut, du Genie. Was genau sollte ich denn wörtlich nehmen?«

»Was steht denn auf dem Bild? ›Ich bin in Arcadia‹? Vielleicht solltest du dann in Arcadia nachsehen. Als Meister Benedict dir von Arcadia erzählt hat, hat er da irgendwas darüber gesagt, was in Arcadia ist? Irgendeinen Hinweis?«

Ein interessanter Ansatz, obwohl seine Übersetzung nicht vollständig war. »Es heißt ›Ich bin auch in Arcadia‹. Eigentlich heißt es ›Und in Arcadia bin ich‹, aber andersherum ist die Übersetzung besser.«

»Wie wäre es damit? Könnte das etwas bedeuten? Der Unterschied zwischen ›auch‹ und ›und‹?«

Ich dachte nach. »Und« hatte so viele Bedeutungen: mit, zusätzlich, außerdem, immer wieder. »Auch« hatte ebenfalls etliche Bedeutungen: ebenso, gleichermaßen, sowie, zweitrangig …

Zweitrangig?

Ich setzte mich auf. Arcadia war ein idealer Ort, voller Frieden und Harmonie. Ich stellte mir das Bild vor meinem geistigen Auge vor und versuchte zu sehen, was da war. Der Himmel, die Bäume, das Grab, die Frau. Die Schäfer mit ihren Stäben. Sie waren zu dritt. Einer von ihnen deutete auf das Wort »Arcadia«, genauer gesagt auf das R. Und der Code war nicht in der Inschrift versteckt gewesen, sondern hinter …

Moment mal.

Das war es, was ich übersehen hatte!

Dabei hatte ich es doch gesehen! Aber als ich sah, wohin der zweite Schäfer deutete, und den Code hinter dem Gemälde fand, hatte ich den ersten Schäfer völlig vergessen.

Er deutete auf das R. Das R war der zweite Buchstabe in dem Wort »Arcadia«. Der zweitrangige.

Der Buchstabe auf dem zweiten Rang.

Das war es.

Das war es.

Kapitel 47

Ich starrte Tom an. »Buchstaben.«

Tom starrte zurück. »Ja, aber … welche denn?«

»Die an der zweiten Stelle.«

»Tut mir leid, jetzt bin ich kein bisschen schlauer.«

»Die Übersetzung von *Et in Arcadia ego* lautet ›Ich bin auch in Arcadia‹. ›Auch‹ hat unter anderem die Bedeutung von ›zweitrangig‹. Nimm zum Beispiel den Satz: ›Ich brauche Eier und auch Mehl.‹ Dann stehen die Eier an *erster* Stelle und das Mehl steht an *zweiter*.« Ich holte tief Luft. »Und der Schäfer deutet auf das R, den *zweiten* Buchstaben in dem Wort ›Arcadia‹. Was wäre, wenn wir den *jeweils* zweiten Buchstaben nehmen?«

Ich griff nach einem weiteren Zettel, zählte die Buchstaben ab und schrieb auf: RAI.

RA I
RA I R A I R A I R A I R A I R A I R A I R A I R A I R A
UE Z J C P C U M J S M C I A K S M X E V L N L W L C T H

Dann nahm ich mir das Quadrat vor, um den Code zu entschlüsseln. Nach wenigen Buchstaben fing mein Herz an zu hämmern.

RA I R A I R A I R A I R A I R A I R A I R A I R A I R A
UE Z J C P C U M J S M C I A K S M X E V L N L W L C T H
DE R S C H L U E S S E L I S T S E G E N U N D F L U C H

Es funktionierte. Die Botschaft erschien vor meinen Augen, so klar und deutlich wie der helle Tag.

Der Schlüssel ist Segen und Fluch.

»Und was heißt das?«, fragte Tom.

»Ich habe nicht die geringste Ahnung.« Mutlos legte ich den Kopf auf den Schreibtisch. »Ich schwöre dir, diese Templer sind noch mein Tod.«

»Vielleicht sind sie die Attentäter.« Tom streckte sich. »War Sally da, als ich geschlafen habe?«

»Nein.« Ich runzelte die Stirn. »Wie spät ist es?«

Schon mehrmals hatte ich mir gewünscht, dass ich mir eine von diesen neuen, handlichen Taschenuhren leisten könnte. Wie praktisch wäre es, immer und zu jeder Zeit zu wissen, wie spät es ist. Aber das würde wohl ein Wunschtraum bleiben. Diese Wunderwerke der Technik waren für mich unerschwinglich. Mit der Hand an der Waffe verließen wir das Zimmer und suchten nach einer Uhr. In einem kleinen Salon wurden wir fündig; überrascht sah ich, dass es fast Mitternacht war.

»Minette ist doch mittlerweile bestimmt nach Hause gekommen«, meinte Tom.

Im Palais war alles still. Mit wachsamem Blick ging ich voraus, Tom hinterher, bis wir einen Lakaien antrafen, der in der Eingangshalle Kerzen anzündete.

»Ist die Herzogin noch nicht zurückgekehrt?«, fragte ich ihn.

»Aber natürlich, Monsieur«, sagte er. »Nach ihren Einkäufen dinierte Madame im Louvre und ging dann ins Theater. Sie hat sich vor etwa einer halben Stunde zurückgezogen.«

Vor einer halben Stunde? Wo war dann Sally?

Ich fragte den Mann, ob er sie gesehen hätte, und er sagte: »Ja, Monsieur. Madame war in Begleitung von Lady Grace.«

Mein Magen verkrampfte sich. Ich hatte Sally gebeten, sich

gleich bei uns zu melden. Warum also hatte sie niemanden zu uns geschickt?

Tom und ich eilten zu ihrem Zimmer und kratzten an der Tür. Ein Zimmermädchen mit müden Augen öffnete. »Monsieur?«

»Ich muss mit Mademoiselle Grace sprechen«, sagte ich.

»Sie ist nicht hier, Monsieur.«

»Was? Wo ist sie?«

»Das weiß ich nicht. Sie hat ihr Zimmer vor ungefähr zwanzig Minuten verl… Monsieur!«

Ich stieß die Tür auf und das Mädchen taumelte erschrocken zurück.

Anders als ich schlief Sally nicht allein. In dem Zimmer standen dicht gedrängt fünf Betten und vor jedem lag eine Strohmatratze für die Dienstmädchen. Die Damen, die bereits in ihren Betten lagen, zogen sich die Decken bis zum Kinn und kreischten empört auf.

Ich achtete gar nicht auf die Aufregung, sondern schob den leeren Strohsack beiseite, um zu Sallys Bett zu kommen. Der Brief, den ich für sie hinterlassen hatte, war geöffnet worden. Ich nahm ihn von der Matratze.

»Hat sie das gelesen, bevor sie ging?«, fragte ich die Kammerzofe.

»Wie könnt Ihr es wagen, Baron!«, rief eine der Damen.

Tom nahm mir den Brief aus der Hand und betrachtete ihn. Die Zofe wich zurück, als ich auf sie zutrat. »Ich habe dir eine Frage gestellt«, sagte ich.

»Ja, Monsieur«, sagte sie nervös. »Mademoiselle hat den Brief gelesen.«

»Baron!«, rief die Dame noch einmal.

Mit einem Ruck drehte ich mich um. »Mademoiselle Grace wird vermisst. Kümmert Euch das gar nicht?«

Ihre Miene verriet, dass es in der Tat so war. Sally hatte erzählt, dass die anderen Damen sie verachteten. Ich musste auch daran denken, wie übel sie der Comtesse mitgespielt hatten, und plötzlich hatte ich das unbändige Verlangen, sie allesamt zu verprügeln.

Tom legte mir die Hand auf die Brust. »Chr…« Er besann sich noch rechtzeitig. »Monsieur, habt Ihr Lady Grace einen neuen Brief geschrieben, während ich geschlafen habe?«

»Nein«, sagte ich. »Warum sollte ich?«

Mit einem verwirrten Ausdruck reichte er mir den Brief. Ich las ihn.

Liebe Lady Grace,

ich wäre entzückt, mich mit Euch zu treffen.
Aber mich dürstet heute Abend nach geistigem Beistand, denn als ich das letzte Mal in Notre-Dame war, habe ich es versäumt, ein Gebet zu sprechen. Wenn Ihr mich dort treffen wollt, dann nehmt die Kutsche, die bei den Ställen auf Euch wartet. Der Kutscher wird Euch sicher durch die Straßen von Paris geleiten.

Baron Ashcombe

Ich starrte den Brief an und konnte nicht glauben, was ich da sah. Aber es waren nicht nur die Worte, die für meine Fassungslosigkeit verantwortlich waren.

»Das … das habe ich nicht geschrieben«, sagte ich.

Tom blickte mich verdattert an. »Aber das ist deine Handschrift.«

Er hatte recht. Die Botschaft war in meiner Schrift verfasst.

Die Fälschung war so perfekt, dass ich einen Moment lang tatsächlich überlegte, ob ich nicht vielleicht verrückt geworden war und diesen Brief doch geschrieben hatte.

Das Protestgeschrei der Damen hörte ich nicht mehr. Ich hörte nichts mehr außer dem Rauschen des Bluts in meinen Ohren. Sally war nicht gekommen, weil »ich« sie gar nicht darum gebeten hatte. Stattdessen hatte sie zwischen den Zeilen »meiner« Nachricht gelesen, dass wir uns in Notre-Dame treffen würden, weil »ich« angeblich dort etwas übersehen hatte. »Ich« hatte ihr sogar eine Kutsche bereitgestellt.

Der Attentäter hatte ihr eine Falle gestellt und meine Handschrift war der Köder gewesen. Und jetzt irrte Sally durch Paris.

Ganz allein.

Kapitel 48

Mit gezückten Schwertern rannten wir durch die Stadt. Paris bei Nacht war voller Diebesgesindel und Meuchelmörder, ganz zu schweigen von dem einen Unbekannten, der es auf uns abgesehen hatte.

Aber niemand stellte sich uns in den Weg. Im Mondlicht sahen wir etliche Männer mit verhüllten Gesichtern – und angesichts der Stunde durfte man annehmen, dass es sich nicht um Edelleute handelte –, aber ob es an unseren blanken Klingen lag oder an Toms beeindruckender Gestalt, jedenfalls ließen sie uns in Ruhe.

Notre-Dame war über eine Meile vom Palais Royal entfernt und wir atmeten schwer, als wir die Kathedrale erreichten. Vor dem Portal blieben wir stehen und lauschten.

In der Kirche schien alles still und dunkel zu sein. Ich hörte Bridget gurren, die uns gefolgt war und hoch oben auf einer Statue saß. Und dann hörte ich noch etwas: das leise Schnauben von Pferden.

Die Kutsche.

Wir folgten dem Geräusch und fanden die Kutsche in den Schatten hinter der Kathedrale. Die Pferde standen still und atmeten kleine Wölkchen in die kühle Nachtluft. Die Schwerter in der Hand, schlichen Tom und ich zu den Seiten der Kutsche und schoben mit den Klingen die Vorhänge in den Fenstern beiseite.

Die Kutsche war leer.

Keine Spur von Sally oder dem Kutscher.

Wir gingen wieder zum Portal und lauschten. Alles war totenstill. Wir betraten die Kirche.

Die wenigen Dutzend Kerzen waren nur flackernde Lichtpunkte und reichten nicht aus, um den dunklen Innenraum zu erhellen. Es schien niemand hier zu sein. Vom Eingang aus konnte man nicht viel sehen und so wandte ich mich nach rechts und bedeutete Tom, in die andere Richtung zu gehen. Er verschwand hinter einer großen Säule und ich verlor ihn aus den Augen.

Vorsichtig ging ich weiter, Schritt für Schritt. Im Querhaus kam ich am Südportal vorbei und näherte mich der Schatzkammer rechts vom Chorraum. Die Tür war verschlossen.

Ich sah und hörte nichts. Ich ging zum Südportal, fand es ebenfalls verschlossen vor und kehrte wieder um.

Als ich beim Hauptportal angekommen war, war Tom noch nicht zurückgekehrt. Ich sah seine Gestalt am anderen Ende der Kirche. Kerzenlicht flackerte auf seinem Schwert. Wieder blieb ich stehen und lauschte.

Da. Ich hörte etwas. Es kam vom Eingang. Von draußen.

Ich trat hinaus in die Kälte. In der Stille der Nacht klang jedes Geräusch überlaut. Es war das Flattern von Flügeln.

Bridget landete auf dem Pflaster vor meinen Füßen. Sie trippelte über meine Füße und gurrte aufgeregt. Als ich einen Schritt rückwärts machte, flatterte sie wieder hoch.

In engen Kreisen flog sie um meinen Kopf. Dann stieg sie wieder in den Himmel auf und verschwand in der Dunkelheit über dem südlichen Glockenturm.

Und dann hörte ich den Schrei.

»Tom!«, rief ich in die Kirche hinein. »Tom! Sie sind auf dem Turm!«

Mit widerhallenden Schritten kam er durch das Hauptschiff gerannt, aber ich wartete nicht auf ihn. Die Tür zum Glockenturm befand sich außerhalb der Kathedrale. Dorthin rannte ich und hetzte die Stufen der Wendeltreppe hinauf.

»Sally!«, schrie ich.

»Christoph…!«

Sallys Stimme brach ab, als ob jemand ihr den Mund zuhalten würde. Ich rannte noch schneller. Meine Stiefelabsätze hämmerten auf den Steinstufen, die kein Ende zu nehmen schienen. Irgendwann erreichte ich eine hölzerne Plattform. In der Mitte des Turms hing eine acht Fuß hohe Glocke. Über mir und ringsum befanden sich mächtige Stützbalken und irgendwo dahinter sah ich eine Fackel und Schatten, die sich bewegten.

Da drüben. Zwei kleine Türen führten auf den Laufsteg, der die beiden Türme miteinander verband. Die Schatten bewegten sich auf ihm fort, wobei sie miteinander zu kämpfen schienen.

»Sally!«

Ich hörte die Geräusche eines Handgemenges, dann ein Schlag und ein Aufkeuchen. »Christopher!«, schrie Sally. »Es sind …«

Ihre Stimme brach ab, gefolgt von einem hässlichen, dumpfen Schlag. Mein Herz setzte aus, als ich mich durch die schmale Tür zwängte, hinaus auf den Laufsteg. Und da sah ich sie.

Schlaff hing sie im Griff des Attentäters. Es war derselbe bullige Mann, den wir damals auf dem Weg zum Maison Chastellain gesehen hatten. Wie immer trug er seinen Umhang. Er stand mit dem Rücken zu mir, neben der Brüstung an der dem Dach abgewandten Seite des Laufstegs, und hatte die bewusstlose Sally am Kragen ihres Umhangs gepackt. In seiner rechten Hand hielt er einen eisenbeschlagenen Knüppel.

Ein eiskalter Wind blies mir entgegen. »Halt!«, schrie ich und er drehte sich um. Sein Gesicht war auch diesmal verhüllt, aber jetzt hatte er statt seines Umhangs einen Schal um Mund und Nase gebunden, sodass nur seine Augen sichtbar waren.

Er starrte mich an und seine Augen wurden schmal. Er ließ den Knüppel fallen und packte Sally unter beiden Armen.

»Nein«, sagte ich. »Nein! *Nein!*«

Er wuchtete sie hoch und warf sie über die Brüstung in die Tiefe.

Kapitel 49

Er hatte sie umgebracht.

Er hatte sie *umgebracht.*

Alles in mir erstarrte. Dann fühlte ich, wie sich eine unbändige Verzweiflung in mir breitmachte, ein bodenloses, unfassbares Leid, wie ich es nicht mehr empfunden hatte, seit ich den Leichnam meines Meisters in unserer Apotheke gefunden hatte.

Ich stand da und konnte mich nicht bewegen. Ich fühlte das Schwert in meiner Hand, den Griff rau an meiner Haut. Mein Herz schlug zum Zerspringen und hallte mit donnernden Hieben in meinem Schädel wider.

Dann verwandelte sich die Welt. Alles wurde rot: der Himmel, die Sterne, der Stein. Der Wind heulte in meinen Ohren wie das Kreischen eines Dämons. Es war kalt, aber mir war heiß. In mir brannte ein glühendes Feuer, das mir das Gehirn versengte.

Ich fühlte das Schwert in meiner Hand.

Ich stürzte mich auf den Mann und hackte auf ihn ein. Ich hatte keinerlei Übung mit dem Schwert, wusste überhaupt nicht, wie man damit kämpfte. Und selbst wenn ich es gewusst hätte, hätte ich in diesem Moment vermutlich all mein Wissen über Bord geworfen. Ich hielt das Schwert mit beiden Händen und schlug zu wie mit einer Axt, als ob ich einen uralten, mächtigen Baum fällen wollte.

Der Attentäter hatte ebenfalls sein Schwert gezogen und wehrte meine Angriffe ab. Funken flogen durch die Nacht, als mein Schwert mit einem Klirren wie ein Hammer auf einen Amboss gegen seins prallte. Wieder und wieder schwang ich die Klinge. Ich gab mir keine Mühe, mich selbst zu decken, ich hatte nur einen einzigen Gedanken: ihn zu töten. Ich würde ihn zerhacken, bis nichts mehr von ihm übrig war. Ich würde ihn geradewegs in die Hölle schicken, wo er bis in alle Ewigkeit die schlimmsten Qualen würde erdulden müssen.

Er taumelte unter meinen Schlägen und wich überrascht zurück. Ich folgte ihm, immer noch wie ein Berserker hauend und stechend. Er ließ sich von mir gegen die Brüstung drängen und machte den Anschein, als ob er überwältigt wäre. Dann trat er einen Schritt zur Seite und ich verfehlte ihn.

Der Schwung meines Hiebs brachte mich aus dem Gleichgewicht. Der Attentäter trat zu und seine Stiefelspitze landete in meinem Magen. Wieder schwang ich mein Schwert, aber sein Tritt hatte mir die Luft genommen und jetzt gelang es ihm mühelos, meine Klinge abzuwehren.

Stahl klirrte auf Stahl und hallte laut durch die Nacht. Seine Paraden waren schnörkellos und sicher. Die scharfen Kanten meines Schwertes kamen nicht einmal in seine Nähe und in einem kleinen Teil meines Gehirns, das noch nicht dieser roten Wut anheimgefallen war, begriff ich: Dies war ein wahrer Kämpfer. Er hatte nicht die ausgefeilte Perfektion wie Sir William und auch nicht die effektive Brutalität von Lord Ashcombe, noch die heißblütige Raffinesse von Simon Chastellain. Aber er wusste, wie man mit dem Schwert umging, und er tat es auf eine verächtliche, spöttische Art, wie ein Mann, der eine Mücke verscheucht.

Ich hatte ihm nichts entgegenzusetzen. Als er es leid war, ständig mein Schwert wegzuschlagen, drehte er sich einfach weg, außer Reichweite. Damit brachte er mich wieder ins Straucheln, woraufhin er hinter mich trat und mir hart gegen den Rücken schlug.

Der Schock, der meinen Körper durchzuckte, riss meine Wut in Stücke. Schmerz explodierte in meinem Rücken und mein ganzer Leib verkrampfte sich. Wieder schlug er zu, dann noch einmal und noch einmal, und jeder Schlag war wie der Fausthieb eines Riesen. Ich taumelte gegen die Brüstung und versuchte, meine Klinge in seine Richtung zu stoßen, aber ich hatte mich kaum umgedreht, da hämmerte er mir den Griff seines Schwerts ans Kinn.

Mein Kopf wurde herumgerissen und gegen die steinerne Brüstung geschleudert. Ich versuchte auszuweichen, aber die Welt drehte sich und meine Füße verloren den Halt. Ich rutschte aus, stolperte und fiel hin.

Auf den Knien liegend, versuchte ich, mein Schwert zu heben, um mich zu verteidigen, aber er schlug mir mit seinem Schwert die Waffe aus der Hand. Sie schlug klappernd gegen die Brüstung und fiel dann in die Tiefe. Nach einer Weile hörte ich, wie sie klirrend auf dem Pflaster aufschlug.

Ich schaute zu ihm hoch, konnte ihn aber nicht klar sehen, weil mir so schwindelig war. Ich sah nur seine Augen, ihren spöttischen Blick – und dann landete sein Stiefel in meinem Magen, direkt unterhalb meiner Rippen. Würgend und wie gelähmt brach ich zusammen.

Ich fühlte seine Klinge an meinem Nacken. Die Spitze durchbohrte meine Haut und ich spürte, wie Blut in meinen Kragen lief.

Steh auf, schrie mich mein Geist an.

Steh auf, heulte mein Körper.

Steh auf, hörte ich meinen Meister sagen. *Ich will, dass du aufstehst.*

Aber ich konnte nicht.

Es tut mir leid, Meister. Ich habe versagt.

Dann hörte ich eine leise Stimme, kaum mehr als ein Flüstern, eine hohe, melodische Frauenstimme. Das Flüstern wirkte wie eine Maske; ich konnte nicht erkennen, ob ich diese Stimme schon einmal gehört hatte. Aber ihr Ton war kalt, kälter als der Wind, der auf meinem Gesicht brannte.

»Nein«, sagte die Stimme.

Die Klinge wich ein Stück zurück. Dann fühlte ich, wie sie mir wieder die Haut ritzte.

»Ich sagte Nein.«

Der Attentäter zog sich wieder zurück, diesmal endgültig. Die kalte Schneide verschwand von meinem Hals.

Ich versuchte, mich hochzustemmen. Etwas Hartes schlug mir gegen den Hinterkopf und ich brach zusammen. Ich hörte noch, wie sich Schritte entfernten, und dann war ich allein, so allein, auf dem eiskalten Stein hoch über der Stadt.

Kapitel 50

Ich hörte ein Gurren.

Christopher, sprach eine Stimme zu mir. *Christopher.*

Große, sanfte Hände hoben mich hoch. Sie hielten mich fest, als mein Kopf in den Nacken rollte und meine Augen vom Licht des Mondes geblendet wurden.

»Christopher«, sagte Tom. »Alles in Ordnung?«

Als die Erinnerung zurückkehrte, kam auch die Verzweiflung wieder. »Sie ist tot«, sagte ich.

Tom hielt mich fest. »Wer ist tot?«, fragte er mit erhobener Stimme. »Was ist passiert? Wo ist Sally?«

»Er hat sie umgebracht«, sagte ich, obwohl mich eine Stimme in meinem Kopf anschrie: *Du selbst hast sie umgebracht, Christopher. Du hast versagt.*

Entsetzt starrte mich Tom an, während ich ihn von mir wegschob. Dann schüttelte er den Kopf. »Nein.«

Genau dasselbe hatte auch die Frauenstimme gesagt. *Nein.* »Er hat sie über die Brüstung geworfen.«

Tom rannte zum Rand des Dachs, wo Bridget hockte und gurrte. War sie die ganze Zeit dabei gewesen? Hatte sie gesehen, wie der Attentäter mich beinahe umgebracht hätte? Wie Sally gestorben war?

»Nein«, sagte Tom noch einmal.

Trotz des Mondlichts war es zu dunkel, um bis zum Boden zu sehen. Das ersparte uns den Anblick ihres zerschmetterten Körpers. Aber nicht für lange …

Bridget gurrte und flatterte mit den Flügeln.

»Sie …«, sagte Tom. »Sie könnte noch …«

Ich schüttelte den Kopf. Wir waren hundertfünfzig Fuß über der Erde. Niemand konnte einen solchen Sturz überleben.

Tom legte die Hände vor den Mund. Ich sackte in mich zusammen und lehnte meine Stirn gegen die Brüstung, als ob der kalte Stein mein krankes Herz betäuben könnte.

Bridget gurrte wieder. Sie kam zu mir und schlug mit den Flügeln, sodass der Wind von ihren Federn mein Gesicht streifte. Ich schob sie weg.

»Wir können Sally nicht da unten liegen lassen«, sagte ich zu Tom. »Wir müssen sie nach Hause bringen.«

Tom nickte. Schwerfällig stand ich auf und er musste mich stützen. Wir drehten uns um und humpelten in Richtung Tür.

Bridget gurrte mich an. Sie flatterte hoch und umkreiste mich. Dann setzte sie sich auf meinen Kopf. Ihre Flügel schlugen gegen meine Ohren. Erschrocken wedelte ich mit den Händen und sie flatterte hoch und landete auf der Brüstung.

»Was soll das?«, fragte ich.

Sie gurrte beharrlich. Dann tauchte sie hinunter in die Dunkelheit, flog wieder nach oben und gurrte mich wieder an.

Ich starrte sie an. Dann schaute ich zu Tom.

»Das ist nicht möglich«, sagte ich. *»Das ist nicht möglich.«*

Gemeinsam hasteten wir zur Brüstung. Ich konnte nichts sehen außer Steinen. »Wir brauchen Licht«, sagte ich.

Tom rannte in den Glockenturm und kam mit einer Fackel wieder. Er hielt sie über den Rand des Daches.

Und da sahen wir etwas.

Vier Fuß unter uns ragte ein Wasserspeier in Form eines hässlichen Ungeheuers aus der Fassade heraus. Und dort blitzte etwas auf. Etwas Silbernes.

Tom lehnte sich hinaus und streckte den Arm aus.

Und das Licht der Fackel fiel auf weiche, kastanienbraune Locken.

Es war Sally. Mit gesenktem Kopf baumelte sie im Wind. Einen Moment lang begriff ich nicht, was los war. Dann sah ich es.

Direkt unterhalb der Brüstung fiel der Stein nicht senkrecht nach unten, sondern ging in eine leichte Schräge über. Als der Attentäter sie über die Kante geworfen hatte, rutschte sie ein Stück und fiel dann über den Rand – und wäre in den Tod gestürzt, wären da nicht das filigrane Steinwerk und ihre Kette gewesen.

Die Silberkette mit dem Medaillon des heiligen Christophorus, die Sally von ihrer Großmutter bekommen hatte, hatte sich an dem Wasserspeier verfangen. Und an dieser dünnen Kette hing Sally. Hundertfünzig Fuß über der Erde.

Bridget gurrte.

»Hol sie rauf!«, schrie ich, aber Tom war schon in Aktion getreten. Er beugte sich so weit vor, wie er konnte, und streckte seine langen Arme aus.

Aber er konnte sie nicht erreichen. Die Kette war nur wenige Zentimeter von seinen Fingerspitzen entfernt.

Wir hatten keine Zeit zu verlieren. Wenn wir zu lange warteten, würde die Kette sie erwürgen. Wenn sie so lange hielt.

»Weg da«, sagte ich und schwang ein Bein über die Brüstung.

Tom riss mich zurück. »Bist du verrückt?«, fuhr er mich an. »Ich hole sie. Du hältst mich fest.«

Wieder beugte er sich vor. Ich schlang meine Arme um seine Beine, als Gegengewicht, während er kopfüber in die Leere eintauchte.

Man sah ihm an, dass er Angst hatte. Aber er streckte und

streckte sich. Immer weiter und weiter lehnte er sich vor und ich lehnte mich nach hinten, bis er beinahe auf dem Kopf stand. Dann schoben sich seine Finger unter die Kette.

Er hob sie an. Langsam. Ganz langsam.

Sie kam nach oben. Die Kette schnitt in Toms Finger. Sie schwollen an und glühten blutrot im Licht der Fackel. Aber seine Kraft hob Sally langsam in die Höhe.

Plötzlich keuchte er auf. »Die Kette!«, schrie er.

Die Silberkette, die zum Zerreißen gespannt war, gab nach. Und riss.

Die Zeit stand still. Einen Augenblick lang schien Sally in der Luft zu schweben, als ob sie von den Händen des heiligen Christophorus selbst gehalten werden würde. Das silberne Medaillon trudelte in die Dunkelheit.

Dann fiel Sally.

Tom packte sie am Kragen. Das Gewicht des abstürzenden Mädchens zog ihn mit nach unten. Ich rutschte vorwärts. Und ich wusste: Wenn ich losließ, würden wir alle in die Tiefe stürzen.

Ich ließ nicht los. Nie im Leben würde ich loslassen. Ich grub die Fersen in die Brüstung und betete. Ich fühlte, wie meine Stiefel gegen den Stein schabten, und ich hätte beim besten Willen nicht sagen können, warum wir nicht abstürzten. Vielleicht hatte mein heiliger Namensvetter doch seine Hand im Spiel.

Und dann kam Tom nach oben. An einer Hand baumelte Sally, mit der anderen stieß er sich nach hinten. Er zog sie über die Brüstung und stürzte dann rückwärts gegen mich.

Hart prallten wir gegen das Dach. Sally fiel auf uns, ihr Gesicht an meins. Ihre Lippen drückten sanft gegen meine Haut.

So lagen wir da, wir alle zusammen. Tom und ich schnappten nach Luft. Er setzte sich auf und starrte mit offenem Mund in die Luft, als ob er dort den Heiligen sehen würde, unter dessen Schutz wir standen.

»Ein Wunder«, krächzte er. »Wir haben gerade ein Wunder erlebt.«

Bridget gurrte.

Kapitel 51

Die Freude über Sallys Rettung verflüchtigte sich rasch. Schlaff hing sie in meinen Armen, ihr Kopf rollte nach hinten, der Mund stand offen. Ich fühlte etwas Warmes, Feuchtes an meinen Händen.

Es war Blut. Ich erinnerte mich wieder an den Schlag, den ich im Glockenturm gehört hatte, an den eisenbeschlagenen Knüppel, den der Mörder geschwungen hatte.

Ich drückte meine Hand gegen ihren Kopf, um die Blutung zu stoppen. »Sally. Sally!«

Sie wachte nicht auf.

»Wir müssen sie zum Wundarzt bringen«, sagte ich.

Tom streckte die Arme aus und wollte sie mir abnehmen. Ich drückte sie an mich. »Ich trage sie.«

Tom zögerte, aber er versuchte nicht, mich umzustimmen. Wir eilten die Treppe hinunter und hinaus auf den Vorplatz. Mein Schwert lag auf dem Pflaster. Die Kutsche, die neben der Kathedrale gestanden hatte, war fort.

Tom hob meine Waffe auf und nahm sie in seine linke Hand. Sein eigenes Schwert hatte er in der rechten. Solcherart gegen mögliche Angreifer gewappnet, eilten wir zum Palais zurück. Meine Brust hob und senkte sich und meine Lungen brannten. Sally wog nicht viel, vielleicht achtzig Pfund, aber je weiter wir liefen, desto schwerer kam sie mir vor. Trotzdem wollte ich sie nicht loslassen. Unterwegs wachte sie auf. Sie schaute sich um. Ihre Augen waren glasig; eins davon schielte.

»Ich bin es«, sagte ich. »Christopher. Alles wird gut.«

»Es tut weh«, sagte sie.

»Ich weiß. Ich habe dich. Niemand kann dir jetzt noch etwas tun.«

»Das ist der Fluss«, sagte sie, als wir über die Pont Neuf rannten. »Wirfst du mich ins Wasser?«

»Heute nicht.«

»Es riecht nach Äpfeln.«

Ich konnte nichts riechen. Außer Blut.

»Niemand achtet auf sie«, sagte sie. »Ist dir das schon mal aufgefallen?« Ihre Augen verschleierten sich.

Ich rannte, wie ich noch nie im Leben gerannt war.

»Ich rieche Äpfel«, sagte sie wieder. Dann fluchte sie. »Verräter.«

»Scht!«, sagte ich. »Nicht reden. Ruh dich aus.«

»Liest du mir eine Geschichte vor?«, fragte sie und legte ihren Kopf an meine Schulter. »Dann fühle ich mich sicher.«

Danach sagte sie nichts mehr.

Wie Kanonenschüsse hämmerten unsere Schritte durch die leeren Gänge des Palais Royal.

»Hilfe!«, schrie ich. »Jemand muss uns helfen!«

Ein Dutzend Wachen kamen angerannt, gefolgt von einer Handvoll Dienstboten in Nachthemden. Sie starrten uns an: ich auf den Knien, nach Luft schnappend; Tom über uns, ein Schwert in jeder Hand; Sally mit blutverschmierten Haaren auf dem Boden liegend.

»Sie wurde angegriffen«, keuchte ich. »Holt den Wundarzt.«

Einer der Lakaien rannte aus dem Palast, um Palissy zu benachrichtigen. Ich wollte Sally aufheben, aber Tom kam mir zuvor. Er nahm sie in seine Arme, noch ehe ich protestieren konnte, und trug sie in das angrenzende Zimmer.

Ich wusste nicht, was ich tun sollte. Fieberhaft dachte ich nach. Sally hatte über Schmerzen geklagt, daher ließ ich einen Topf mit kochendem Wasser zubereiten. Ich wollte ihr einen Trank mit Mohnsamen zubereiten. Aber dazu kam es nicht.

Palissy, der Wundarzt, trat ein, warf einen Blick auf sie und sagte: »Schafft sie in die Küche.« Wieder trug ich sie. Wir legten sie auf denselben langen Holztisch, auf dem Lisette, die Kammerzofe, ihr Bein verloren hatte.

Palissy schob mich energisch beiseite. Er beugte sich über Sally, fuhr mit den Fingern über ihren Kopf und drückte leicht. Dann krempelte er die Ärmel hoch.

»Alle raus«, sagte er.

Die Dienstboten und Wachen machten sich davon, während Palissys Assistenten eintraten. Sie öffneten ihre Ledertaschen und legten die Instrumente bereit. Messer, Sägen, Stäbe und Zangen.

Ich blieb, wo ich war. »Ihr auch«, sagte Palissy. Ich rührte mich nicht. Bis er sich zu mir umdrehte und mit freundlicherer Stimme sagte: »Geht schon, mein Sohn. Lasst mich arbeiten.«

Tom nahm mich am Arm und führte mich aus der Küche durch die Gänge des Palais, bis wir die Kapelle erreichten. Dort kniete sich Tom vor das goldene Kreuz. Ich ließ mich neben ihm auf die Knie sinken.

Wir beteten.

FREITAG,

20. November 1665

Non

Kapitel 52

Der Wundarzt rüttelte mich wach.

Mit einem Ruck setzte ich mich auf. Ich war in der Kapelle eingenickt. Tom, der immer noch auf den Knien neben mir lag, war ins Gebet vertieft. Die Morgensonne warf farbige Lichter durch die Buntglasfenster auf unsere Haut.

»Sie lebt«, sagte Palissy und ich fühlte, wie die Leere in meinem Herzen einer leisen Hoffnung wich.

Tom und ich standen auf. »Dürfen wir zu ihr?«, fragte ich.

Palissy nickte. »Ich habe sie wieder in das Wohnzimmer bringen lassen.« Ich wollte an ihm vorbeirennen, aber er legte mir die Hand auf die Schulter. Der Blick, mit dem er mich betrachtete, ließ mir das Blut gefrieren.

»Sie hat keinen Schädelbruch erlitten«, sagte er, »aber eine Gehirnblutung. Ich habe das Blut abgelassen und die Wunde verbunden, aber die Chancen, dass sie sich wieder vollständig erholt, sind nicht gut. Selbst wenn sie überlebt …«

Er musste nicht weiterreden. Als Lehrling eines Apothekers kannte ich solche Verletzungen. Es war gut möglich, dass sie fortan nicht mehr dieselbe Sally war. Falls sie je wieder aufwachte.

Ich fürchtete, mich übergeben zu müssen.

Wir gingen ins Wohnzimmer, wo Sally auf dem Sofa lag. Ihr Kopf war mit Leinenverbänden umwickelt. Am Hinterkopf war der Stoff blutdurchtränkt.

Schau hin, Christopher, dachte ich. *Schau dir an, was du getan hast.*

»Lass das«, sagte Tom.

»Ich habe nichts gesagt.«

»Ich weiß genau, was du denkst. Es ist nicht deine Schuld.«

»Sie ist wegen mir hier. Ihr beide seid nur wegen mir hier.«

»Sie hat sich aus freien Stücken entschieden, mitzukommen«, sagte Tom. »Genau wie ich. Natürlich gibt es Leute, die dafür verantwortlich sind, aber du bist es nicht. Und ich auch nicht, und auch nicht Lord Ashcombe oder der König. Also hör auf, dir Vorwürfe zu machen, und tu stattdessen etwas Sinnvolles. Bete.«

Er kniete sich vor das Sofa und zog mich neben sich. Und so blieben wir, während die Stunden vergingen, und beteten. Viele der Gäste, die im Palais residierten, kamen und sprachen ebenfalls ein Gebet.

Minette war die Erste, die zu uns trat. Sie sprach freundlich über Sally und sagte dann, sie würde zur Messe gehen und Gott für ihre Gesundheit bitten. Sie lud uns ein, sie zu begleiten, aber ich wollte Sally nicht allein lassen.

Kurz nachdem Minette gegangen war, kam die Comtesse de Colmar mit rot geweinten Augen.

»Wird Mademoiselle Grace wieder gesund werden?«, fragte sie.

Das hat Euer verdammter Gemahl angerichtet, dachte ich.

»War es eine der Damen?«, fragte sie.

Ich horchte auf. »Was meint Ihr?«

»Die Damen, die mich gequält haben. Haben sie das angerichtet?«

Ich wollte schon verneinen, da erinnerte ich mich an die Stimme in Notre-Dame. Es war die Stimme einer Frau gewesen.

Immer noch auf den Knien liegend, schaute ich zur Comtesse

hoch. »Warum glaubt Ihr, dass die Damen der Herzogin die Schuld hierfür tragen?«

»Als wir gestern mit der Herzogin unterwegs waren, hat ihr etwas, das sie gesagt haben, Angst gemacht.«

Ich sprang auf. »Erzählt es mir.«

Sie erschrak über meine Wut und wich ein Stück zurück. »Wir … wir hatten uns geraden über meinen Ge…« Verlegen verstummte sie. »Wir unterhielten uns gerade. Beim Schneider wurden wir getrennt, und als ich sie das nächste Mal sah, wirkte sie verängstigt.«

»Worüber?«

»Das wollte sie nicht sagen. Ich habe gesehen, wie sie mit den anderen Mädchen gesprochen hat, und sie meinte, sie seien unfreundlich zu ihr gewesen. Aber sie war nicht bedrückt oder traurig. Sie hatte Angst. Sie entschuldigte sich, bat den Schneider um Tinte und Feder, schrieb einen Brief und schickte einen Lakaien damit fort.«

Das musste die Botschaft gewesen sein, die ich gestern von ihr erhalten hatte. Sie hatte sie also nicht nach dem Gespräch mit der Comtesse geschrieben, sondern nachdem sie mit einer der anderen Damen geredet hatte. Ich hatte keine Ahnung, was ich davon halten sollte. Das, was die Comtesse mir gerade erzählt hatte, hatte mich der Identität des Attentäters kein Stück näher gebracht, im Gegenteil. Aber was immer Sally erfahren hatte, ihr Wissen hätte sie beinahe das Leben gekostet.

Ich stellte der Comtesse noch ein paar Fragen, aber mehr als das, was sie mir bereits gesagt hatte, wusste sie nicht. Sie verabschiedete sich von uns und ging mit Minette zur Messe. Wieder machte sich ein bohrendes Schuldgefühl in mir breit, und obwohl ich versuchte, Ruhe im Gebet zu finden, merkte ich, wie ich immer zorniger wurde.

Am Nachmittag wechselte Palissy Sallys Verbände und teilte mir mit, dass ihr Zustand unverändert sei. Ich hatte zwar nicht mit einer Verbesserung gerechnet, aber als die Sonne tief am Himmel stand und lange Schatten über die Welt warf, war meine Verzweiflung vollständig von meiner Wut verschlungen worden.

Ich werde sie finden, schwor ich mir. *Ich werde diese Mörder finden und ich werde sie töten. Ich werde zuschauen, wie sie brennen.*

Und in meiner Wut kam mein Meister zu mir. *Ganz ruhig, Christopher. Du musst ruhig bleiben.*

Ich werde sie töten!, schrie ich. *Ich werde es tun! Lasst mich in Frieden!*

Aber er ging nicht weg. *Ruhig, mein Junge. Bleib ruhig.*

Trotzdem wütete ich weiter. *Warum sollte ich ruhig bleiben?*

Weil der Zornige Fehler begeht, sagte er. *Und du darfst keine Fehler machen. Du musst dem Ganzen ein Ende setzen.*

Oh ja, das werde ich!

Nicht auf diese Weise. Du kannst sie nicht besiegen, wenn du von Wut aufgefressen wirst. Du hast gegen den Mörder gekämpft. Du weißt, wie geschickt er mit dem Schwert umgeht. Selbst gemeinsam könntet Tom und du nicht gegen ihn bestehen.

Sagt das nicht!

Läufst du vor der Wahrheit davon?, fragte er mich. *Habe ich dich nicht gelehrt, der Wahrheit ins Gesicht zu blicken?*

Und ich weinte, weil mein Herz brach. *Warum sagt Ihr mir das?*

Weil du sterben wirst, Christopher, wenn du ihnen im Zorn gegenübertrittst.

Das ist mir egal. Versteht Ihr denn nicht? Das ist mir egal.

Ich verstehe sehr wohl, sagte er liebevoll. *Aber mir ist es nicht egal. Du musst deinen Zorn beherrschen und dich nicht von ihm beherrschen lassen. Nur so kannst du sie aufhalten.*

Aber ich weiß nicht, was ich tun soll. O Meister, bitte. Ich weiß nicht, was ich tun soll.

Doch, das weißt du. Du kennst die Antwort bereits. Du musst sie nur noch begreifen.

Was begreifen?, sagte ich. *Ich weiß gar nichts. Ich weiß nicht, wohin der Schatz gebracht wurde. Ich weiß nicht, was der Code bedeutet. Ich weiß nicht, warum das alles passiert. Warum mussten sie Sally wehtun? Ich war doch die eigentliche Bedrohung. Warum haben sie nicht stattdessen mich getötet?*

Mein Aufschrei der Verzweiflung hatte eine erstaunliche Wirkung: Meister Benedict nickte.

Aha, sagte er. *Endlich stellst du die entscheidende Frage.*

Und dann war er fort. Aber seine Worte brannten in meinem Inneren.

Die entscheidende Frage.

Warum hatten sie nicht mich getötet?

Es wäre so leicht gewesen. Gestern Nacht war ich dem Attentäter wehrlos ausgeliefert gewesen. Er hätte nur mit seinem Schwert zustoßen müssen.

Aber das Mädchen hatte dem Mann befohlen, es nicht zu tun. Sie hatte darauf bestanden. Sie wollte nicht, dass er mich umbringt.

Dabei war doch ich der Dorn in ihrem Fleisch, nicht Sally. Ich war derjenige, der dem Pfad folgte, den die Templer bezeichnet hatten. Ich war der eigentliche Gegner des Attentäters. Egal, was Sally herausgefunden hatte, ohne mich wäre sie nicht einmal in Paris.

Und trotzdem wollten sie mich am Leben lassen?

Was hatten sie davon?

Ich schaute zu Sally, die immer noch schlief. Sie wusste etwas. Und die Mörderbande wusste, dass sie es wusste. In Gedanken ging ich zurück auf den Glockenturm, schob die Wut, die Angst und die Verzweiflung beiseite. Sally hatte mir etwas zugerufen. »Christopher! Es sind …«

Dann waren ihre Worte erstickt worden. Aber sie hatte noch einmal zu mir gesprochen, als ich sie zum Palais zurückgetragen hatte, nachdem die Mörder geglaubt hatten, sie hätten sie zum Schweigen gebracht. Sie war durcheinander gewesen. Hatte den Duft von Äpfeln gerochen. War wieder im Waisenhaus gewesen, wo ich ihr Geschichten vorgelesen hatte, als sie krank war.

Verräter, hatte sie gesagt. Und: *Niemand achtet auf sie.*

Ihre Worte hallten in meinem Geist wider. Das Gleiche hatte sie mir schon einmal gesagt. Irgendwo anders.

Und dann erinnerte ich mich. Es war in England gewesen, in Oxford. Wir hatten in der Bibliothek gesessen, nachdem ich die Gesellschaft daran gehindert hatte, den vergifteten Wein zu trinken.

Niemand achtet auf sie …

Wieder rief ich mir die Szene ins Gedächtnis, in allen Einzelheiten. Worüber wir gesprochen hatten …

Da wusste ich es.

Ich begriff.

Endlich begriff ich.

Wie Schuppen fiel es mir von den Augen. Ich wusste, warum sie versucht hatten, Sally zu töten. Und warum sie mich nicht töten wollten.

Und mit diesem Wissen setzte sich das Puzzle mit einem Mal fast vollständig zusammen. Meine Gedanken rasten, die Wolken verzogen sich, mein Geist wurde klar. Und mit dieser Klarheit erkannte ich auch die Lösung für das letzte Rätsel der Templer. Zitternd stand ich auf.

»Nimm Sally«, sagte ich zu Tom, der überrascht zu mir aufsah, »und bring sie in unser Zimmer. Leg sie auf das Bett. Und rühr dich nicht von der Stelle.«

Ich rannte aus dem Wohnzimmer, ehe er noch fragen konnte, was ich vorhatte. Ich sauste durch die Gänge und suchte nach den Palastwachen. Nach einer Weile traf ich auf zwei Soldaten, die gerade ihren Dienst beendet hatten und in ihr Quartier zurückkehren wollten.

Ich zögerte. Konnte ich ihnen vertrauen? Ich wusste über die Identitäten einiger Attentäter Bescheid, aber ich hatte keine Ahnung, wie viele Leute noch mit ihnen unter einer Decke steckten. Aber noch während ich darüber nachdachte, wurde mir klar, dass ich keine andere Wahl hatte. Ich musste das Risiko eingehen und hoffen, dass die Männer ehrlich waren.

Ich hielt sie auf. »Wie lauten eure Namen?«

Sie runzelten leicht die Stirn. »Ich bin Adelard, Monsieur«, sagte der Größere der beiden. Er deutete auf seinen Gefährten, einen gedrungenen Mann mit zusammengewachsenen Augenbrauen. »Und das ist Sanguin.«

»Kommt mit«, sagte ich. »Ihr müsst etwas für mich erledigen.«

Sie wirkten unentschlossen. Sie waren seit zwölf Stunden auf den Beinen. Sie waren müde und sie wollten schlafen. Das alles wusste ich. Aber ich ignorierte ihr Zaudern und befahl sie zu meinem Gemach, wo Tom auf mich wartete. Sally lag – immer noch bewusstlos – auf dem Bett.

»Wir müssen für eine Weile weg«, sagte ich zu den Wachen. »Ich will, dass ihr auf dieses Mädchen aufpasst, während wir nicht da sind.«

»Unser Dienst für heute ist beendet, Monsieur«, sagte Adelard rundheraus. »Wir sind …«

»Wenn wir weg sind«, unterbrach ich ihn, »dann verschließt

ihr die Tür hinter uns. Ihr lasst niemanden herein – niemanden, hört ihr? – bis auf Tom, mich oder Palissy, den Wundarzt.«

»Monsieur, ich sagte Euch doch …«

»Wir sind in ein paar Stunden wieder da. Wenn wir zurückkehren, werde ich Lady Grace untersuchen. Wenn man ihr in unserer Abwesenheit irgendetwas angetan hat, dann werdet ihr hängen. Wenn sie unversehrt ist, bekommt ihr das hier.«

Ich öffnete meine Hand. Auf meiner Handfläche lagen zwei Louis d'or, die ich aus meiner Börse geholt hatte. Ihre Münder blieben offen stehen, während sie das Gold anstarrten.

»Oder soll ich mir jemand anderen holen?«, fragte ich.

»Nein!«, sagte Adelard. »Ich meine …« Er straffte die Schultern. »Es ist uns eine Ehre, Euch zu Diensten zu sein, Monsieur. Wir werden sie mit unserem Leben beschützen, das verspreche ich.«

Ich wies sie an, sofort den Wundarzt zu rufen, wenn sie wach wurde. Dann winkte ich Tom zu mir und wir verließen das Zimmer.

»Was soll das alles?«, fragte er ratlos.

»Ich weiß, wer die Attentäter sind«, sagte ich leise. »Oder zumindest, wer mit ihnen zusammenarbeitet. Und ich bin mir außerdem ziemlich sicher, dass ich herausgefunden habe, wo die Tempelritter ihren Schatz versteckt haben.«

Tom starrte mich an, während wir zum Ausgang eilten. »Und? Sagst du's mir oder nicht?«

»Das werde ich. Aber nicht hier.«

Er schaute sich um. »Weil es hier nicht sicher ist?«

»Es ist hier sicher. Genau das ist das Problem. Ich muss es dir an einem Ort sagen, wo es nicht sicher ist.«

Kapitel 53

Rémi öffnete die Tür zum Maison Chastellain. Er wirkte erschöpft.

»Monsieur geht es heute Abend nicht gut«, sagte er, aber das wäre nicht nötig gewesen. Marins Gebrüll drang durch das ganze Haus.

»Verräter!«, schrie er aus seinem Arbeitszimmer. »Macht, dass ihr rauskommt!«

»Ich werde ihm seine Medizin zubereiten«, sagte ich. Dankbar verbeugte sich Rémi und rief Colette, die mich in die Küche begleitete. Sie holte die Zutaten, die ich brauchte, während Tom nach oben ging und versuchte, Simons Onkel zu beruhigen.

Als ich mich kurz darauf mit einem Becher mit Meister Benedicts Beruhigungsmittel zu ihnen gesellte, standen sich die beiden gegenüber. Tom hatte Marin den Stock weggenommen und hielt ihn hoch über seinen Kopf, damit der alte Mann ihn nicht packen konnte. Eine rote Schwellung an Toms Hals bewies, dass er den Stock aus gutem Grund an sich genommen hatte.

Marin streckte sich. »Gib ihn mir wieder, du großer Tölpel.« Dann sah er mich. »Benedict! Dieser Unmensch soll mir meinen Stock wiedergeben.«

»Ich glaube, er möchte nicht damit geschlagen werden, Marin.«

»Er ist ein großer Bursche, der hält das aus.«

Toms Blick flehte mich an, ihm den Stock nicht wieder auszuhändigen, was ich auch gar nicht vorhatte. Stattdessen brachte ich den aufgebrachten Marin dazu, seine Medizin zu trinken, und bat Rémi, dafür zu sorgen, dass er es warm hatte.

»Wir gehen eine Weile hinaus in den Garten«, sagte ich.

Rémi schien überrascht zu sein. »Leistet Ihr heute Abend dem Comte keine Gesellschaft, Monsieur?«

»Das wollte ich eigentlich«, sagte ich, »aber ich habe etwas Wichtiges herausgefunden und ich fürchte, dass ihn meine Neuigkeit in seinem Zustand nur noch mehr aufregt. Es scheint mir besser zu sein, wenn Tom und ich die Sache unter vier Augen besprechen. Könntet Ihr bitte die Wache im Garten abziehen?«

Das überraschte ihn noch mehr. Aber er öffnete eins der Fenster und befahl die Wache ins Haus. »Colette kann Euch behilflich sein, wenn Ihr noch etwas braucht, Monsieur«, sagte er zu mir.

Das Mädchen ging uns voraus in den Garten und blieb bei der Terrassentür stehen. »Würdest du uns bitte allein lassen?«, sagte ich.

Etwas widerstrebend knickste sie und ging dann ins Haus. Tom schlang die Arme um sich. »Würdest du mir jetzt sagen, was los ist? Warum stehen wir hier draußen in der Kälte?«

»Ich wollte sichergehen, dass wir unter uns sind«, sagte ich und schaute mich im Garten um, ob jemand in der Nähe war. Dann warf ich einen Blick nach oben und sah, dass das Fenster über uns immer noch einen Spalt offen stand. »Ich weiß, wo die Templer ihren Schatz versteckt haben.«

»Hast du den Code von dem Gemälde geknackt?«, fragte er. »Die Sache mit dem Schlüssel …?«

»Nein, nein«, sagte ich. »Das verrät dir nur, wie man die Fallen umgeht.«

»Was für Fallen?«

»Die Fallen, mit denen der Schatz gesichert ist.«

Tom schaute mich verwirrt an. »Da sind Fallen?«

»Aber natürlich. Weißt du nicht mehr – der Hinweis?« Als er etwas sagen wollte, kam ich ihm zuvor. »Ist ja auch egal, das ist jetzt nicht wichtig. Ich weiß nämlich, wie man sie unschädlich macht. Die Hauptsache ist, dass ich herausgefunden habe, wo der Schatz ist.«

Ich holte die Karte hervor, die ich von der Grabplatte auf dem *Cimetière des Innocents* abgezeichnet hatte. »Hier steht es. Endlich ergibt alles einen Sinn. Und du hast mich auf die Lösung des Rätsels gebracht.«

»Ich?«

»Ja.« Ich nickte. »Du hast mir gesagt, ich solle die Dinge wörtlich nehmen. Und mir ist klar geworden, dass das auf alle Hinweise zutrifft, die wir bislang gefunden haben. Unter den Füßen. Wo man denkt. Arcadia.« Ich schüttelte den Kopf. »Rätsel sind von Natur aus rätselhaft. Wenn man jemandem also ein Rätsel aufgibt, fängt man sofort an, darüber nachzudenken, was es bedeuten könnte. Dabei sucht man nach seiner versteckten Bedeutung und übersieht oft, was einem klar und deutlich vor Augen steht. Und diese Tatsache hat den Templern in all den Jahrhunderten gute Dienste geleistet. Sie haben die Wahrheit verborgen – vor aller Augen.«

Ich hielt ihm die Karte hin. »Schau sie dir noch mal an. Was siehst du?«

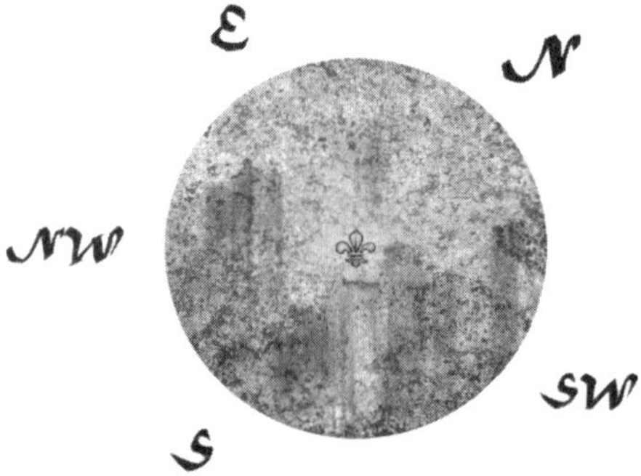

Wherever you think I am, you will find me at the opposite.

»Die Orte, zu denen die Tempelritter geflohen sind«, sagte Tom.

»Richtig. Und was steht darunter?

»Wo immer du mich vermutest, ich werde gegenüber sein.«

»Und das bedeutet?«

»Wenn man glaubt, der Schatz befände sich an einem Ort auf dem Kreis, dann ist er auf der anderen Seite. Glaubt man also, er wäre in den Niederlanden, ist er in Wirklichkeit in Spanien.«

»Nein.«

»Nein?« Tom warf die Hände hoch. »Dann habe ich wirklich keine Ahnung, wovon du redest.«

»Aber du warst doch derjenige, der mir das Problem klargemacht hat, weißt du nicht mehr? Du hast gesagt, wenn man denkt, der Schatz sei in den Niederlanden, ist er in Spanien, aber wenn man denkt, er sei in Spanien, müsste er doch in den Niederlanden sein. Wenn man dieser Logik folgt, dreht man sich bis in alle Ewigkeit im Kreis.«

»Und du hast gesagt, so sei das nicht gemeint.«

»Ich weiß. Aber dann bist du noch auf eine andere Sache gekommen. Nämlich dass wir diese ganze Mühe auf uns genommen und all die Rätsel gelöst haben – und doch am Ende nicht schlauer waren als am Anfang.«

Ich marschierte an der Hecke auf und ab und sprach lauter. »Und genau das ist der Schlüssel: Die ganze Zeit haben wir keinen einzigen Hinweis darauf bekommen, wo die Templer den Schatz hingeschafft haben. Und das ist der eigentliche Hinweis.«

»Das ist …?« Tom schüttelte den Kopf. »Tut mir leid, da komme ich nicht mit. Der Hinweis, der uns sagt, wo der Schatz ist, ist die Tatsache, dass es keinen Hinweis darauf gibt, wo man ihn hingebracht hat?«

»Genau.«

»Ich kriege Kopfweh.«

»Ich glaube, das lag ganz in der Absicht der Tempelritter«, sagte ich. »Aber ich will es dir erklären. Der Satz unter der Karte sagt, dass man sich jedes Mal irrt, wenn man glaubt zu wissen, wohin der Schatz gebracht wurde. Aber gleichzeitig gibt es keinen Hinweis darauf, der einem hilft, diesen Ort zu ermitteln. Und wenn ich keinen Hinweis habe, muss ich raten, richtig?«

Tom dachte nach. »Richtig.«

»Gut. Aber wenn ich rate, muss es doch eine Chance geben, dass ich richtigliege, klar? Wenn der Schatz an einen dieser fünf Orte gebracht wurde, dann stehen die Chancen eins zu fünf, dass ich mit meiner Vermutung recht habe. Woher also wussten die Templer, *dass ich mich auf jeden Fall irre*?«

Tom kratzte sich am Kopf. »Weil … er dort nicht ist?«

»Richtig. Was immer man denkt, es ist das Gegenteil davon. Aber was lassen sie uns denn denken? Dass sich der Ort, an dem der Schatz versteckt wurde, auf dem Kreis befindet. Was nichts anderes heißt, als dass er *nicht* dort ist. Verstehst du? Sie haben den Schatz an keinen Ort gebracht, der auf dem Kreis verzeichnet ist.«

»Aber … wohin dann?«

»An den einzigen anderen Ort, der noch auf der Karte steht«, sagte ich.

Tom betrachtete die Karte. »Aber da ist doch sonst nichts.«

»Doch, natürlich. Aber es ist so offensichtlich, dass man es übersieht.«

»Das Einzige, was noch da ist, ist … Warte mal.« Er runzelte die Stirn. »Meinst du die Fleur-de-Lis?«

»Ja«, sagte ich.

»Soll die Fleur-de-Lis nicht Paris darstellen?«

»Ja.«

»Aber … das würde ja heißen …«

»Ja«, sagte ich wieder. »Den Meistern der Täuschung ist die größtmögliche Täuschung gelungen. Selbst der schöne Philippe wäre nie darauf gekommen. Alle Ritter, die geflohen sind – und auch die, die entkamen –, hatten nichts weiter als Stroh bei sich.

Denn die Templer haben den Schatz überhaupt nicht weggebracht«, fuhr ich fort. »Er ist immer noch hier. In Paris. Und ich glaube, ich weiß auch, wo.«

Kapitel 54

Tom starrte mich an. »Wo ist er?«

Ich schürzte die Lippen und ließ ihn einen Moment lang zappeln. Dann sagte ich: »Ich muss noch eine Sache überprüfen, bevor ich mir ganz sicher bin. Sobald das geschehen ist, holen wir uns den Schatz.«

»Heute Nacht?«

»Natürlich nicht«, sagte ich und versuchte, schockiert zu klingen. »Willst du vielleicht den Schatz der Tempelritter nachts durch Paris schleppen? Ich werde morgen früh gehen, bevor die anderen wach sind. In der Zwischenzeit gehen wir wieder ins Palais.«

»Was ist mit Sally? Du sagtest doch, die At…«

Mit einer Handbewegung brachte ich ihn zum Schweigen. »Wir sollten uns noch von Marin verabschieden.«

Wir gingen nach oben und wünschten Marin eine gute Nacht. Dann brachte uns Colette an die Tür. Als wir die Straße entlanggingen, flüsterte ich: »Du warst ausgezeichnet.«

»Ich habe keinen blassen Schimmer, was du damit meinst.«

»Ich weiß«, sagte ich. »Genau deswegen warst du ja ausgezeichnet. Deine Reaktionen waren echt.« Wir bogen um die Ecke in die Rue Poulletier ein und gingen an einer hohen Backsteinmauer gegenüber des Hauses vorbei, vor dem wir zwei Tage zuvor den Attentäter entdeckt hatten. Sobald wir außer Sichtweite waren, sagte ich: »Komm mit!«

Verdattert folgte mir Tom, als ich über die Mauer kletterte.

Wir duckten uns und krochen durch das Gebüsch, bis wir zum Tor kamen. Ich lugte um den Pfosten und stellte fest, dass wir von hier aus Marins Eingangstür im Blick hatten.

Tom, der neben mir kauerte, schnaubte. »Du machst mich wirklich wahnsinnig, weißt du das?«, sagte er. »Sagst du mir endlich, was los ist?«

»Wir warten auf einen der Attentäter«, sagte ich.

»*Was* machen wir?«

»Da!«

Wir blieben im Schatten, als sich die Haustür des Maison Chastellain öffnete und Colette, eingehüllt in einen warmen Wollumhang, herauskam. »Ich muss Zutaten für Monsieurs Medizin besorgen«, sagte sie zu den Wachen. Dann ging sie schnell die Straße entlang und verschwand.

»Wir müssen ihr nach«, sagte ich und kletterte über das Tor wieder auf die Straße. »Sieh zu, dass sie dich nicht bemerkt.«

Das hieß im Klartext, dass Tom sich jedes Mal ducken musste, um seine Größe zu verbergen, wenn Colette sich nervös umblickte – was sie ziemlich häufig tat. Es war nicht leicht, ihr zu folgen. Sie huschte durch den Pariser Verkehr über die Brücke ans nördliche Ufer des Flusses und wandte sich dann nach Westen. Wir mussten so oft hinter Kutschen und Ständen in Deckung gehen, dass wir sie im Gedränge mehrmals aus den Augen verloren. Wenn wir sie dann wieder sahen, war sie jedes Mal weiter weg. Irgendwann entwischte sie uns.

Ich fluchte und trat gegen einen Kieselstein.

»Wo ist sie hin?«, fragte Tom.

»Fällt dir auf, wo wir sind?«, fragte ich.

Er schaute sich um. »In der Nähe des Palais Royal?« Als ich nickte, fragte er: »Sie ist in den Palast gegangen?«

»Eher in den Garten dahinter, würde ich meinen. Vermutlich

spricht sie jetzt in diesem Moment mit ihrem Komplizen.« Ich seufzte. »Wahrscheinlich wären wir sowieso nicht nahe genug an sie herangekommen, ohne bemerkt zu werden.«

»Dann … dann gehört Colette zu den Attentätern?«

»Ja«, sagte ich. »Sie ist vielleicht selbst keine Mörderin – das Mädchen, das ich letzte Nacht sprechen hörte, war nicht Colette –, aber sie arbeitet auf jeden Fall mit ihnen zusammen. Besser gesagt: mit Rémi.«

»Rémi?« Tom war fassungslos. »*Rémi* ist einer der Attentäter? Woher, um alles in der Welt, weißt du das?«

Ich holte tief Atem. »Seit den Ereignissen letzte Nacht habe ich mir immer wieder eine ganz bestimmte Frage gestellt: Als Sally etwas erfahren hat, was die Mörder entlarven konnte, hat man versucht, sie umzubringen. Ich dagegen habe ihnen mehr als jeder andere Stolpersteine in den Weg geworfen. Warum also haben sie nicht versucht, mich zu töten? Sie hatten mich doch schon. Warum haben sie mich wieder gehen lassen?

Anfangs war mir die Sache ein Rätsel. Doch dann hat sich der Nebel auf einmal gelichtet und ich habe klargesehen. Sie haben mich nur deshalb am Leben gelassen, weil ich ihnen lebendig mehr nutzen konnte als tot. Und als Grund kam nur eins infrage: Ich bin dabei, das Rätsel zu lösen, das sie nicht knacken können. Während sie versuchten, die königliche Familie zu ermorden, bin ich dem Schatz der Templer auf die Spur gekommen.«

Tom runzelte die Stirn. »Aber woher wussten sie das? Sind sie uns die ganze Zeit gefolgt?«

»Das mussten sie gar nicht. Denn ich selbst habe ihnen alle Antworten geliefert. Denk darüber nach: Wer weiß alles, was wir herausgefunden haben? Du. Ich. Sally. Marin. Und …«

»Rémi!« Tom schnappte nach Luft. »Er war bei uns im Arbeitszimmer. Die ganze Zeit!«

Ich nickte. »Wir haben es ihm leicht gemacht. Er war dabei, als Marin uns das Gedicht zeigte. Er war dabei, als wir Marin von dem Hinweis auf Arcadia erzählten, den wir in Notre-Dame gefunden hatten. Er war dabei, als wir den Code hinter Poussins Gemälde entdeckten. Alles, was wir ausfindig gemacht haben, haben wir hier im Maison Chastellain besprochen. Und außer Marin hat auch Rémi alles mitangehört.«

Tom verzog besorgt das Gesicht. »Könnte es nicht sein, dass auch Marin mit ihnen zusammenarbeitet?«

»Das könnte sein«, sagte ich, »wenn er nicht so krank wäre. Niemand in seinem Zustand kann ein Komplott planen, besonders keins, das so kompliziert ist.«

»Was, wenn er nur so tut, als wäre er krank?«

Darüber hatte ich auch schon nachgedacht. Es war durchaus möglich, dass Marin seine Finger im Spiel hatte. Aber ... ich glaubte einfach nicht daran. Er war sein Leben lang ein guter Freund von Meister Benedict gewesen.

Machte mich das blind und voreingenommen? Ja, ich musste zugeben, dass es so war. Nichtsdestotrotz konnte ich schlichtweg nicht glauben, dass jemand, den mein Meister gerngehabt hatte, so böse war. Außerdem suchte er seit Jahrzehnten nach dem Schatz der Tempelritter. Würde er tatsächlich zum Äußersten greifen und versuchen, den König zu ermorden?

»Woher wusstest du, dass auch Colette dazugehört?«, fragte Tom.

»Das wusste ich nicht«, sagte ich. »Bei Rémi war ich mir sicher, aber ich wusste nicht, ob er in Marins Haus noch weitere Komplizen hatte. Deshalb habe ich dich in den Garten gelockt, um über die Karte zu reden, und dann so geheimnisvoll getan.

Ist dir aufgefallen, dass Rémi das Fenster des Arbeitszimmers einen Spalt offen gelassen hat? Mir war klar, dass er nach dem, was er mitangehört hatte, die Mörder kontaktieren musste. Aber ich wusste nicht, dass Colette zu ihm gehört, bis ich sie aus dem Haus kommen sah.

Erstaunt schüttelte Tom den Kopf. »Rémi. Ich habe nie auf ihn geach…« Er brach ab, weil ihm klar wurde, was er hatte sagen wollen.

Mit grimmiger Miene nickte ich. »Richtig. Niemand achtet auf Dienstboten. Das hat Sally mir letzte Nacht zu sagen versucht. Sie sind immer in der Nähe und irgendwann verschmelzen sie mit der Tapete. Und später weiß man gar nicht mehr, dass sie da waren.«

»Es gibt vielleicht noch mehr Komplizen im Maison Chastellain, nicht wahr?«

»Gut möglich.«

»Aber wenn Marin nicht Teil der Verschwörung ist«, sagte Tom, »dann ist er in Gefahr.«

»Nein. Er weiß viel zu viel über den Schatz. Genau wie ich ist auch er für die Bande lebend mehr wert als tot.« Ich seufzte. »Der arme Marin. Ohne es zu wissen, hat er das alles ins Rollen gebracht.«

»Wirklich?«

»Erinnerst du dich noch daran, was Simon uns über die diebischen Dienstboten erzählt hat, die er aus dem Haus gejagt hat? Ich habe den Verdacht, dass sie nicht nur Marins Geld unterschlagen haben. Sie waren seit Jahren in seinen Diensten; sie wussten, wie gut er sich mit der Legende um den Templerschatz auskannte. Vielleicht hat er sie erst auf die Idee gebracht. Aber als Simon sie hinauswarf, kamen sie nicht mehr an das Wissen seines Onkels heran. Ich wette, dass Rémi sich nur aus diesem Grund vorstellte, als Simon neue Dienstboten einstellte.«

»Ich möchte nicht an Rémis Stelle sein, wenn Simon das herausfindet«, sagte Tom.

Ich auch nicht. Dann würde Blut fließen im Maison Chastellain. Ich fragte mich, ob ich nicht zuerst die Wachen des Königs verständigen sollte, damit Rémi und Colette wenigstens ein faires Gerichtsverfahren bekamen. Und erst dann hingerichtet wurden.

Man sah ihm an, dass Tom über etwas nachgrübelte. »Also ist einer von Marins alten Dienstboten …«

»Höchstwahrscheinlich ein Attentäter«, sagte ich. »Und ich wette, dass sie hier neue Arbeit gefunden haben.« Ich deutete auf das Palais Royal. »Das ist es wohl, was Sally gestern erfahren hat: dass eine der Damen im Palais einen oder mehrere frühere Bedienstete aus dem Maison Chastellain eingestellt hatte. Sally war sofort klar, was das bedeutete.«

»Also war das, was du über die Karte gesagt hast – dass der Schatz nie die Stadt verlassen hat –, eine Lüge? Ein Trick, um Rémi als Verräter zu entlarven?«

»Nein. Ich bin mir sicher, dass der Schatz noch immer in Paris ist. Und ich bin mir gleichfalls sicher, dass ich weiß, wo er ist.«

»Tja«, sagte Tom, dessen Stimme anzumerken war, dass er allmählich die Geduld verlor. »Da wir nicht länger belauscht werden – könntest du mir jetzt bitte endlich sagen, wo er ist?«

»Klar«, sagte ich. »Er ist im großen Turm.«

Kapitel 55

Tom stutzte. »Im großen Turm? Du meinst … im alten Verlies der Tempelritter?«

»Diese Täuschung ist der Anfang und das Ende von allem«, sagte ich. »Der schöne Philippe wollte ihn sich holen und musste mit leeren Händen wieder abziehen. Und doch war er da, der Schatz, direkt vor seiner Nase.«

»Wie ist das möglich? Wir waren doch drin. Der Turm ist leer.«

»Wahrscheinlich gibt es irgendwo eine geheime Kammer, vielleicht hinter einer dieser Steintafeln im Keller. Und ich glaube, darauf spielt auch dieser Satz an.«

Ich zog den entschlüsselten Code aus meiner Schärpe.

Der Schlüssel ist Segen und Fluch.

»Na, das ist doch eindeutig, oder?«, brummte Tom sarkastisch.

»Im Grunde genommen schon«, sagte ich. »Ich wette, man muss den Satz genauso wörtlich nehmen wie alle anderen Hinweise. Ich weiß nur noch nicht, was genau er bedeutet. Ich muss mir die Platten noch einmal ansehen.«

»Dann … war es dir ernst damit? Du willst wirklich wieder dahin gehen?«

»Natürlich. Und zwar morgen früh, so wie ich gesagt habe.«

»Aber die Attentäter werden dir auflauern!«

»Das hoffe ich doch«, sagte ich. »Darauf beruht ja mein ganzer Plan.«

»Was für ein Plan?« Mit einem Mal wurden Toms Augen groß. »Oh nein!«

Ich runzelte die Stirn. »Du weißt doch noch gar nicht, was ich vorhabe.«

»Egal, was es ist, ich bin dagegen«, sagte er. »Es sei denn, du hast vor, hundert Soldaten zu deinem Schutz mitzunehmen.«

»Nein.«

»Nun, wie ich schon sagte …«

»Es gibt keine andere Möglichkeit.«

»Warum nicht?«, fragte Tom. »Warum können wir nicht Minettes Palastwachen alarmieren, die Attentäter zum Turm locken und sie verhaften lassen?«

»Aus welchem Grund? Mit welchen Beweisen?« Ich schüttelte den Kopf. »Wir können ihnen nichts nachweisen, sondern nur irgendwelche Behauptungen aufstellen. Und selbst wenn sie mich für einen Baron halten, vergiss nicht: Ich bin ein Ausländer. Niemand wird meinem Wort mehr Gewicht beimessen als dem eines Landsmannes.

Da ist noch etwas. Wir wissen immer noch nicht, wem wir vertrauen können. Mal angenommen, ich habe recht und wir finden die Geheimkammer – meinst du, es wäre so ratsam, einem Haufen bewaffneter Männer gegenüberzustehen, wenn man knietief in Gold watet?«

Toms Stirn legte sich in Sorgenfalten. »Daran habe ich nicht gedacht.« Dann hellte sich seine Miene wieder auf. »Was ist mit Simon? Er kann doch kämpfen. Warum warten wir nicht, bis er wieder da ist?«

Ich biss mir auf die Lippe. »Weil ich mir nicht sicher bin, ob er vertrauenswürdig ist.« Als Tom mich entgeistert ansah, sagte ich: »Er hat Rémi eingestellt. Und wir haben ja nicht miterlebt, dass wirklich er es war, der die alten Dienstboten entlassen hat.

Vielleicht ist er derjenige, der uns die ganze Zeit angelogen hat.«

Es war entsetzlich, nicht zu wissen, wer Freund und wer Feind war. Wenigstens hatte ich Tom. Ich schlang meine Arme um ihn und drückte ihn fest.

Er bedachte mich mit einem misstrauischen Blick. »Du hast nicht vor, allein zu gehen, oder?«

»Auf keinen Fall«, sagte ich und ließ ihn los. »Du bist die wichtigste Person in diesem Spiel.« Und dann erzählte ich ihm von meinem Plan.

Seine Entgeisterung wuchs sich zu Entsetzen aus. »Und … und ich dachte, es würde nur ein *bisschen* gefährlich werden«, stotterte er.

»Es wird schon nichts passieren«, versicherte ich ihm. »Du musst nur abwarten, bis ich pfeife.«

»Warum kann ich nicht mit dir kommen?«, fragte er. »Wir können sie gemeinsam festnehmen, sobald sie auftauchen.«

»Weil sie zuerst reden müssen«, sagte ich. »Nur so finden wir raus, wer alles mit ihnen unter einer Decke steckt. Wenn wir sofort auf sie losgehen und sie am Ende getötet werden, dann erfahren wir gar nichts. Und dann haben wir uns erst recht zur Zielscheibe jener Personen gemacht, die übrig bleiben – und über die wir nichts wissen. Du musst es mir versprechen, Tom. Und ich meine wirklich und wahrhaftig versprechen. Egal, was du hörst, egal, wie schlimm es dir vorkommen mag, du darfst erst dann kommen, wenn ich pfeife. Wenn sie nicht reden, dann haben wir versagt. Und wir werden sterben. Also versprich es. Nicht mir. Schwöre bei Gott.«

Tom wirkte immer noch nicht überzeugt, aber gegen meine Argumente kam er nicht an. »Ich verspreche es«, sagte er widerstrebend.

Ich war froh, dass er es dabei beließ, denn in Wahrheit gab es noch einen weiteren Grund, warum ich ihn nicht bei mir haben wollte, wenn ich den Attentätern gegenübertrat. Aber wenn ich ihm das sagte, dann würde er sich so sehr fürchten, dass ihn seine Angst lähmte.

Das Handgemenge auf dem Glockenturm von Notre-Dame hatte mir klargemacht, dass es Tom war, der den Attentäter stellen musste. Ich hatte von vornherein keine Chance. Und Tom im Grunde genommen auch nicht, denn der Mann war viel zu geschickt mit dem Schwert. Er würde meinen Freund in Einzelteile zerlegen – es sei denn, ich sorgte vorher für eine gewisse Chancengleichheit.

Und genau das hatte ich vor. »Ich muss noch ein paar Dinge vorbereiten«, sagte ich schnell, bevor Tom auf die Idee kommen konnte, noch weiter gegen meinen Plan zu protestieren. »Aber erst sollten wir nach Sally sehen.«

Als wir zu meinem Zimmer kamen, wollten uns die Wachen erst nicht einlassen. Wir mussten mit Engelszungen reden, bis wir sie von unserer Identität überzeugt hatten, und als sie die Tür endlich öffneten, hatten sie die Schwerter gezückt, für den Fall, dass wir sie zum Narren gehalten hatten.

Bei unserem Anblick steckten sie die Klingen weg. »Seht Ihr, Monsieur?«, sagte Adelard stolz und deutete auf Sally, die auf dem Bett lag. Bridget hatte sich in ihre Armbeuge gekuschelt. »So sicher wie in Abrahams Schoß.«

Ich setzte mich neben sie und strich ihr mit den Fingerspitzen die Locken aus der Stirn. »Hat irgendjemand versucht, hereinzukommen?«

»Ja, Monsieur«, sagte Adelard. »Ein Mädchen hat vor einer Stunde an der Tür gekratzt und behauptet, sie wolle die Verbände der Mademoiselle wechseln.«

Ein Mädchen? Ich stand auf. »Wer war es?«

»Das wissen wir nicht, Monsieur. Wir haben die Tür nicht geöffnet. Wir haben kein Wort gesagt. Sie hat noch ein zweites Mal gekratzt und gefragt, ob jemand da sei. Dann ist sie gegangen. Haben wir es richtig gemacht?«

Im Stillen fluchte ich. Sie hatten die Chance verstreichen lassen, einen Verdächtigen zu identifizieren. Aber sie hatten getan, was sie für das Beste hielten, um Sally zu schützen.

»Gewiss doch«, sagte ich. Ich drückte ihnen die zwei versprochenen Goldmünzen in die Hand. »Hört zu, ich weiß, ihr seid müde, aber ich möchte euch bitten, heute Nacht zu bleiben und über uns zu wachen. Ich verspreche euch einen weiteren Louis d'or für eure Mühe.«

Die beiden konnten ihr Glück kaum fassen. »Aber natürlich, Monsieur«, sagte Adelard. »Ihr und Euer Diener könnt ruhig schlafen. Wir passen auf.«

»Sehr gut. Einer von euch bleibt hier bei Tom und Sally, der andere begleitet mich.«

»Wo willst du hin?«, fragte Tom.

»Ich bin bald wieder da«, versicherte ich ihm. »Ich muss nur noch ein paar Dinge besorgen. Ein Stück Leder und ein paar Bänder.« Ich kratzte mich am Kopf. »Und ich muss in der Küche fragen, ob irgendjemand weiß, wo ich eine Gans herbekomme.«

SAMSTAG,

21. November 1665

Vesper

Kapitel 56

Die Temperaturen sanken am Morgen noch weiter und eine Eiseskälte kroch mir in die Knochen, als ich eine Stunde vor Sonnenaufgang durch die Rue Saint-Denis ging. Mein Atem verwandelte sich vor meinem Gesicht in Nebel. Die Straßen waren leer. Für ehrliche Leute war es zu früh und für die Briganten und Diebe zu spät. Trotzdem legte ich die Strecke zum Templerturm so wachsam zurück, als wären tausend Pfeile auf mich gerichtet. Obwohl ich niemanden sah, fühlte ich ihre Augen. Sie folgten mir. Meine Nackenhaare sträubten sich.

Als ich auf dem alten Templergelände ankam, huschte ich als Erstes in die Kirche. Die Schlüssel, mit denen Pater Bernard den Turm aufgeschlossen hatte, hingen immer noch hinter dem Treppenhaus neben dem Querschiff. Vorsichtig, damit sie nicht klirrten, hob ich sie vom Haken, öffnete die Tür und ging hinein.

Auch hier drinnen war es kalt. Mit Zunder und Flintstein entzündete ich eine der Fackeln, die in Halterungen an der Wand hingen. Ihr flackerndes Licht warf tanzende Schatten auf die Grabplatten an den Wänden. Ich wärmte mir die Hände an den Flammen, nahm die Fackel aus der Halterung und stieg dann in das Verlies hinunter.

Die Dunkelheit ließ mich erzittern und drang tiefer in mein Inneres, als die Kälte es vermocht hätte. Hier unten in der Düsternis fühlte ich die Seelen aller Tempelritter, die vor dreihundertfünfzig Jahren hier gelebt hatten. Und im Nebel meines eigenen Atems sah ich, wie vor meinen Augen einer von ihnen

Gestalt annahm: ein alter, bärtiger Mann in einem Kettenhemd und dem blutroten Kreuz auf seinem weißen Wappenrock. Jacques de Molay, der dreiundzwanzigste Großmeister des Templerordens, wachte immer noch über seine Brüder.

Was sie wohl über mich dachten, die Seelen all dieser längst verstorbenen Ritter? Ich betete, dass sie auf meiner Seite standen und mir Glück wünschten. Denn das Knarren der Tür oberhalb der Treppe verriet mir, dass ich bald jedes Quäntchen Glück brauchen würde.

Es gab nirgends eine Möglichkeit, sich zu verstecken. Aber das war auch nicht der Sinn der Sache. Ich stand einfach mitten im Raum, direkt vor der Gravur des Florins auf dem Boden, und lauschte den Schritten, die über die Treppe nach unten kamen.

Beide hatten Fackeln dabei. Der Mann, der wie ein Bulle die Steinstufen heruntergestapft kam, trug immer noch seinen Umhang und hatte – wie in Notre-Dame – ein Tuch vor das Gesicht gebunden. Hinter ihm ging das Mädchen, und obwohl auch sie ihr Antlitz verbarg, erkannte ich sie sofort.

Sie trug dasselbe gelbe Kleid wie auf der Île Notre-Dame, dieselbe Samtmaske. Es war das Mädchen, das mir der Attentäter auf dem Kai in die Arme geworfen hatte. Das Mädchen, das mit mir in die Seine gestürzt war.

»Ihr wart zusammen dort«, sagte ich, während mir ein weiteres Licht aufging. »Er hat Euch benutzt, um zu entkommen.«

Sie achtete gar nicht auf mich, sondern ging langsam durch den Raum, spähte hinter jede Kiste, in jede Ecke. Dann, als sie sich vergewissert hatte, dass wir allein waren, nickte sie ihrem Gefährten zu und beide nahmen die Masken ab.

Das Mädchen war nur ein paar Jahre älter als ich – vielleicht siebzehn oder achtzehn – und außer dem Tag am Kai hatte ich sie noch nie zuvor gesehen. An dieses Gesicht hätte ich mich zweifellos erinnert.

Sie war nicht nur schön. Sie war atemberaubend. Sie war die wiedergeborene Aphrodite, mit weichen blonden Locken, einer glatten Alabasterhaut und Rehaugen, die so groß und sehnsuchtsvoll waren, dass einem das Herz schmolz. Ihre Schönheit wurde einzig durch die Kälte und Grausamkeit in diesen Augen befleckt, die mich an einen beißenden Novembersturm erinnerten.

Der Mann, der sie begleitete, war das genaue Gegenteil. Nicht, was die Grausamkeit betraf, davon hatten beide mehr als genug. Aber er war hässlich, abgrundtief hässlich, mit einer platt gedrückten Nase und schiefen Zähnen und einem mürrisch verzogenen Mund. Sein breites Gesicht passte zu seinem bulligen Körper: ein Minotaurus im Dienst einer griechischen Göttin.

Mein Magen verkrampfte sich. Sie zeigten mir ihre Gesichter. Ich wusste nur zu gut, was das bedeutete. Ich musste sie zum Reden bringen, und zwar schnell.

»Wer seid Ihr?«, fragte ich.

Aphrodite gab keine Antwort. »Nimm seine Waffe«, sagte sie zu dem Minotaurus.

Er machte einen Schritt nach vorn und zog sein Schwert. Ich fuhr mit der Hand zu meiner linken Seite und ließ sie über dem Griff meiner Klinge schweben, als ob auch ich mein Schwert aus der Scheide ziehen wollte.

»Haltet Ihr das für eine gute Idee?«, fragte Aphrodite.

Nein, wohl kaum. Langsam nahm ich meine Hände von meinem Gürtel und streckte sie aus.

»Ich werde mich nicht zur Wehr setzen«, sagte ich.

»Das ist sehr vernünftig, Baron.« Aphrodite lächelte. »Werft Euer Schwert hierher.«

Zitternd wich ich zurück. »Ich sagte doch, ich werde mich nicht wehren. Ihr müsst keine Gewalt anwenden.«

»Hol es dir«, befahl sie ihrem Gefährten.

Der Minotaurus hob seine Klinge, bis die Spitze in mein Kinn stach. Er blickte mir unverwandt in die Augen und sein verkrampfter Kiefer verriet mir, dass er sich nichts sehnlicher wünschte, als mich mit dieser Klinge zu durchbohren. Er griff nach unten, um sich mein Schwert zu holen.

Dann heulte er vor Schmerz auf.

Aphrodite zuckte zusammen, als ihr Komplize einen Satz nach hinten machte. Dann hob der Minotaurus das Schwert und schlug mir mit dem Knauf ins Gesicht.

Es war, als hätte man mich mit einem Hammer bearbeitet. Mein Gehirn wurde durchgerüttelt, meine Beine gaben nach. Ich fiel auf die Knie. Von der Fackel, die mir aus der Hand gerutscht war, stoben Funken auf.

»Was hat er gemacht?«, wollte Aphrodite wissen. »Nun sag schon!«

»Er hat mich gestochen!«, beklagte sich der Minotaurus und drückte die Hand gegen seine Brust.

»Womit denn? Er hatte doch die Hände in der Luft.«

»Sieh doch!« Er hielt ihr seine Hand hin. In seiner Handfläche befanden sich zwei aufquellende Blutstropfen. Ratlos trat Aphrodite vor und leuchtete mit ihrer Fackel.

Dann legte sie den Kopf in den Nacken und lachte.

Die Flammen fielen auf mein Schwert, das immer noch in seiner Scheide steckte: Mit einem Stück Leder und bunten Seidenbändern waren Gänsefedern um den Knauf gewickelt, von denen zwei abgebrochen waren.

»Die Federn!«, keuchte sie lachend. »Du hast dich an den Federn an seinem Schwert gestochen!«

Er wurde rot. »Das ist nicht lustig.«

Sie lachte nur noch lauter. »Was für ein Jammerlappen!«

Der Spott des Mädchens stachelte seinen Zorn nur noch weiter an, und den ließ er an mir aus. Mit voller Wucht trat er mir in den Magen.

Ich bekam keine Luft mehr, krümmte mich und krachte mit der Stirn gegen den Stein. Sterne blitzten vor meinen Augen auf. Ich rang nach Atem und saugte die Luft schluchzend in meine Lungen, während sich mein Körper vor Schmerz verkrampfte. Wenn ich heute Morgen etwas gegessen hätte, hätte ich mein Frühstück wieder von mir gegeben.

Der Minotaurus zog mein Schwert aus der Scheide, wobei er darauf achtete, die Waffe nur an dem Kreuzstück des Knaufs anzufassen. Angewidert schleuderte er sie gegen die Wand.

Aphrodite tupfte sich die Lachtränen aus den Augen. »Heb ihn auf.« Der Mann packte mich an den Haaren und zog. Schwankend kam ich in die Höhe, wobei mein Magen nach seinem Tritt immer noch rumorte. Er hatte die Falle an meinem Schwertgriff ausgelöst, aber es würde geraume Zeit dauern, bis die Wirkung einsetzte – wenn überhaupt. Und dieses Gespräch verlief nicht so, wie ich geplant hatte.

Wer war dieses Mädchen? Trotz des gelben Seidenkleids ließen ihre grobe Art und ihr ländlicher Zungenschlag erkennen, dass sie keine Aristokratin war. Sally hatte recht gehabt: Niemand achtet auf Dienstboten.

War sie eine Kammerzofe aus dem Palais Royal? Hatte Sally sie erkannt? War sie deshalb zu einer Gefahr geworden? Und wenn Aphrodite nur eine Dienstmagd war, woher hatte sie dann dieses Kleid?

Ich musste sie zum Reden bringen, und zwar schleunigst. »Wer seid Ihr?«, fragte ich wieder.

»Ich stelle hier die Fragen, Chéri«, sagte Aphrodite. »Wo ist der Schatz?«

»Was für ein Schatz?«

Der Minotaurus schlug mich mit seiner Eisenfaust – wieder in den Magen und wieder krümmte ich mich. Das Einzige, was mich aufrecht hielt, war die Faust, die meine Haare gepackt hatte.

Aphrodite schaute zu und ihre Augen blitzten vor Vergnügen auf, als ich würgen musste. Als ich mich aufrichtete, trat sie vor und schob die Hand des Minotaurus mit ihrer Fingerspitze weg, sodass er meine Haare losließ. Dann umfasste sie mit ihrer Hand mein Kinn und streichelte mit dem Daumen meine Wange.

»So ist's gut«, sagte sie. »Atmen. Einfach nur atmen. Brav so. Wieder besser?«

»Hört zu«, keuchte ich. »Ich schlage Euch einen Handel vor.«

»Ach?« Sie starrte auf meine Wange, als ob sie überrascht wäre, wie sich meine Haut unter ihrem Daumen anfühlte. »Einen Handel? Du glaubst also, du könntest mich reinlegen?«

»Nein, ich …«

Sie schob ihren Daumen zwischen meine Lippen. Dann grub sie ihren Fingernagel in das Fleisch unterhalb meiner Zähne. Ich heulte auf vor Schmerz und schmeckte etwas Metallisches: Blut.

»Du bist ein ständiges Ärgernis«, zischte sie. »Du hast jeden meiner sorgfältig ausgearbeiteten Pläne vereitelt. Du und dieses hagere kleine Gör. Ich wurde bestraft wegen dir. Ich wurde geschlagen wegen dir.«

Tiefer trieb sie ihren Nagel in mein Fleisch. Sie beugte sich so nah zu mir, dass ich ihren Atem fühlen konnte.

»Du hältst dich für so klug«, sagte sie. »Weißt du, was ich am liebsten mit dir machen würde? Ich möchte dir zu gerne die Zunge herausschneiden.«

Tiefer und tiefer grub sich der Nagel. Der Schmerz war so unermesslich, so entsetzlich – wie ein Messer, das sich langsam in mein Fleisch bohrte. Sie drehte ihre Hand und die Qual zwang mich in die Knie. Es tat so weh und ich konnte sie nicht einmal anflehen, damit aufzuhören.

Dann ließ sie mich los. Blut tropfte aus meinem Mund und spritzte auf den Boden. Kleine rote Flecken landeten in den Rillen des gemeißelten Florins.

Aphrodite stand über mir. »Ja«, sagte sie, »mein kleiner englischer Baron. Was für eine herrliche Trophäe wäre doch deine Zunge! Ich würde sie mir an die Wand nageln. Was würde dir dann deine Klugheit noch nützen?«

Sie gab dem Minotaurus ein Zeichen. Er riss mich auf die Füße.

Wieder umfasste sie sanft mein Kinn. »Keine Sorge, Chéri«, sagte sie. »Ich werde dir deine Zunge lassen. Du brauchst sie. Du brauchst sie, um mir alles zu sagen, was ich wissen muss. Aber weißt du, was du nicht zum Reden brauchst?«

Sie griff nach unten und umfasste meine Hand, riss sie hoch und hielt sie mir vor die Augen.

»Deine Finger«, sagte sie.

Und mit diesen Worten zog sie ihr Messer.

Kapitel 57

Ich geriet in Panik.

Das lief alles fürchterlich schief. Jeder andere Verbrecher, mit dem ich es je zu tun gehabt hatte, war ganz versessen darauf gewesen, mir zu erzählen, was er getan hatte. Alle hatten sie sich voller Stolz in ihrem scheinbaren Erfolg gesonnt, in der Bosheit ihres Vorhabens – und hatten von mir verlangt, dass ich ihre Leistungen würdigte. Nicht dieses Mädchen. Ich bedeutete ihr überhaupt nichts. Sie war nicht grausam, weil sie dachte, sie müsste es sein. Sie war grausam, weil es ihr gefiel.

Und ich hatte immer noch keine Ahnung, wer sie war. Mir war klar, dass sie nicht reden würde, jedenfalls nicht freiwillig. Mein Gehirn schrie auf mich ein. *Du hast einen Fehler gemacht. Ruf Tom. Ruf ihn ruf ihn ruf ihn JETZT SOFORT oder du wirst sterben.*

Eine ruhige Stimme mischte sich ein. Mein Meister. *Es ist noch zu früh, Christopher. Wenn du ihn jetzt rufst, werdet ihr beide sterben.*

Aphrodite hob das Messer.

»Wartet«, sagte ich. »Wartet.«

Sie legte die Klinge an meinen Zeigefinger. Die Schneide biss mir in die Haut.

»WARTET!«

Sie hielt inne. Ein Blutstropfen lief an der Messerkante entlang und hinterließ einen sternförmigen Fleck auf meinem Stiefel.

»Willst du etwas sagen?«, fragte sie. »Etwas Kluges? O bitte, bitte, sag etwas Kluges!«

»Es gibt einen Code«, keuchte ich.

»Das weiß ich bereits. Du hast ihn unter dem Gemälde gefunden.«

»Aber ich habe ihn geknackt. Ich weiß, was er bedeutet.«

»Zeig's mir.«

»Meine Hand. Ich brauche dazu meine Hand.«

Einen Augenblick lang hielt sie meine Hand noch fest, als ob sie überlegen würde, ob sie weiterschneiden sollte. Dann, mit einem glockenhellen Lachen, ließ sie mich los.

Ich griff nach meinem Gürtel. Der Minotaurus packte mein Handgelenk.

»Ganz vorsichtig«, sagte Aphrodite.

Ihr Begleiter zerrte mein Hemd aus dem Hosenbund, um nachzusehen, was darunter war. Ich hatte mir die Schärpe eng um meine Taille gewickelt. Einige der Phiolen waren zerbrochen, dank der eisenharten Fäuste des Minotaurus.

»Der Code befindet sich darunter«, sagte ich.

»Nimm sie ab«, sagte Aphrodite, »aber langsam.«

Der Minotaurus hielt mir sein Schwert an die Kehle. Ich griff an meinen Gürtel und löste die Schnallen, mit denen die Schärpe befestigt war. Der Zettel, der dahintergeklemmt hatte, fiel zu Boden.

»Weg mit der Schärpe«, sagte sie.

Ich warf sie zur Seite. Immer noch hielt mir der Minotaurus das Schwert an den Hals. Als sie sich vergewissert hatte, dass ich sonst nichts unter meinem Hemd versteckte, hob sie den Zettel auf und las ihn.

»Der Schlüssel ist Segen und Fluch.« Sie runzelte die Stirn. »Was soll das heißen?«

»Ich bin mir nicht sicher«, sagte ich.

Ihr Blick wurde hart.

»Ich schwöre es«, sagte ich schnell. »Ich hatte noch keine Gelegenheit, über den Satz nachzudenken. Aber ich glaube, es hat etwas mit den Steinplatten zu tun.

Ich deutete auf die Bildnisse rings an den Wänden, die den Werdegang des Ordens erzählten. Sie schaute sich mit plötzlichem Interesse um, als würde sie die Platten erst jetzt bemerken.

»Na dann, du kluges Köpfchen«, sagte sie. »Mach dich an die Arbeit.«

Ich ging zu der nächsten Steinplatte, aber Aphrodite hielt mich zurück.

»Ich will ganz sichergehen, dass du keine Tricks versuchst«, sagte sie, »und deshalb gebe ich dir zwei Minuten, um die Lösung zu finden. Wenn nicht, schneide ich dir einen Finger ab.« Sie lächelte. »Du hast zwanzig Minuten, bevor ich mir den Rest von dir vorknöpfe.«

Mit schreckgeweiteten Augen starrte ich sie an.

»Nun steht doch nicht einfach so herum, Baron«, sagte sie. »Tick-tack, tick-tack.«

Panik brandete in mir auf. Das war doch Irrsinn. Zwei Minuten? Ich hatte einen schrecklichen Fehler begangen. Ich musste hier raus … aber es gab keinen Ausweg.

Dann hörte ich wieder die Stimme meines Meisters. *Es gibt einen Ausweg, Christopher. Du musst ihn nur finden. Wortwörtlich.*

Es dauerte zwei Sekunden, bis ich begriff, was er meinte.

Wörtlich. Genau das war es. Alle Hinweise der Templer waren wörtlich zu verstehen. Also würde dieser keine Ausnahme sein.

Ich packte eine Fackel und rannte zu den Steinplatten, betrachtete voller Hektik eine nach der anderen.

Die erste zeigte eine Schlacht. Neun Ritter ritten mit angelegten Lanzen einer Horde Sarazenen entgegen, die wiederum breite, gebogene Schwerter schwangen. Von den mit Tüchern verhüllten Gesichtern waren nur ihre Augen zu sehen. Mein Magen verkrampfte sich bei dem Gedanken an den Minotaurus hinter mir, der sein eigenes Schwert kreischend über den Stein zog.

»Neunzig Sekunden«, sagte Aphrodite.

Über dem Paneel stand in Latein: *Hostiles repulsantur*. Der Feind wird zurückgeschlagen.

Das war nicht die richtige Tafel. Sie enthielt weder einen Fluch noch einen Segen. Ich hastete weiter.

Auf der nächsten Tafel waren wieder neun Ritter zu sehen, die in einer Oase saßen. Palmen mit breiten Wedeln standen im Hintergrund, vor windgepeitschten Sanddünen. Die Ritter speisten – Datteln, so wie es aussah. Diesmal stand über der Tafel: *Dominus providet*. Der Herr speiset uns.

Ich blieb stehen.

Der Herr speiset uns. Das war ein Segen.

»Sechzig Sekunden.«

Mein Blut pochte in meinen Ohren. Ich konnte keinen klaren Gedanken mehr fassen.

Wieder kam mein Meister zu mir. Ich fühlte die Wärme seiner Hand über meinem Herzen. *Konzentriere dich auf das Problem, Christopher.*

Ich kann nicht!, schrie ich.

Doch, du kannst, flüsterte er. *Ich glaube an dich.*

Der Segen. Hier war der Segen. Aber wo war der Fluch?

Ich betrachtete die Platte, die Bäume, die Männer. Ich sah nichts. Kein Fluch.

»Dreißig Sekunden.«

Kein Fluch. Hier nicht. Aber wo dann?

Die nächste Tafel war die mit der zerschlagenen unteren Hälfte, die einstmals den Schatz gezeigt hatte – diejenige, mit deren Hilfe die Templer den schönen Philippe verhöhnt hatten. Es waren nur noch drei Ritter auf dieser Tafel zu sehen, wiewohl es vermutlich einmal mehr gewesen waren. Doch die anderen waren von dem König abgehackt worden. Immer noch war es mir nicht möglich zu erkennen, worin der Schatz bestanden hatte: Es war irgendeine Kiste mit einer Engelsstatue darauf.

Schatz, dachte ich. Wenn ich das Bild wörtlich nahm, war vielleicht der Schatz hier versteckt. Ein Schatz hinter dem Bild eines Schatzes.

Ich schaute genauer hin. Etwas irritierte mich, als ob die Engelsstatue eine bestimmte Bedeutung hatte, als ob der Schatz etwas war, das ich kennen sollte. Aber ohne das Bild, das sich auf der unteren Hälfte befand, konnte ich einfach nicht herausfinden, was es war. Ich musterte die Teile, die noch sichtbar waren, aber hier gab es nicht einmal einen lateinischen Spruch. Nur die goldene Sonne mit dem Templer-Kreuz.

Ich suchte nach einer wörtlichen Bedeutung. Diese Tafel zeigte einen Schatz. Aber es konnte nicht die richtige sein. *Der Schlüssel ist Segen und Fluch.* Doch ich konnte hier weder das eine noch das andere erkennen.

»Fünfzehn Sekunden«, sagte Aphrodite.

Es gelang mir nicht mehr, meine Panik zu unterdrücken. Ich rannte zur nächsten Platte, während ich innerlich vor Angst und Schrecken aufschrie. Auf dieser Tafel war ein einzelner Ritter auf einer Plattform zu sehen.

»Zehn Sekunden.«

Der Ritter trug ein Kettenhemd, dessen einzelne Glieder

fein ziseliert waren. Sein Schwert hing an einem Gürtel an seiner Seite. Sein Mund war geöffnet

»Fünf.«

und seine Arme erhoben. Die

»Vier.«

Menge vor ihm war

»Drei.«

riesig, ein Meer aus

»Zwei.«

Gesichtern, alle ehrfürchtig erhoben, um

»Eins.«

seinen Worten zu lauschen

»Die Zeit ist um«, sagte Aphrodite.

»Nein«, flehte ich. »Ich bin gleich so weit. Ich bin gleich so weit …«

Grob wurde ich am Kragen gepackt. Ich versuchte, mich zu befreien und wegzurennen. Ein paar Schritte in Richtung Treppe schaffte ich, dann riss mich der Minotaurus von den Füßen. Schwer schlug ich mit dem Rücken auf dem Boden auf.

»Nein!«, schrie ich.

Der Minotaurus drückte mir das Schwert an die Kehle. Ich betrachtete ihn, verschlang sein Gesicht mit meinen Augen, ob ich irgendeine Veränderung erkennen konnte: ein Zittern, eine Unsicherheit, eine Schwäche. Aber da war nichts. Die Falle an meinem Schwertknauf hatte versagt.

»Halt ihn fest«, sagte Aphrodite.

Dann packte sie meine Hand.

Ich warf mich hin und her. Ich schrie. Ich flehte. Aber alles, was ich sehen konnte, war die eisige Kälte in den Augen des Minotaurus und die grausame Lust in ihren.

Ruf Tom, brüllte mein Geist. *Ruf Tom*.

Nein, Christopher, mahnte mein Meister. *Wenn du ihn jetzt rufst, überlebst du vielleicht. Aber er wird sterben.*

Ich konnte es nicht. Aphrodite legte die Klinge wieder an meinen Finger.

»Ich fürchte, das wird wehtun«, sagte sie.

Ich konnte Tom nicht opfern. Und weil ich das nicht konnte, würden sie mir hier und jetzt den Garaus machen, würden mich aufschlitzen wie einen Igel, im kalten Licht der verblassten Templersonne …

Die Sonne.

Ich wusste es.

Ich wusste es wieder.

Kapitel 58

»Da ist es!«

Mein Schrei hallte in der Kammer wider. Und diesmal hielt Aphrodite inne.

»Du lügst doch«, sagte sie.

»Nein«, keuchte ich. »Da. Direkt dahinten. An der Wand.«

Misstrauisch drehte sie den Kopf und schaute hinter sich.

»Nein. Hinter ihm.« Mit den Augen wies ich auf den Minotaurus. »Die Sonne. Auf der Tafel. Es ist die Sonne.«

Sie stand auf und betrachtete den Stein. »Ich sehe nichts.«

»Der Segen. Die Sonne. Die Sonne ist der Segen.«

Sie wirkte nicht überzeugt. »Das ist wohl kaum …«

»Oben«, unterbrach ich sie, »oben im Turm, da gibt es noch eine Tafel.« Ich schloss die Augen und versuchte, mich zu erinnern. Meine Brust hob und senkte sich hektisch. »Sie zeigt die Gründung des Templerordens durch König Balduin. Darüber steht die lateinische Inschrift: *Deo et hominibus benedicti.* ›Gesegnet von Gott und den Menschen.‹«

»Was hat das eine mit dem anderen zu tun?«

»Die Sonne«, sagte ich. »Die Sonne. Auf dieser Tafel gibt es auch eine Sonne. Und *nur* auf dieser Tafel.«

Sie schaute sich um. Ihre Augen wurden schmal. »Pass auf ihn auf«, sagte sie zu dem Minotaurus.

Sie ging nach oben und der Minotaurus drückte mir die Klinge an die Kehle. Ich wagte kaum zu atmen.

Als Aphrodite zurückkehrte, war ihr Gesicht vor Aufregung

gerötet. »Er hat recht«, sagte sie. »Nur auf diesen beiden Tafeln ist die Sonne abgebildet.« Sie wandte sich wieder der zerstörten Platte an der Wand zu. »Ich verstehe, dass es ein Segen ist. Aber den Fluch kann ich nicht erkennen.«

»Weil er nicht mehr da ist.« Ich zog meinen Arm unter dem Knie des Minotaurus hervor und deutete auf den zerschmetterten Stein. »Da. Da war er.«

»Der fehlende Stein?«

»Es war nicht der Stein selbst«, sagte ich, »sondern das, was darauf geschrieben stand. Der Priester, der die Kirche nebenan leitet, hat mir davon erzählt. Die Tempelritter haben einen Spruch für den König darauf hinterlassen: ›Das wird niemals Euch gehören.‹ Das war er. Das war der Fluch.«

Sie schaute von der Sonne zu dem zerbrochenen Stein. »Segen«, flüsterte sie, »und Fluch.«

Ihre Augen fingen an zu leuchten. Sie schob den Dolch wieder in ihren Gürtel und betrachtete die Tafel eingehend. »Wie öffnet man es?«

»Ich weiß nicht«, sagte ich. »Es muss irgendeine Art Mechanismus geben. Versucht es mit Drücken.«

Sie drückte auf die Figuren, fuhr mit den Fingern die Ränder entlang, zog an hervorstehenden Kanten. Je länger sie es versuchte, desto frustrierter wurde sie.

»Komm her«, fuhr sie mich schließlich an.

Der Minotaurus riss mich auf die Füße und schob mich auf die Tafel zu. Ich trat vor sie hin und musterte sie ausgiebig. Auf diese Weise versuchte ich, Zeit zu gewinnen.

»Soll ich dir wieder zwei Minuten geben?«, fragte Aphrodite.

Ich schluckte und stellte mich noch dichter an den Stein. Ich fing an zu drücken und zu ziehen, fester und heftiger, als sie es getan hatte. Ich drehte und stocherte, aber vergeblich.

Ich fühlte, wie sie näher rückten, und hämmerte verzweifelt auf die Tafel ein. Als ich auf die Sonne schlug, fühlte ich, wie sich etwas bewegte.

»Habt Ihr das gehört?«, fragte ich.

Beide schauten mich fragend an. Ich drückte fest auf die Sonne. Einen Moment lang widerstand sie dem Druck, dann fühlte ich, wie etwas einrastete. Steinstaub rieselte herab, als die Sonne in den Stein glitt.

Aphrodite keuchte auf. Atemlos wartete sie, was geschehen würde.

Genau wie ich.

Aber nichts passierte.

»Moment«, sagte Aphrodite und rannte nach oben. Als sie wiederkam, schüttelte sie den Kopf. »Die Sonne oben auf der Platte lässt sich nicht bewegen.«

Während sie oben war, hatte ich fieberhaft nachgedacht, und mir war eingefallen, dass ich vor nicht allzu langer Zeit vor einer anderen Geheimtür gestanden hatte. Diese Tür hatte sich nur öffnen lassen, wenn man bestimmte Substanzen in die Schlüssellöcher goss. Flüssigkeiten und Pulver waren zu Schlüsseln geworden …

Schlüssel, dachte ich. *Der Schlüssel ist Segen und Fluch.*

Dann hatte ich einen Geistesblitz.

Aphrodite war eine gute Beobachterin. »Du weißt, was man tun muss.«

»Ich habe keine …«

Der Minotaurus schleuderte mich gegen die Wand.

»Du nimmst mich immer noch nicht ernst«, sagte Aphrodite. »Eigentlich müsstest du es doch mittlerweile besser wissen.«

Ich wartete nicht ab, bis sie das Messer zog. »Der Florin«, krächzte ich.

Sie stutzte. »Der *was*?«

»Der Florin. Die Münze mit dem Templerkreuz darauf. Ich glaube, das ist der Schlüssel – im wörtlichen Sinne. Die Templer haben jedem König von Frankreich in der Nacht seiner Krönung einen Florin auf das Kopfkissen gelegt, um ihn zu verhöhnen. Aber es haben auch Leute einen bekommen, die ihnen einen Dienst erwiesen haben.«

Ich sah ihrem Blick an, dass sie begriff, was ich meinte. »Der Segen … und der *Fluch*. Dann brauchen wir also einen Florin, um die Tür zu öffnen?«

Ich machte erst gar nicht den Versuch zu verschweigen, dass ich einen Florin besaß. Das wusste sie bestimmt schon von Rémi oder Colette. Wenn ich wieder log, würde Aphrodite erneut ihr Messer zücken. Und diesmal hatte sie keinen Grund mehr, es wieder wegzustecken. Außerdem war es diesmal für mich von Vorteil, die Wahrheit zu sagen, denn dann bekam ich eine zweite Chance, meine Falle – diesmal vielleicht wirkungsvoller – zuschnappen zu lassen.

»Ich habe Marin Chastellains Florin bei mir«, sagte ich mit niedergeschlagener Stimme. »Er ist in meiner Schärpe.«

»Hol ihn«, befahl sie dem Minotaurus.

Wieder stieß er mich gegen die Wand, diesmal aus reiner Bosheit. Er ging zu meiner Schärpe, die ich zu Boden geworfen hatte, und betrachtete die Taschen. »Wo ist er?«

Darauf hatte ich gewartet.

»Neben der Phiole mit dem Wachsverschluss«, sagte ich.

Bitte, flehte ich, als er seine Finger hineinsteckte.

Im nächsten Moment heulte er auf.

Wie der Blitz hatte Aphrodite ihr Messer in der Hand und drückte es mir an den Hals. »Was hast du angestellt?«

Der Minotaurus zog die Hand zurück. In seinem Mittelfinger

steckte eine angespitzte Gänsefeder. Sie hatte sich tief in sein Fleisch gebohrt. Er zog sie heraus und kam mit wutverzerrtem Gesicht auf mich zu. »Das hast du mit Absicht gemacht!«

Aphrodite bewahrte mich vor weiteren Schlägen. »Hör auf zu jammern«, sagte sie. »Das ist bloß eine Feder. Such die Münze.«

Mit einem Mörderblick in meine Richtung drehte er sich wieder um. Diesmal gab er sich keine Mühe, die Schärpe zu durchsuchen. Er drehte sic einfach um und schüttelte. All meine Sachen fielen heraus, etliche Gläser zerbrachen und meine Werkzeuge klapperten auf den Boden.

Unter ihnen war auch der Florin. Er prallte vom Steinboden ab und rollte davon. Der Minotaurus stapfte ihm nach und trat schließlich auf die Münze, um sie aufzuhalten. Dann bückte er sich und hob sie triumphierend hoch.

»Steck sie in das Loch«, befahl Aphrodite.

Er drückte den Florin in die Vertiefung der Sonne. Nichts geschah. Sie schauten mich an.

»Ich glaube, er muss herunterfallen«, sagte ich.

Er ließ den Florin los. Ich hörte, wie die Münze sich mit einem leisen Schaben nach unten bewegte. Dann hörte man ein gedämpftes, metallisches *Ping.*

Klick.

Die Tafel löste sich. Aphrodite bekam große Augen. Dann trat ein gieriger Ausdruck in ihren Blick. Sie schob die Steintafel zur Seite und spähte in die Dunkelheit.

Kapitel 59

Eine Treppe. Steile, schmale Stufen führten in die Tiefe. Grinsend machte Aphrodite einen Schritt. Dann blieb sie stehen.

»Beinahe hätte ich die Fallen vergessen«, sagte sie. »Du zuerst.«

Der Minotaurus schlug mir auf den Hinterkopf – wahrscheinlich aus Rache für die Gänsefeder, oder besser gesagt: als Anfang seiner Rache. Zögernd ging ich ihnen voraus.

Nach vierzig Stufen hatte ich das Ende der Treppe erreicht. Der Boden hier unten war rau und uneben und ein grob aus dem Fels gehauener Tunnel führte in Richtung Norden. Mit einem weiteren Schlag trieb mich der Minotaurus vorwärts und ich ging weiter. Eine Fackel leuchtete mir den Weg.

Der Tunnel zog sich schier endlos dahin. Tief unter der Erde verlor ich jede Orientierung, aber meiner Einschätzung nach waren wir schon mindestens eine halbe Meile gelaufen. Immer wieder schaute ich über die Schulter zu dem Minotaurus, als ob ich fragen wollte, ob ich weitergehen sollte.

»Beweg dich«, knurrte er, »so lange, bis ich dir sage, dass du stehen bleiben sollst.«

Ich nickte. In Wahrheit suchte ich nach irgendeinem Anzeichen dafür, dass die Falle in meiner Schärpe besser funktioniert hatte als die an meinem Schwertknauf. Wenn ich Meister Benedicts Notizen richtig verstanden hatte, dann sollte die Salbe, die ich in die hohlen Federspitzen gefüllt hatte, bereits Wirkung zeigen.

Am besten frisch, hatte mein Meister angemerkt, und die Zutaten, die ich benutzt hatte, waren alles andere als frisch gewesen. Sie waren mehrere Monate alt, womöglich Jahre. Wenn es nicht funktionierte, war ich erledigt. Einen anderen Ausweg gab es nicht.

»Was ist los mit dir?«, fragte Aphrodite.

Ich dachte, sie meinte mich. Doch dann hörte ich den Minotaurus antworten: »Es ist warm.«

»Bist du verrückt geworden? Es ist eiskalt.«

Ich drehte mich um und fixierte ihn. Der Mann rollte seinen Kopf von rechts nach links, als wollte er seine Nackenmuskeln lockern.

»Mir gefällt es hier unten nicht«, sagte er.

»Dir wird es schon gefallen, wenn wir erst den Schatz haben«, sagte Aphrodite.

Der Tunnel wurde breiter und stieg leicht an. Meine Augen folgten dem Weg – und das wäre beinahe mein Untergang gewesen.

Ich machte einen Schritt – und trat ins Leere. Mit wedelnden Armen versuchte ich, das Gleichgewicht zu halten, und erst jetzt sah ich die riesige Grube vor mir. Ich wusste, dass ich fallen würde.

Eine zierliche Hand mit spitzen Nägeln packte mich am Kragen und riss mich zurück. Dann ließ Aphrodite mich los und glättete meine Jacke. »Aufgepasst, Baron. Noch darfst du nicht sterben. Wer weiß, was uns hier unten noch alles erwartet?«

Ich ging um die Grube herum und vermied den Blick in die Tiefe. Es machte nicht den Anschein, als sei sie absichtlich in den Boden gehauen worden, sondern wirkte eher wie eine natürliche Vertiefung.

»Ich weiß, wo wir sind«, sagte Aphrodite plötzlich. »Das hier ist eine der alten Gipsminen.« Ein Stück voraus gabelte sich der Gang und der Teil, der links abbog, war mit Geröll verschüttet. »Offensichtlich gab es hier irgendwann einmal einen Steinschlag.«

Der Minotaurus grunzte. Er schob seinen Unterkiefer von rechts nach links, als ob er Wasser in den Ohren hätte.

Mein Herz machte einen Satz. Das war eines der Symptome, die mein Meister aufgelistet hatte. Mein Plan funktionierte. Ich brauchte nur noch ein bisschen mehr Zeit.

Aber die bekam ich nicht. Der Tunnel mündete abrupt in einer riesigen, natürlichen Höhle.

Die Höhle war etwa fünfzig Fuß hoch, die Felswände glatt und gewölbt. Von mächtigen Stalaktiten, die wie monströse Zähne über unseren Köpfen hingen, tropfte Wasser in milchig weiße Pfützen. Ebenso große Stalagmiten ragten aus dem Boden empor und in der Mitte der Höhle reichte eine einzelne Kalksäule vom Boden bis zur Höhlendecke. Oben und unten war sie dicker als eine jahrhundertealte Eiche und in der Mitte so dünn wie der Finger eines Babys. Aus einer der milchweißen Pfützen lief das Wasser über und tröpfelte über den Boden, bis es über den Rand einer weiteren Grube fiel – ganz ähnlich der, in die ich beinahe gestürzt wäre. Ich sah, dass es etliche dieser Löcher in der Höhle gab.

Stundenlang hätte ich dastehen und die Höhle bestaunen können. Aber etwas noch Beeindruckenderes zog meinen Blick auf sich.

Gold.

Aphrodite schob mich vorwärts und mit einem Mal waren wir umringt von Kostbarkeiten. Millionen von Goldmünzen, so kam es mir vor, lagen auf dem Höhlenboden, aufgehäuft zu

Dünen aus glitzerndem Sand. Dazwischen lagen stapelweise Silberbarren, die nach den Jahrhunderten in der feuchten Höhle schwarz angelaufen waren. Und überall – wirklich und wahrhaftig überall – standen und lagen atemberaubende Kunstgegenstände: goldene Kelche, silberne Schalen, Kreuze und Kerzenleuchter; Gegenstände, die sogar den Reichtum des Louvre verblassen ließen.

In meinem Kopf drehte sich alles. Dieser Schatz war unermesslich – größer und kostbarer als alles, was ein Mensch sich vorzustellen vermochte.

Aphrodite quietschte auf und sprang vorwärts wie ein kleines Mädchen. Vor einem Meer aus Münzen blieb sie stehen und starrte. Dann warf sie sich hinein.

Ihr Lachen hallte in der Höhle wider. Sie bewegte die Arme, als würde sie in der Seine schwimmen, und die Münzen spritzten auf wie goldene Tropfen.

Der Minotaurus schien genauso fassungslos zu sein wie sie, aber er ging ihr nicht nach. Er hielt immer noch das Schwert in der einen Hand und mit der anderen rieb er sich seinen Arm und seine Schulter. Er merkte, dass ich ihn anschaute, und knurrte.

Aphrodite planschte noch eine Weile weiter im Gold, dann krabbelte sie grinsend aus dem Haufen. Kichernd schüttete sie ihre Schuhe aus, in denen sich Münzen versteckt hatten. Dann kam sie zu mir.

Ich sah das Glitzern in ihren Augen. Sie hatte das Gold, die Fallen konnten ihr nichts mehr anhaben; ich hatte meinen Zweck erfüllt.

Ich wich zurück.

Der Blick, den sie mir zuwarf, war beinahe liebevoll. »Hab keine Angst«, sagte sie. »Ich bin dir dankbar, dass du mir den

Weg gewiesen hast. Ich verspreche dir, dass ich dir nicht mehr wehtun werde. Es ist ganz schnell vorbei.«

Ich war am Ende. Es gab keine Rätsel mehr, die ich hätte lösen können. Ich hatte nur noch ein Ass im Ärmel. Ich steckte zwei Finger zwischen die Lippen und pfiff, so laut ich konnte.

Aphrodite betrachtete mich belustigt. »Was hast du vor? Willst du die Templer aus ihren Gräbern zum Leben erwecken?«

Ich pfiff noch einmal. Der Klang bohrte sich durch die Höhle, laut genug, um die Wände erzittern zu lassen.

Sie kam näher. »Oder rufst du nach deinem hünenhaften Freund? Ich fürchte nur, er wird nicht kommen. Wir haben die Tür zum Turm hinter uns verschlossen.«

»Woher hattet Ihr die Schlüssel?«, fragte ich.

»Wer braucht Schlüssel, wenn er Schlösser knacken kann?« Sie deutete auf den Minotaurus, der die Finger streckte, als ob sie taub geworden wären. »Nein, Chéri, die Tür ist verschlossen. Und der Turm wurde erbaut, um einer Belagerung standzuhalten. Wenn dein Diener keinen Rammbock mitgebracht hat, kommt er nicht rein.«

»Nicht, *nachdem* ihr die Tür verschlossen habt«, sagte ich. »Aber was ist mit *davor*?«

Sie warf mir einen spöttischen Blick zu. »Du bist allein gekommen. Wir haben dich gesehen. Wir sind dir gefolgt, weißt du?«

»Ich sagte *davor*.«

Plötzlich dämmerte ihr, was ich meinte. Das Lächeln rutschte ihr von den Lippen.

»Das ist unmöglich«, sagte sie. »Er kann nicht vor dir hier gewesen sein. Wir haben dein Zimmer die ganze Nacht beobachtet. Ihr beide seid hineingegangen und nur du bist wieder herausgekommen.«

»Nur ich bin durch die Tür herausgekommen«, sagte ich. »Ihr vergesst das Fenster.«

»Das Fenster …« Sie brach ab. »Das würde er niemals schaffen! Dein Zimmer ist im zweiten Stock!«

»Ja. Tom war auch nicht begeistert. Aber Bettzeug und Laken, die wir zusammengebunden haben, waren eine gute Kletterhilfe. Er ist seit Stunden im Turm und wartet auf mich in den oberen Stockwerken. Und Warten mag er gar nicht. Besonders, wenn es so kalt ist wie heute. Wenn ich also raten müsste«, sagte ich und nickte zum Höhleneingang, »dann dürfte sich seine Laune nicht gerade gebessert haben.«

Kapitel 60

Erschrocken drehte sie sich um.

Tom stand im Eingang. In der einen Hand hielt er meine Apothekerschärpe, in der anderen blitzte sein Schwert. Und er sah wirklich nicht besonders begeistert aus.

Aphrodite riss den Dolch aus ihrem Gürtel. »Meinst du, das ändert irgendwas? Dann töten wir euch eben beide. Und jetzt ist dein Liebchen im Palais ohne Schutz und wir können sie umso leichter ebenfalls um die Ecke bringen.« Sie schaute den Minotaurus an. »Hol ihn dir!«

Der Bulle stapfte auf Tom zu. Tom ließ die Schärpe fallen und machte einen Schritt nach vorn. Er hob sein Schwert.

Ich hielt den Atem an. Die Bewegungen des Minotaurus waren unsicher, aber gelähmt war er nicht. Ich hoffte inständig, dass mein Plan aufgehen würde.

Der Minotaurus griff an. Er hielt das Schwert hüfthoch und machte einen Ausfall nach rechts. Tom wehrte die Attacke ab; Stahl klirrte auf Stahl.

Wieder stieß der Mann zu, wieder nach rechts. Tom wiederholte seine Parade, aber diesmal war der Angriff nur eine Finte. Der Minotaurus wechselte auf die linke Seite und Tom, der darauf nicht vorbereitet gewesen war, war nicht schnell genug. Das Schwert des Minotaurus schnitt in Toms Oberarm und er taumelte rückwärts, während Blut seinen Hemdsärmel tränkte.

Mein Magen verkrampfte sich; die Klinge des Minotaurus

blitzte im Licht der Fackel auf; Tom wich eilig zurück und versuchte verzweifelt, dem Schwert seines Gegners aus dem Weg zu gehen. Der Minotaurus drängte weiter vor und nach einer Reihe von Paraden, die mir das Herz in die Hose rutschen ließen, versuchte es Tom mit einem Gegenschlag. Der Minotaurus schlug Toms Waffe mit einer verächtlichen Geste zur Seite und machte dann seinerseits einen Ausfall.

Eine rote Linie erschien auf Toms Hals. Einen schreckenerregenden Augenblick lang dachte ich, der Minotaurus hätte Tom die Kehle durchgeschnitten. Aber die Wunde war nur oberflächlich. Trotzdem taumelte Tom voller Angst nach hinten.

Verzweiflung stieg in mir auf. Was hatte ich getan? Es war nicht genug gewesen. Es war einfach nicht genug.

Ich war verzweifelt, Aphrodite dagegen kochte vor Wut. »Was machst du denn da?«, schrie sie den Minotaurus an. »Hör auf herumzuspielen und bring ihn endlich um!«

Und ganz plötzlich eröffnete sich mir eine Chance: indem ich ihr die Wahrheit sagte.

»Er spielt nicht herum«, sagte ich. »Er wurde vergiftet.«

Sie musterte mich scharf. »Wie soll er denn …?« Ihre Augen wurden groß. »Die Gänsefedern!«

Ich lächelte. »Die Gänsefedern. Die Federkiele waren mit einem Gift gefüllt, das Curare heißt. Wisst Ihr, wie es wirkt? Es lähmt den Körper. Erst wird einem warm und stickig. Dann wird der Nacken steif. Dann werden Arme und Beine taub. Und schließlich bricht man zusammen.«

Sie schaute wieder zu dem Minotaurus. Und da schlich sich Angst in ihr Gesicht.

»Ihr solltet weglaufen«, sagte ich. »Flieht, ehe das Gift ihn in die Knie zwingt. Flieht, ehe Tom auch Euch tötet.«

Sie streckte den Arm mit dem Messer aus, die Spitze auf mich gerichtet. Gleichzeitig zuckte ihr Blick zu dem Schatz.

»Nein«, sagte sie. »Nein! Töte ihn! Töte ihn jetzt!«

Ich wusste nicht, ob der Minotaurus unser Gespräch mitangehört hatte. Aber die Panik in ihrer Stimme hörte er, und das schien seine eigene Angst zu beflügeln; er merkte, wie ungeschickt sich Tom mit dem Schwert anstellte, er wusste, dass er ihn in Sekundenschnelle hätte umbringen sollen. Aber er spürte es – das Gift in seinem Körper. Er schüttelte die Arme aus; seine Glieder ließen ihn im Stich. Der Giftmischer, zu Fall gebracht durch Gift.

Die Angst trieb ihn an. Er musste den Kampf für sich entscheiden, ehe es zu spät war. Er stürzte sich auf Tom und hieb unkontrolliert auf seinen Kopf ein. Tom, der bis fast zur Höhlenwand zurückgewichen war, hielt sein Schwert in die Höhe, um die Schläge des Mannes abzuwehren. Funken flogen. Eins, zwei, drei, vier, fünf – und dann senkte sich die Klinge des Minotaurus ganz plötzlich.

Es war eine eiskalte und sehr effektive Angriffshaltung, so wie Sir William es Tom erklärt hatte: Wenn man einen ungeübten Schwertkämpfer mit einer Reihe von Attacken in einem bestimmten Bereich beschäftigte, konnte man damit rechnen, dass ein anderer Bereich ungedeckt blieb. Und wenn der Minotaurus bei Kräften gewesen wäre, hätte er Tom mit dieser Finte getötet.

Aber er war nicht bei Kräften. Und – was mindestens genauso wichtig war – Sir William war ein ausgezeichneter Lehrmeister. Die Klinge des Minotaurus stieß nach oben, nur wenige Zentimeter von Toms Bauch entfernt. Aber diesen Angriff hatte Tom bei seinem Lehrmeister zu oft erlebt, um sich davon überrumpeln zu lassen.

Tom beschrieb mit seiner Waffe einen Bogen und schlug das Schwert des Minotaurus zur Seite. Und dann, mit einer einzigen, fließenden Bewegung, stieß er zu.

Sein Schwert bohrte sich in die Brust seines Gegners. Tom legte seine ganze Kraft in diesen Stoß und trieb die Klinge bis ins Heft hinein, bis sie aus dem Rücken des Minotaurus wieder austrat.

Beide standen da und starrten einander voller Entsetzen an. Dann entglitt dem Minotaurus das Schwert und fiel klappernd auf den Höhlenboden. Tom zog seine Waffe aus der Brust des Mannes, der daraufhin auf die Knie sank. Er streckte die Hand nach Aphrodite aus, als wollte er sie anflehen. Dann brach er zusammen.

Feuer schoss durch meine Adern. Jede Faser meines Körpers schrie auf. Er hatte es geschafft. Er hatte es wirklich geschafft.

Tom schwankte. Ich hatte Angst, er würde ohnmächtig werden. Sein fassungsloser Blick sagte mir, dass er nicht glauben konnte, was er da gerade getan hatte. Aphrodite schaute noch ungläubiger drein. Und dann geriet sie in Panik.

Mit dem Dolch in der ausgestreckten Hand wich sie zurück. Mal zielte sie mit der Waffe auf mich, dann wieder auf Tom, als ob sie nicht wüsste, wen von uns sie bedrohen sollte.

Tom, der sich langsam wieder erholte, packte sein Schwert und kam auf sie zu.

Aphrodite machte einen Schritt in meine Richtung. »Zurück«, befahl sie ihm. »Zurück!«

Tom zögerte. Ich sah, wie es in seinem Gehirn arbeitete. Konnte es ihm gelingen, vor ihr bei mir zu sein?

Aphrodite nutzte Toms Zögern aus. Sie nahm sich einen silbernen, mit Edelsteinen besetzten Kelch und schaufelte Goldmünzen hinein. Dann drückte sie den vollen Kelch an ihre

Brust wie ein Baby und wich – immer noch mit ausgestrecktem Messer – zurück. »Komm nicht näher!«

Tom trat schützend vor mich, als sie sich rückwärtsgehend dem Ausgang näherte. *Nein*, dachte ich, Dolch hin oder her – wir durften sie nicht entwischen lassen. Sie hatte uns nichts über ihre Komplizen gesagt. Wir mussten sie gefangen nehmen. Wenn sie entkam, dann war keiner von uns mehr sicher.

Ich hob einen Silberbarren aus einem Haufen neben mir auf. Als Waffe taugte er nicht viel, aber das Schwert des Minotaurus lag unerreichbar auf der anderen Seite der Höhle.

Aphrodite zuckte zusammen und machte wieder einen Schritt. Ihr war bewusst, dass ich sie nicht so ohne Weiteres gehen lassen würde. Ich trat vor und wieder ging sie rückwärts. Und dieser Schritt beendete den letzten Kampf, noch bevor er begonnen hatte.

Sie hatte nicht darauf geachtet, wo sie hintrat. Mit schreckgeweiteten Augen riss sie die Arme hoch, als ihr Fuß ins Leere trat. Der mit Goldmünzen gefüllte Kelch segelte durch die Luft – und sie stürzte rückwärts in die Tiefe.

Sie schrie kurz auf, dann war alles still. Wir rannten zum Rand der Grube und blickten hinunter.

Sie war nicht tief gefallen, vielleicht fünfzehn oder zwanzig Fuß tief. Wenn die Grube glatt und eben gewesen wäre, hätte sie sich vermutlich kaum verletzt. Aber das war sie nicht. Aphrodite schaute zu uns hoch und alle Farbe war aus ihrem Gesicht gewichen. Ihre Hände fuhren zu ihrem Bauch. Doch was sie dort fühlte, war Stein.

Ein Stalagmit ragte aus der Grube in die Höhe und hatte sie von hinten aufgespießt. Ich musste den Blick abwenden.

»Hilfe«, rief sie leise. »Bitte. Es tut mir leid. Es tut mir leid, dass ich dir wehgetan habe. Hilfe.«

Der Silberkelch lag neben ihr, verbeult durch den Sturz. Goldmünzen rahmten sie ein wie glitzernde Sterne.

»Bitte«, flehte Aphrodite. »Es war nicht meine Idee. Ich bin nicht schuld daran. Es ist meine Herrin, die Comtesse de Colmar. Ich arbeite nur für sie. Bitte helft mir.«

Ich starrte zu ihr hinunter. »Die Comtesse? Amyots Frau? *Sie* steckt hinter der ganzen Sache?«

»Und irgendein Mann. Ich weiß nicht, wer er ist. Er wohnt irgendwo in der Stadt. Er schickt hin und wieder ein Mädchen mit Anweisungen und Informationen. Bitte.«

Meine Gedanken rasten. Den Mann und das Mädchen kannten wir: Rémi und Colette. Aber … die Comtesse? »Seid Ihr sicher, dass es nicht Amyot ist?«

Aphrodite atmete schwer. »Ja. Madame hasst ihn. Sie erzählt ihm nie etwas. Bitte. Ich weiß nicht mehr. Bitte helft mir.«

Tom schaute mich fragend an. Ich schüttelte den Kopf. Es gab nichts, was wir tun konnten. Selbst wenn wir sie aus der Grube hätten holen können, die Verletzung war zu schwer. Sie war vermutlich nur noch am Leben, weil der Stalagmit noch in ihrem Körper steckte. Sobald wir sie von diesem herunterholten, würde sie verbluten.

Ich drehte mich weg. Tom sah nicht glücklich aus, aber auch er wandte sich ab.

»Nein!«, schrie sie. »Bitte! Lasst mich nicht allein hier im Dunkeln! Ich flehe Euch an, Baron! Habt Mitleid!«

Mein Blut kochte über. Mitleid? Sie hätte ohne mit der Wimper zu zucken Sally ermordet, von den anderen, deren Tod sie bereits verursacht hatte, ganz zu schweigen. Dass die Comtesse ihr die Befehle zu diesen Missetaten gegeben hatte, änderte gar nichts. Sie verdiente den Tod.

Trotzdem zögerte ich. Der Fels versiegelte ihre Wunden.

Möglicherweise lebte sie noch stundenlang. Vielleicht sogar tagelang.

Ich hasste sie. Ich hasste sie für das, was sie Sally angetan hatte, was sie mir hatte antun wollen. Ich brannte vor Hass. Aber trotzdem: Was würde mit diesem brennenden Hass geschehen, wenn ich jetzt wegging? Würde er verglühen und sich abkühlen? Oder würde er auf immer und ewig brennen?

Was soll ich tun, Meister?

Er gab mir keine Antwort. Aber als ich die Augen schloss, sah ich sein Gesicht vor mir.

Ich seufzte. Dann hob ich meine Apothekerschärpe auf. Die meisten Gefäße waren herausgefallen, als der Minotaurus sie geschüttelt hatte. Ich schaute nach, was noch darin war. Dann zog ich ein Glas heraus. Es war voll mit winzigen, ovalen schwarzen Samen.

Ich ging zum Rand der Grube, wo Tom immer noch stand. Ich hielt das Glas so, dass Aphrodite es sehen konnte. Dann ließ ich es vorsichtig fallen. Es landete auf ihrer Brust.

Mit zitternden Händen griff sie danach. Der Blick, den sie nach oben richtete, war voller Hoffnung.

»Das sind Stechapfelsamen«, sagte ich. »Sie sind giftig, aber damit kennt Ihr Euch ja aus. Wenn Ihr die Samen kaut, werden Eure Schmerzen ein Ende haben.«

Und dann – ob sie es nun verdiente oder nicht – blieben wir bei ihr bis zum Schluss.

Es dauerte nicht lange. Als sie tot war, gingen Tom und ich in die Mitte der Höhle, wo der Schatz uns erwartete. Der Anblick der Leiche des Minotaurus gemahnte mich daran, wie knapp wir selbst dem Tod entronnen waren.

Ich schlang die Arme um Tom. »Du warst fantastisch!«, sagte

ich. »Sir William … und Lord Ashcombe … und der König … sie alle werden so stolz auf dich sein.«

»Und du«, sagte er, »warst völlig verrückt.«

Ich lachte, ließ ihn los, drehte mich um und betrachtete den Schatz.

»Was machen wir jetzt?«, fragte Tom.

»Wir …« Ich brach ab. Ich hatte etwas gehört.

Rasch schaute ich zu der Grube, wo Aphrodite lag. Aber das Geräusch kam nicht von dort.

Es waren Schritte.

Und sie näherten sich durch den Tunnel, der zum Templerturm führte.

Kapitel 61

Tom hob sein Schwert. Ich drückte mich an ihn und umklammerte den Silberbarren, die einzige Waffe, die mir zur Verfügung stand. Die Gestalt, die eintrat, blieb bei unserem Anblick stehen und hob die Hände.

»Ich bin unbewaffnet«, sagte Pater Bernard.

Tom schaute zu mir hin und senkte dann sein Schwert. Pater Bernard ließ ebenfalls die Hände sinken. »Darf ich mich setzen?«, fragte er. »Es ist ein ziemlich langer Weg vom Turm hierher.«

Ich nickte. Er ging zu der Stelle, wo der Schatz aufgehäuft lag, fegte ein paar Goldmünzen von einem Stapel aus Silberbarren und setzte sich ächzend nieder.

»Ich gratuliere«, sagte er. »Ihr seid die Ersten seit dreihundertfünfzig Jahren, die diesen Schatz zu Gesicht bekommen.«

Er schaute sich um. In seinem Blick lag Interesse und Neugier, aber kein Verlangen, nicht einmal Überraschung angesichts des unermesslichen Reichtums – und des Leichnams, der mittendrin lag. Und dann dämmerte es mir.

»Ihr seid ein Tempelritter«, sagte ich.

Er nickte. »Seit ich etwa so alt war wie ihr.«

»Ihr wusstet also die ganze Zeit, dass der Schatz hier ist?«

»Nicht direkt. Der Großmeister hat mir nie verraten, was genau ich bewache. Meine Aufgabe war es nur, die Überreste unseres alten Hauptquartiers instand zu halten. Aber seit Jahrzehnten habe ich geahnt, dass der Schatz hier versteckt ist.«

Er rieb sich die Beine, um die Muskeln nach dem beschwerlichen Weg zu lockern. »Unser Orden schätzt Verschwiegenheit seit jeher und deshalb bekommen wir immer nur so viele Informationen, wie unbedingt nötig sind. Aber hier in der Kirche der Heiligen Jungfrau hatte ich Möglichkeiten, die meinen Brüdern verwehrt waren: Über die Jahre fanden sämtliche Gerüchte, Fabeln und Hinweise auf den Schatz ihren Weg zu mir. Ich kenne die Gedichte, die Rätsel und die verschlüsselten Botschaften. Ich habe sogar versucht, ein paar davon zu lösen, nur so aus Spaß an der Freude. Die Spur führte stets an diesen Ort. Aber es waren nicht die Rätsel, die mich davon überzeugt haben, dass der Schatz hier zu finden ist. Wollt ihr wissen, was es war?«

Tom und ich nickten.

»Molays Schicksal«, sagte er.

Ich dachte nach. »Weil er gefangen genommen wurde«, sagte ich dann. »Er hat den Schatz angeblich aus Paris weggeschafft, aber er selbst ist geblieben, obwohl er von der Gefahr wusste.«

Pater Bernard nickte. »Molay hat gewusst, was der König vorhatte. Warum sollte er sonst dieses ganze Theater mit den Rittern und den Wagen veranstalten? Aber wenn er es wusste, warum hat er dann die Stadt nicht ebenfalls verlassen? Denn das hätte er durchaus gekonnt. Was nur die wenigsten wissen: Wir sorgen immer dafür, dass ein Fluchtweg frei bleibt, einer, der nur Eingeweihten bekannt ist. Und es ist schlichtweg unvorstellbar, dass es in unserem Hauptquartier keinen solchen Ausweg gab. Dieser geheime Gang ist das perfekte Versteck für einen Schatz.«

»Aber Molay ist diesen Weg nicht gegangen«, sagte Tom. »Auch nicht, als er wusste, dass der Schatz in Sicherheit war. Er blieb im Verlies. Warum hat er das getan?«

»Ah. Das ist mir bekannt«, sagte Pater Bernard und starrte gedankenverloren auf den Ausgang der Höhle. »Ihr müsst wissen, was damals passiert ist. Der Orden der Tempelritter war im Niedergang begriffen. Ursprünglich diente er dem Schutz der Pilger im Heiligen Land, aber die Begeisterung für Kreuzzüge hatte drastisch abgenommen. Die Könige von Europa hatten ihre eigenen Probleme; keinem stand der Sinn danach, sein Reich zu verlassen und um die halbe Welt zu reisen. Nach all der Zeit waren wir nicht nur überflüssig geworden, sondern auch unbequem.

Der schöne Philippe hat uns zwar zu Fall gebracht, aber er war nicht der Einzige, der unseren Untergang wollte. Wir besaßen Reichtum, Macht und Ansehen – und wenn es eins gibt, was ein König überhaupt nicht leiden kann, dann ist es, wenn jemand anderes ihn in diesen Dingen überragt. Wenn der schöne Philippe nicht gegen uns intrigiert hätte, dann wäre es jemand anderes gewesen. Auch das hat Molay vorhergesehen. Und deshalb hat er sich geopfert.

Die Tempelritter mussten sich neu erfinden. Wir konnten nicht länger als militärische Bruderschaft in Erscheinung treten. Es wurde entschieden, dass unsere wahre Macht von nun an im Verborgenen bleiben musste: Wir würden hinter den Kulissen tätig sein, würden unser Wissen und unseren Einfluss dafür aufwenden, unsere Zivilisation zu schützen. Aber man kann nicht im Geheimen wirken, wenn man im Mittelpunkt der Ereignisse steht. Und so schmiedete Jacques de Molay, der dreiundzwanzigste – aber nicht der letzte – Großmeister, einen Plan.

Unser Orden würde zerstört werden. Die ganze Welt sollte Zeuge unserer Vernichtung werden, einer Vernichtung, die so vollkommen und so beschämend war, dass alle glauben mussten, wir seien vom Angesicht der Erde getilgt. Jacques de

Molay, der größte unserer Großmeister, und einige seiner tapfersten Ritter haben ihr Leben hergegeben, damit die Tempelritter weiter existieren konnten. Uns gibt es immer noch, bis zum heutigen Tage.«

»Und was tut Ihr?«, fragte ich.

»Wenn ihr das wissen wollt, müsst ihr unserem Orden beitreten«, sagte er.

Erst begriff ich nicht, doch dann wurde mir klar, was er gesagt hatte.

»Wir?«, keuchte Tom. »Tempelritter?«

Pater Bernard wirkte belustigt. »Irgendwo müssen wir ja die neuen Brüder herbekommen. Ihr glaubt doch wohl nicht, dass ich dreihundertfünfzig Jahre alt bin, oder?«

Toms Mund öffnete und schloss sich wie bei einem Fisch auf dem Trockenen. Ich sah kaum besser aus. »Ich ... ich ...«

Der Pater lachte. »Ich verlange ja gar nicht, dass ihr mir jetzt sofort eine Antwort gebt. Ihr seid sowieso noch ein bisschen jung für das Aufnahmeritual. Aber denkt darüber nach. Vielleicht hört ihr irgendwann wieder von uns. Im Augenblick müsst ihr eine ganz andere Entscheidung treffen, aber eine, die nicht minder schwierig ist.«

Er schaufelte eine Handvoll Münzen vom Boden auf und ließ sie langsam durch seine Finger gleiten.

Wieder dauerte es einen Moment, bis ich den Sinn des Gesagten begriff. »Moment mal – Ihr fordert den Schatz nicht zurück? Wir dürfen ihn behalten?«

»Ihr habt ihn euch verdient«, sagte er. »Ihr habt die Rätsel gelöst und dabei keinem Unschuldigen geschadet. Die Bedingungen wurden erfüllt, der Schatz gehört euch. Obwohl ihr vermutlich eine ganze Menge Leute braucht, die euch beim Tragen helfen.« Er warf mir einen bedeutsamen Blick zu. »Aber wenn ihr euch entschließt, ihn zu behalten, muss ich euch warnen: Ihr könntet in Gefahr geraten.«

»Wegen der Templer?«

»Nein. Wegen Frankreich.«

Ich runzelte die Stirn. »Das begreife ich nicht.«

»Überlegt doch mal, wie das alles angefangen hat«, sagte Pater Bernard. »Der eigentliche Grund, warum der schöne Philippe uns verhaften ließ, war doch seine Gier nach unserem Gold. Er hat es nie bekommen, aber er hat Gesetze erlassen, in denen ihm unser Besitz übereignet wurde. Diese Gesetze gelten noch heute. Und das bedeutet, dass dieser Schatz im Grunde genommen unserem heutigen König gehört. Louis XIV. Wenn ihr das Gold behalten wollt, müsst ihr es außer Landes schmuggeln. Und selbst wenn euch das gelingt, habt ihr noch ein weiteres Problem. Viele dieser Kunstgegenstände« – er deutete mit der Hand auf einen Haufen Kelche – »sind ziemlich berühmt. Wenn ihr sie der Öffentlichkeit präsentiert oder versucht, sie zu verkaufen, dann ... Nun, bei dem einen oder anderen Stück wird es vermutlich nicht auffallen, aber irgendwann wird jemand merken, woher sie stammen. Und die Goldmünzen werden euch natürlich sofort verraten. Ihr könntet sie zwar einschmelzen lassen – was eine Schande wäre, aber durchaus möglich –, aber euer unerwarteter Reichtum würde immer noch viele Fragen aufwerfen. Und wenn es herauskommt, wird Louis sehr, sehr böse werden.«

Daran hatte ich nicht gedacht. Lord Ashcombe hatte mir ausdrücklich befohlen, nichts zu tun, was zu weiteren Spannungen zwischen England und Frankreich führen könnte; unsere beiden Länder befanden sich ohnehin schon fast im Krieg. Wenn ich Louis verärgerte, wäre König Charles gewiss nicht begeistert.

Und der Gedanke, mir gleich zwei Könige zum Feind zu machen, behagte mir überhaupt nicht. »Was wäre, wenn wir Louis sagen, dass wir ihn gefunden haben?«

Pater Bernard nickte. »Das wäre die bessere Lösung. Louis ist ein anständiger Mann, und auch ein großzügiger, möchte ich meinen. Wenn ihr ihm den Schatz aushändigt, dann würde er euch Land schenken, einen Titel und vermutlich auch einen Teil des Schatzes. Nicht den größten Teil, aber immer noch genug, um euch drei – dich, Christopher, Tom und Sally – unglaublich reich zu machen.«

Tom wurde leichenblass. Ich bekam weiche Knie. Aber der Unterton in Vater Bernards Stimme ließ mich aufhorchen.

»Ihr wollt nicht, dass wir das tun«, sagte ich.

»Nein.«

»Warum nicht?«

Er betrachtete mich stumm. Dann sagte er: »Sieh die Sache doch einmal aus unserem Blickwinkel. Der schöne Philippe wollte den Schatz der Tempelritter mit unlauteren, ja mit unheiligen Mitteln an sich bringen. Er hat nicht verhandelt oder uns darum gebeten. Er hat uns nicht einmal die Möglichkeit eines ehrlichen Kampfes gelassen. Wir waren eine militärische Bruderschaft; wir wissen über Ehre Bescheid.

Stattdessen attackierte er uns auf die übelste nur denkbare Art und traf uns mitten ins Herz. Wir stellen unser Leben in den Dienst Gottes. Aber er nannte uns Ketzer, Gotteslästerer, Diener des Antichristen. Bis zum heutigen Tag spucken gläubige Menschen auf unseren Namen. Von allen Dingen, die er uns hätte antun können, war dies das Schlimmste.«

»Ist das der Grund, warum jeder neu gekrönte König Frankreichs einen Florin auf seinem Kopfkissen vorfindet?«, fragte Tom.

»Unter anderem«, sagte Pater Bernard. »Denn es kann nicht schaden, einen König daran zu erinnern, dass einer noch größer und mächtiger ist als er.«

»Aber Louis ist nicht für die Untaten von Philippe verantwortlich«, sagte ich.

»Das stimmt. Deshalb haben wir auch außer Philippe und seine Nachkommen alle anderen Könige Frankreichs unbehelligt gelassen. Mehr noch, viele aus unserem Orden dienten und dienen immer noch unserem Land und seinem König, selbstverständlich unerkannt. Aber nur weil wir den Königen keinen Vorwurf machen, heißt das noch lange nicht, dass wir es gerne sähen, wenn sie einen Vorteil aus unserem Schicksal ziehen.«

Ich biss mir auf die Lippe. »Was sollen wir Eurer Meinung nach also tun?«

»Nichts«, sagte er. »Tut einfach gar nichts. Erzählt niemandem – niemandem, hört ihr? –, was ihr gefunden habt. Geht zurück ins Palais, in eure Gemächer, und wartet dort. Wenn ihr das tut, dann werdet ihr heute noch einen Brief erhalten. Ihr werdet wissen, was ihr damit machen sollt, wenn ihr ihn bekommt.«

»Wir können nicht einfach nichts tun«, sagte ich. »Den Schatz zu finden und an die Öffentlichkeit zu bringen, war doch von Anfang an unser Bestreben. Diese beiden da«, sagte ich und deutete auf die Grube und auf den Leichnam des Minotaurus, »waren nur Teil der Verschwörung. Wenn nichts davon bekannt wird, dann sind Minette und der Rest der königlichen Familie immer noch in Gefahr.«

»Auch darum wird sich der Brief kümmern.«

Ich starrte ihn an. »Ihr wisst, dass die Comtesse de Colmar der Drahtzieher ist. Könnt Ihr sie aufhalten?«

»Wenn ihr uns den Schatz zurückgebt, dann verspreche ich

euch, dass der königlichen Familie fortan keine Gefahr mehr droht.«

Unzählige Gedanken schossen mir durch den Kopf. Wenn wir den Schatz an uns nahmen, waren wir unvorstellbar reich. Aber wir würden uns sowohl England als auch Frankreich zu Feinden machen und die Befehle unseres Königs missachten. Ich konnte nicht behaupten, dass ich das Geld nicht wollte, aber die Wahrheit war, dass wir es nicht brauchten: Die Erbschaft, die Meister Benedict mir hinterlassen hatte, reichte aus, um mich, Tom und Sally unser ganzes Leben lang vor Armut zu bewahren.

Wenn ich Louis den Schatz aushändigte, wären wir immer noch reich. Und wir hätten einen König als Freund. Beides klang in meinen Ohren ziemlich verlockend. Andererseits … wenn wir den Tempelrittern den Schatz zurückgaben, würden *sie* unsere Freunde sein. Und wenn man Pater Bernard Glauben schenkte, waren sie noch mächtiger als alle Könige.

Während ich noch um eine Entscheidung rang, kam mir ein anderer Gedanke. »Etwas verstehe ich immer noch nicht«, sagte ich. »Wenn die Templer nicht wollen, dass der Schatz gefunden wird, wozu dann die ganzen Hinweise und Rätsel, die den Menschen dabei helfen, ihn zu finden? Wäre es nicht besser, einfach den Mund zu halten?«

»Na ja«, sagte Pater Bernard. »Wie ich schon sagte: Die Tempelritter sind immer auf der Suche nach neuen Rekruten. Die Rätsel sind eine Art Prüfung: Wir schauen im Verborgenen zu, und wenn jemand sich als so findig erweist, dass er dem Schatz nahe kommt, dann fragen wir ihn, ob er unserer Bruderschaft beitreten möchte. Bislang war es eine sehr effektive Art, junge Talente für uns zu gewinnen. Wir hätten dir dasselbe Angebot unterbreitet, aber du warst so schnell am Ziel und es gab zu viele Unwägbarkeiten in diesem Spiel, dass wir nicht eingreifen konnten. Außerdem«, setzte er hinzu, »können die Templer niemals ganz untertauchen. Der Einfluss, den wir ausüben – und sei er auch noch so subtil –, wird einem aufmerksamen Beobachter nicht verborgen bleiben. Um uns zu schützen, lenken wir die Neugier der Menschen in Bahnen, die wir selbst festlegen. Wenn die Menschen sich für uns interessieren, beschäftigen sie sich immer zuerst mit der Suche nach dem Schatz. Während sie den Hinweisen folgen, behalten wir sie im Auge. Wir sehen, wie sie suchen. Sind sie gütig oder grausam?« Er nickte zu dem hingestreckten Minotaurus. »Auf diese Weise geben sie ihre Absichten preis. Werden sie zu unseren Feinden oder …«

»… zu Euren Dienern«, beendete ich den Satz.

Er lächelte. »Manchmal werden Prophezeiungen wahr.«

Ich drehte mich zu Tom um. »Was sollen wir machen?«

Er verschränkte die Arme vor der Brust. »Komm bloß nicht auf die Idee, mich so was zu fragen. Das ist alles deine Schuld.«

Ich konnte mich nicht entscheiden, was das Beste war. Und Sally konnte ich auch nicht fragen. Und so fragte ich meinen Meister. Was soll ich tun?

Wofür auch immer du dich entscheidest, sagte er, *ich stehe hinter dir.*

Und das machte mir die Entscheidung leicht.

Ich warf dem Schatz noch einen letzten, sehnsuchtsvollen Blick zu, ehe ich seufzte und sagte: »Also schön. Wir folgen Eurem Rat.«

»Danke, Baron«, antwortete Pater Bernard und erhob sich. »Ich habe viel zu tun und wenig Zeit, also solltet ihr beide jetzt besser gehen. Erwartet den Brief im Laufe des Abends.«

Als Tom und ich uns zum Gehen wandten, hielt mich der Pater am Arm fest. »Eins hätte ich fast vergessen: Etwas solltet ihr unbedingt tun. Ich habe Kenntnis von gewissen Gegenständen, die ihr aus England mitgebracht habt.« Er schaute mich mit bedeutungsvollem Blick an. »Wenn ich an eurer Stelle wäre, würde ich dafür sorgen, dass sich heute Abend nichts mehr davon in eurem Zimmer befindet.«

Eine deutliche Warnung. Ich bedankte mich. Am Eingang der Höhle blieb ich noch einmal stehen.

»Pater Bernard?«, sagte ich. »Ich bin gar kein echter Baron, wisst Ihr?«

Er lachte liebenswürdig. »Was du nicht sagst! Nun, du bist noch jung. Was nicht ist, kann ja noch werden.«

Kapitel 62

Wir hasteten durch den Tunnel zurück in den Turm der Templer, wo ich mein Schwert und die Gegenstände aus meiner Schärpe aufsammelte, die der Minotaurus zu Boden geworfen hatte. Dann kehrten wir ins Palais zurück, wo Adelard und Sanguin – müde, aber zuverlässig und treu – über Sally wachten.

Als Erstes setzte ich den Rat von Pater Bernard in die Tat um. Tom und ich nahmen das Kästchen mit den Giften, Meister Benedicts Notizen und die Apothekerschärpe und trugen die Sachen aus dem Zimmer. Als ich ihm erzählte, wo ich sie verstecken wollte, stöhnte er auf.

»Auf dem Friedhof?«, fragte er klagend. »Schon wieder?«

»Ich wüsste nicht, wo sie sonst noch sicher sind«, sagte ich. »Den Dienstboten im Maison Chastellain können wir nicht vertrauen und ich werde ganz bestimmt nicht die Habseligkeiten meines Meisters in die Seine werfen. Nein, wir verstecken sie in dem falschen Grab in der Krypta der Templer.«

Er brummte missmutig vor sich hin, aber er begleitete mich. Als Dank machten wir auf dem Heimweg in der Pâtisserie halt – wo ich wieder einmal sehr, sehr viel Geld loswurde.

Als es an der Tür kratzte, knieten wir vor dem Sofa und beteten für Sally. Adelard öffnete die Tür einen Spalt, lugte hinaus und zog sie dann ganz auf. Im Flur stand ein Palastpage. Es war derselbe Junge, der mir Sallys Nachricht gebracht hatte. »Ein Brief für Monsieur.«

Der Umschlag war an »Ashcombe« adressiert und mit rotem Wachs ohne Stempel versiegelt. Ich öffnete ihn und sah überrascht, dass ein weiterer versiegelter Brief darin lag. Dieser allerdings war an jemand anderen gerichtet: An den engsten Vertrauten und Berater des Königs. An den Mann, der mich an dem Morgen, als ich dem König beim Aufstehen zuschauen durfte, angesprochen hatte.

Jean-Baptiste Colbert
Der Louvre

Wir ließen Sally ein weiteres Mal in der Obhut der beiden vertrauenswürdigen Wachen zurück und eilten in den Königspalast. Obwohl die Sonne bereits untergegangen war, befand sich Colbert immer noch in seinem Arbeitszimmer. Als sein Sekretär mich hineinführte, saß er hinter seinem Schreibtisch und schrieb in ein großes Buch.

»Ah«, sagte er, ohne die Schreibfeder abzusetzen, »Baron. Willkommen. Was kann ich für Euch tun?«

Ich reichte ihm den Brief. Immer noch weiterschreibend, erbrach er das Siegel mit der freien Hand. Erst als er anfing zu lesen, verstummte das Kratzen der Feder.

Er stand auf. »Wo habt Ihr das her?«

»Ein Junge, den ich nicht kenne, hat den Brief gebracht, Monsieur«, sagte ich. »Er gab ihn einem Soldaten im Palais, der in meinen Diensten steht, und bat ihn, Euch die Nachricht auszuhändigen.«

Colbert las den Brief ein zweites Mal. »Wisst Ihr, was darin steht?«

»Nein, Monsieur.«

Er betrachtete uns durchdringend und sagte: »Kommt mit.«

Tom und ich folgten ihm in den Vorraum, wo er leise mit seinem Sekretär sprach. Der Mann machte ein erschrockenes Gesicht, nickte aber und eilte zur Tür hinaus. Colbert begleitete uns daraufhin nach draußen, wo sich bereits Soldaten der königlichen Leibgarde versammelten.

Colbert rief zwei von ihnen zu sich. »Ihr kehrt ins Palais Royal zurück«, sagte er zu uns. »Diese beiden Männer werden Euch begleiten. Ich möchte Euch bitten, Baron, in Eurem Zimmer zu bleiben, bis Ihr anderslautende Anweisungen bekommt.«

Wir taten, wie uns geheißen – letztendlich hatten wir dank der beiden Soldaten ja auch keine andere Wahl. Wir warteten in meinem Zimmer, bis Colbert, der in Begleitung weiterer Soldaten vor der Tür auftauchte, mich aufforderte, mit ihm zu kommen. Tom sollte im Zimmer bleiben.

Nervös folgte ich dem ersten Minister des Sonnenkönigs durch die Gänge des Palais. Über das Knallen der Stiefelabsätze hörte ich lautstark streitende Stimmen. Die Wachen schoben die Menge, die sich vor der Tür eines Arbeitszimmers versammelt hatte, beiseite und ließen uns eintreten.

Im Zimmer befanden sich ebenfalls eine Handvoll Soldaten, die zwei Gäste der Herzogin umringten: den rotgesichtigen Amyot und seine verängstigte Frau, die Comtesse.

»Colbert!«, rief Amyot. »Wie könnt Ihr es wagen, uns so zu behandeln? Lasst uns auf der Stelle gehen!«

Colbert gab keine Antwort. Er wartete, bis vier weitere Wachen eingetreten waren, die zwei mit Tüchern bedeckte Leichen trugen. Vor den Füßen der Gräfin und ihres Gemahls legten sie ihre Last ab.

»Was ist das?«, wollte Amyot wissen.

Colbert zog eins der Tücher weg. Es war der Minotaurus, in

dessen Brust die Schwertwunde klaffte. »Kennt Ihr diesen Mann?«, fragte Colbert.

Die Comtesse wurde blass. Amyot schaute nur verwirrt drein. »Nein«, sagte er.

Colbert zog das zweite Tuch weg. »Und was ist mit ihr?«

Es war Aphrodite in ihrem gelben Seidenkleid. Die Menge keuchte auf angesichts der entsetzlichen Wunde in ihrem Bauch.

»Ja«, sagte Amyot, der jetzt völlig perplex war. »Das ist die Kammerzofe meiner Frau. Was ist mit ihr passiert?«

Alle starrten die Comtesse an, die so aussah, als würde sie gleich in Ohnmacht fallen.

»Eine Sekunde … ist das Euer Kleid, Madame?«, fragte Amyot. »Wieso trägt sie es?«

»Diese beiden«, sagte Colbert, »fand man in einer Gasse in der Nähe des *Cour des Miracles*, nahe der Porte Saint-Denis. Mir wurde berichtet, dass man sie ermordet hat, nachdem sie eine alte Kiste mit Templergold gefunden und ihrer Herrin gebracht hatten.«

»Nachdem sie … was? Wollt Ihr damit andeuten, dass …?«

Colbert hob einen Zeigefinger. »Ich will damit andeuten, Monsieur, dass Ihr zu schweigen habt.« Als Amyot den Mund zuklappte, wandte sich Colbert an seine Gemahlin. »Nun, Comtesse?«

Sie brachte kaum ein Wort heraus. »Ich … ich hatte … ich hatte nichts damit zu tun«, stammelte sie flüsternd.

Wieder kamen zwei Soldaten ins Zimmer. Sie trugen eine reich verzierte Holztruhe, die sie vor Colbert abstellten.

»Diese Truhe gehört Euch, Madame, ist es nicht so?«, sagte Colbert.

Nun zeigte sich auch auf dem Antlitz der Comtesse Verwirrung. »Ja.«

»Den Schlüssel, wenn ich bitten darf.«

Sie zog ein Band aus ihrem Ausschnitt, an dem ein Schlüssel hing, und reichte ihn Colbert. Die Soldaten öffneten die Truhe. Obenauf lag ein zusammengefaltetes Satinkleid. Als die Soldaten es zur Seite zogen, keuchte die Menge ein zweites Mal auf.

Die Truhe war randvoll mit Kostbarkeiten: mit Juwelen besetzten Kelchen und Kreuzen, einem silbernen Rahmen und Goldmünzen.

Entgeistert starrte die Comtesse in die Truhe. »Wie … wie kommt das … Das gehört mir nicht!«

»Ihr habt mir doch gerade den Schlüssel dafür gegeben«, sagte Colbert.

»Aber ich … wie sollte … ich habe diese Sachen noch nie gesehen … Es … es war … er!«

Sie deutete auf mich.

»Er war es!«, kreischte sie. »Er hat das getan! Er will mich hereinlegen! Er ist nicht einmal ein Baron, sondern ein Lehrling! Und der andere ist ein Bäcker!«

Colbert verzog keine Miene während ihres Tobsuchtsanfalls. Die Zuschauer wechselten schockierte und fassungslose Blicke. Gleich darauf fingen sie an zu tuscheln. Der Graf wusste ganz offensichtlich nicht, was er sagen sollte. Er streckte die Hand nach ihr aus. »Meine Liebe …«

Sie wich vor seiner Berührung zurück, bis sie mit dem Rücken an der Wand stand. »Ich wollte doch nur nach Hause gehen!«, schrie sie. »Warum hast du mich nicht nach Hause gehen lassen?«

Colbert zog ein Stück Papier aus seiner Weste. »Dies ist ein Erlass des Königs«, sagte er. »Der Templerschatz wird konfisziert und Ihr dürft fortan in der Bastille Quartier beziehen.«

»Nein«, flehte sie, als die Wachen sie an den Armen packten. »Bitte! Ich werde Euch alles sagen. Bitte nicht in die Bastille!«

Die Menge schreckte zurück, als die Wachen sie fortbrachten, als ob sie die Pest hätte. Ihre Schreie hallten noch lange durch die Gänge des Palastes.

Soldaten begleiteten mich zurück zu meinem Zimmer. Dort angekommen, sah ich, dass man meine Sachen durchwühlt hatte. Alles lag auf dem Boden verstreut. Selbst meine Matratze und Toms Strohsack waren aufgeschnitten worden und Daunenfedern und Stroh lagen überall verstreut auf dem Parkettboden. Tom stand gegen den Kamin gelehnt und hielt die bewusstlose Sally in den Armen, während Bridget mit empört aufgeplustertem Gefieder auf seiner Schulter saß. Adelard und Sanguin standen mit großen Augen daneben.

»Irgendwas gefunden?«, fragte Colbert.

Die Soldaten schüttelten den Kopf. Colbert betrachtete die beiden Palastwachen von oben bis unten. »Wer seid ihr?«

»Ich bin Adelard, Monsieur«, sagte der Wachmann, »und das ist Sanguin. Wir stehen im Dienst des Herzogs.«

»Und was macht ihr dann hier?«

»Der junge Monsieur hat uns gebeten, auf die Mademoiselle aufzupassen, während er weg war.«

»Wie lange seid ihr schon hier?«

»Seit gestern.«

»Und ist euch in dieser Zeit irgendetwas aufgefallen?«, fragte Colbert. »Haben sich diese beiden Herren irgendwie merkwürdig benommen?«

»Merkwürdig, Monsieur?«, wiederholte Adelard und schaute zu mir.

Wie zufällig legte ich meine Hand auf die Geldbörse an meinem Gürtel. Adelard warf Sanguin einen Blick zu, der mit den Schultern zuckte.

»Nein, Monsieur«, sagte Adelard. »Wir haben rein gar nichts Merkwürdiges gesehen.«

22.–30. NOVEMBER 1665

Komplet

Kapitel 63

Nach der Verhaftung der Comtesse de Colmar gab es keine weiteren Anschläge auf das Leben der königlichen Familie. Was die Comtesse selbst betraf, so sprach es sich schnell herum, dass sie zunächst alles leugnete und versuchte, Aphrodite – deren richtiger Name Marie-Louise lautete – die ganze Schuld in die Schuhe zu schieben. Aber nachdem man sie eine Zeit lang befragt hatte – und dabei wohl auch nicht zimperlich vorgegangen war –, gestand sie.

Wenn man ihren Worten Glauben schenkte, dann war sie von jemandem angestiftet worden, dessen Namen sie nicht verraten wollte. Dieser Unbekannte hatte ihr Aphrodite als Kammerzofe empfohlen und der Comtesse so viele Reichtümer versprochen, dass sie nie wieder Gefahr laufen würde, von ihrem närrischen Ehemann an den Bettelstab gebracht zu werden. Den Minotaurus kenne sie nicht, behauptete die Comtesse, er sei Aphrodites Schoßhund gewesen. Und nachdem sie eine Zeit lang in der Bastille verbracht hatte, war sie auch bereit, mehr über ihren Mitverschwörer zu verraten, wenn man als Gegenleistung Milde walten lassen und sie nur ins Exil schicken würde, anstatt sie hinzurichten.

Louis nahm großen Anteil an der Angelegenheit und am Tag, an dem der Prozess stattfinden sollte, drängte sich die Aristokratie im Gerichtsgebäude und zankte sich um die besten Plätze auf der Galerie. Aber die Zuschauer wurden bitter enttäuscht. Am selben Morgen fand man die Comtesse in ihrer Zelle – tot, scheinbar von eigener Hand. Sie hatte Gift geschluckt, hieß es, obwohl sich niemand erklären konnte, woher sie es hatte.

Ich wusste bereits, wer ihr Komplize war: Rémi. Aber es war und blieb mir ein Rätsel, warum die Comtesse ihn nicht verraten hatte. Man behauptete, sie hätte schreckliche Angst gehabt, der namenlose Mann könnte furchtbare Rache an ihr üben. Aber was konnte schlimmer sein, als auf dem Richtplatz gehenkt zu werden? Und wenn Rémi Aphrodite der Comtesse als Kammerzofe zugeführt hatte, warum hatte sie dann in der Höhle behauptet, sie wüsste nicht, wer er war? Welche Macht besaß Rémi, dass sie ihn verleugnete, obwohl sie schon so gut wie tot war?

Am liebsten wäre ich zu Colbert gegangen und hätte ihm von meinen Überlegungen erzählt. Aber das hätte mich wieder auf die Bühne der Ereignisse gerufen. Außerdem trieb mich ein Gedanke um, der noch beunruhigender war als der an Rémi.

»Du glaubst doch nicht wirklich, dass Simon mit ihnen unter einer Decke steckt, oder?«, fragte Tom.

Ich wollte es nicht glauben. Aber ich konnte mir einfach nicht sicher sein.

Tom schüttelte den Kopf. »Überleg doch mal: Wenn Simon mit drinhängen würde, hätte ihn Rémi doch darüber informiert, dass wir wussten, wo der Schatz ist. Dann wäre er doch bestimmt zusammen mit Aphrodite und dem Minotaurus aufgetaucht. Zwei Schwertkämpfer hätten uns doch viel leichter außer Gefecht gesetzt. Und warum hätte er in dem Fall überhaupt die Stadt verlassen sollen?«

Das war in der Tat das stärkste Argument für die Annahme, dass Simon unschuldig war. Wenn er eingeweiht gewesen wäre, hätte er wohl kaum der Stadt den Rücken gekehrt – wohl wissend, dass wir kurz davor standen, den Schatz zu heben. Es sei denn … »Was, wenn er die Stadt gar nicht verlassen hat?«, gab ich zu bedenken. »Wenn er die ganze Zeit hier war und sich versteckt hielt, damit wir ihn nicht verdächtigen?«

»Jetzt übertreibst du es aber wirklich mit deinen Gedankenspielchen«, protestierte Tom.

Vielleicht. Vielleicht auch nicht. Es gab nur eine Möglichkeit, das herauszufinden. Da ich immer noch nicht wusste, wem ich vertrauen konnte, ging ich als Erstes in die Kirche der Templer, um mit Pater Bernard zu sprechen. Doch er war nicht da. Stattdessen hatte ein völlig unbekannter Priester namens Pater Jerome die Aufsicht übernommen.

»Es tut mir leid, aber Pater Bernard werdet ihr hier nicht mehr antreffen«, sagte er. »Der Vatikan hat ihn in eine Gemeinde in der Nähe von Arles abberufen, in der Provence.«

Das bezweifelte ich stark. Die Frage war nur: War Pater Jerome eingeweiht?

»Seid Ihr …«, setzte ich zögernd an.

Er warf mir einen unergründlichen Blick zu. »Bin ich was, Monsieur?«

Ich seufzte. »Ach, schon gut.«

Ich hätte es mir denken können: Die Templer und ihre Heimlichtuerei. Jetzt blieb mir nur noch eine Person, von der ich ganz sicher war, dass sie nicht mit Rémi zusammenarbeitete: Ich ging zu Colbert und fragte ihn, ob er einen vertrauenswürdigen Kurier kannte. Er schickte mir einen Jungen von etwa sechzehn Jahren, dem ich einen Brief überreichte.

»Bring dies in die Normandie«, sagte ich, »auf das Landgut des Comte de Gravigny. Du darfst es nur seinem Neffen persönlich aushändigen, Simon Chastellain, niemandem sonst. Wenn er nicht dort ist, dann finde heraus, wann er das letzte

Mal auf dem Landgut weilte. Und dann kommst du sofort wieder zu mir nach Paris. Jetzt beeil dich, die Sache ist dringend.«

Es dauerte zwei Tage, ehe der Kurier zurückkehrte. Mein Herz setzte einen Schlag aus, als der Junge mir meinen Brief zurückgab.

»Er war nicht dort?«, fragte ich niedergeschlagen.

»Es tut mir leid, Monsieur«, sagte er. »Ich habe ihn verpasst.«

Mein Kopf ruckte hoch. »Wie bitte? Er … er war also dort?«

»Ja. Der Verwalter erzählte mir, Monsieur Chastellain sei vergangenen Donnerstag angekommen und habe die folgenden Tage damit verbracht, die Angelegenheiten seines Onkels zu regeln. Als ich eintraf, war er gerade nach Paris aufgebrochen. Ich muss ihm auf der Straße begegnet sein.«

Erleichtert sackte ich auf meinem Stuhl zusammen. Was mir der Kurier berichtete, war der Beweis dafür, dass Simon von nichts gewusst hatte. Es waren also nur Rémi, Colette und vielleicht noch weitere Komplizen im Maison Chastellain, um die wir uns kümmern mussten. Ich bat Adelard und Sanguin, uns zu begleiten.

Als wir dort eintrafen, war Simon, der es nicht so eilig gehabt hatte wie mein Kurier, gerade angekommen. Immer noch in seinen staubigen Reisekleidern, stand er in der Eingangshalle und schaute mir überrascht entgegen.

»Christopher!«, rief er. »Kannst du mir sagen, was los ist? Was ist mit Rémi passiert? Die Angestellten behaupten, er sei verschwunden.«

Ich hatte Pater Bernard versprochen, dass ich niemandem von dem Schatz erzählen würde. Und so sagte ich Simon nur das, was ganz Paris wusste: dass die Comtesse verhaftet wurde und man in ihrem Besitz eine Truhe mit Templergold gefunden hatte. Und dass zwei ihrer Dienstboten ermordet aufgefunden worden waren.

Allerdings ergänzte ich noch, dass ich Rémi in Verdacht hatte, mit ihnen zusammengearbeitet zu haben. »Ich glaube, dass sie auf diese Weise den Schatz finden konnten. Eins der Rätsel wies den Weg zum *Cour des Miracles*, wo man die Leichen fand. Der Einzige, der mit anhörte, wie ich darüber sprach, war Rémi.«

Simon starrte mich entgeistert an. Dann rief er einen der Lakaien zu sich. »Gaspard! Wann hast du Rémi zuletzt gesehen?«

»Am Samstagabend«, antwortete Gaspard. »Am nächsten Morgen war sein Bett unberührt. Colette ist auch fort, und auch Claude und Jacqueline. Sie haben ihre Sachen gepackt und sind bei Nacht und Nebel verschwunden.«

Simon war fassungslos, dass diesmal er es gewesen war, der die Schurken eigenhändig in das Haus seines Onkels eingelassen hatte. Er rannte nach oben und wir folgten ihm.

Marin saß in seinem Sessel vor dem Kamin, las und nippte an seinem Brandy. Er schaute auf und zog eine Augenbraue hoch. »Was, um alles in der Welt, ist in dich gefahren?«, fragte er, als Simon ins Zimmer gestürmt kam.

Erleichtert seufzte Simon auf. »Ich bin nur froh, dich so wohlauf zu sehen, Onkel.«

»Warum sollte ich nicht wohlauf sein?«, gab er zurück. Dann schien er sich zu besinnen und warf einen prüfenden Blick auf die Karaffe neben sich. »Obwohl der Brandy langsam knapp wird.«

In den Tagen, die folgten, schien die Sonne für meine Begriffe heller und wärmer als zuvor. Die Gefahr war gebannt und so kehrte ich zum *Cimetière des Innocents* zurück und holte meine

Sachen. Tom ließ ich im Palais. Als ich zurückkam, hörte ich seinen Schrei.

»Christopher!« Tom lehnte sich aus dem Fenster im zweiten Stock und winkte mir wild zu. »Christopher! Komm schnell!«

Ich rannte die Treppe hoch und stürmte in mein Zimmer. Da stand Tom und strahlte, und neben ihm Palissy, der Wundarzt, der seine Patientin untersuchte – die erwacht war!

»Sally!« Ich ließ die Sachen meines Meisters fallen und rannte zu ihr. Sie schenkte mir ein schwaches Lächeln.

Palissy stieß mich mit dem Ellbogen beiseite. »Weg mit dir, Junge. Ich brauche Platz.« Vorsichtig betastete er den Verband um Sallys Kopf. »Wie fühlt Ihr Euch?«

»Ich habe Durst«, krächzte sie.

Ich ließ etwas zu trinken holen, während Palissy mit seiner Untersuchung fortfuhr. Schließlich trat er zurück und sagte: »Ich werde den Verband noch einige Tage an Ort und Stelle lassen und ich würde Euch raten, Euren Kopf in nächster Zeit nicht irgendwo anzuschlagen. Wenn Ihr das beherzigt, würde ich sagen, dass Ihr außer Gefahr seid.«

»Mein Kopf tut weh.«

»Und das wird noch eine ganze Weile so bleiben. Aber Ihr werdet Euch erholen.« Er tätschelte ihr Bein. »Ihr seid eine ungeheuer starke junge Dame. Ich kenne Männer, die doppelt so kräftig sind wie Ihr und Schläge, die nur halb so fest waren, nicht überlebten.«

»Ich hatte einen Beschützer«, sagte sie, und nachdem der Wundarzt gegangen war, erklärte sie mir, dass sie den heiligen Christophorus gemeint hatte. »Tom hat mir erzählt, was passiert ist.« Sie streichelte Bridget, die zufrieden auf ihrem Schoß saß. »Bin ich wirklich noch einmal nach Notre-Dame gegangen?«

»Du kannst dich nicht daran erinnern?« Als sie den Kopf schüttelte, fragte ich sie: »Was ist das Letzte, was du noch weißt?«

Sie dachte nach. »Meine Großmutter hat mir das Medaillon gegeben. Dann sind wir … in eine Kirche gegangen?«

»Die Kirche der Templer«, nickte Tom.

Sie dachte nach. »Ich … erinnere mich an eine Brücke. Aber … nein, das kann nicht sein. Sie war riesengroß. Und es standen keine Häuser darauf.«

»Das ist die Pont Neuf«, sagte ich. »Wir waren tatsächlich dort.«

»Das ist … Ich kann nicht …«

»Schon gut.« Ich nahm ihre Hand und sie verschränkte ihre Finger in meinen. »Es ist völlig normal, wenn man sich nicht erinnern kann. Meister Benedict sagte, so etwas passiert häufig bei einer Kopfverletzung. Solange du dich nur an *uns* erinnerst.«

»Danke, Tom«, sagte sie.

Ich starrte sie an. »Wa…« Dann sah ich, dass sie grinste. »Das ist nicht lustig«, empörte ich mich.

»Doch, ein bisschen schon. Also, was ist sonst noch passiert?«

Tom hatte ihr schon von dem Wunder berichtet, das ihr auf dem Glockenturm das Leben gerettet hatte, und ich erzählte ihr den Rest, angefangen von unserem Ausflug zur Pont Neuf bis zu der Flucht von Marins treulosen Dienstboten. Sie lauschte mit großen Augen und ernster Miene. »Also hat Rémi hinter allem gesteckt«, sagte sie erschauernd.

Ich wusste, wie sie sich fühlte: Es war beängstigend, daran zu denken, dass man sich in der Gegenwart eines so grausamen Menschen befunden hatte, ohne auch nur die geringste Ahnung zu haben, was sich hinter dieser Maske aus Ergebenheit und Dienstbarkeit verbarg. Ich dachte an die Comtesse und an

Aphrodite, die so viel Angst vor ihm gehabt hatten, dass sie sein Geheimnis mit ins Grab genommen hatten. Die Tatsache, dass er spurlos verschwunden war, ließ auch mich nichts Gutes ahnen.

Simon ließ nach Rémi suchen, aber bisher ohne Erfolg. Er hatte Rémis Empfehlungsschreiben überprüfen lassen und herausgefunden, dass der Mann, den er als seinen früheren Arbeitgeber angegeben hatte, ihn überhaupt nicht kannte. Unterschrift und Siegel auf den Dokumenten waren gefälscht.

Simon hatte den Kopf in den Händen vergraben. »Wie konnte mir das nur passieren?«

Aber es war nicht das erste Mal, dass wir erlebten, wie gefälschte Briefe gutgläubige oder verzweifelte Menschen in die Irre leiteten. Und Rémi war ein Meister in Sachen Fälschung. Auf Sallys Bettkante sitzend, zeigte ich ihr den Brief, der sie nach Notre-Dame gelockt hatte.

»Er ist perfekt«, sagte ich. »Selbst ich würde glauben, dass ich ihn geschrieben habe.«

Sie las ihn mehrmals und versuchte, sich zu erinnern. »Aber warum waren sie hinter *mir* her?«

Nach der Verhaftung der Comtesse hatte ich Zeit, über diese Frage nachzudenken. Und ich glaubte, die Antwort gefunden zu haben. »Kannst du dich an den Angriff der Wespen in den Gärten der Tuilerien erinnern? Du hast uns erzählt, dass eine der Kammerzofen aus dem Gebüsch gerannt kam. Sie wurde als Erste angegriffen.«

»Ja, ich erinnere mich.«

»Diese Kammerzofe«, sagte ich. »Weißt du noch, wie sie aussah?«

»Sie war bildschön«, sagte Sally.

Ich hatte also recht gehabt. »Das war Aphrodite«, sagte ich.

»Marie-Louise, die Kammerzofe der Comtesse. Ich denke, Folgendes ist passiert: An dem Tag, als du mit der Herzogin zum Einkaufen gegangen bist, brachte die Comtesse ihre Bediensteten mit. Und als du Marie-Louise erkannt hast, ist dir klar geworden, dass sowohl sie als auch die Comtesse zu den Verschwörern gehörten.«

Sally runzelte die Stirn. »Ich begreife nicht, warum der Anblick einer Kammerzofe …« Sie brach ab und sog scharf den Atem ein. »Der Louvre!«

Ich nickte. An dem Tag, als die Wespen angriffen, hatte Philippe, der Gemahl von Minette, dem Grafen und seiner Gemahlin verboten, ihn in den Louvre zu begleiten. Es gab also keinen Grund für Marie-Louises Anwesenheit in den Tuilerien. Es sei denn, es war ihr befohlen worden, ins Gebüsch zu rennen und das Wespennest vom Baum zu reißen, das der Minotaurus vermutlich an diesem Morgen dort platziert hatte.

»Wenn die Comtesse nicht an dem Plan beteiligt gewesen wäre, hätte sie Marie-Louise nie in die Tuilerien gelassen – nicht, wenn sie selbst vom Hof verbannt worden war. Also musste sie ihr befohlen haben, in den Garten zu gehen.« Sie schüttelte den Kopf. »Die Comtesse wusste also die ganze Zeit Bescheid.«

»Und das hast du herausgefunden. Vermutlich hat sie deine Reaktion bemerkt, als du Marie-Louise entdeckt hast. Und auch, dass du den Brief geschrieben hast.« Ich nahm ihre Hand. »Aber du warst uns eine große Hilfe. Nur dank dir habe ich herausgefunden, was los war.«

Sie schwieg eine Zeit lang. Endlich sagte sie: »Ich bin froh, dass du ihnen das Handwerk gelegt hast.«

»Dafür musst du Tom danken«, sagte ich. »Er ist der Schwertkämpfer.« Tom, der gerade mit dem Schwert übte, errötete vor

Freude. »Und jetzt wirst du wieder ganz gesund. Also ist alles so, wie es sein soll.«

Trotz meiner Worte machte ich mir Sorgen um sie. Es stimmte, was ich über Meister Benedict gesagt hatte: Er hatte mir beigebracht, dass Erinnerungslücken bei Kopfverletzungen häufig auftraten. Aber er hatte mir auch gesagt, dass dies möglicherweise nicht alles war. Und als ich Sally dabei beobachtete, wie sie Bridget streichelte, fiel mir etwas auf – etwas, das ich bestätigt sah, als wir ihr eine Mahlzeit brachten und ihr beim Essen zusahen. Sally benutzte nur ihre rechte Hand.

Ich wartete, bis sie fertig war. Dann setzte ich mich dicht neben sie.

Sie schaute mich mit einem Ausdruck an, den ich nicht deuten konnte. »Was machst du da?

»Ich möchte gerne etwas überprüfen«, sagte ich.

»Was denn?«

»Entspann dich einfach, ja?« Ich nahm ihre rechte Hand. »Jetzt drück meine Hand, so fest du kannst.«

»Warum?«

»Das ist eine Übung«, log ich. »Meister Benedict hat mir gesagt, dass es bei der Heilung helfen könnte.«

Sie verschränkte ihren Blick in meinen und drückte meine Finger. Anschließend nahm ich ihre linke Hand. »Jetzt noch einmal.«

Sie zog ihre Hand weg. »Können wir das nicht später machen? Ich bin zu müde für irgendwelche Übungen.«

»Es dauert doch nicht lange.«

»Ich sagte: später. Tom, kannst du ihn nicht irgendwo hinbringen, wo er etwas in Brand stecken kann?«

»Bitte nicht!«, wehrte Tom entsetzt ab. »Ich hab nur eine Hose dabei!«

Sally lachte und legte sich hin. Dann warf sie mir einen Blick aus den Augenwinkeln zu. »Wenn du mir wirklich etwas Gutes tun willst«, sagte sie, »dann kannst du mir vorlesen.«

»Also schön«, sagte ich. »Wir holen etwas aus der Bibliothek.«

Tom und ich traten hinaus auf den Flur. Nach ein paar Schritten blieb ich stehen.

»Warte kurz auf mich«, sagte ich und ging wieder zu unserem Zimmer zurück.

Ich wollte gerade die Tür öffnen, als ich etwas hörte, was mich erstarren ließ. Ich lehnte mich gegen das Holz und schloss die Augen, während Sally drinnen im Zimmer leise weinte.

Obwohl unsere Mission beendet war, zögerte ich unsere Rückreise nach England noch ein paar Tage hinaus, weil ich Sally etwas mehr Zeit geben wollte, sich zu erholen. Die Ruhe tat auch Tom und mir gut. Eines Nachmittags, als Tom, Sally und ich mit Bridget am warmen Feuer saßen, begehrte der junge Page, der mir den Brief für Colbert gebracht hatte, mit einem großen, unhandlichen Paket Einlass.

»Das ist für Euch abgegeben worden, Monsieur«, sagte der Junge.

Ich wickelte das Sackleinen aus, mit dem eine mit einem herrlichen Blattmuster verzierte Kiste aus Ulmenholz eingeschlagen war, etwa fünf Fuß lang und einen Fuß breit. Die drei Messingverschlüsse schimmerten im Feuerschein.

Nachdem der Page gegangen war, las ich den Zettel, den er mir übergeben hatte.

Die Kiste war gar nicht für mich.

Thomas Bailey

»Für mich?«, wunderte sich Tom. »Was ist drin?«

»Ich weiß nicht«, sagte ich. »Ich kann ja nicht durch Holz gucken.«

Tom verzog das Gesicht, löste die Verschlüsse und klappte den Deckel auf. Hörbar hielt er den Atem an.

In der Kiste, auf dunkelroten Samt gebettet, lag ein Schwert. In das mit Leder umwickelte Heft, das lang genug war, um es mit zwei Händen zu packen, waren Goldfäden eingearbeitet. Der Knauf bestand aus einem riesigen, glatt polierten Mondstein von der Größe einer Pflaume. Der Stein schien von innen heraus in einem bläulich weißen Licht zu leuchten. Hinter der Parierstange steckte eine drei Fuß lange Klinge aus gehärtetem Stahl mit Einlegearbeiten aus Gold und einer Inschrift auf beiden Seiten, eingerahmt von zwei Templerkreuzen.

Mit ungläubigem Blick hob Tom das Schwert aus der Kiste. Er wog es in den Händen und schwang es dann von einer Seite zur anderen. Die Klinge summte leise, als sie durch die Luft schnitt, und der Klang ließ mein Herz schneller schlagen: Das Schwert sang zu ihm.

»Es ist großartig«, sagte Tom ehrfürchtig.

Mehr als das, dachte ich. Dieses Schwert schien Magie zu besitzen. Es war eine Waffe für einen König.

»Wer würde mir so etwas schenken?«, fragte Tom.

Ich warf ihm einen vielsagenden Blick zu.

»Die Tempelritter?« Er schaute mich fassungslos an.

»Wer sonst?«

»Aber … warum?«

»Als Dank, würde ich meinen. Du hast einen Gegner besiegt, der mit dem Schwert viel mehr Übung hatte als du – und der den Schatz den Templern nie zurückgegeben hätte. Und du hast mir das Leben gerettet. Wieder einmal. Du hast es verdient.«

Er hielt das Schwert vor seine Augen. »Diese Inschrift – ist das Latein?«

Das war es in der Tat. Ich las erst die Worte auf der einen Seite, dann die auf der anderen. *»Ego autem non exspecto aeternitatem«*, sagte ich. *»Sempiternus sum.«*

»Was heißt das?«

»Es heißt: *Ich warte nicht auf die Ewigkeit. Ich bin die Ewigkeit.*«

»Die Ewigkeit«, flüsterte er und starrte den Mondstein an. Dann runzelte er die Stirn und schaute in der Kiste nach, wo außer einer Lederscheide sonst nichts mehr war. »Wo ist deins?«

Ich seufzte. »Ich denke, die Templer haben erkannt, dass ich mit einem Schwert in der Hand nur eine Gefahr für mich und meine Freunde darstelle.«

»Aber das ist nicht richtig«, sagte er empört. »Du solltest auch ein Geschenk bekommen. Ihr beide.«

»Es ist schon gut«, sagte ich.

»Ich brauche sowieso nichts«, sagte Sally. »Ich bin nur froh, dass ich mein Medaillon wiederhabe.«

»Was für ein Medaillon?«, fragte Tom.

»Das Medaillon mit dem heiligen Christophorus. Es hat mir fast das Herz gebrochen, als ich dachte, ich hätte es verloren.«

Tom und ich warfen uns einen ratlosen Blick zu. »Wir haben dir dein Medaillon nicht zurückgegeben«, sagte ich. »Wir haben es vor der Kathedrale zurückgelassen.«

Jetzt war sie es, die mich ratlos anschaute. »Aber …« Sie zog die Silberkette aus ihrem Ausschnitt. »Seht doch.«

Tom und ich trauten unseren Augen nicht. Denn da, zwischen ihren Fingern, hing das silberne Medaillon ihrer Großmutter.

Erstaunt betrachtete sie es. »Wollt ihr damit sagen, dass …?«

»Sieht so aus, als hättest du doch ein Geschenk bekommen«,

sagte ich kopfschüttelnd. Wie war es den Templern gelungen, es wiederzufinden? Und wie um alles in der Welt hatten sie es Sally unbemerkt um den Hals hängen können?

»Aber …«, sagte Tom zu mir, »dann bist du ja der Einzige, der nichts bekommen hat! Das ist doch unerhört!«

»Ach, mach dir darüber keine Gedanken«, sagte ich, obwohl ich in Wahrheit ziemlich enttäuscht war.

Aber meine Enttäuschung währte nicht lange. Am nächsten Morgen machten wir uns auf den Weg, um Marin und Simon zu besuchen. Im Treppenhaus holte uns der junge Page ein.

»Monsieur! Monsieur!«

Ich drehte mich um.

»Das hier habt Ihr verloren«, sagte er und legte eine kleine Lederbörse in meine Hand.

»Die gehört mir nicht«, sagte ich.

»Aber gewiss doch, Monsieur. Ich sah genau, wie Ihr sie fallen gelassen habt.«

»Aber …«

Er war um die Ecke gebogen, noch ehe ich etwas sagen konnte. Verwirrt zog ich den Knoten auf und öffnete den Beutel.

Im Inneren blitzte es golden.

Und als ich den Gegenstand herauszog, sah ich, dass es eine Münze war. Ein Florin mit dem Kreuz der Tempelritter.

Simon öffnete uns die Tür des Maison Chastellain. Seine Augen waren rot und geschwollen: Er hatte geweint.

»Was ist passiert?«, fragte ich, aber im Grunde genommen wusste ich es schon.

»Es geht um Onkel Marin«, sagte Simon. »Er ist … von uns gegangen.«

Einen kurzen Moment hegte ich die Hoffnung, Simon meinte damit lediglich, dass Marin das Haus verlassen hatte und ziellos herumwanderte, wie es Menschen mit Demenz manchmal tun. Aber natürlich bewahrheitete sich diese Hoffnung nicht.

»Es ist in der Nacht passiert«, sagte Simon, während er uns voraus die Treppe hochging. »Er hatte einen fürchterlichen Tag. Er war wütend und verwirrt, wollte nicht einmal seinen Brandy trinken. Die ganze Zeit starrte er nur in den Kamin. Ich habe versucht, ihm Meister Benedicts Medizin zu geben, aber er hat sie mir an den Kopf geworfen.

Er wollte nicht reden, also habe ich das Reden übernommen. Ich habe ihm erzählt, was dir gelungen ist, dass du den Schatz entdeckt hast, der im *Cour des Miracles* versteckt gewesen war – obwohl ich nicht verriet, dass die Diener der Comtesse vor dir da waren.

Das schien ihn aufzumuntern. Er hat mich angeschaut und gesagt: ›Benedict hat den Schatz der Tempelritter gefunden?‹ Ich sagte, ja, er hätte ihn gefunden, aber dann wieder verloren. Und Onkel Marin lächelte und sagte: ›Richte Benedict aus, dass wir morgen nach einem neuen Rätsel Ausschau halten.‹«

Simon holte tief Atem. »Ich vermute, ich sollte froh sein, dass er glücklich war, als er starb. Aber …«

Er brach ab, als wir das Schlafzimmer seines Onkels erreichten. Ein Priester salbte Marins Kopf mit Öl. Dann wickelten vier Diener den Leichnam in ein Tuch und trugen ihn hinaus.

»Ich muss mit Pater Martin sprechen, wegen der Messe«, sagte Simon. »Geht doch schon ins Arbeitszimmer, ich komme gleich nach.«

»Wir sollten uns verabschieden«, sagte ich. »Es tut mir leid, wir wollten dich nicht stören.«

»Nein, bitte bleibt. Ihr wart seine Freunde. Und ... ich möchte jetzt nicht allein sein.«

Wir betraten das Arbeitszimmer. Der Kamin war kalt, das Brandyglas neben dem Sessel leer.

Tom legte Scheite in den Kamin und hielt dann inne. »Es fühlt sich irgendwie falsch an hier drin, ohne Marin«, sagte er leise und ich nickte. Trauer ergriff mich, nicht allein wegen des Verlusts, den Simon erlitten hatte, sondern auch, weil ein weiterer Freund von Meister Benedict nicht mehr unter uns weilte. Ich schickte ein Gebet gen Himmel.

Marin, wenn Ihr Meister Benedict begegnet, sagt ihm, wie sehr ich ihn vermisse.

Wir warteten eine Weile. Irgendwann hörten wir, wie es an die Haustür klopfte. Kurz darauf kam Simon mit einem Brief herein. Unsicher schaute er mich an. »Hast du jemandem gesagt, dass du hier bist?«, fragte er.

»Nein«, sagte ich.

Er runzelte die Stirn und reichte mir den Brief. »Er ist für dich.«

Er hatte recht. Der Brief war an mich adressiert – nicht an Baron Ashcombe, sondern an mich. Aber was mir das Blut in den Adern gefrieren ließ, war die Tatsache, dass er in meiner eigenen Handschrift geschrieben war.

Mit zitternden Händen drehte ich den Brief um. Das Siegel war mit dem Bild eines fein ziselierten Vogels mit einem scharfkantigen Schnabel versehen. Ich brach es auf und sah, dass auch die Botschaft von meiner eigenen Hand geschrieben zu sein schien. Und als ich las, was da stand, zog mir eine Eiseskälte bis tief in die Seele.

Mein lieber Christopher,

ich gratuliere dir zu deinem Sieg. dir ist gelungen, was andere vor dir – einschließlich meiner Wenigkeit – vergeblich versuchten: Du hast den Schatz der Tempelritter gefunden. Aber keine Sorge, ich verrate niemandem, was geschehen ist. Mir gefällt es, dass wir beide jetzt ein gemeinsames Geheimnis haben. Und so verärgert ich auch über deinen Erfolg bin, ich muss zugeben, dass es faszinierend war, zuzusehen, wie dein Geist arbeitet. Es ist kein Wunder, dass Meister Benedict dich zu seinem Lehrling erwählt hat.
Überrascht es dich, dass ich deinen Meister kannte? Zweifellos hat Benedict mich dir gegenüber nie erwähnt, aber ich darf dir versichern, dass er viele Jahre lang ein Stachel in meinem Fleisch war. Und jetzt, da er tot ist, kommst du daher und nimmst seinen Platz ein. Und während ich mir wirklich Mühe gebe, dir deinen Erfolg nicht allzu übel zu nehmen, kann ich nicht leugnen, dass mich die Entdeckung, die du gemacht hast, teuer zu stehen kam. Du schuldest mir etwas, Christopher. Und eines Tages werde ich diese Schuld eintreiben.
Die erste Rate dieser Schuld war das Leben von Marin Chastellain. Nein, er ist nicht seiner Krankheit erlegen. Ich habe ihn vergiftet – und indem ich das tat, habe ich dir einen Hinweis hinterlassen. Bevor du dich auf die Suche danach machst, sollst du wissen, dass ich ihn nicht getötet habe, weil er eine Bedrohung für mich darstellte, sondern weil ich weiß, dass es für Blackthorn ein schwerer Schlag gewesen wäre – genauso wie für dich. Es ist doch viel reizvoller, sich mit einem Gegner auseinanderzusetzen, der weiß, was auf dem Spiel steht.

Ich werde mit dir das anstellen, was ich vor Jahren schon mit deinem Meister hätte machen sollen: Ich werde dich leiden lassen. Ich werde dir alles nehmen, was dir etwas bedeutet, eins nach dem anderen, bis es nur noch dich und mich gibt. Und dann, wenn du nackt und bloß vor mir stehst, erst dann wirst du begreifen.
Such den Hinweis, den ich für dich zurückgelassen habe. Denk darüber nach. Und überlege dir gut, was er bedeuten könnte. Es gibt keinen Grund zur Eile; ich habe noch andere Pläne, die erledigt werden müssen, bevor unser Spiel beginnen kann. Bis dahin, Christopher, gehab dich wohl. Genieße dein Leben, solange du kannst. Denn eines Tages werde ich dich holen kommen.

Der Rabe

Historische Anmerkung

Sie wurde »Stadt des Lichts« genannt.

Zu der Zeit, als Christopher vor der Porte Saint-Denis stand, befand sich Paris inmitten der erstaunlichsten Umwälzung in der Geschichte der Stadt. Paris trat aus dem Schatten des Mittelalters hinein in die Moderne – nicht allmählich und zufällig, sondern durch Planung.

1601 erhielt das Stadtparlament die Nachricht, dass Henri IV., der Großvater von Louis XIV., »seine Absicht kundgetan hat, die Stadt, in der er den Rest seines Lebens verbringen will, zu einem schönen und großartigen Ort zu machen, zu einer Welt ohnegleichen und einem Wunder des Erdkreises«. (J. DeJean: *How Paris became Paris. The Invention of the Modern City*, Bloomsbury 2014) Und diese Absicht setzte er in die Tat um. Zum ersten Mal in der Geschichte gestaltete ein Herrscher seine Stadt nicht ausschließlich nach seinem Gutdünken, sondern nach dem Entwurf von Fachleuten: Architekten, Künstlern und Ingenieuren.

Diese Städteplanung verlieh Paris eine Vorreiterposition: Hier gab es die erste Brücke, auf der keine Häuser und Ladengeschäfte standen, die ersten Straßenlaternen, die ersten Gehsteige, das erste öffentliche Transportwesen, die erste Post, die ersten Hausnummern, die erste Polizei. Die Veränderungen waren so bemerkenswert, dass Paris auch die erste Touristenattraktion der Welt wurde. Und wenn diese Touristen – unter ihnen Charles II. von England – nach Hause zurückkehrten, dann nahmen sie Paris dorthin mit, in Kunst, Gestaltung und Musik. Das Paris des siebzehnten Jahrhunderts beeinflusste und formte die gesamte westliche Welt.

Viel von dieser alten Schönheit der Stadt ist erhalten geblieben und man kann sich noch heute daran erfreuen: an der atemberaubenden Kathedrale Notre-Dame, an den unzähligen Räumen des Louvre, der heute eines der berühmtesten Museen der Welt ist, an dem Palais Royal, der Île Notre-Dame (die heute Île Saint-Louis heißt) und sogar an der Pont Neuf, die auch nach heutigen Maßstäben noch so großartig ist, dass sie in fast jedem Hollywoodfilm auftaucht, der in dieser Stadt spielt.

Allerdings sind einige Schätze aus früheren Zeiten verschwunden. Als man während der Französischen Revolution, die 1789 ihren Anfang nahm, versuchte, jede Erinnerung an das Königshaus auszulöschen, zerstörten die Revolutionäre viele Kunstwerke. Die riesige Statue des heiligen Christophorus in Notre-Dame zum Beispiel fiel diesem Flächenbrand zum Opfer, genauso wie der große Turm der Tempelritter, das letzte Relikt des Hauptquartiers des Ordens in Paris.

Was den Orden der Templer selbst betrifft – nun, wer weiß? Aber wenn ihr nach dem Schlüssel für dieses Rätsel sucht, den habe ich euch bereits gegeben.

VIRMMVIG VFXS ZM WVM IZVGHVODFVIUVL:

Danksagung

Es ist eine Ehre für mich, dass meine Bücher die Unterstützung von so vielen fähigen und talentierten Menschen erhalten. Einigen davon möchte ich heute danken:

Liesa Abrams, Ben Horslen, Tricia Lin, Dan Lazar und Suri Rosen, die mit ihren wertvollen Anregungen und Tipps diese Geschichte bereichert haben.

Mara Anastas, Mary Marotta, Jon Anderson, Katherine Devendorf, Karin Paprocki, Julie Doebler, Jodie Hockensmith, Christina Pecorale, Lauren Hoffman, Michelle Leo, Greg Stadnyk, Hilary Zarycky, Laura Lyn DiSiena, Victor Iannone, Gary Urda, Michael Selleck und Stephanie Voros bei Aladdin, genauso wie Brian Luster und Daphne Tagg.

Kevin Hanson, Nancy Purcell, Felicia Quon, Sheila Haidon, Andrea Seto, Jacquelynne Lennard und Rita Silva bei Simon & Schuster Kanada.

Cecilia de la Campa, Angharad Kowal, Torie Doherty-Munro und James Munro bei Writers House.

Allen Verlagen und Verlegern auf der ganzen Welt, die Christophers Geschichte bei sich aufgenommen haben.

Terry Bailey und Alma für ihre Hilfe bei den lateinischen Übersetzungen und Colin Grey für seine Französischkenntnisse. Etwaige Fehler sind allein meine Schuld.

Und – wie immer – euch, meinen lieben Lesern. Danke, dass ihr Christopher auf seinen Abenteuern begleitet. Es gibt noch so vieles zu erleben …